TIEMPO DE VENENO

MARA RUTHERFORD

YOUNG KIWI, 2023
Publicado por Ediciones Kiwi S.L.

Primera edición, mayo 2023
IMPRESO EN LA UE
ISBN: 978-84-19147-58-5
Depósito Legal: CS 10-2023
© del texto, Mara Rutherford
© de la ilustración de cubierta, Charlie Bowater
de la traducción, Tatiana Marco Marín

Código THEMA: YF

Copyright © 2023 Ediciones Kiwi S.L.
www.youngkiwi.com

NOTA DEL EDITOR
Tienes en tus manos una obra de ficción. Los nombres, personajes, lugares y acontecimientos recogidos son producto de la imaginación del autor y ficticios. Cualquier parecido con personas reales, vivas o muertas, negocios, eventos o locales es mera coincidencia.

Para Jack, mi fan número uno desde el principio.
Te quiero. Todo va a salir bien.

Prólogo

Mientras perseguía a su presa a través del bosque oscuro, el lobo no estaba pensando en el hambre pues, antes, aquel mismo día, se había dado un festín con un corzo enorme. Le impulsaba un sentido de finalidad que había infectado su cerebro a finales del invierno anterior cuando se había abierto paso con cuidado a través del hielo hasta la isla boscosa que parecía muy tranquila, pacífica y llena de presas.

No era de aquella montaña. Había nacido en otra, no muy lejos de allí. El alfa le había expulsado de la manada, pues había sido consciente de que, en un futuro cercano, le haría competencia. Pero él no lo había sabido, tan solo había sabido que, por primera vez en su vida, estaba solo. Solo, hambriento y anhelante.

No había más de los suyos en aquella montaña. Había buscado por todas partes, pero había algo en aquel Bosque que no parecía recibir bien a los lobos o, de hecho, a cualquier otro gran depredador. No se trataba de una falta de presas, sino algo que había en el propio Bosque, una especie de aviso de que aquel lugar no estaba destinado a aquellos que eran como él. Sin embargo, había estado cansado, hambriento y buscando algo y, así, había acabado en la isla, caminando suavemente de un lado para otro sobre patas silenciosas, pasando las cabañas adormecidas y sus habitantes inconscientes, que hubiesen resultado una comida muy agradable. Sin embargo, el Bosque le había dicho: «No, tampoco son para ti», y él había acabado en un pinar en el centro de la isla.

Durante mucho tiempo, el lobo había olisqueado la base de los árboles, detectando el olor de la sangre antigua y del nuevo crecimiento a gran profundidad bajo el suelo del Bosque. Las raíces de los árboles, que habían sido renovadas en una ceremonia poco antes de la primera nevada, siempre estaban vivas, incluso cuando el resto de la isla dormía. Sintiéndose seguro y tranquilo por primera vez en muchos meses, el lobo se había tumbado entre las raíces y había dormido mucho tiempo y sin sueños.

Cuando se despertó a la mañana siguiente, se había sentido diferente. Ya no estaba hambriento, cansado o solo. Era como si el propio Bosque le hubiese nutrido durante la noche. Después, se había despedido de él, diciéndole que se marchase de la isla antes de que el lago se deshelara y se quedase atrapado. El Bosque tan solo le había pedido una cosa a cambio: que le nutriese tal como él le había nutrido. Y ahora, el lobo, que todavía era joven y todavía estaba aprendiendo, por fin cumpliría su deber.

Cuando la isla por fin apareció ante él, soltó un aullido largo y triste y empujó a su presa a seguir hacia delante.

Capítulo Uno

Los vigilantes estaban en la orilla del lago, escudriñando a través de la espesa niebla que, a baja altura, flotaba sobre el agua durante aquella época del año, cuando el invierno empezaba a derretirse y convertirse en primavera. Al otro lado del lago, las voces de los forasteros resultaban tan vacías y tristes como el lamento de un loco.

En Endla, el sonido siempre había viajado de una forma extraña.

—¿Qué crees que están haciendo? —susurró Sage junto al oído de Leelo, haciendo que un escalofrío le recorriese la columna.

Ella sacudió la cabeza. Era imposible adivinarlo a través de la niebla. Llevaban siendo vigilantes apenas unas pocas semanas y, hasta entonces, no habían interaccionado con los aldeanos que había al otro lado del agua. Ni siquiera deberían estar allí. De hecho, no estarían allí si fuese primavera. El invierno les había vuelto temerarios.

Leelo se estiró y contempló los pocos fragmentos de hielo que quedaban, repartidos sobre la superficie cristalina del agua como si fueran reflejos de las nubes. La mayor parte del lago era demasiado profunda como para helarse y solo algún que otro loco era lo bastante atrevido como para intentar cruzarlo. Los cadáveres de pájaros migratorios jóvenes servían como recordatorio ocasional, en caso de que alguien lo necesitase, de la magia del lago. Eran arrastrados hasta la orilla con la piel y las plumas devoradas por un veneno tan fuerte que podría hundir un barco de madera mucho antes de que consiguiera atravesarlo.

—Tal vez este año tengamos suerte —murmuró, más para sí misma que para Sage—. Tal vez no venga nadie.

Sage resopló.

—Siempre vienen, prima. —Le dio un tirón de la trenza rubia y se levantó—. Vamos. Nuestro turno ha terminado y, por ahora, no se van a ir ningún sitio. Vamos a buscar a Isola.

Durante el invierno, no habían visto demasiado a su amiga, ya que, Isola, que era un año más mayor, había estado terminado su año obligatorio como vigilante. Ahora que lo había experimentado por sí misma, Leelo no la culparía si se pasase un mes entero hibernando. Vigilar era a la vez aburrido y agotador.

Siguió a Sage hacia los árboles, con las suelas de las botas forradas de piel de oveja hundiéndose rápidamente en el barro y las hojas muertas que dejaba atrás la nieve al derretirse. Odiaba aquella época del año. Todo estaba sucio y era de color marrón, incluso la ropa que llevaban. No podría ponerse los vestidos preciosos y resplandecientes que confeccionaba su madre hasta el festival de primavera.

Sage se inclinó para arrancar una rama de acebo de un matorral, murmurando en voz baja una oración de agradecimiento al Bosque, que proveía a Endla con tanta generosidad. Como vigilantes, su trabajo era proteger su hogar de los despiadados forasteros que habían destruido todo menos aquello, el último de los Bosques Errantes.

—Tenemos que terminar las coronas. Tú ni siquiera has elegido un tema todavía.

Leelo suspiró.

—Aún tengo tiempo.

Siempre le había encantado el festival de primavera, pero, en aquel momento, se aferraba a los días como un niño a las faldas de su madre. Cuanto antes llegase la primavera, antes se marcharía Tate, su hermanito pequeño. A menos que, por algún milagro, su magia apareciera antes de que eso ocurriera. Cada vez que se imaginaba a Tate allí fuera, junto a los forasteros, quería llorar, porque, si ella no estaba allí para cuidarlo, ¿quién lo haría?

Abandonaron el sendero principal y se dirigieron hacia la cabaña de Isola, donde Sage llamó a la puerta con energía. Pasó casi un minuto antes de que se abriese unos pocos centímetros, revelando la cara hinchada por el sueño y el pelo enmarañado de su amiga.

—¿Qué ocurre? —Sus palabras sonaron como un graznido. Estaba claro que eran las primeras que pronunciaba aquella mañana.

—Lo sentimos. —Leelo agachó la cabeza mientras empezaba a alejarse—. No nos habíamos dado cuenta de lo pronto que es.

—No es pronto —dijo Sage—, es solo que Isola es una perezosa.

Leelo le propinó un codazo a su prima, aunque Sage nunca había sido famosa por su tacto. La otra chica pestañeó un par de veces, intentando despertarse del todo.

—No he dormido bien, eso es todo. ¿Qué hacéis aquí? ¿No deberíais estar de vigilancia?

Sage se encogió de hombros.

—Nuestro turno ha terminado. De todos modos, tampoco estaba pasando nada.

Una sombra atravesó los ojos de Isola.

—Nunca pasa nada, hasta que pasa.

Aquel era un comentario tan extraño que Leelo se preguntó si había pasado algo durante la vigilancia de Isola, algo de lo que ella y Sage no se hubieran enterado. Era totalmente posible que un forastero hubiese intentado cruzar sin que los isleños más jóvenes se hubieran enterado. Sin embargo, se habría anunciado cualquier cruce exitoso. A los forasteros que eran atrapados por los vigilantes se les daban siempre dos opciones: el Bosque, o el lago. En cualquier caso, nunca se volvía a saber nada más de ellos.

Desde el interior de la cabaña, una voz grave llamó a Isola por su nombre antes de que Leelo pudiese preguntarle a qué se refería.

—Lo siento, ese es mi padre. Debería volver dentro.

Sage puso los ojos en blanco y volvió a dirigirse al bosque sin molestarse en despedirse. Isola se disculpó con Leelo mientras se encogía de hombros y ella le dedicó una sonrisa de solidaridad, pues había tenido que soportar el embate del mal genio de su prima durante diecisiete años.

«Todas las rosas tienen espinas», le recordaba su madre después de que Sage hubiese dicho o hecho algo cruel. Era quisquillosa, pero también era fuerte, inteligente y ferozmente leal. Si Leelo se encontrase alguna vez en problemas, sabía que su prima iría a rescatarla sin hacer preguntas.

Casi habían llegado a su propia cabaña cuando un movimiento entre los arbustos captó la atención de Leelo. Un destello de pelo oscuro y piel pálida. Se detuvo y miró alrededor como si acabase de tener una idea.

—Tienes razón, debería ponerme a trabajar en la corona. Toma mi arco y dile a mamá que volveré a casa pronto.

Sage y su madre se habían mudado con la familia de Leelo cuando los padres de ambas habían muerto en un accidente durante una cacería, cuando Tate todavía era un bebé. En Endla, no era raro que varias generaciones de una misma familia viviesen juntas, pero sí era raro que dos mujeres enviudasen siendo tan jóvenes, especialmente si eran hermanas.

Por suerte, Fiona, la madre de Leelo, y Ketty, su tía, eran mujeres muy capaces. Ketty se había encargado de cuidar del pequeño rebaño de ovejas de la familia, que producía la lana que la madre de Leelo tejía para convertir en ropa. Los endlanos conseguían la mayor parte de sus posesiones y comida a través del trueque, por lo que era importante tener alguna habilidad, algo que muy pocas otras personas pudieran ofrecer. Ellas no eran las únicas pastoras, pero la madre de Leelo confeccionaba los mejores artículos de lana de la isla. Juntas, las hermanas eran capaces de mantener a su familia, pero los inviernos siempre eran austeros.

—Puedo ayudarte —se ofreció Sage, pero Leelo negó con la cabeza.

—No, no. La tía Ketty te estará esperando. No tardaré mucho.

—Como quieras.

La muchacha tomó los dos arcos y entró en la casa. Cuando dejó que la puerta se cerrara detrás de ella, la cadena de campanitas que colgaba del marco tintineó. Pasaron varios minutos antes de que Tate se atreviera a mostrarse, temiendo que su tía, que era muy estricta, le pillase eludiendo sus obligaciones.

Había crecido tanto en el último año que tan apenas reconocía en él al mismo bebé de pelo negro como los cuervos que había ayudado a criar. Era tan guapo que, a veces, lo confundían con una chica, al menos hasta que fue lo bastante mayor como para andar y la gente empezó a verlo vestido con pantalones en lugar de falda.

Ketty era la que le había puesto el nombre cuando, al nacer, había dicho que era «más feo que un petate». Lo había dicho tan a menudo, que, aunque todos sabían que no era verdad, se les había pegado el «Tate». Pero, a veces, cuando su madre lo acunaba para que se durmiera en medio de la noche, Leelo oía que lo llamaba Ilu, «el amado», con una mirada distante en los ojos que nunca antes le había visto.

—Entonces, vamos —dijo Leelo, haciéndole un gesto para que se acercara—, puedes ayudarme a hacer la corona para el festival.

Él sonrió, feliz de participar como fuera. Los isleños como Tate, a los que llamaban «*incantu*» o «los sin voz», no tenían permitido asistir al festival, incluso aunque todavía no tuvieran la edad suficiente para que les afectase la magia. En el momento en el que un isleño llegaba a la adolescencia, normalmente en torno a los doce años, era susceptible. Pero, aunque entendía los motivos que se escondían tras ella, Leelo odiaba aquella norma. Como si los *incantu* no se sintieran como unos parias lo bastante a menudo.

Caminaron un rato en silencio, hasta que el sendero se perdió entre la maleza y se vieron obligados a abrirse camino a través de ella.

—¿Qué debería escoger para la corona? —le preguntó a Tate.

Era tradición que cada joven adulto decorase una corona para honrar la flora y la fauna de Endla y que simbolizaba que todos eran una parte importante del ecosistema. Sage había decidido utilizar un ciervo. Leelo suponía que, ante todo, era una excusa para vestirse con algo puntiagudo.

Tate se mordió el labio inferior un momento, ansioso de que se le ocurriera la respuesta adecuada.

—¿Qué te parece un zorro?

—Mmmm… Quizá es demasiado astuto para mí.

Él se miró los pies, pensativo.

—¿Una ardilla?

Leelo sonrió y arrugó la nariz.

—Estaba pensando en algo con menos bigotes.

Habían deambulado hasta llegar cerca del lago, pero no estaban en riesgo de encontrarse con un forastero allí, donde la orilla del otro lado apenas era visible.

—¡Un cisne! —dijo Tate de pronto.

—Bueno, ¿y dónde iba a conseguir…?

La voz de Leelo se fue desvaneciendo cuando vio a la cría del cisne sacudiéndose en los bajíos. Miró alrededor, asegurándose de que estaban solos y, después, tomó un palo lleno de barro y se dirigió a toda prisa hacia el agua.

—¡Ten cuidado! —exclamó Tate, retrocediendo.

Desde el momento en el que empezaban a andar, les enseñaban que nunca debían acercarse al agua, pero el veneno siempre era más débil en aquella época del año. Sospechaba que tenía algo que ver con el hielo derritiéndose que, de algún modo, diluía el veneno, pero no lo sabía con certeza. Lo único que sabía era que, si no lo ayudaba, el cisne moriría.

—Qué tonto, amigo —dijo, intentando alcanzarle con el palo.

El animal había dejado de sacudirse. Probablemente, tenía el corazón y los pulmones dañados de forma irreparable. Al final, consiguió acercarlo lo suficiente como para poder alcanzarlo.

Cubriéndose la mano con la capa, agarró el cuello largo y delicado del cisne. Estaba tan débil que ni siquiera intentó luchar.

—¿Está muerto? —preguntó Tate, mirando por encima de su hombro.

—Todavía no, pero me temo que es demasiado tarde para salvarlo. —Los dedos de Leelo deseaban acariciar el plumón gris que daba paso a las plumas blancas como la nieve. La criatura era tan hermosa que sintió cómo se le llenaban los ojos de lágrimas.

—Pobrecito. No merecía morir así.

Todos los años, algunos pájaros jóvenes cometían el error de aterrizar en lo que parecía un lago límpido de montaña sin darse cuenta de que en sus aguas no había peces y que en los bajíos no crecían plantas. En un solo día, los pájaros se consumían hasta que no quedaban más que los huesos huecos. Con el tiempo suficiente, incluso eso acabaría disolviéndose. Leelo jamás había encontrado un pájaro que siguiese vivo después de aquello.

De algún modo, sentir cómo la vida de la criatura se le escurría entre los dedos era peor que cazar, porque aquella muerte no tenía ningún sentido. No podían comerse la carne porque ya estaba contaminada por el veneno.

Tras unos minutos, Tate apoyó la mano sobre el hombro de su hermana.

—Ya no sufre, Lo.

Ella sorbió por la nariz y se secó las mejillas en el hombro.

—Lo sé.

—Quizá puedas lavar las plumas y usarlas para tu corona. Así, de alguna manera, una parte de él continuará viva.

Leelo se giró para mirar los ojos marrones de su hermano con el corazón henchido por su amable franqueza.

—Es una idea encantadora —susurró contra el pelo suave del niño—. ¿Me ayudarás?

Él asintió con la cabeza.

—Por supuesto.

Juntos, enjuagaron a la cría de cisne con agua dulce del odre de Leelo y, después, lo cubrieron con la capa antes de regresar a casa. Por el camino, Tate recogió del suelo del bosque unas cuantas ramitas lo bastante flexibles como para convertirlas en una corona. Leelo señaló unas bayas azul brillante que serían perfectas como adornos y su hermano arrancó media docena, murmuró una plegaria y se las metió en el bolsillo para que no se perdieran.

Cuando estaban cerca de la cabaña, Tate se detuvo para atarse los cordones de las botas y le hizo un gesto a su hermana para que se arrodillase junto a él.

—¿Qué pasa? —preguntó.

Él habló en voz baja, a pesar de que todavía estaban solos.

—La tía Ketty está mirando por la ventana. —Leelo sabía que no debía alzar la vista—. Me odia.

—No te odia —le aseguró—. Tan solo es que es así.

Él frunció el ceño.

—Va a preguntarse qué estábamos haciendo.

—Le voy a decir que te he pedido que me ayudaras. No te preocupes, hermanito.

—Tengo miedo.

Leelo sabía que ya no estaba hablando de su tía. Estiró la mano y, durante un momento, le acarició las mejillas cada vez menos redondeadas.

—Si te sirve de consuelo, yo también.

Antes de enderezarse, compartieron una sonrisa pequeña y triste.

—Yo lavaré y desplumaré al cisne —dijo Tate—. Tú deberías acabar tus tareas.

—Ten cuidado; ponte guantes.

Mientras le quitaba de las manos el bulto que era la criatura, él alzó la barbilla.

—Nos cuidamos el uno al otro, ¿verdad?

Ella sintió cómo le dolía el pecho por el amor que sentía y por la mentira que estaba a punto de decirle.

—Siempre.

Aquella noche, cuando ya era tarde y todos los demás habitantes de la casa estaban dormidos, Leelo se escabulló, tomando un cuchillo de la cocina por el camino. Guiándose por nada más que la luz de la luna y su propia motivación, se dirigió hacia el centro de la isla, al corazón del Bosque Errante.

Los árboles que había allí eran especiales. Cada uno de ellos pertenecía a una de las familias de Endla, cumpliendo la función de una especie de santo patrón al que las familias le rezaban y le hacían ofrendas. Sin embargo, el invierno era la única época en la que los isleños se mantenían lejos de aquella arboleda. Las ofrendas requerían una canción, y los endlanos no cantaban en invierno. Aquella era la única forma de asegurarse de que los forasteros no cruzaban el hielo pasando inadvertidos. Después de todo, una cosa era que un vigilante detuviese a un forastero que intentase atacar al Bosque o a sus habitantes, pero, por el contrario, atraer a un inocente accidentalmente con una canción iba en contra de su código.

Sin embargo, aquella noche, estaba preparada para violar el código. Las oraciones no habían funcionado, lo cual solo podía significar que el Bosque quería un sacrificio. Y, si bien no pretendía matar a un animal (la canción para matar, que calmaba a la presa hasta que se sumía en un trance, era demasiado poderosa como para interpretarla ella sola y había demasiado riesgo de que alguien la oyera), un pequeño sacrificio de sangre podría ser suficiente como para despertar la magia latente de Tate.

Se agachó bajo el árbol de su familia, un pino alto y majestuoso que tenía cientos de años y que, según la tía Ketty, era tan anciano como el mismísimo Bosque Errante. Incluso antes de pasarse el cuchillo por la palma de la mano, podía sentir la música presionándole la garganta, ansiosa por ser liberada tras meses de silencio.

Mientras la hoja le rasgaba la piel, la música surgió de ella junto con la sangre. Casi le pareció que podía escuchar a los árboles suspirando, aunque, probablemente, solo fuese el viento. También era probable que la forma en la que la sangre se filtraba a través del suelo con tanta rapidez, como si las raíces la estuvieran absorbiendo, no fuera más que la luz de la luna jugándole una mala pasada.

Y si, en algún lugar al otro lado del agua, un joven viajero inconsciente estaba dando vueltas en sueños sin saber que el lago en cuya orilla dormía estaba lleno de veneno o que el Bosque de la isla que estaba en el centro se estaba despertando en aquel momento tras un invierno largo y hambriento...

Bueno, en tal caso, aquella noche tendría que haber acampado en otro sitio.

Capítulo Dos

—¿Dónde estabas? —preguntó Stepan, cerrando la puerta detrás de Jaren. Le hizo una inspección rápida para asegurarse de que no estaba herido y, después, soltó un suspiro de alivio—. Pensábamos que los espíritus del bosque te habían secuestrado.

Jaren le lanzó una mirada tímida a su padre mientras se dirigía hacia la jofaina.

—Ojalá pudiera culpar de mi tardanza a los duendecillos o los fuegos fatuos, papá, pero...

Antes de que pudiera continuar, toda su familia acabó la frase por él.

—Te has perdido.

Él asintió.

—Me he perdido.

Nunca antes había pasado la noche en aquel bosque, y se sentía agradecido de haber sido capaz de encontrar el camino de vuelta a casa cuando se había despertado al amanecer.

—¡Cómo no! —Su hermana mayor, Summer, le sonrió desde el lugar en el que estaba sentada junto al fuego, haciendo una talla. Era tan cálida como sugería su nombre, la más amable de sus tres hermanas—. Estabas soñando despierto otra vez, ¿verdad?

—La cabeza en las nubes, los pies en el lodo —canturreó su hermana mediana, chasqueando la lengua al ver sus botas sucias.

Como eran mellizos, Story y Jaren eran los más cercanos tanto en edad como en vínculo, aunque ella había nacido primero y le gustaba utilizar esos once minutos de diferencia para ser una mandona con él siempre que podía.

Su hermana más pequeña, Sofía, que tenía quince años, todavía era el bebé de la familia. La llamaban «Renacuajo», sobre todo porque, desde que había empezado a moverse, siempre había sido saltarina como una rana, pero también porque fingía que lo odiaba. En aquel momento, estaba sentada en el sofá, haciéndose una trenza en el pelo largo y rojizo.

—No has encontrado ninguna flor temprana de primavera para mí, ¿verdad? Estoy muy cansada de todo esto. —Hizo un gesto vago en dirección a la puerta principal.

—Podrías ir a buscar flores tú misma —dijo Summer.

—No he encontrado flores. —Jaren alzó la cesta—. Aunque sí que he encontrado cebollas salvajes.

Renacuajo cruzó los brazos frente al pecho, haciendo un mohín.

—Odio las cebollas.

Story le dio un tirón de la trenza lo bastante fuerte como para hacerle saber que estaba siendo una maleducada.

—Entonces, aprende a cocinar tu propia comida. Ya va siendo hora de que empieces a hacer algo útil en casa.

Su padre golpeó una cuchara de madera contra la cazuela, lo cual era su forma de decirle a sus hijos que se calmasen. Desde que su madre había muerto, él se había encargado con valentía de cocinar, y todos se habían sorprendido al descubrir que era mucho mejor chef que su difunta esposa. Sin embargo, ninguno de ellos lo dijo. Stepan no hubiese querido que nadie insultase la forma de cocinar de su querida Sylvie por muy incomestible que fuese.

—Dejad a Rena tranquila —les dijo por encima del hombro—. Está cansada.

—¿De qué? —preguntó Story, con los ojos marrones abiertos de par en par por la incredulidad—. ¿De estar sentada?

Jaren dejó a sus hermanas discutiendo en la sala de estar y subió a la buhardilla para cambiarse. Ellas compartían el único dormitorio, mientras que su padre dormía en un camastro junto al fuego. Las chicas discutían constantemente, pero, a veces, Jared envidiaba lo unidas que estaban. Sabía que le excluían de sus conversaciones más íntimas porque era un chico, no porque no le quisieran, pero eso le hacía sentirse separado de ellas. El hecho de que fuera un soñador y se distrajese con facilidad tampoco ayudaba.

Todavía no podía creerse que el día anterior se hubiera saltado una de las señales del camino, haciendo que recorriese varios kilómetros en la dirección equivocada. Para cuando se hubo dado cuenta del error, ya estaba anocheciendo y, aunque no creía en fábulas y leyendas como su padre, tampoco era lo bastante tonto como para intentar recorrer un sendero lleno de rocas en la oscuridad. Con su suerte, se hubiera torcido el tobillo y se hubiera quedado abandonado hasta que otro transeúnte se hubiese topado con él, lo que, teniendo en cuenta que no había visto a nadie el día anterior, podría haber tardado años.

—¡Baja a comer! —le dijo Story desde el pie de la escalera—. La sopa se está enfriando.

Jaren se pasó una camisa limpia por la cabeza y bajó. Balbuceó una disculpa, pero el resto de la familia ya estaba mojando trozos de pan en la sopa.

—Cuéntanos —dijo Stepan. Ahora que Jaren estaba en casa, la curiosidad había sustituido la preocupación—. ¿Has visto algo interesante en tus andanzas? Debiste andar varios kilómetros en la dirección equivocada.

—Encontré un lago precioso —contestó—. Para cuando me había preparado para pasar la noche, estaba demasiado oscuro como para ver nada, pero, esta mañana, me ha sorprendido lo perfectamente claro que estaba. Nunca antes había visto ese tono de azul.

Stepan alzó la cabeza del cuenco, lanzándole una mirada severa.

—¿Cómo se llamaba el lago?

Él negó con la cabeza y le dio vueltas en la boca a un trozo de patata que estaba ardiendo.

—No tengo ni idea, no estaba señalizado.

—Entonces, ¿cuál era el pueblo más cercano?

—Estaba perdido, papá. Si soy sincero, ni siquiera sé si todavía estaba en este mismo reino.

El rostro de su padre permaneció pétreo.

—No bebiste agua del lago, ¿verdad?

Él sacudió la cabeza.

—No, llené el odre en un riachuelo, ¿por qué?

Stepan miró a sus hijas.

—Klaus me dijo que por esta zona hay un lago que parece límpido pero que, en realidad, está lleno de veneno.

Jaren se rio, pero su hermana melliza le tocó la mano.

—Yo también he escuchado a los aldeanos decir lo mismo.

Estaba seguro de que aquello no era más que otra de las supersticiones locales. Se habían mudado al pueblecito de Bricklebury hacía poco más de un mes, después de la muerte de su madre y de que Klaus, un viejo amigo, les hubiese ofrecido alquilar su casa por un buen precio. Jaren sabía que su padre estaba demasiado atormentado por los recuerdos de Sylvie como para quedarse en su antigua casa, y Bricklebury era un pueblo perfectamente encantador. Sin embargo, nunca en toda su vida había visto un grupo de personas tan crédulas y chismosas.

Teniendo en cuenta que su mente siempre estaba vagando en direcciones extravagantes, él mismo podría haber sido propenso a creer en historias fantásticas. Pero las historias que se contaba a sí mismo mientras caminaba o trabajaba no eran cuentos de hadas; eran historias de lo que podría ser o lo que podría haber sido, conversaciones que desearía haber mantenido o que esperaba mantener algún día. Quizá tan solo se sentía perdido porque estaba rodeado de tres chicas obstinadas que sabían con exactitud lo que querían. Sin embargo, él, con dieciocho años, todavía no tenía ni idea de hacia dónde se dirigía.

Se sintió tentado de decirle a su padre lo que pensaba de ese «lago mágico», pero también sabía que, si no tenía en cuenta sus miedos, probablemente, la próxima vez enviaría a una de sus hermanas a hacer la recolección, y él odiaba cortar leña y cazar, que eran las otras dos tareas que podía encomendarle.

—No volveré —dijo, y lo dijo en serio. No tenía motivos para alejarse tanto y, además, había dormido muy mal la noche anterior. Prefería con mucha diferencia su propia cama antes que las piedras y la nieve derretida—. Pero no tienes que preocuparte, padre, no vi más que ardillas. La primavera se está retrasando este año.

—Siempre llega tarde a estas alturas de las montañas —comentó Summer con el aire de quien sabe algo que el resto de la familia no.

Sofia se metió en la boca un trozo grande de pan.

—¿Quién lo dice?

—No hables con la boca llena, Renacuajo —le dijo Story, dándole un codazo a su hermana pequeña.

Summer evitó sus miradas.

—Oí que alguien lo decía en el mercado.

—Se trata del carpintero, ¿verdad? —Story sonrió con los ojos resplandeciendo a la luz del fuego—. ¡Sabía que te gustaba!

Mientras sus hermanas bromeaban las unas con las otras y su padre intentaba calmarlas, la mente de Jaren estaba inundada por una canción extraña y triste que no podía identificar. No tenía ninguna habilidad musical, así que no era probable que se la hubiese inventado. Y, aunque a su madre le encantaba cantar, no hubiese elegido algo tan triste.

—¡Yuju! —exclamó Story, agitando una mano frente a su rostro— ¿Dónde estabas?

Se dio cuenta de que su cuchara colgaba delante de él, olvidada.

—Lo siento.

—Es evidente que estás agotado —dijo su padre—. Descansa un poco. Tus hermanas y yo nos encargaremos del resto de tus tareas lo que queda del día.

Jaren asintió y balbuceó una disculpa. Pero, aunque sí que sentía el cansancio en cada fibra de su cuerpo, permaneció despierto durante horas, intentando quitarse de la cabeza aquella extraña melodía.

Capítulo Tres

Varios días después, enviaron a Sage y a Leelo a visitar a Isola. Su madre, Rosalie, se había quejado delante de Fiona y de Ketty de que la chica había estado actuando de manera extraña todo el invierno, taciturna y cansada sin motivo aparente.

—Tal vez esté enferma —sugirió Sage mientras se dirigían a la cabaña de su amiga—. La última vez que la vimos, tenía un aspecto terrible.

—O, tal vez, ser vigilante ha sido demasiado para ella. El servicio en invierno es agotador.

En una ocasión, Leelo le había preguntado a su madre por qué no comenzaban su año como vigilantes durante la primavera o el verano, teniendo así más tiempo para aprender antes de que el lago se helase. «Porque el invierno es largo y le pasa factura incluso a los vigilantes más experimentados —le había explicado su madre—. Soportarlo de golpe es demasiado, así que lo dividimos para que resulte más fácil». Todo el mundo, sin importar su estatura o sus habilidades físicas, estaba obligado a prestar un año de servicio vigilando la isla. Leelo todavía se estaba recuperando de la noche que había pasado en el bosque y a la que le había seguido inmediatamente un día entero patrullando la costa.

Sage estaba a punto de contestar cuando escucharon una conmoción procedente del interior de la cabaña de Isola.

—¡No quiero que se marche! —gritó su amiga—. ¡No puedes obligarle!

La insistente desesperación de la voz de la chica hizo que a Leelo se le pusiera la piel de gallina.

—Deberíamos irnos —susurró, girándose hacia el sendero.

Sin embargo, su prima sacudió la cabeza y la arrastró detrás de ella.

—¿Y perdernos esto? De eso nada.

—¡Sage! —exclamó entre dientes, aunque ya estaban agachadas detrás de un árbol, escuchando.

Un momento después, la puerta de la cabaña se abrió de golpe. La madre de Isola empujó hacia fuera a un hombre joven a medio vestir mientras le golpeaba la cabeza con una cuchara de madera.

—¡Idiota! —gritó Rosalie—. ¡El hielo ha desaparecido! ¡Ya me dirás si ha merecido la pena cuando el lago te atrape!

El muchacho se colocó los brazos sobre la cabeza para protegerse y, con el movimiento, se le marcaron los músculos del torso. Leelo y Sage contemplaron con la boca abierta mientras Isola salía corriendo de la casa detrás de su madre, vestida tan solo con la ropa interior.

—¡Por favor, madre! —gimió la chica, pero el muchacho ya estaba pasándose la camisa por la cabeza y corriendo a través del bosque en dirección al lago.

Rosalie agarró a su hija de la manga.

—¡Deja ya esta estupidez, Isola! Sabes que no puede quedarse. ¿En qué estabas pensando?

Pero la chica se liberó y salió detrás de él, descalza, dando traspiés sobre el barro.

—¡Pieter! ¡Vuelve!

«Pieter». Entonces, Leelo le reconoció, aunque, la última vez que le había visto, no había sido mucho más mayor de lo que era

Tate en aquel momento. Su padre era pintor y, a veces, su madre compraba la lana de Ketty para confeccionar las cálidas botas que llevaban en invierno. Pero, además de eso, no podía recordar mucho sobre él, más allá de que era un *incantu*. ¿Qué hacía otra vez en Endla?

—Vamos —dijo Sage, tirando de ella.

Rosalie seguía a su hija con paso rápido, pero no corría. Sabía que Pieter no llegaría muy lejos.

—Id a buscar a vuestra familia —les dijo por encima del hombro—. Se va a producir un ahogamiento.

Leelo jadeó, pero mientras corrían de vuelta a casa, el gesto de Sage era extrañamente resuelto. ¿En qué había estado pensando Isola? Sabía que, cuando se marchara, querría volver a ver a Tate, pero jamás le permitiría poner su vida en peligro por regresar a Endla. Además, Pieter no era familia, solo un antiguo amigo que, de algún modo, se había convertido en algo más.

Cuando llegaron a casa, se quitaron las botas embarradas antes de entrar dentro. Sage se detuvo un momento junto a la estufa para calentarse las manos mientras llamaba a voces a su madre.

—¡Date prisa! —gritó—. Va a haber un ahogamiento.

El estómago de Leelo se encogió al escuchar aquella frase repetida. Según la tía Ketty, era demasiado sensible. Cada vez que mataban a un cordero para el festival de verano, no tenía las agallas de comérselo. Ver la sangre no era lo que hacía que se le nublara la vista o que le temblaran las rodillas, sino la idea de que el animal tuviera que soportar tanto miedo y dolor. Y, si bien sabía que un ahogamiento no era exactamente una matanza y que Pieter había escogido su propio destino, iba a sufrir de forma terrible de todos modos.

Ketty entró desde el patio, donde había estado cortando madera para el fuego. Tenía el mismo pelo castaño rojizo y los mismos ojos color avellana que la madre de Leelo y que Sage, mientras que ella tenía el cabello rubio plateado y los ojos azules de su padre.

Tate no se parecía a ninguno de ellos. Su madre decía que se parecía a su abuelo, que había muerto antes de que ella naciese.

—¿Un ahogamiento? —preguntó su tía mientras colgaba el delantal en un gancho que había junto a la puerta—. ¿Estás segura?

Sage asintió.

—Es Pieter Thomason. Estaba en casa de Isola. Debió de llegar cruzando el hielo y se ha debido de esconder todo el invierno. La madre de Isola lo ha perseguido hacia el bosque.

Ketty inspiró con fuerza.

—Pobre Rosalie. Esto supondrá una vergüenza bastante duradera para su familia.

Leelo nunca había oído hablar de ningún *incantu* que regresase a Endla, y se preguntó en qué se diferenciaba de un forastero cruzando sus fronteras. Pero, a diferencia de su tía, no estaba pensando en Rosalie; estaba pensando en Isola y, lo que era más importante, en Pieter.

Ketty sacudió la cabeza mientras mascullaba para sí misma.

—Será mejor ir a buscar a Fiona. Está arriba, descansando.

—Estoy despierta. —La madre de Leelo bajó las escaleras con las piernas poco estables, apoyándose con fuerza en la barandilla de madera. Últimamente, se sentía débil y cansada a menudo, aunque prometía que se encontraba bien. Antes de convertirse en vigilante, le había ayudado a tejer y bordar, pero ahora Fiona tenía que hacer todo el trabajo sola—. ¿Decíais que es Pieter Thomason?

Tomó a su madre del brazo y la ayudó a sentarse en una silla junto al fuego.

—Podemos quedarnos aquí, si no te sientes lo bastante bien.

—Todo el mundo tiene que asistir —señaló Ketty—. Ya lo sabes.

—¿Mamá? —Se agachó junto a su madre—. No me importa quedarme.

—No creo que tenga fuerzas para hacerlo —le dijo Fiona a su hermana.

—Precisamente por eso deberías venir, hermana. Los cánticos te ayudarán a sentirte mejor.

Fiona frunció el ceño y se masajeó las sienes.

—La cabeza me palpita. Intentaré seguiros, pero deberías ir delante, Leelo. —La voz de su madre era suave y compasiva, aunque parecía preocupada—. Pobre chico. Y sus padres... Me pregunto si lo saben.

Leelo se mordió el borde irregular de una uña. Su madre comprendía lo mucho que odiaba los ahogamientos, pero ya se había perdido el último, cuando, en su primer día de servicio, un par de vigilantes encontraron a un hombre que aseguraba haberse perdido en una tormenta de nieve. Le habían dado la misma elección que a todo el mundo y ella se había sorprendido cuando había elegido el Bosque. En invierno, al menos había una posibilidad de conseguir cruzar el hielo, pero el Bosque no toleraría a un forastero más de lo que un perro toleraría una pulga. La caída de un árbol había aplastado al hombre apenas unos minutos después de que lo liberasen.

La ausencia repetida de Leelo se notaría. Además, los ahogamientos eran importantes para Endla; eran un recordatorio de lo valioso que era aquel lugar y lo vital que era protegerlo costase lo que costase. Tan solo los *incantu* se libraban de aquellas ocasiones, ya que no eran considerados endlanos de verdad.

A pesar de la comida y el refugio que proporcionaba el Bosque Errante, los forasteros lo consideraban maligno, tal como la tía Ketty les había explicado cientos de veces. «Así es como son los forasteros. Si no entienden algo, como el Bosque, tienen que destruirlo. Cualquier cosa que no funciona de la forma en la que ellos han decidido que debe funcionar, no merece vivir según ellos».

Ese era el motivo por el que los forasteros habían talado o quemado todos los demás Bosques Errantes y por el que era tan vital que Endla no sufriese ningún daño. Pieter no era un forastero, desde luego, y es probable que no tuviera intención de hacerle daño al Bosque Errante, pero si era capaz de cruzar el lago helado tan fácilmente y permanecer escondido, ¿qué iba a impedir que un forastero hiciese lo mismo?

—Está bien, mamá —dijo al fin—. Volveremos pronto.

Con un agujero formándosele en el estómago, se puso las botas llenas de fango y, con paso cansado, volvió a dirigirse al bosque junto con su tía y su prima.

Sage tomó a Leelo del brazo y ella pudo sentir cómo, en el interior de su prima, zumbaba la... No quería decir «emoción», aunque eso era lo que parecía.

—Sé que lo odias, Lo, pero es necesario. No puede quedarse aquí. A estas alturas tienes que entenderlo.

—Así es —asintió, solo porque era más fácil que discutir.

Sin embargo, estaba segura de que no era necesario que Pieter muriera. Pensó en él saliendo de la cabaña de Isola a trompicones, medio desnudo, y en lo vulnerables que son los humanos cuando se enfrentaban a la violencia de la naturaleza. Un recuerdo (la forma en la que las raíces del árbol de su familia habían absorbido el sacrificio de sangre con tanto entusiasmo) hizo que la herida de la mano le palpitase de dolor. Había visto pájaros volar hasta un árbol para no volver a salir nunca más y, en una ocasión, incluso había visto desaparecer un ciervo entero en un cenote. Sabía demasiado bien de lo que era capaz el Bosque.

Cuando llegaron al borde del agua, vio que una multitud se había reunido cerca de la orilla, repartida en forma de media luna. Su prima se abrió camino hasta la parte delantera, arrastrándola con ella.

Pieter estaba de pie, con los talones casi tocando el agua y sujetando un palo como si fuese un arma, aunque fuese débil. Enseñó los dientes, haciendo que Leelo se acordase de un tejón que había cazado una vez con una trampa. No sabía si a los *incantu* se les daba la misma elección que a los forasteros, pero parecía que Pieter había tomado su propia decisión.

—¡Atrás! —gritó, moviendo el palo frente a una mujer que se había acercado para burlarse de él—. Lo digo en serio.

—¡Pieter, por favor! —Isola estaba chillando de nuevo, pero su madre y otros dos isleños la retenían—. ¡Quédate conmigo!

—Calla —dijo Rosalie, intentando calmar a su hija—. Sabes que eso es imposible.

El chico miró a su espalda. Quedaban unos pocos fragmentos pequeños de hielo flotante. El más cercano estaba a apenas unos metros de la costa, pero no había forma de alcanzarlo sin tocar el agua. Leelo examinó la multitud en busca de los padres del chico y los encontró de pie, en actitud estoica, cerca del final de la fila de isleños. Más allá de por un par de lágrimas en las mejillas de su madre, nadie habría imaginado que su hijo estaba a punto de morir. «¿Por qué no han hecho nada?», se preguntó. ¿Cómo podían quedarse ahí de pie y permitir que pasase aquello?

De pronto, Pieter se giró y se precipitó a través de los bajíos, consiguiendo alcanzar de alguna manera el primer trozo de hielo. Se quedó allí quieto, con las piernas abiertas en una posición que le permitiese mantener el equilibrio mientras buscaba frenéticamente el siguiente paso. Los isleños observaron cómo daba un salto, aterrizando con mitad del cuerpo en el hielo y la otra mitad fuera.

—¡Mirad! —exclamó alguien. Un grupo de forasteros se había reunido en la orilla lejana.

—¡Rápido, Pieter! —gritó uno de ellos—. ¡Tú puedes!

El muchacho casi estaba a mitad del lago, pero, en aquel lado, el hielo era todavía más escaso. No había manera de que consiguiera alcanzar los otros trozos sin nadar. Los forasteros estaban arrastrando una barca a través del barro y hacia el agua, pero no parecían estar seguros de querer arriesgarse. Leelo no podía culparlos.

—¡Ayuda! —chilló Pieter mientras el hielo que había bajo sus pies se quebraba. Un momento estaba de pie y, al siguiente, había desaparecido con un chapoteo y un grito estrangulado.

—¡Pieter!

Durante un momento, Isola se liberó, pero los demás consiguieron atraparla antes de que alcanzase el agua. Estaba claro que se hubiese metido dentro si no la hubiesen detenido.

—Esto es horrible —sollozó Leelo, apartando la vista. Sin embargo, la tía Ketty estaba justo a su lado. La agarró de la barbilla y la obligó a mirar hacia el agua.

—Debes ser testigo de su insensatez —insistió—. ¿Ves lo que ocurre cuando no ponemos la isla por encima de todo lo demás?

Por un instante, Pieter volvió a emerger a la superficie, pero Leelo sabía que no había esperanza. Una vez que el lago se apoderaba de sus víctimas, ya no había vuelta atrás. Mientras volvía a desaparecer, los isleños se esparcieron por la orilla, uniendo los brazos los unos con los otros. Ella se encontraba entre su tía y su prima, que ya tenían los ojos cerrados y la cabeza inclinada.

Todavía era invierno, pero todo sacrificio merecía una canción. Aquella no atraía a las criaturas como la canción de caza, ni las calmaba como la canción para matar. Su madre decía que era una canción para el lago, para pedirle que fuese amable con sus víctimas. Aunque, en realidad, no era una parte del Bosque (el lago había estado allí antes que el Bosque Errante, y seguiría allí si este se marchaba alguna vez), seguía siendo su protector. «Pero no hay nada amable en esta muerte», pensó ella, recordando el cisne. Tan solo esperaba que fuese rápida.

La primera nota fue tan grave que tan apenas la escuchó. Uno a uno, los demás se unieron. El lúgubre lamento resonó en sus oídos mientras sus propios labios formaban las notas de la canción del ahogamiento. Por mucho que odiase los ahogamientos, temiese el veneno del lago y el hambre del Bosque que la rodeaba, no podía detener su propia magia más de lo que podría detener el cambio de las estaciones. Una vez más, sintió la presión insistente en la garganta: eran la música y la magia, desesperadas por liberarse.

Contempló el lugar en el que Pieter había desaparecido, preguntándose si sus huesos acabarían en aquella orilla o en la otra, si es que llegaban a emerger del agua. También se preguntó si sus padres estaban cantando, si habían sabido que había regresado, o si él lo había mantenido en secreto excepto para Isola.

Parecía muy injusto ser castigado primero con nacer sin magia y, después, con ser obligado a marcharse. Sin embargo, los *incantu* no estaban seguros en Endla, porque los isleños volverían a cantar, y aquellos que no tenían magia no podrían resistirse a ella más que una polilla a una llama.

Leelo sabía que la única cosa peor que su hermano marchándose sería encontrarse en aquella situación: de pie en la orilla del lago, cantando la canción del ahogamiento para Tate.

Capítulo Cuatro

Aquella noche, Fiona peinó con suavidad el cabello largo de Leelo mientras Ketty formaba una especie de trenza con los mechones rojizos de Sage. Tate ya estaba dormido y el salón estaba en silencio excepto por las quejas de su prima y el crepitar del fuego.

Leelo había pasado todo el día intentando encontrar sentido a lo que habían presenciado. Siempre había creído que nunca volvería a tener contacto con Tate una vez que se hubiese marchado y que cualquiera que supiera de lo que era capaz el Bosque correría lo más lejos posible de él para no sentir la tentación de regresar nunca.

De niña, siempre había mimado a su hermano pequeño, antes de comprender que se marcharía cuando cumpliese doce años (ahora, tan solo quedaban unas semanas) si su magia no aparecía. De normal, se asumía que, si para entonces, no lo había hecho, un endlano era un verdadero *incantu* y que, aunque tal vez no fuesen presa de la música de Endla al principio, acabarían siéndolo. Era un destino mucho mejor tener que marcharse tan pronto que quedarse hasta que fuese demasiado tarde.

En torno a su décimo cumpleaños, Tate había dejado de intentar cantar sus oraciones al Bosque y, en su lugar, había empezado a recitarlas hablando, consciente de que en su voz no había magia. En aquel momento, Leelo se había esforzado todo lo posible por distanciarse de él, pero en seguida le había quedado claro que la separación sería tan dolorosa como cortarse una extremidad, tanto si lo hacían en aquel momento, como si lo hacían cuando llegase la hora de que él se marchase. Su hermano todavía seguía arrastrándose hacia su lado de la cama durante las noches frías y, a veces, ella no tenía el valor suficiente para echarle. Durmiendo a su lado, con la cara mostrando todavía un pequeño atisbo de la redondez infantil, no podía imaginárselo solo en el mundo.

—¿Por qué hacemos que se marchen? —susurró, a pesar de que conocía la respuesta.

—Aquellos que no tienen magia no son lo bastante fuertes como para resistirse a ella —contestó Fiona con una voz tan suave que hizo que le pesasen los párpados—. Por eso no podemos permitir que se queden en Endla.

Ella suspiró.

—Pero, seguro que podríamos protegerlos de alguna manera.

—Sabes que eso es imposible. Correrían directos hacia nuestras trampas en el momento en el que cantásemos la canción de caza —contestó Ketty con un tono de voz tan cortante como su mirada bajo la luz del fuego.

Sage se apartó de las manos ásperas de su madre y tomó un par de pequeñas astas, que todavía estaban cubiertas de terciopelo. El ciervo joven al que se las había quitado había muerto de causas naturales; la cacería no empezaría de nuevo en la isla hasta después del festival. Antes, su prima había ensartado bayas de acebo en un hilo y, en aquel momento, procedió a colocarlas alrededor de las astas, dando forma a su corona para el festival de primavera.

—¿Y qué pasa si atrapamos a unos pocos *incantu*? —dijo—. Al menos, el Bosque acabaría saciado.

Leelo frunció el ceño hacia ella.

—¿Cómo puedes decir eso? Solo porque alguien no tenga magia, no quiere decir que merezca morir.

—Precisamente por eso los mandamos fuera —dijo su tía—. Se trata de un gesto de amabilidad, no de un castigo. Pieter conocía las consecuencias de regresar.

—¿Y qué hay de las consecuencias de amparar a un *incantu*? —le preguntó Sage.

Ketty quitó los restos de cabello de su hija del peine y los lanzó al fuego, donde rápidamente quedaron reducidos a cenizas.

—La familia de Isola será repudiada. Solo una temporada, de todos modos. Hablaré con el consejo en nombre de Rosalie y Gant. Están demasiado inmersos en la comunidad como para ser repudiados para siempre, y no parece que supiesen lo de Pieter hasta hoy.

—¿Y qué pasará con la propia Isola? —insistió Sage.

—Esa pobre chica tendrá que enfrentarse a las consecuencias durante el resto de su vida —comentó Fiona en voz baja.

Su prima puso los ojos en blanco, insatisfecha con la respuesta.

—Me apuesto algo a que nadie querrá casarse con ella.

—Isola está arruinada —coincidió Ketty—. Si sus padres son listos, la echarán más pronto que tarde. No hay motivo para que se vean arrastrados por sus errores.

A Leelo le dolía el corazón por la joven. No podía imaginar que su propia familia renegase de ella.

—Pero Pieter era uno de nosotros y no le hacía daño a nadie. Ni siquiera sabíamos que estaba aquí hasta hoy.

Ketty la miró con el ceño fruncido.

—Una vez que un *incantu* se marcha, pasa a ser un forastero, y los forasteros tienen prohibido entrar en Endla. ¿Por qué tenemos que repasar esto un millón de veces, Leelo?

—No todos los forasteros son malvados, Ketty.

Se giró para mirar a su madre. Tan apenas hablaba y, cuando lo hacía, solía ser para darle la razón a su hermana. Pero, al parecer, aquella noche no estaba de humor para apaciguarla.

Ketty respondió al comentario de su hermana con una mirada que podría atravesar la piel.

—Estoy cansada —dijo Fiona con un suspiro, levantándose de la silla—; creo que me iré a la cama.

Siguiendo su ejemplo, Leelo y Sage subieron las escaleras hasta el dormitorio que compartían, dejando que Ketty ardiese de resentimiento en la oscuridad junto con las brasas.

Se prepararon para acostarse en silencio, pero las palabras de su madre se repetían en su mente una y otra vez mientras se subía a la cama, jugando con uno de los ovillos de fieltro de lana que había confeccionado y que había unido con cuerdas para crear guirnaldas que colgaban del cabecero, del alféizar de la ventana y la pequeña librería que compartían. Además de eso, la única decoración que había era una alfombra roja y rosa tejida con forma circular que ocupaba la mayor parte del suelo. La había tejido su abuela antes de morir. Si sabías cómo leer los colores y los estampados, contaba la historia de Endla.

Cuando era más joven, le había preguntado a su madre al respecto.

—Sé que vinimos aquí para proteger al Bosque y a nosotros mismos —había dicho—, pero ¿qué pasó en el mundo exterior que fuese tan terrible como para que tuviéramos que marcharnos?

Fiona había suspirado, como si hubiese sabido que aquel momento se acercaba.

—En el pasado, nuestros ancestros vivían en una pequeña ciudad amurallada en tierra firme, separados del resto del mundo. Pero, un día, una niñita de un pueblo cercano, salió de su casa atraída por nuestros cánticos, y nunca se la volvió a ver. Los aldeanos atacaron la ciudad, atrapando a muchos de los nuestros entre las murallas y prendiendo fuego a todo lo que había dentro. Sin embargo, algunos escaparon y huyeron hacia las montañas, desesperados por encontrar cobijo. Cuando llegaron al lago Luma, dijeron que la isla les llamaba. Una de las nuestras había entrado a

hurtadillas en uno de los pueblos cercanos para conseguir suministros, y había oído a los lugareños hablando del Bosque Errante, de
cómo era malvado y devoraba a cualquiera que viajase hasta la isla.
Muchos habían ido allí para intentar acabar con él, o, al menos,
para conducirlo a otro sitio donde no pudiera seguir haciéndole daño a los humanos, pero aquellas personas nunca regresaron.
Nuestros ancestros decidieron arriesgarse con el Bosque.

—¿Cómo cruzamos el lago?

—En aquel entonces no era venenoso —le había explicado
Fiona—. Cuando todos los nuestros acabaron el viaje sanos y salvos
y los aldeanos pudieron ver que todavía estaban vivos en Endla,
decidieron cruzar y quemarlo todo, incluyendo a nuestro pueblo.
Llevaron a cabo un asalto sobre la isla unas semanas después, pero
antes de que pudieran llegar a la otra orilla, sus barcos empezaron
a desintegrarse. Docenas de forasteros se ahogaron. Volvieron a
intentarlo varias semanas más tarde, y ocurrió lo mismo. El lago
se había vuelto venenoso y nunca más podría ser atravesado de
forma segura. El Bosque Errante había encontrado personas que lo
protegerían y, a cambio, él nos protegería a nosotros.

Capítulo Cinco

Los días pasaron, y nadie volvió a hablar del ahogamiento. A Leelo le molestaba que la gente pudiese fingir con tanta facilidad que no había muerto un hombre, o lo que era peor, que nunca había vivido. Intentaba no pensar en Pieter, pero estaba preocupada por Isola. No había visto a su amiga desde aquella mañana, y dudaba que fuese a asistir al festival de primavera aquella noche.

Fiona enderezó el dobladillo del nuevo vestido de Leelo y alzó la vista con los ojos húmedos por las lágrimas.

—¿Qué ocurre? —le preguntó ella, mirando a su madre con preocupación.

—Solo estaba pensando en lo guapa que estás.

—¿Y eso te ha hecho llorar? —bromeó.

La mujer sonrió y se puso en pie, tambaleándose un poco.

—Sé que te estás convirtiendo en una mujer adulta, pero me cuesta creer que solo era unos pocos años más mayor que tú cuando te di a luz.

Según su cultura, los niños de Endla se convertían en adultos durante el año que pasaban como vigilantes, pero Leelo no se sentía como una adulta y, desde luego, tampoco se sentía preparada para tener hijos.

Arrugó las cejas y se giró para mirarse en el espejo. La corona de cisne, que su madre le había ayudado a crear, comenzaba en el nacimiento del cabello y descendía hasta la parte trasera de la cabeza, justo por encima de la trenza, como un par de alas. Las bayas estaban agrupadas como joyas azules en la parte delantera de la corona.

Su nuevo vestido se había confeccionado para que a su cuerpo le sentase bien con lana teñida en tonos suaves que iban desde el cielo pálido que eran sus ojos hasta el verde invernal de los pinos cubiertos por la nieve. Un estampado de copos de nieve, zorros blancos y piñas plateadas decoraba la falda, mientras que el cuello, los puños y el dobladillo estaban adornados con la piel suave y blanca de un conejo.

—Pareces la doncella de las nieves —dijo Sage desde el umbral de la puerta. Su vestido estaba tejido en tonos otoñales con ciervos rubios, ardillas rojizas que sujetaban bellotas y hojas de roble doradas decorando el tejido. Sobre los hombros llevaba atada una capa pequeña de piel de ciervo. Ya se había puesto la corona con las astas, y las bayas rojas brillaban sobre ellas.

Leelo sonrió y le tomó la mano, conduciéndola escaleras abajo. Las dos estaban demasiado nerviosas como para comer demasiado, así que la tía Ketty les dio pan tostado con mermelada de moras.

—Tened cuidado de no mancharos los vestidos —dijo—. Nuestra madre no eran tan buena con la costura como Fiona, y querréis guardarlos para vuestras propias hijas.

Sage puso los ojos en blanco. Su instinto maternal, si es que lo tenía, todavía tenía que surgir. Las dos muchachas habían estado presentes en el nacimiento de Tate, pero, así como ella se había asombrado ante la fuerza de su madre y la seguridad calmada de la comadrona, su prima tan solo había visto sangre y dolor.

—Sí, tía Ketty —dijo. Lo cierto era que no sabía si quería hijos, pero los endlanos tenían la responsabilidad de mantener la población, no solo para mantener su magia viva, sino como protectores del último Bosque Errante. Al menos, todavía le quedaban unos pocos años antes de que se esperase que se casara.

—Vamos —dijo su prima, apartando las viandas a medio comer—. No queremos llegar tarde.

Tate contempló a Leelo desde detrás de la puerta que daba a su diminuta habitación bajo las escaleras y la saludó tímidamente con un gesto de la mano. Ella le imitó, fingiendo alegría. A menudo había fantaseado con que se quedara en la isla, incluso aunque su magia no apareciera. Construirían una casita lejos, al otro lado de la isla, donde pocos isleños se aventuraban, y ella le visitaría todos los días. Pero ahora sabía que aquel no era el tipo de vida apropiado para él. Se sentiría muy triste estando solo. Lo mejor que podía desear era que encontrase a otros endlanos exiliados para vivir con ellos, de modo que no perdiese el contacto del todo con su hogar.

—Volveremos en unas pocas horas —le aseguró ella.

—Quédate aquí —le dijo Ketty, como si él no lo supiera—. Y, hagas lo que hagas, no te acerques al lago.

El festival de primavera siempre señalaba el día en el que los endlanos podían cantar de nuevo. Tate asintió y se retiró a su habitación.

—No hace falta que seas tan severa con él. —Fiona se arrodilló para ayudar a Leelo con los cordones de las botas que le llegaban hasta las rodillas—. Es un buen chico.

Ketty no contestó.

Fuera, se sorprendió al ver a Isola por delante de ellas, bajando a trompicones el camino. Había supuesto que no asistiría aquel día, dado que su familia había sido repudiada, tal como había predicho su tía. Ketty había prohibido a las chicas que fuesen a visitar a su amiga, pero, en aquel momento, Isola estaba allí, y no pensaba ignorarla. Se dio cuenta con un sobresalto de que le habían cortado la cabellera larga y oscura a la altura de la barbilla.

—Isola —la llamó, mientras trotaba para alcanzarla.

La muchacha la contempló con la mirada vacía.

—Leelo.

—¿Estás…? ¿Cómo estás?

Su amiga volvió a girarse hacia el sendero que había frente a ellas.

—Estoy bien.

Pensó en ofrecerle algún tipo de condolencias por lo que le había ocurrido a Pieter, pero ¿qué podría decir? Él se había marchado, e Isola debía de sentirse un poco responsable.

Sage se acercó a ellas sin darse cuenta.

—No puedo creer que por fin sea nuestro turno —dijo, dando vueltas mientras saltaba por el sendero—. Hemos pasado diecisiete años observando cómo otras personas participaban en la ceremonia, y ahora podemos hacerlo nosotras.

—Felicidades —murmuró Isola—. Las dos estáis muy guapas.

Leelo echó un vistazo al vestido de su amiga, que era sencillo y de una lana color crema bordada con flores. Su madre lo había confeccionado para ella, pero no era, ni mucho menos, tan bonito como el trabajo de Fiona.

—¿Qué le ha pasado a tu pelo? —preguntó Sage. Leelo le lanzó una mirada de advertencia, pero ella no se dio cuenta.

—Me lo cortó mi madre.

Su prima frunció el ceño.

—¿Por qué?

—Porque dejé de cepillármelo.

Podía sentir la tristeza que emergía de la muchacha como oleadas. Dubitativa, pasó un brazo por la cintura de Isola y la acercó hacia ella. Su amiga apoyó la cabeza sobre su hombro.

Se mordió los labios y miró a su espalda. Rosalie y Fiona iban caminando juntas, hablando en susurros, sin duda sobre Pieter y lo mal que Isola estaba sobrellevando su muerte. Ketty intentaba que su hermana se diese más prisa, pero Fiona la ignoró.

Leelo se dio cuenta de que tenía el hombro húmedo, de que Isola estaba llorando.

—¿Por qué has venido hoy? —le preguntó con amabilidad.

La muchacha sorbió por la nariz y se limpió el rostro con la manga.

—El consejo dijo que teníamos que hacerlo, que era importante que yo sirviese de ejemplo para los nuevos vigilantes. Pero, si no queréis hablar conmigo, lo entenderé; podríais meteros en problemas.

Sage hizo una mueca y salió trotando hacia delante para unirse a otros aldeanos. Una parte de Leelo (aquella que seguía las normas y que nunca traicionaría a Endla, especialmente si eso significaba marcar a su familia con la vergüenza) deseaba unirse a ella. Pero, por el contrario, se permitió sentir la humedad en el hombro, que era el recordatorio tangible del sufrimiento de Isola, y se quedó.

Al fin habían llegado al extremo contrario de la isla de donde Pieter había muerto. Iban hasta allí para la ceremonia de primavera y poco más. Desde allí, la orilla de enfrente se veía claramente, pero, en aquel lado, no había ninguna aldea cercana en tierra firme, por lo que la amenaza de que hubiese forasteros observándoles era menor. A veces, a los vigilantes se les pedía que patrullasen esa zona, pero Leelo y Sage no habían estado allí desde la ceremonia del año anterior, cuando había sido el turno de celebrarlo de una de sus primas lejanas. No era obligatorio que los endlanos asistieran, pero, como uno de los diez miembros electos del consejo, Ketty asistía cada año.

En aquella ocasión, doce adolescentes se habían convertido en vigilantes, y la mayoría ya había llegado con sus familias. Se saludaron con la emoción apenas contenida. Los seis chicos se habían reunido en un solo grupo. Leelo los conocía a todos, por supuesto. Habían jugado juntos mientras crecían y, en una isla tan pequeña, no había desconocidos. Sin embargo, los vigilantes siempre formaban equipos de dos y teniendo que emplear gran parte de su tiempo en el servicio, ya tan apenas se veían los unos a los otros.

—Lleváis unos vestidos muy bonitos —susurró una chica llamada Vance mientras tocaba el ribete suave de la manga de Leelo
y le hacía un gesto con la cabeza a Sage. Ella llevaba una corona de
plumas de búho, adornada con cardos secos y bayas de un color
morado oscuro—. Es una bendición que tengáis una costurera tan
habilidosa en la familia.

Leelo sonrió y miró hacia atrás, en dirección a su madre, que
se había unido al resto de los padres por insistencia de Rosalie.
La madre de Isola no quería que la mancha de su familia afectase
a Fiona. Vance tenía una hermana mayor sin magia, pero Leelo
tan apenas podía recordarla, pues se había marchado cuando ellas
todavía eran pequeñas. Se preguntó si Fiona y la madre de Vance
estaban hablando sobre cómo era despedirse de un hijo.

—¿Cómo está Isola? —preguntó la muchacha haciendo un gesto
hacia su amiga, que se había apartado y estaba de pie junto al lago,
con la mirada perdida en el agua, que estaba a punto de rozarle el
dobladillo embarrado.

—No está bien.

Vance frunció los labios y, aquel gesto, junto con sus enormes
ojos de un tono verde amarillento, hizo que se pareciese mucho a
un búho.

—No puedo entender en qué estaba pensando al arriesgar todo
por un chico. Un chico *incantu*, además.

Aquellas palabras irritaron a Leelo. Quería a Tate tanto como
quería a Sage, y la magia no tenía nada que ver al respecto.

—Debía de tenerle mucho aprecio.

—Si hubiese sido así, no le hubiera permitido volver —dijo su
prima.

Después de aquello, esperó con su madre hasta que todo el
mundo que iba a asistir se hubo reunido. Ketty había estado hablando con otros miembros del consejo, cada uno de los cuales
representaba aproximadamente a treinta isleños. Pero, en aquel
momento, se dirigía hacia las chicas.

—La ceremonia está a punto de empezar —les dijo mientras les daba un apretón en los hombros—. Deberíais acercaros al agua.

Obedeció a su tía, pisando con cuidado para no mancharse las botas. Allí, las orillas estaban llenas de barro a causa del derretimiento de la nieve, aunque algunas briznas de hierba verde habían empezado a asomar con valentía. Pronto, toda la isla estaría verde gracias a la primavera. Ella seguiría siendo una vigilante y, a menos que ocurriese un milagro, Tate se marcharía.

—Vigilantes —dijo una de las mujeres del consejo, dando unas palmadas—, la ceremonia va a comenzar. Por favor, tomad el nenúfar que os entregue la consejera Ketty.

Su tía estaba de pie frente a un cuenco de metal lleno de agua. En la parte superior, flotaban doce nenúfares blancos, uno para cada vigilante. Los miembros del consejo cultivaban las flores en un estanque que los endlanos tenían prohibido visitar antes de que se acabase su año como vigilantes.

Ketty sonrió con orgullo a Leelo y a Sage cuando tomaron su flor. Cuando todos se hubieron reunido en la orilla, el resto de los isleños comenzó a cantar una melodía preciosa que era tan inspiradora como la canción del ahogamiento era triste. Por primera vez aquel día, sintió parte de la emoción que suponía que debían de estar sintiendo los otros vigilantes. Cuando aquel año acabase, sería una adulta; sería capaz de tomar sus propias decisiones.

Pero, en realidad, no podía. No podía darle magia a Tate ni hacer que su madre se encontrase bien de nuevo. Tampoco podía evitar que se le rompiera el corazón. Recordó cómo, una vez, su madre le había dicho que un corazón roto y el dolor eran un regalo extraño, porque te recordaban que todavía tenías un corazón que podía romperse.

«Cuando dejas de preocuparte, cuando dejas de sentir pena, es entonces cuando sabes que estás perdida», había dicho Fiona. Incluso entonces, Leelo había comprendido que estaba hablando de la tía Ketty, que nunca hablaba de la pérdida. Ni de la suya, ni de la de Fiona.

Los vigilantes se arrodillaron y colocaron sus nenúfares sobre el agua, donde flotaron en la superficie como diminutos fragmentos de hielo. Poco a poco, las flores, que iban a la deriva, se adentraron en el lago. Acabarían echando raíces hasta que, al final, el veneno del lago las disolviese. Duraban más que los pájaros, las personas o cualquier otra cosa que tocase el agua. Sin embargo, con el tiempo, la magia acababa consumiendo todo lo que tocaba, como si fuera una bestia que devorase cada trozo de su presa sin dejar ningún resto.

Ni siquiera los huesos.

Capítulo Seis

Jaren estaba sentado en el tocón de un árbol en la orilla, justo enfrente del lago donde los isleños habían soltado en el agua lo que parecían flores. Le había prometido a su padre que no regresaría, y no había pretendido hacerlo. Pero, cada vez que salía a recolectar, la lúgubre canción de sus recuerdos surgía en su interior y sentía el extraño impulso de regresar a aquel lugar. La primera vez, la isla había estado en calma, sin ninguna señal visible de vida. No había tenido motivos para regresar.

Pero, tan pronto como había salido aquella mañana a buscar ortigas y dientes de león (las únicas plantas comestibles disponibles en un momento tan temprano de la primavera), se encontró de nuevo en el sendero que conducía al lago. Todavía había estado a unos dos kilómetros de distancia cuando había escuchado la canción. En aquel momento, por fin había entendido dónde había escuchado la melodía que le había estado persiguiendo durante días. Había atravesado el bosque a toda prisa para llegar hasta allí, ignorando las advertencias de su padre. Aquella música inquietante y distante había sido real, tan real como la persona que la había cantado.

Esta canción, sin embargo, no se parecía en nada a aquella. Era alegre, haciendo que diera golpes con los pies sobre las raíces musgosas muy a su pesar y a pesar de que estaba empezando a preguntarse si las historias sobre Endla eran ciertas.

La noche anterior, se había reunido con algunos de los aldeanos para tomar algo en el único pub de Bricklebury. Todavía le consideraban un forastero, pero era un forastero con tres hermanas bonitas en edad de casarse y, al parecer, eso era suficiente como para ganarse una invitación.

De forma despreocupada, le había preguntado a uno de los otros jóvenes por el lago. El lago Luma, que era como lo llamaban. El lago vacío.

—No es que esté exactamente vacío —había dicho uno de los aldeanos. Su nombre era Lars. Era alto y desgarbado, y tenía un mechón de pelo rojizo que parecía tener vida propia—. Está lleno de veneno. —Había bajado el tono de voz una octava—. Veneno mágico.

—«Mágico» —había repetido Jaren, ocultando una risita detrás de su pinta.

—Ríete todo lo que quieras —había espetado una mujer joven de cejas rebeldes—; no hará que sea menos cierto.

Él había inclinado la cabeza.

—Lo siento. No pretendo reírme, es solo que no creo en la magia.

Las cejas de la mujer habían formado dos líneas furiosas y ella se había marchado echando chispas, en busca de una compañía mejor. Jaren le había hecho una mueca a su acompañante.

—¡Ups!

Lars se había inclinado, acercándose más a él, ocultando la boca tras una mano, a pesar de que había tenido que gritar para que pudiera oírle por encima de las conversaciones ruidosas que inundaban el pequeño pub.

—El lago mató al padre de Maggie.

—Pero, si todo el mundo sabe que es venenoso, ¿por qué se metió?

Lars le había explicado que los isleños eran como las sirenas de las antiguas salomas piratas, atrayendo a los aldeanos a altas horas de la noche con voces demasiado hermosas como para resistirse. Pero, aunque la canción parecía acecharle, Jared no creía que hubiese nada que pudiera tentarle a meterse en el agua; no después de que Lars le hubiese descrito la muerte del padre de Maggie con detalles espantosos.

En aquel momento, contemplaba cómo los endlanos bailaban juntos con sus voces inquietantes como único instrumento. Se movían entre los árboles, mostrando cuernos, astas, plumas y pelaje como si se hubiesen convertido en criaturas del bosque en lugar de personas.

Se enderezó cuando una de las chicas se separó del grupo. Desde allí, no era más que un borrón pálido frente a los árboles. No llevaba cuernos como algunas de las otras muchachas, pero sí llevaba algo en la cabeza, algo más blanco incluso que su cabello.

Caminó hasta la orilla del lago y, por un minuto, temió que fuese ella la que fuese a meterse en el agua. Sin embargo, se detuvo en el borde, agachándose para soltar algo que tenía entre las manos.

Se levantó del tocón y se dirigió hasta donde llegaba el agua. Estaba justo enfrente de ella, al otro lado del lago, y resultaba fácil fingir que el agua azul y clara no estaba llena de veneno, y que la chica de la otra orilla era una chica normal, como sus hermanas. Ella observó cómo flotaba el objeto que había soltado durante unos instantes antes de que se hundiera bajo la superficie. Se puso de pie, alisándose el vestido, y alzó la vista.

Jaren se dio cuenta demasiado tarde de que había abandonado la seguridad de los árboles. Estaba tan expuesto como la muchacha; no había ninguna posibilidad de que no le hubiese visto. Por un momento, las supersticiones de los aldeanos repicaron en su conciencia. ¿Qué ocurriría si ella empezaba a cantar? ¿Sería lo bastante fuerte para resistirse?

Se desprendió de aquella idea casi tan rápido como se le había ocurrido. Incluso aunque quisiera ir a Endla (y, realmente, no tenía ningún deseo), no había ninguna barca disponible para que cruzase.

Además, la chica no estaba cantando; no estaba haciendo nada más que devolverle la mirada. Desde tanta distancia, no podía distinguir sus rasgos, y dudaba de que ella pudiera distinguir los suyos. No eran más que dos personas atemporales y sin rostro observándose el uno al otro por encima de un lago lleno de veneno.

Así que, cuando la chica alzó la mano para saludarle, supuso que no pasaría nada por devolverle el saludo.

Capítulo Siete

Leelo se marchó del festival antes que Sage. Había esperado sentirse diferente, cambiada de algún modo tras la ceremonia, y que participar en aquellos ritos de paso le ayudase a comprender por qué las cosas en Endla tenían que ser así. Sin embargo, seguía sintiéndose como la misma chica que había sido siempre, y todavía no podía aceptar el hecho de que Tate iba a marcharse.

Vio una pequeña flor de azafrán blanca que se había desprendido de la corona de un vigilante y la salvó de ser pisoteada por los bailarines. Cantando una oración silenciosa por primera vez en meses, la llevó con reverencia hasta el borde del agua, soltándola tal como había hecho con el nenúfar, aquella vez como símbolo de su hermano. Pero, a diferencia de los nenúfares, el capullo de azafrán se hundió casi al instante, como si fuera un mal presagio.

Se incorporó, limpiándose las lágrimas de las mejillas, y vio al hombre. Estaba de pie justo al otro lado del lago, observándola.

Pensó en salir corriendo. El pueblo más cercano al otro lado del lago estaba en el otro extremo de la isla, así que era extraño que estuviese allí. Además, había algo en la idea de que un forastero estuviese observando la ceremonia que hizo que se le encogiera el estómago. Se trataba de algo sagrado para Endla.

Pero, por algún motivo, dudó. Era más joven de lo que le había parecido al principio, tal vez un año o dos más mayor que ella, y no llevaba barba. Tenía buena vista, lo que, según Ketty, le haría ser una buena vigilante, pero, desde semejante distancia, no podía distinguir demasiado sus rasgos más allá del pelo, que era de un tono castaño.

No se dio cuenta de que estaba saludándole con la mano hasta que vio cómo él levantaba el brazo. Dejó caer el suyo de inmediato mientras un torrente cálido de sangre le inundaba las mejillas, pero no se dio la vuelta. De todos modos, no era como si él pudiera hacerle daño al Bosque desde aquella distancia.

El hombre bajó el brazo de forma abrupta cuando algo cayó al lago cerca de su lado de la orilla. Alzó la vista hacia las ramas que se arqueaban sobre el agua y sus labios formaron una «o» de sorpresa. Leelo se preguntó si habría caído una piña, pero, entonces, vio que él estaba observando el agua y se dio cuenta de que un pájaro debía de haberse caído del nido.

Jadeó y se cubrió la boca con una mano, pero el joven ya había encontrado en la orilla una rama llena de barro y estaba intentando rescatar a la criatura, tal como ella había hecho con el cisne.

Se quitó el abrigo y se envolvió una mano con él antes de sacar al diminuto polluelo del agua con el palo. Se lo llevó hacia el rostro, probablemente examinándolo por si mostraba señales de vida. Después, alzó la vista hacia ella.

Sabía que no era posible a semejante distancia, pero, durante un momento de temblor, sintió que sus ojos se encontraban. De forma inconsciente, dio un paso al frente hasta que sus botas estuvieron peligrosamente cerca del agua. Él gritó algo y ella se detuvo. Él sacudió la cabeza. El pájaro no habría sobrevivido a la caída, y mucho menos al agua y, desde luego, ella no podía ayudar desde donde estaba. El muchacho se adentró un poco en el bosque y se arrodilló sobre la tierra. Le costó un momento darse cuenta de que estaba enterrando al polluelo.

—¡Ahí estás!

Leelo se sobresaltó por el sonido de la voz de Sage justo detrás de ella.

—¿Qué estás haciendo? —le preguntó su prima, colocándose junto a ella y entrecerrando los ojos para poder ver en la distancia. Tenía la frente perlada de sudor por el baile. Leelo podía sentir el calor que emanaba de su cuerpo—. ¿Eso de allí es un forastero?

Volvió a sonrojarse, en aquella ocasión por la vergüenza.

—Sí.

—¿Qué está haciendo? —Sage empezó a darse la vuelta—. Deberíamos decírselo a nuestras madres.

—No —le dijo de forma abrupta, agarrándola del brazo—. No lo hagas.

El gesto de Sage pasó de la curiosidad a la sospecha.

—¿Por qué no?

Se descubrió buscando una excusa antes de poder preguntarse a sí misma por qué lo hacía.

—¿Qué sentido tiene interrumpir las festividades? No ha hecho nada malo.

—No debería estar vigilándonos, Lo.

Su amarga respuesta inicial era: «No, eso es lo que hacemos nosotros».

—No estaba vigilando —dijo en su lugar—. No realmente.

Sage todavía parecía sospechar, con la mirada color avellana penetrante bajo su corona.

—Podría haber visto el ritual. Podría contárselo a alguien. Para esto están los vigilantes, Leelo. Deberíamos cantar la canción de caza y librarnos de él antes de que le cuente a nadie lo que ha visto.

Se le revolvió el estómago ante la idea de atraer a aquel desaventurado desconocido hacia el lago.

—No ha hecho nada. Y no ha visto la ceremonia, estoy segura.

—¿Por qué le estás protegiendo? —le preguntó su prima con los brazos cruzados sobre el pecho—. Protegemos a Endla por encima de todo lo demás.

«Y Endla nos protege a nosotros», acabó ella en silencio.

—Es solo que... De verdad, no creo que esté aquí para hacerle daño al Bosque. —Por algún motivo, no quería contarle lo del polluelo. Sentía que era un secreto, uno bueno, y que Sage encontraría la manera de darle la vuelta—. Regresemos.

No tenía ganas de seguir con las celebraciones, pero quería marcharse antes de que su prima insistiese en hacer algo con respecto al forastero.

Su prima la siguió, alejándose del lago, pero su gesto no había cambiado. Leelo deseaba poder contarle lo que estaba pensando, contarle todos los pensamientos que habían florecido en ella cuando había visto al joven salvando al pájaro. Quería entender lo rota que se sentía Isola por Pieter y por qué había tenido que morir, y quería saber por qué Tate tenía que marcharse. Sin embargo, habían vuelto a unirse a los demás, y decidió comprobar cómo se encontraba Isola, que estaba de pie, contemplando el horizonte con los ojos tan vacíos como las aguas del lago Luma.

Aquella noche, permaneció despierta durante horas, observando cómo las sombras se movían por el techo bajo la luz de la luna. Por la respiración de Sage, sabía que también le estaba costando quedarse dormida. Tenían que levantarse temprano para el turno de vigilancia, y estarían exhaustas. Pero, por algún motivo, el sueño se negaba a aparecer.

—No estoy segura de querer enamorarme alguna vez —dijo su prima de pronto.

Leelo soltó un jadeo, pequeño e involuntario.

—¿Por qué?

—Porque no quiero renunciar a una parte de mí misma por alguien. Mira lo que le ocurrió a Isola —añadió.

Leelo abrió más los ojos, pero no respondió. Temía que cualquier reacción fuese a asustar a Sage y volviese a esconderse en su caparazón. Aquella era la primera vez que le había revelado algo tan personal, así que contuvo la respiración, esperando que dijese algo más.

—Isola estaba bien antes de él —continuó su prima—. Era libre y feliz, como nosotras y, ahora, es como si una parte de ella hubiese muerto junto con Pieter.

—Pero quizás valga la pena sentir un amor como ese —se aventuró a decir tras un momento.

Sage se puso rígida a su lado y ella temió haberse propasado.

—¿Cómo puede ser amor si te mata?

Pensó en su madre, en su tranquila resolución y su firmeza. Pensó en Tate, que tan solo quería amar y ser correspondido en ese amor. Si saber que tenía gente así en su vida hacía que Leelo estuviese menos asustada, entonces, más amor solo podía ser algo bueno.

—No creo que el amor te mate. Al menos, no a menudo. El amor hace que la gente sea más fuerte.

—No creo que mi madre amase nunca de verdad a mi padre, y ella es la mujer más fuerte que conozco —replicó Sage, a la defensiva.

Leelo permaneció en silencio durante mucho tiempo, pero, al final, consiguió aunar la valentía para girarse hacia su prima.

—Quiero contarte algo, pero me temo que vas a enfadarte.

Su prima se relajó y se estiró hacia ella, poniéndole una mano sobre el hombro.

—Eres mi mejor amiga, Lo. Puedes contarme cualquier cosa. Incluso aunque sea sobre ese hombre que había junto a la orilla.

Leelo volvió a tumbarse de espaldas. A veces, Sage era demasiado perceptiva.

—Vi cómo salvaba a un pájaro que cayó al lago. Al menos, lo intentó, pero ya estaba muerto. Lo enterró.

—¿Y?

Se incorporó y miró a su prima.

—Si los forasteros son tan horribles, si todo lo que quieren es destrozar nuestro Bosque, ¿por qué se esforzaría en enterrar al polluelo?

—No me digas que estabas protegiendo al muchacho tan solo por un estúpido pájaro —gimió la otra chica—. ¿Creo que algunos forasteros son mejores que otros? Por supuesto. Los santos saben que algunos isleños son mejores que otros.

—Pero tu madre los odia a todos.

En aquel momento, Sage también se incorporó y su voz se endureció.

—No sabes nada sobre mi madre.

—Entonces, háblame de ella —le dijo—. ¿Por qué odia tanto a los forasteros?

Su prima la observó durante un momento, como si, tal vez, tuviera algo que decir, pero, por el contrario, volvió a tumbarse y se giró, apartándose de ella.

—Duérmete. Mañana tenemos el primer turno.

Notaba que Sage no estaba, ni mucho menos, cerca de quedarse dormida, pues respiraba de forma rápida y enfadada. Esperó unos minutos y, después, salió de la habitación y bajó las escaleras en silencio. Abrió la puerta de la habitación de Tate y se coló en aquel espacio oscuro, agachándose para evitar golpearse la cabeza con el techo inclinado. Su hermano dormía sobre un colchón que había en el suelo, y era fácil arrodillarse encima, alzar la sábana y acurrucarse junto a él.

—Hola —murmuró, adormilado.

—Siento haberte despertado.

Él se giró hacia ella con los ojos brillando en la oscuridad.

—¿Estás bien? Mamá me ha dicho que la ceremonia había ido bien.

—Estoy bien, tan solo quería verte.

—No nos queda demasiado tiempo —susurró.

Ella se tragó el nudo que se le había formado en la garganta.

—Lo aprovecharemos al máximo.

Tate estuvo callado tanto tiempo que pensó que debía de estar al borde del sueño, pero, entonces, volvió a hablar.

—¿Es cierto que, una vez que me marche, nunca podremos vernos de nuevo?

Leelo se mordió el labio para reprimir un sollozo. Sus plegarias no habían funcionado y el sacrificio tampoco. Se preguntó qué sería necesario para apaciguar al Bosque. ¿Una bandada de pájaros? ¿Un caribú entero?

—Tal vez puedas enviarme alguna señal de que estás bien —dijo—. En invierno, cuando no tengas que preocuparte por los cánticos.

—¿Qué tipo de señal? —preguntó él, animándose.

—¿Un fuego cerca de la orilla del lago? Nadie acampa allí, así que sabré que eres tú.

—Pero ¿cómo lo verás?

—A partir de la primera noche de invierno, bajaré a la orilla. Una hora después de que se ponga el sol, de modo que pueda ver las llamas.

La mayoría de los isleños odiaban el invierno: no podían cantar y no tenían el lago para protegerles de los forasteros. Pero, si bien Leelo tal vez echase en falta los verdes y los rosas de la primavera y el verano, así como el follaje brillante como las llamas del otoño, estaba empezando a pensar que el invierno tenía su propia belleza: el Bosque dormido estaba suave y tranquilo, cubierto por un manto de nieve, y los animales permanecían a salvo acurrucados en sus guaridas. El invierno era la única estación en Endla que no estaba corroída por el veneno.

Estrechó la mano de su hermano.

—Saber que estás a salvo me dará mucha paz, Tate.

Él estuvo callado mucho rato, pero, entonces, dijo:

—Aun así, sigo deseando que pudieras venir a visitarme.

Los endlanos no abandonaban Endla. Todo el mundo lo sabía. Decían que la isla echaba raíces alrededor de tus pies para que no pudieras marcharte, incluso aunque quisieras.

Pero ¿por qué iban a abandonarla? En otros lugares se enfrentaban a la guerra, a la hambruna, a dirigentes crueles y a bestias
salvajes. Aquí, la vida era tranquila. A nadie le faltaba un hogar, ni
estaba oprimido. El lago los protegía mejor de lo que podría hacerlo cualquier soberano. El Bosque les abastecía. Y, si el coste era que
nunca pudieran marcharse, que así fuera. Al menos, eso era lo que
diría la tía Ketty.

Leelo le dio un beso en la frente a su hermano y cerró los ojos.
Sage había dicho que su madre era fuerte, pero Leelo no pensaba
en su tía de aquel modo. Era dura y quebradiza como los huesos
de los pájaros, como la leña. Y Leelo sabía muy bien que las cosas
quebradizas no se doblaban bajo presión.

Se rompían.

Capítulo Ocho

—¿Qué canción es esa que no dejas de tararear? —Le preguntó Story a Jaren mientras se dirigían al mercado.

Su hermana mayor, Summer, había estado desesperada por ir, probablemente esperando ver al carpintero, pero Renacuajo estaba enferma, y alguien tenía que atender todos sus caprichos. Su padre lo hubiera hecho él mismo, pero, aquel día, había salido a cazar liebres y pavos salvajes. Rena no hacía caso de una sola palabra que dijese Story y, dada su capacidad de distracción, Jared era un niñero terrible.

Dirigió los ojos con rapidez a su melliza. No se había dado cuenta de que hubiese estado tarareando. Habían pasado semanas desde que había ido al lago y había visto a la chica, y había necesitado una cantidad desconcertante de fuerza de voluntad para no volver. Cuando había sacado al polluelo del agua, una parte de él todavía era escéptica con respecto al veneno. Sin embargo, tras solo unos instantes sumergido, el cadáver diminuto había empezado a convertirse en un mero esqueleto, y cualquier duda restante se había desvanecido. Aun así, eso no significaba que fuese magia. En la naturaleza había muchas cosas venenosas: bayas, setas, insectos, plantas… ¿Por qué no podría serlo un lago?

—Lo siento, no es más que una melodía que no me puedo quitar de la cabeza.

Story alzó una mano y presionó la palma sobre la frente de Jaren.

—Bueno, no tienes fiebre. Pensaba que tal vez estabas enfermando con lo mismo que Rena.

—Rena ni siquiera está enferma —dijo él, apartándole la mano—. Tan solo está enfadada porque padre dice que es demasiado joven para ir a hacer la compra, así que está castigando a Summer.

—Conozco todas sus tácticas, Jay; pero tú nunca cantas.

—¿Qué quieres que te diga? El aire fresco de la primavera me está afectando.

Miró a su hermana para ver si había aceptado su mentira o si seguiría presionándole más. Ella se encogió de hombros.

—Bueno, es bonita, sea lo que sea. Un poco triste, pero bonita.

Habían llegado al mercado. En Bricklebury, se celebraba todos los domingos y era la excusa perfecta para que todos los lugareños se reuniesen y vendiesen historias a la vez que mercancías.

—Lo vi. Era grande como una vaca. —El hombre que estaba hablando, un tipo viejo y canoso, gesticulaba de forma exagerada frente a un grupo que se había reunido alrededor—. Debía descender de los lobos gigantes que deambulaban por estas montañas cuando nuestros abuelos eran jóvenes.

Una anciana que vendía patucos de punto asintió con gesto sabio.

—He oído las leyendas. Aunque no se ha visto ninguno en décadas...

Story puso los ojos en blanco en dirección a Jaren y se abrió paso entre el gentío hasta un puesto pequeño. La mujer que lo regentaba vendía medicina; alguna era de verdad y otra era más probable que matase al paciente en lugar de curarle. Su melliza tomó una botellita verde con una etiqueta que rezaba «Tónico para la fiebre».

—¿Qué es? —le preguntó a la tendera, moviendo la botella adelante y atrás para estudiar la viscosidad del fluido que llevaba dentro.

Mientras la mujer le enumeraba los ingredientes, Jaren recorrió el mercado con la mirada. Distinguió a Lars con bastante facilidad. El joven, con el cabello brillante, le saludó con una mano antes de volver a su conversación con el carnicero. Y también estaba Maggie, la mujer de las cejas formidables, que le fulminó con la mirada. Estaba claro que todavía seguía molesta por lo que había dicho con respecto a la magia.

—¿A quién estás buscando? —le preguntó Story, dándole una moneda a la tendera y guardando una botella marrón sin etiqueta en la bolsa.

—A nadie en especial —contestó él. Se dio cuenta en ese momento de que, en realidad, había estado buscando a una chica con el cabello rubio pálido, lo cual era una estupidez. Sabía que los endlanos no abandonaban su isla, fuese el lago mágico o no. Ella torció los labios como si fuese a decir algo más—. Esperaba comprar miel hoy —añadió—, pero no consigo encontrar el puesto.

La distracción funcionó. Había una mujer joven y guapa que vendía miel y Story sacaría sus propias conclusiones a partir de ahí.

—Solo viene cada dos semanas —dijo su hermana mientras le tomaba del brazo.

—¿Por qué crees que la gente de por aquí está tan obsesionada con la magia? —preguntó en voz baja mientras paseaban por el mercado—. ¿Es por el aire de las montañas? ¿Es porque tienen demasiado tiempo entre manos?

Ella sacudió la cabeza.

—No lo sé. Hasta cierto punto, yo misma puedo sentirla cuando estoy en el bosque; parece un bosque diferente al que había en casa.

Se habían mudado desde una ciudad que estaba a más de dos semanas de distancia a caballo cuando Klaus, que había conocido a la madre de Jaren cuando era una niña, le había escrito a Stepan describiendo los bosques abundantes, el aire limpio y la comunidad acogedora. Hasta entonces, todo había resultado ser cierto en su mayor parte.

Pero Jaren seguía sin comprender de qué hablaba todo el mundo, ni siquiera su hermana, que no solía creer en supersticiones.

Regresaron al lugar donde el anciano todavía seguía contando la historia sobre el lobo que, en aquel momento, ya había crecido hasta convertirse en el tamaño de una cabaña. A esas alturas, una multitud bastante grande se había congregado alrededor y Story arrastró a Jaren para escuchar.

—Mi perro lo siguió —dijo el anciano—. Yo no dejaba de llamarlo para intentar que regresara, pero no me escuchaba.

—¿Estás seguro de que no has estado bebiendo otra vez, Thom? —preguntó un hombre joven—. Tus historias tienden a volverse más fantasiosas cuanta más cerveza has bebido.

—La última vez era un trol —dijo alguien.

—¡Y antes de eso, fueron las hadas!

Jaren se encontró asintiendo con la cabeza. Al parecer, había al menos unas cuantas personas con algo de sentido común en aquel pueblo. Sin embargo, el anciano ignoró sus burlas y se llevó la mano al bolsillo. Sacó un colmillo enorme, más grande que ninguno que hubiese visto jamás.

—Arranqué esto del cuerpo de mi pobre Alfie una vez que el lobo dejó su cadáver. Y no me digáis que habéis visto alguna vez algo similar, a menos que seáis vosotros los que estéis borrachos.

Jaren y Story se miraron con los ojos abiertos de par en par y lentamente retrocedieron, alejándose de la multitud. Una vez que estuvieron en el sendero que conducía a su casa, su hermana se giró hacia él.

—Eso ha sido…

—¿Raro? ¿Extraño? ¿Perturbador?

Story asintió con energía.

—Sí.

—Incluso yo debo admitir que era un colmillo impresionante.

—Ahora estás empezando a creer en la magia, ¿eh? —preguntó ella, dándole un golpecito con el hombro. Jaren resopló.

—No mucho. Pero estoy empezando a creer que la gente de este pueblo está más loca de lo que pensaba. —Con un gesto, señaló la bolsa que llevaba—. ¿Qué le has comprado a Rena?

—¡Ah! No es más que aceite de hígado de bacalao. Voy a decirle que es un remedio para la fiebre. Con suerte, tendrá un sabor tan horrible que no se sentirá tentada de volver a fingir una enfermedad en una buena temporada.

Capítulo Nueve

«El tiempo pasa demasiado rápido», pensó Leelo mientras Sage y ella recorrían la isla hasta el punto de vigilancia que les correspondía aquel día. Había seguido durmiendo en la habitación de Tate desde la noche del festival, y Ketty incluso había conseguido contenerse a la hora de regañar a su hermano cuando había quemado la cena. Sin embargo, aunque Fiona había parecido estar un poco mejor después del festival de primavera, su condición había empeorado desde entonces. La mayoría de los días, tan apenas era capaz de salir de la cama y Leelo sospechaba que, al menos en parte, era por la certeza de que su único hijo se iba a marchar. Tate conseguía mantener un gesto de valentía por su familia, pero, por las noches, lloraba mientras dormía.

La primavera había llegado al fin. La isla estaba cubierta por un manto verde y, cada día, más flores brotaban de la tierra. Aquella noche, iba a haber una matanza. Cada familia llevaría a cabo una matanza ritual de un animal para agradecerle al Bosque su abundancia y su protección frente a los forasteros. Después de eso, el Bosque estaría totalmente despierto. Leelo temía el olor de la sangre y las notas duras y enfadadas de la canción de matar. Pero sabía que tendría que asistir y que no tenía sentido oponerse.

Sage le dio un codazo mientras se sentaban en un tronco, observando la orilla contraria.

—Va a estar bien. Lo sabes, ¿verdad?

Leelo hizo girar una brizna de hierba entre los dedos.

—Pero, en realidad, no lo sé, Sage.

Pensó en el fuego que Tate había prometido encender para ella, pero no tenía ni idea de si sería capaz de lograrlo. Todavía era muy joven, y si los forasteros eran la mitad de malos de lo que decía Ketty, podría correr mucho peligro.

—Es un chico listo —dijo su prima—. Es más ingenioso de lo que crees.

—Ni siquiera ha cumplido doce años. ¿Qué estábamos haciendo nosotras a su edad? ¿Jugar con los corderos y recolectar setas? Nunca ha estado solo. Ya puestos, podríamos arrojarlo a los lobos.

Sage permaneció en silencio un momento.

—Tienes razón. Lo siento. No sé cómo hacer que esto te resulte más fácil.

Leelo se secó las mejillas húmedas con la manga.

—No puedes hacer que me resulte más fácil; nadie puede hacerlo.

—Entonces, ¿qué puedo hacer?

Leelo miró a su prima a los ojos, aliviada al darse cuenta de que, en ellos, había verdadera preocupación.

—Solo intenta comprender cómo es esto para mí y, si no puedes, entonces, limítate a ser amable.

—Creo que eso puedo hacerlo. —Sage le pasó un brazo por los hombros—. ¿Volverás a nuestra habitación cuando se haya marchado? Me he sentido sola...

Asintió.

—Sí. Es solo que... Quería pasar con él todo el tiempo que pudiera.

Ambas se sobresaltaron al escuchar una especie de chapoteo al otro lado del lago. Se pusieron de pie y miraron a lo lejos. Un grupo de forasteros estaba en la orilla, tirando piedras al agua y cantando una cancioncilla inventada con voces agudas e irritantes. Aquello no era poco habitual. A veces, los aldeanos más jóvenes se retaban los unos a los otros a ir hasta la orilla del lago solo para demostrar que eran lo bastante valientes como para enfrentarse a los isleños, que no tenían miedo de las canciones de los endlanos.

Leelo volvió a pensar en el ritual de aquella noche y deseó que aquellos idiotas se marchasen. No tenían ni idea de a qué se enfrentaban.

—¿Deberíamos informar? —preguntó.

Sage observó a los aldeanos un momento y, después, sacudió la cabeza.

—No. Nuestro turno ha acabado, y son inofensivos. —Recogió su arco y unió uno de sus brazos con el suyo—. Vamos, hoy mamá necesita ayuda con los corderos. Justo anoche nacieron unos gemelos.

Sonrió mientras dejaban atrás a los forasteros con sus groserías e insultos, feliz de tener algo diferente en lo que pensar.

—¿Puede venir Tate? Le encantan los corderos.

—Supongo que no pasará nada. Solo tenemos que asegurarnos de que mamá no lo vea.

Soltó un gritito de alegría, lo que hizo que Sage se riera y, por un momento, sintió una oleada de esperanza. Incluso Fiona parecía estar un poco mejor aquel día. Cuando llegaron a casa, estaba en la mecedora que había junto al fuego, haciendo punto. Sonrió cuando las chicas entraron con las botas todavía puestas.

—¿A dónde vais ahora, cariño? —le preguntó.

—A ver a los corderos, una de las ovejas tuvo gemelos anoche.

—Espero que te lleves a Tate contigo. Lleva todo el día deprimido.

—Claro —contestó ella, dándole un beso a su madre en la frente que, por suerte, estaba fría y seca.

—Deberíais pasaros por casa de Isola para ver si le gustaría acompañaros. Rosalie dice que lleva varios días sin salir de casa. Un poco de sol le vendría bien.

Sage pareció consternada.

—Se supone que no debemos hablar con ella. Mi madre dijo que el consejo lo había prohibido.

—El consejo no tiene por qué enterarse —contestó Fiona con brusquedad—. Marchaos. Le diré a Tate que se reúna con vosotras en los pastizales.

Sage estuvo quejándose durante todo el camino hasta la cabaña de Isola, intentando convencerla de que cambiase de idea.

—Vamos a meternos en problemas. ¿Por qué deberíamos arriesgar nuestra reputación por ella? Hizo algo horrible, Leelo.

—Cometió un único error, Sage. ¿Cuánto tiempo tiene que sufrir por ello?

—No digo que haya que castigarla para siempre. Solo digo que no creo que tengamos que ser nosotras las que nos juguemos el pellejo por ella.

—Entonces, ¿quién debería?

Su prima puso los ojos en blanco.

—Suenas como la tía Fiona.

—Al menos, vamos a preguntarle.

Llamó a la puerta de la cabaña mientras su prima golpeaba el pie contra el suelo con impaciencia a la espera de Rosalie. Cuando por fin abrió, parecía agotada, pero dejó que pasasen.

—Sois muy amables por haber venido. Tal vez tengáis mejor suerte que yo —dijo, cerrando la puerta tras ellas.

Isola estaba sentada junto a la ventana, contemplando el bosque con una mirada distante en los ojos. Leelo supo sin tener que preguntar que estaba pensando en Pieter.

—Isola, vamos a ir a ver los corderos —dijo con suavidad—. Hemos pensado que tal vez te gustaría venir con nosotras. Puede que un poco de aire fresco te ayude.

Su amiga apartó los ojos vidriosos de la ventana y alzó la vista hacia ella.

—Lo dudo.

—Bueno, al menos los corderos sí serán de ayuda. Es imposible no sonreír cuando un corderito está retozando por primera vez.

Durante un buen rato, estuvo segura de que la muchacha se iba a negar, pero, entonces, se puso de pie y asintió.

—Está bien.

Mientras se dirigían a los pastizales donde tenían a las ovejas, Leelo inhalo los aromas de la primavera: tierra llena de lombrices, hierba nueva, piedras calentadas por el sol y musgo húmedo. En las zonas sombrías, el suelo estaba mullido por las lluvias primaverales, pero el sendero estaba seco y en todos los claros había zonas donde crecían flores: lirios del valle, narcisos y jacintos. Se había cambiado los pantalones y la túnica de vigilante por uno de los vestidos primaverales de su madre. Para protegerse del frío que todavía pudiera persistir, aquel día había añadido al conjunto su prenda de abrigo favorita, un cárdigan suave con rayas brillantes tejidas.

Había cinco ovejas amamantando a sus corderos, que no eran más que vellón color crema y rodillas huesudas. La oveja que había tenido a los gemelos era la más dócil. Tate ya estaba en la valla, intentando tentarla con un manojo de hierba. El animal se acercó hasta él con entusiasmo mientras sus crías la seguían, tropezando al intentar caminar y mamar al mismo tiempo, una habilidad que todavía no habían perfeccionado.

—Es una madre muy buena —dijo Tate, acariciando la cabeza lanuda de la oveja.

Sage le dio un codazo para quitarlo de en medio.

—Es parte de su naturaleza.

Tate y Leelo se miraron el uno al otro. Sabían que no todas las madres eran tan amables y amorosas como la suya, que no todas las mujeres aceptaban la maternidad con tanta facilidad. «Tal vez el caso de las ovejas sea diferente», pensó ella.

—¿Cómo se llaman? —preguntó Isola, alzando la barbilla hacia las crías.

Sage puso los ojos en blanco.

—¿Qué cómo se llaman? No son mascotas, ¿sabes? Nos quedaremos con las hembras para criar y obtener lana. Al macho es probable que nos lo comamos en algún momento. No le pones nombre a la cena, ¿no?

Leelo frunció el ceño en dirección a Sage. Isola estaba mostrando interés en algo y su prima se estaba esforzando al máximo por aplastarlo.

—Creo que a ese deberíamos llamarlo Lanoso —dijo Tate señalando al macho diminuto.

Leelo sonrió cuando los ojos de su amiga se iluminaron solo un poco.

—¿Y qué me dices del otro? —le preguntó al niño la otra chica. Él meditó un instante.

—Nanosa.

Sage soltó un bufido.

—Eso ni siquiera es un nombre.

Tate la ignoró y le tendió un poco más de hierba a la madre.

—A ti te voy a llamar Trébol.

Leelo sintió como si el corazón le fuese a estallar dentro del pecho de lo mucho que quería a su hermano pequeño, y aquella oleada de esperanza que había sentido antes se desvaneció. Tate era demasiado bueno para el mundo exterior, demasiado puro. No sobreviviría entre aquellos aldeanos. Tendría que irse más lejos, lo bastante lejos como para que la gente no supiese nada de Endla o sus habitantes. Eso significaba que, probablemente, estaría demasiado lejos como para regresar aquel invierno.

La puerta del establo se abrió con tanta violencia que golpeó la pared exterior con un estruendo, sobresaltando a los corderos. Ketty salió de dentro con el rostro torcido en un gesto de enfado. Leelo intentó ocultar a Tate a su espalda y lanzó una mirada preocupada a Isola, pero la ira de Ketty estaba centrada en otro asunto. Pasó echando chispas al lado de los cuatro, dirigiéndose de vuelta a la casa.

—¿Qué pasa, madre? —preguntó Sage, apresurándose a seguirla.

—Una de las ovejas no quiere amamantar a su cría —contestó por encima del hombro—. Tengo que buscar un biberón.

—Puedo hacerlo yo —le ofreció Tate, pero Ketty tan solo le lanzó una mirada fulminante y desapareció dentro de la casa.

—No pasa nada —le dijo Leelo a su hermano—. En lugar de eso, vamos a buscar renacuajos al arroyo.

—Te equivocas —contestó él con brusquedad, apartándole la mano—. Sí que me odia. Se desharía de mí ella misma si pudiera.

Aquella noche, su tía condujo hacia el bosque a una oveja con una soga alrededor del cuello. Fiona había insistido en quedarse en casa con Tate a pesar de las protestas de su hermana, y Leelo desearía estar allí con ellos, cómoda junto al fuego en lugar de atravesando el bosque con paso pesado para asistir a la matanza.

—Al menos intenta no parecer miserable —le dijo Sage mientras todos se reunían en el pinar.

No había regresado allí desde que había hecho el sacrificio de sangre por la magia de Tate. Nunca le había gustado aquel lugar. ¿Cómo podría, cuando contenía los recuerdos de tanto sufrimiento? Cada familia se colocó junto a la base de su árbol con una ofrenda, un grupo variopinto de animales que iban desde pollos hasta un becerro que estaba berreando.

Cuando eran niñas, Ketty había insistido en que cada una de ellas sacrificase un animal para apreciar al completo sus responsabilidades como endlanas. Al final, ella no había sido capaz de hacerlo y Sage se había visto obligada a matar a ambos conejos. Más tarde, aquella noche, Leelo había estado llorando en la cama cuando su prima le había preguntado qué ocurría.

—La tía Ketty me ha dicho que soy demasiado blanda para este mundo, que siempre encontrará una manera de romperme el corazón —le había dicho a través de las lágrimas—. ¿Crees que es cierto?

—Claro que no —le había asegurado su prima—. Sencillamente, mi madre no te conoce como yo.

Pero, incluso ahora, una parte de Leelo sabía que Ketty tenía razón. Uno de los miembros del consejo los guio a todos en la canción de matar y, uno a uno, los cabezas de familia pasaron un cuchillo por las gargantas de sus sacrificios. Balidos y berridos horribles rasgaron la noche y Leelo reprimió una arcada mientras el aire se inundaba del olor ferroso de la sangre, que formaba un charco en la base de cada árbol antes de desaparecer en la tierra. Una vez más, le pareció oír al viento susurrando entre las ramas más altas, como si fuese el suspiro de un hombre satisfecho con su comida, y se estremeció antes de mirar a Sage.

—¿Cuál ha elegido la tía Ketty esta vez? —le preguntó, observando cómo la vida se escapaba de la pobre oveja.

La mirada de su prima era feroz a la luz de los faroles.

—La que no quería amamantar a su cría.

Sintió cómo la bilis le subía por la garganta.

—¿Por qué?

—Ni siquiera se preocupaba por su propia cría —contestó Sage—. Puede que no sepa mucho sobre ser madre, pero incluso yo puedo ver lo mal que está eso.

Se tragó el sabor amargo que tenía en la boca. No pudo evitar pensar en Fiona y Tate, en cómo Ketty no toleraba a una oveja que se negaba a amamantar a su cría, pero estaba perfectamente dispuesta a dejar que Tate se marchara cuando él mismo era inocente como un corderito.

En aquel momento, todos los animales se habían quedado en silencio, y los isleños también. Mientras se giraban para marcharse, volvió a mirar a la oveja, cuyos ojos muertos parecían atravesarla con la mirada. Durante un breve destello, casi como si fuera una visión, vio a su propia madre yaciendo allí en su lugar y aquel pensamiento hizo que temblase durante todo el camino de vuelta a casa.

Capítulo Diez

Jaren se limpió la boca mientras bajaba dando traspiés por el sendero bajo la luz de la luna, preguntándose si iba a volver a vomitar. Tendría que haber hecho caso a Lars y Maggie, la de las cejas. Porque, a pesar de que los aldeanos se habían equivocado con respecto a lo de que las canciones atraían a la gente al lago (él se alejaba corriendo tan rápido como le permitían las piernas), seguían siendo malignas. Ahora sabía que aquello era un hecho.

Todo había sido una apuesta estúpida que, en parte, había aceptado porque quería tener una excusa para regresar allí. Pero mientras apretaba el paso a través de los bosques, las notas de aquella horrible canción, algunas tan agudas y desgarradoras como el sonido de los animales muriendo, le resonaban en la cabeza. No sabía cómo era posible que las mismas personas que habían creado una música tan alegre la última vez que había estado allí, o canciones tan hermosas como la que seguía escuchando en sus sueños, podían producir algo tan discordante. Y, si bien él mismo no era ajeno a la matanza de animales, el sonido de tantos muriendo a la vez al ritmo de aquella música espantosa la habían convertido en algo cruel y ritual más que necesario.

Estúpida apuesta.

Tan solo había regresado al pub porque Renacuajo le había suplicado que la llevase. Había tomado represalias por el truco del hígado de bacalao de Story cortándole unos mechones de pelo mientras dormía, lo que había supuesto que su padre la había castigado con severidad (aunque, tal vez, no con toda la severidad que hubiese merecido. Desde la muerte de su esposa, su padre era incapaz de permanecer enfadado con sus hijos). Story, que intentaba disimular una calva nada despreciable en la parte trasera de la cabeza con cierta creatividad a la hora de peinarse y un cambio constante de sombreros, había prometido vengarse muy pronto.

Con el tiempo, o bien su melliza se había olvidado de la traición de Renacuajo, o estaba jugando un juego muy largo. Sin embargo, cada vez que sus hermanos mayores iban al pub, la pequeña miraba por la ventana con tristeza, hasta que, al final, tras una hora de súplicas desesperadas, Jaren había cedido ante la presión y había accedido a llevarla.

Summer y Story habían ido a un baile en un pueblo cercano y su padre estaba visitando a su amigo Klaus, el que había invitado a la familia a Bricklebury. Renacuajo, que había estado exaltada y emocionada de librarse al fin de su prisión, había agarrado el brazo de Jaren con fuerza mientras caminaban hacia el pueblo. Él sabía que su hermana no sería la más joven del pub, pero también sabía que tenía la energía y el sentido común de una ardilla y que tendría que vigilarla de cerca toda la noche.

Como era de esperar, Renacuajo enseguida le había echado el ojo a un chico más mayor, uno que Jaren ya sabía que tenía reputación de ser un abusón. Mientras se bebía la pinta, había tenido un ojo en su hermana y el otro en Lars, que también aseguraba haber visto al lobo gigante.

—¿Lo viste con tus propios ojos? —le había preguntado Jaren, que no estaba seguro de si debía sentirse impresionado o preocupado.

—Bueno, no vi al lobo, pero sí vi sus pisadas. Eran colosales, tan grandes como las de las pezuñas del caballo que tengo para arar.

—Quizá no sea un lobo —había dicho él—. Quizá sea algún tipo de oso.

Lars había sacudido la cabeza y Jaren había tenido la impresión clara de que el cabello se le agitaba como un dedo acusador.

—Sé reconocer las huellas de los osos, y estas no eran huellas de oso.

Antes de que pudiera disculparse, había escuchado un chillido y se había girado, descubriendo que el abusón, Merritt, estaba intentando atraer a Renacuajo para darle un beso. Había dejado la pinta, ignorando la cerveza que le había salpicado la mano, y se había abierto paso entre la multitud. No tendría que haberla abandonado a su suerte, pero se había sentido atraído por las historias de Lars sobre el supuesto lobo y el lago envenenado de una manera que no podía explicar.

—Quítale las manos de encima a mi hermana —había gritado, aunque ella ya había conseguido darle a Merritt un rodillazo en los innombrables. El rostro de su hermana había estado húmedo por las lágrimas y Jaren la había arropado con un brazo— ¿En qué estás pensando? —le había preguntado—. ¡Tiene quince años!

Al final, Merritt había conseguido enderezarse hasta alcanzar toda su estatura, que superaba la de Jaren en unos buenos quince centímetros.

—Ha sido ella la que ha coqueteado conmigo.

—¡Tiene quince años! —había repetido Jaren, que había estado seguro de que aquella era la única explicación necesaria.

—Es una provocadora —había espetado Merritt—. No debería estar aquí.

Renacuajo se había retorcido para librarse del brazo de su hermano.

—Tengo todo el derecho a estar aquí. Si no eres capaz de aguantar bien la bebida, tal vez seas tú el que no debería estar aquí.

Unos cuantos aldeanos se habían reído entre dientes y el rostro ya rubicundo de Merritt se había vuelto de un tono más oscuro de violeta.

—¡Largaos! Ahora; antes de que os dé una paliza a los dos.

Jaren conocía sus propios límites, y de ningún modo iba a pelearse con Merritt.

—Vamos —le había dicho a Renacuajo—. Volvamos a casa.

Ella había empezado a protestar, pero él la había sujetado del brazo con firmeza y la había conducido a través de la multitud que se había separado. Casi habían llegado a la puerta cuando ella se dio la vuelta.

—¡Mi hermano podría ganarte con los brazos atados a la espalda! —había exclamado a sus espaldas.

Merritt había sonreído de una manera que hizo que el estómago de Jaren diese una voltereta torpe.

—¿Ah, sí?

—Eh... No —había dicho Jaren, que no quería poner el orgullo por delante de su propia mortalidad—. Ya sabes cómo son las hermanas pequeñas —había añadido con una risita forzada—, creen que sus hermanos mayores pueden con todo.

—Jaren —se había quejado Rena, avergonzada de su cobardía—, todo el mundo está mirando.

A Jaren, en realidad, no le importaba lo que el resto de aldeanos pensase de él, pero el gesto de decepción absoluta en el rostro de su hermana pequeña había hecho que el estómago le diese un vuelco, avergonzándose de sí mismo. Con un suspiro, había comenzado a alzar los puños. La sonrisa de Merritt se había ensanchado.

Y justo cuando había pensado que estaba a punto de morir a base de golpes propinados por un zoquete con la cara roja y unos puños impresionantes, Maggie se había adelantado y le había susurrado algo a Merritt al oído. El chico se había reído de forma sombría y había asentido.

—Maggie ha tenido una idea. Personalmente, preferiría patearte el culo hasta aburrirme, pero, a juzgar por tu estado, no sería una lucha muy justa.

Jaren había tragado saliva de forma audible.

—Mira —había dicho el otro joven—, te voy a dar otra opción.

—Y, dado que no crees en la magia —se había burlado Maggie—, te debería resultar fácil.

Merritt había alzado la voz para que todos los que estaban en el pub pudiesen escucharle.

—Ve al lago Luma y vuelve con un vial de agua.

La multitud había jadeado al unísono. En otras circunstancias, hubiera resultado cómico.

—Esta noche. Solo —había añadido Maggie, y Jaren supo que se había ganado una enemiga de por vida.

—O quédate y pelea ahora conmigo —había dicho Merritt—. La decisión es tuya.

En aquel momento, a Jaren le había parecido que se lo estaban poniendo fácil. En casa, el peor reto era saltar desde la Cresta del Hombre Muerto que, a lo largo de los años, había merecido su sobrenombre en más de una ocasión, al río que corría por abajo. Sin embargo, Lars le había asegurado que podría transportar un vial de cristal con unos cincuenta mililitros de agua. O, al menos, eso creía. En teoría. Jaren había decidido que merecía la pena intentarlo, al menos para ganar un poco de tiempo antes de que tuviese que enfrentarse a Merritt.

Ahora, ese mismo vial, cuidadosamente recogido en la orilla del lago bajo la luz de la luna, daba tumbos en su bolsillo. Apretó la mano alrededor de él, temiendo que, si se caía, se acabase rompiendo y derramando agua venenosa sobre sus innombrables.

«Estúpida apuesta», pensó. Después, se alejó corriendo de aquel maldito lago.

Capítulo Once

Cinco días. Cinco cortos días hasta que Tate tuviese que subirse al barco que se usaba para mandar lejos a los niños *incantu* antes de su duodécimo cumpleaños. Cinco valiosos días antes de que Leelo no volviese a ver a su hermano nunca más.

Apartó una rama mientras ella y Tate se abrían paso a través de la maleza. Estaban practicando las habilidades de caza del niño a la manera antigua, ya que no sería capaz de atraer a los animales con las canciones tal como hacían los endlanos.

Los *incantu* podían cantar, desde luego. No es que no tuviesen voz en realidad, pero sus canciones no contenían magia y la vergüenza que resultaba de su ineptitud implicaba que la mayoría de niños *incantu* ni siquiera intentaban cantar delante de otros.

Tate tenía un arco pequeño de madera y flechas que él mismo había elaborado durante el invierno y, mientras seguía en silencio al conejo que había elegido, Leelo intentó convencerse a sí misma de que estaría bien. El animal pareció sentir la presencia del chico, pero continuó mordisqueando el trébol en un claro que había encontrado. Al menos Tate sabía cómo cazar, no se moriría de hambre cuando estuviese allá fuera.

El día anterior, ella y Sage habían hecho su propia caza después de su turno como vigilantes. Había unas normas muy estrictas sobre con cuántos animales podían hacerse los endlanos para sí mismos y cuantos debían entregarle a la isla. Si bien el Bosque era capaz de tomar su propia comida, tal como Leelo había presenciado, se mostraba más que feliz de permitir que los humanos le ayudasen. Después de todo, si se volvía demasiado avaricioso, los animales cruzarían el hielo hasta tierra firme y nunca regresarían. Todo en Endla consistía en un cuidadoso equilibrio entre dar y recibir.

Sage había colocado la trampa y Leelo se había encargado de cantar. Si bien todos los endlanos tenían una voz bonita, ella poseía un rango vocal especialmente amplio, así como un tono único. Además, prefería con diferencia cantar antes que encargarse de la matanza, y siempre le suponía un alivio dejar que escapasen las notas incluso cuando tan solo hacía un par de días desde la última vez que había cantado.

Formaban un buen equipo. Habían cazado dos ardillas y una liebre gorda. El Bosque había tomado las ardillas, dado que no tenían demasiada carne y Fiona podría usar la piel de la liebre para la ropa. Sage se había presentado voluntaria para llevar los restos de los animales muertos al pinar, lo que a Leelo le había proporcionado el tiempo suficiente para acabar todas sus tareas de modo que pudiera pasar aquella tarde con su hermano. Tal vez su prima no fuese capaz de entender por lo que estaba pasando, pero al menos lo estaba intentando.

Durante varios minutos, Tate permaneció sentado con el arco en posición y la flecha preparada hasta que, al final, la soltó. La saeta acertó en una de las patas traseras del conejo, inmovilizándolo, y el chico se apresuró a degollarlo, dejando que la sangre resbalase hasta la tierra mientras murmuraba una oración de agradecimiento a la isla.

—Bien hecho —dijo ella, intentando no mirar al animal.

Otra de las cosas buenas de cazar con Sage era que siempre estaba dispuesta a hacer el trabajo sucio, consciente de lo sensible que era Leelo cuando tenía que ver con la muerte. Pero, de alguna manera, tenía que librarse de aquella aprensión. Si algo había aprendido de su tía Ketty, era que la supervivencia era un asunto sangriento.

Tate le sonrió por encima del hombro y limpió el cuchillo en la hierba.

—Sé que estás preocupada por mí —dijo—. Pero estaré bien, de verdad.

Había una seguridad en su voz que no había escuchado antes, y se sintió agradecida de que fuese capaz de ser tan valiente.

—No eres tú el que me preocupa —dijo, mirando hacia el pueblo que estaba al otro lado del lago—, sino ellos.

—A eso me refiero. Mamá me contó una cosa… Se supone que no debo contártelo, pero es algo bueno, algo que me mantendrá a salvo. Así que ya no tienes que preocuparte más.

—¿Qué cosa?

Hasta donde sabía, su madre nunca antes le había ocultado algo. Y, desde luego, no si se lo había contado a Tate. Él era horrible guardando secretos, como la vez que había escuchado a Leelo confesándole a Sage que le gustaba un chico y lo había contado de inmediato. Por supuesto, aquello había ocurrido años atrás. Volvió a mirar a su hermano, maravillándose de lo mucho que había crecido. Él mantuvo los labios apretados y negó con la cabeza.

—No. No voy a contártelo.

Si su madre le había contado un secreto, especialmente uno que podía mantenerlo a salvo, entonces no iba a entrometerse. Tan solo esperaba que no fuese una mentira que se hubiese inventado Fiona para hacer que se sintiera mejor. Merecía salir al mundo con los ojos bien abiertos. Recordaba demasiado bien a los aldeanos con sus burlas y sus piedras.

Entonces, se acordó del chico que había enterrado al polluelo. No había vuelto a verlo, y ninguno de los otros guardianes había informado de ningún avistamiento. Se preguntó qué le había llevado hasta allí aquel día y qué pensaba de los endlanos. Le había saludado cuando le hubiese resultado igual de fácil tirarle una piedra. Tal vez Tate pudiese encontrar a alguien como él. Incluso Sage había dicho que algunos forasteros eran mejores que otros.

Había otros dos *incantu* que se marcharían con su hermano cinco días después. Otro chico y una chica. Tan solo tres isleños de entre más de trescientos. «¿Por qué Tate tenía que ser uno de ellos? —se preguntó Leelo— ¿Por qué no podría haber sido cualquier otra familia?». Pero, en el fondo, sabía que esas otras familias hubiesen lamentado la pérdida tanto como ella y que aquel deseo era egoísta.

En casa, su hermano despellejó el conejo mientras ella ayudaba a su madre a separar la lana para tejer. Fiona estaba haciéndole a Tate otro jersey (ya tenía muchos, pero aquella era la forma en la que su madre expresaba sus sentimientos) y Ketty estaba sacando del horno un sabroso pastel.

—¿Qué celebramos? —preguntó Leelo, inhalando el aroma de la costra de mantequilla y la carne asada.

—¿Sage no te lo ha contado? Vamos a cenar en casa de los Harding.

Le lanzó una mirada a su prima. Hollis Harding era el chico del que había estado enamorada en el pasado. Le había gustado durante meses hasta que, un día, se había burlado de Tate por no tener magia. Después de aquello, le había considerado un enemigo, y odiaba cuando sus turnos de vigilante coincidían con los de Hollis.

—¿Por qué? —preguntó.

—Porque su hija también se marcha. —Ketty apartó a Sage del pastel—. Ahora, id a arreglaros. Nos esperan dentro de una hora.

Su prima subió las escaleras mientras ella la seguía.

—¿Por qué no me has dicho que vamos a ir a casa de los Harding? —le preguntó cuando llegaron a su dormitorio.

—Se me ha olvidado. ¿Qué más da? Al menos tenemos algo que hacer.

No pudo ignorar la punzada que le causaron las palabras de su prima.

—¿Algo que hacer? Estamos a punto de mandar fuera a Tate. Hay muchas cosas que preferiría estar haciendo. —Se quitó la túnica y los pantalones y tomó lo primero que encontró en el armario: una falda negra bordada con flores rojas y una blusa blanca—. No sabía que la hermana de Hollis era una *incantu*.

¿Por qué se burlaría de Tate si su propia hermana no tenía magia? A menos que ese fuese el motivo. A veces, la tristeza hacía que la gente atacase a las personas que mejor podrían comprender su dolor.

Para sorpresa de Leelo, cuando bajaron al piso inferior, su madre estaba vestida y esperándolas. Estaba pálida por el esfuerzo de estar de pie, pero estaba allí, claramente esforzándose por el bien de Tate.

Leelo unió un brazo con el de su madre y, todos ellos, incluido su hermano, salieron juntos de casa. Se dijo a sí misma que se sintiera agradecida por aquellos momentos y que no pensara en el futuro. Ketty le había dado el pastel a Tate para que lo llevase, lo cual era un gesto generoso por parte de su tía, que jamás le confiaba a otros los productos que cocinaba.

Sage estaba al otro lado de Fiona, ayudándola a mantenerse estable, vestida con el traje del festival de primavera. Era demasiado especial para cenar en casa de unos vecinos, pero estaba muy guapa con él.

—¡Oh! —exclamó Leelo, dándose cuenta de algo.

—¿Qué ocurre? —le preguntó Fiona con una sonrisa divertida—. ¿Te ha picado algún bicho?

—No es nada —contestó, intentando encontrar una explicación—. Tan solo me he acordado de algo que quiero empaquetar para que Tate se lo lleve.

Volvió a mirar a su prima, que estaba usando la mano libre para alisarse el cabello. ¿Era posible que aquello fuese lo que había instado a Sage a decir que no quería enamorarse nunca? ¿Podía ser que sintiese algo por Hollis Harding? El gesto de la chica era tan serio como siempre, pero nunca la había visto arreglarse tanto para cenar en casa de un vecino.

La cabaña de los Harding estaba en una zona diferente de la isla, a más o menos una hora caminando de su casa. Algunas familias tenían carros de madera y ponis para viajar de un extremo a otro de la isla, lo que suponía un paseo de dos horas a pie. Por mucho que a Leelo le gustase caminar, deseaba que el señor Harding les ofreciese llevarles de vuelta a casa. Fiona se esforzaba por parecer cómoda, pero tan solo era eso: un esfuerzo. Respiraba con dificultad y tenía el rostro pálido excepto por dos círculos enrojecidos en lo alto de las mejillas. La tía Ketty caminaba a grandes zancadas y con su habitual paso ligero, ignorando las dificultades de su hermana.

—Podemos descansar, mamá —dijo, pero ella sacudió la cabeza, tal como su hija supo que haría.

—Estoy bien, querida. Supongo que esto es lo que ocurre cuando pasas tanto tiempo en la cama. —Consiguió mostrar una sonrisa y Leelo se la devolvió, ya que sabía que eso era lo que quería su madre.

—Si cantases más, no estarías tan débil —dijo Ketty por encima del hombro—. Hay consecuencias cuando te pierdes tantos rituales.

Por suerte, llegaron a la casa poco después, y Leelo se aseguró de que Fiona estuviese cómodamente sentada antes de abandonar a los adultos y buscar a los otros niños en el patio.

La señora Harding tenía buena mano con las plantas, y su jardín era una explosión de flores coloridas y del zumbido ruidoso de varios polinizadores. Intercambiaba las flores con los isleños, algunas secas para elaborar tés y tinturas, y otras frescas tan solo porque eran bonitas. Sage y Hollis estaban sentados en un banco que había bajo un arco del que colgaban unas glicinas, mientras que Tate y la hermana de Hollis, Violet, jugaban con una camada de gatitos cerca de un macizo de hortensias.

Leelo consiguió dibujar una sonrisa tensa mientras se acercaba hasta Sage y Hollis. No sabía si él se acordaba de su enamoramiento, pero, en aquel momento, no podía mirarle sin pensar en lo humillada que se había sentido cuando su hermano le había confesado que había revelado su secreto. No hace falta decir que Hollis no había sentido lo mismo y había dicho que era «pálida y flacucha».

Desde entonces, él había crecido hasta convertirse en un chico bruto y corpulento con rizos dorados que, en el pasado, había estado tan desesperada por tocar que había buscado cualquier excusa para estar cerca de él. Un día, una hoja se le había posado sobre el pelo y ella se había sentido eufórica ante la idea de quitársela. Se rio para sus adentros ante aquel recuerdo, encontrando difícil creer que hubiese actuado de forma tan tonta por un chico.

—¿Qué es tan divertido? —le preguntó Sage. Tenía las manos apretadas en puños, agarrándose la falda, y, cuando vio que Leelo se las miraba, soltó la tela e intento alisarla.

—Nada —contestó, sentándose en la hierba. Todavía era por la tarde, y el suelo estaba cálido y vivo bajo sus pies—. ¿Cómo estás, Hollis?

Él se encogió de hombros.

—Bien. Me estoy empezando a cansar del servicio como vigilante. Kris parece incapaz de dejar de hablar.

—Lamento lo de tu hermana. —Leelo pasó los dedos por la hierba, solo vagamente consciente de la tierra que vibraba bajo su toque—. No he sabido que se marchaba hasta hoy.

Su prima la miró de golpe, como si hubiese hecho algo malo al mencionar a Violet. Sin embargo, Hollis se limitó a encogerse de hombros una vez más.

—De todos modos, es un poco molesta.

Leelo no ocultó una mueca, pero los labios de Sage se torcieron en una sonrisa.

—Entiendo a qué te refieres.

Enfadada y dolida, se levantó y se dirigió al lugar donde Tate y Violet estaban jugando. Los gatitos de la camada tendrían unas diez semanas y estaban listos para ser destetados. Su hermano estaba sujetando a una gatita marrón y blanca con las orejas copetudas y la nariz rosa.

—Esta es mi favorita —dijo el niño, tendiéndosela para que la viese—. Ojalá pudiera quedármela.

Leelo acarició el pelaje del animal y sonrió.

—A mí también me gustaría que pudieras quedártela.

Siguieron jugando con los gatitos un rato, riéndose con sus travesuras, hasta que, desde la casa, la señora Harding gritó: «¡Hora de comer!». Leelo ayudó a volver a dejar al animal en una cesta, pero ella volvió a salir fuera de inmediato y siguió a Tate hasta la casa, donde la señora Harding la apartó del umbral suavemente con el pie y cerró la puerta tras de sí.

El señor Harding era un hombre grande, lo que explicaba el tamaño de Hollis. Estaba sentado presidiendo la mesa, mientras que su hijo se sentó justo enfrente. Leelo no pudo evitar notar lo diferente que era estar en una casa en la que había hombres. Habían pasado diez años desde que su padre y el de Sage habían muerto, y había olvidado cuánto espacio podían ocupar. En su casa, la mesa era redonda, de modo que ninguna posición era más importante que otra.

Violet, una niña bajita con el pelo castaño recogido en dos coletas, permaneció con los ojos abiertos de par en par, pero en silencio mientras todos se pasaban la comida y comían. Leelo se preguntó cómo iba a arreglárselas en el exterior alguien tan tímido. Ya iba a ser bastante difícil para Tate, pero aquella niña tenía la mitad de su tamaño y, por lo que sabía, nunca nadie le había enseñado a cazar.

—¿Leelo?

Alzó la vista y se dio cuenta de que todos la estaban mirando.

—Lo siento, ¿me decíais algo?

—Tan solo preguntaba cómo estaba Isola. —La que habló fue la señora Harding, pero todos seguían mirándola a ella con atención—. Tu madre dice que has estado pasando el tiempo con ella.

Leelo miró a la tía Ketty, que tenía el ceño fruncido, pero Fiona asintió con la cabeza, animándola. Debía de haber decidido que aquel era un lugar seguro para hablar de Isola y su familia. Había estado ocupada con sus deberes como vigilante y tratando de pasar tiempo con Tate, pero se había propuesto pasear con su amiga todos los días, al menos una hora, solo para asegurarse de que salía de casa.

—Todavía está triste, obviamente, pero creo que se encuentra un poco mejor.

—¿En qué estaba pensando Rosalie? —le susurró la señora Harding a Fiona—. ¿Cómo permitió que su hija arruinase a la familia de esa manera?

—No creo que Rosalie lo supiera —contestó su madre.

—¿En serio? Nosotras lo sabríamos si nuestras hijas estuvieran... —Se interrumpió cuando sus ojos se cruzaron con los de Leelo—. Ya sabes.

—Yo lo lamento por los padres de Pieter —dijo el señor Harding. Su voz sonaba como un estruendo grave que le recordó a un trueno lejano—. Ni siquiera sabían que su hijo había vuelto a la isla. Isola lo mantuvo bien escondido en algún sitio, pero no quiere revelar dónde.

Agudizó el oído ante aquella información. Se había preguntado cómo había conseguido su amiga mantener al muchacho en secreto en su propia casa. El destello de un recuerdo (el torso musculoso de Pieter y los gritos de Isola) afloró en su memoria y tragó saliva con dificultad. Miró a Sage, que estaba ocupada contemplando a Hollis, que, a su vez, estaba demasiado ocupado comiendo su segunda ración de pastel como para darse cuenta. Su prima apartó la vista de él y la miró.

—Pusieron sus sentimientos por delante de Endla —dijo en tono monocorde—. Se merecían su destino.

La señora Harding soltó una risita incómoda, Fiona frunció el ceño y la tía Ketty, que no había dado un solo bocado a su pastel, asintió.

—El lobo siempre acecha la puerta —dijo de forma siniestra—, es por eso que tenemos vigilantes.

Capítulo Doce

Jaren hubiese preferido olvidarse de Endla por completo, pero una apuesta era una apuesta, y estaba obligado a demostrar que había estado en el lago Luma con el vial de agua. Lars hizo los honores de meter una rosa en el recipiente, haciendo de aquello un espectáculo más de lo que parecía necesario.

Por un momento, Jaren temió que no ocurriese nada y acabase humillado delante de todo el pueblo, pero, unos segundos después, el tallo empezó a arrugarse y volverse negro. Mientras el veneno subía, la parte más baja del tallo comenzó a desintegrarse y para cuando los pétalos rojos se habían marchitado y oscurecido, el tallo había desaparecido. La flor cayó sobre la mesa, donde se deshizo en cenizas y salió volando.

Incluso Merritt parecía impresionado, aunque un poco decepcionado por no tener la oportunidad de golpear a Jaren hasta hacerlo papilla. Pero, al final, se había alejado hasta la barra, dejando al muchacho, que, por suerte, tenía el cuerpo intacto, en compañía de Lars.

—No me puedo creer que hayas ido al lago Luma —dijo Lars observando el vial de agua allí donde yacía sobre la mesa. Alguien tendría que deshacerse de él, y Jaren no tenía intención de presentarse voluntario—. La mayoría de nosotros nunca ha estado cerca, y eso que llevamos viviendo aquí toda nuestra vida.

Se sonrojó, avergonzado de que su escepticismo hubiese estado a punto de costarle la vida.

—No creo que hubiese comprendido hasta ahora lo peligroso que es en realidad.

Todavía le costaba comprender que un lago de montaña tan bello y cristalino pudiese ser tan mortífero. Se imaginó lo que hubiese ocurrido si hubiese intentado beber de él la primera vez que estuvo allí y se estremeció. Tal vez su familia no le hubiese encontrado nunca. Lars le tendió una pinta de cerveza.

—Bueno, no creo que tengas que preocuparte por Merritt nunca más. Tienes derecho a presumir el resto de tu vida, amigo mío.

—No quiero presumir, tan solo quiero que me dejen tranquilo. Y no volveré a cometer el error de traer al pub a mi hermana pequeña otra vez.

—Es probable que sea la decisión más sabia.

Vació la pinta y se giró hacia Lars.

—Sé que has dicho que nunca has estado en el lago, pero ¿qué sabes de la gente que vive en la isla? Más allá de las tonterías sobre las sirenas, por supuesto.

—¿Qué te hace estar tan seguro de que son tonterías?

No le había hablado a nadie sobre los cánticos endlanos que había escuchado durante su segunda visita porque hacerlo hubiese supuesto admitir que había visitado el lago una vez más a pesar de las órdenes de su padre. Pero, ahora que un pub lleno de gente sabía que había ido para salvaguardar el honor de su hermana, no tenía sentido mantener en secreto lo que había presenciado.

—Cuando he estado allí, he escuchado lo que creo que era algún tipo de sacrificio animal. Debía de haber una docena de animales o más, y los isleños estaban cantando mientras lo hacían. Ha sido horrible.

—¿Y no has sentido la necesidad de cruzar el agua?

Jaren negó con la cabeza de forma enérgica.

—No quiero acercarme a ese sitio nunca más.

Lars se mesó el pelo distraídamente del mismo modo en el que un hombre acariciaría el pelaje de un perro.

—Entonces, diría que has tenido suerte.

A pesar de que insistía en que no quería saber nada más del lago, seguía sintiendo una fascinación extraña e inexplicable por las leyendas de Lars. Tal vez se tratase de eso, de que necesitaba una explicación. Si lo pensaba lo suficiente, tenía que haber algo anclado en la realidad que hiciese que todo tuviera sentido.

—¿Alguna vez has conocido a alguien de Endla? He oído que expulsan a todos los endlanos que no tienen... —No quería dar crédito a aquello que seguía considerando superstición, pero por el bien de la conversación, dijo la palabra—: Magia.

Lars asintió.

—Tenemos a una endlana en el pueblo. Aunque nunca habla de Endla.

Jaren alzó las cejas.

—¿Alguien de Bricklebury procede de allí? ¿Quién?

—La mujer joven que vende miel. Abandonó la isla hace unos seis años. Una familia de lugareños la acogió, y ha vivido con ellos desde entonces.

Por un instante, Jaren pensó que había oído mal. No es que hubiese esperado que los endlanos tuviesen cuernos sobresaliéndoles de la frente, pero la chica de la miel parecía muy... normal. Lars se rio entre dientes, como si pudiera adivinar lo que estaba pensando.

—Lo sé, es raro pensar que alguien como ella pueda proceder de un lugar tan espantoso, pero es cierto.

—¿Por qué no habla de ello?

—Me imagino que le resulta demasiado doloroso —especuló su amigo—. Allí tenía una familia.

Asintió, pero, en su interior, estaba pensando que la chica de la miel había tenido suerte. Había escapado, a diferencia de la muchacha que había visto el día del festival. Intentó imaginarla degollando a un animal, pero no pudo.

Más tarde aquella semana, cuando regresó el mercado de los granjeros y, con él, la chica de la miel, Jaren no pudo evitar visitar su puesto para verla más de cerca. Story estaba ocupada eligiendo tela para unos vestidos para ella y sus hermanas y, si su historial anterior era una referencia, podría estar ocupada durante horas.

Contemplando vagamente los tarros de miel, Jaren esperó a que la muchacha terminase de atender a otro cliente. Al final, ella le dirigió su atención.

—¿Puedo ayudarte? —le preguntó con un tono de diversión en la voz.

—Eh... Tan solo me preguntaba dónde consigues la miel. —Era una pregunta ridícula; no podría importarle menos su procedencia. Y no es que fuera muy buena manera de descubrir algo sobre Endla, pero nunca se le habían dado bien las conversaciones triviales y tenía que empezar por algún sitio.

—Mis padres tienen abejas en una pradera que no está muy lejos de aquí —dijo mientras empaquetaba una botella para otro cliente—. Oh, aquí están.

Un hombre y una mujer emergieron de la multitud. Por lo que parecía, regresaban de hacer la compra, ya que ambos llevaban cestas llenas de comida.

—Mis padres —dijo la chica—, Oskar y Marta Rebane.

—¿Y quién eres tú? —preguntó la mujer, evaluando a Jaren. Era alto para su edad y no estaba flacucho, pero había algo en ella que le hacía sentirse pequeño.

—Mi nombre es Jaren Kask —dijo, tendiéndoles la mano.

—¿No serás el mismo Jaren Kask que fue al lago Luma y regresó con un vial de agua venenosa? —insistió la mujer, aunque había un tono burlón en su voz similar al de su hija—. Prácticamente eres famoso en Bricklebury. ¿No es así, Lupin?

Podía sentir los ojos de la chica fijos en él.

—Me temo que ese soy yo, señora —contestó.

Marta intercambió una mirada con su marido y tomó un tarro de miel.

—Entonces, aquí tienes. Para tu madre. Debe costarle mucho trabajo mantenerte a salvo.

Le sorprendió la generosidad de aquella desconocida. Supuso que era una consecuencia de haber vivido la mayor parte de su vida en la ciudad.

—Mi madre falleció, pero estoy seguro de que mi padre y mis hermanas lo apreciarán. Se lo agradezco.

—Vaya, lamentamos oír eso, ¿verdad, Oskar? —le dio un codazo a su marido y él tosió, asintiendo.

—Desde luego. Lo lamentamos mucho. ¿Qué te ha traído a Bricklebury?

Mientras les explicaba cómo Klaus les había invitado a mudarse allí tras la muerte de su madre, miraba de reojo a Lupin, que había vuelto a vender miel a otros clientes. Se preguntó si habría adivinado por qué había ido a hablar con ella y se sintió avergonzado por haber pensado en ella como poco más que una curiosidad. Hubiese sido quien hubiese sido antes, estaba claro que, ahora, Oskar y Marta eran sus padres, y era probable que Endla fuese una parte de su pasado en la que no le gustase pensar.

Mientras Oskar y Marta volvían a centrarse en sus clientes, volvió a darles las gracias y se puso en marcha para buscar a su hermana. Un momento después, sintió una mano en el hombro. Cuando se giró, se encontró a Lupin allí de pie.

—¿De verdad fuiste al lago Luma? —le preguntó, escudriñándole el rostro con los ojos verdes.

Él asintió.

—Fue una apuesta ridícula para proteger a mi hermana. —Decidió que no era necesario incluir la parte sobre protegerse a sí mismo—. No pretendía nada con ello.

—Entonces, supongo que has oído decir que soy de Endla, ¿no?

Ya no tenía sentido mentir.

—Lars me lo contó.

Ella torció los labios hacia un lateral, pensativa. Después, asintió.

—Bien, entonces supongo que tienes preguntas. Ven conmigo.

Capítulo Trece

Al fin llegó el día de la partida de Tate, y Leelo no estaba segura de cómo iba a sobrevivir a aquello. Fiona no había salido de la cama desde la cena con los Harding y Ketty y Sage se habían encargado de todas las tareas, dejando que ella se ocupase de su madre y de su hermano.

La barca partiría al ocaso, lo que parecía innecesariamente cruel. Tate y los otros tendrían que intentar orientarse en el bosque de noche.

—Quédate con Violet y Bizhan todo lo que puedas —le dijo al niño mientras terminaba de atar su fardo. Tenía pocas posesiones que llevar consigo más allá de la ropa, su arco y las flechas, pero le había empaquetado suficiente comida para una semana si era frugal—. Violet estará aterrorizada, y supongo que Bizhan también.

Tate asintió.

—Lo haré.

Se planteó volver a preguntarle qué era lo que le había contado su madre. Si estaba tan segura de que estaría a salvo allí fuera, ¿por qué era incapaz de levantarse de la cama? Pero no iba a entrometerse. Si su madre quisiera que lo supiera, se lo habría contado ella misma.

—Lo siento, Tate —dijo, intentando no llorar.

—¿Por qué deberías sentirlo? —le preguntó él—. Esto no es culpa tuya.

—Yo... —Suspiró—. Intenté hacer aflorar tu magia. Incluso hice un sacrificio de sangre.

Él alzó la vista para mirarla, con los ojos oscuros interrogantes.

—¿De verdad?

Ella se secó las lágrimas y asintió.

—De verdad.

—Pero sabes que no es así como funciona, Lo. La isla no nos da la magia; nacemos con ella o no.

—Lo sé. Claro que lo sé. Tan solo esperaba que...

Él asintió en señal de comprensión.

—Lo sé. Yo también.

No le dijo lo preocupada que estaba por su madre. Su hermano no podía hacer nada para ayudarla y, en aquel momento, ya tendría bastantes cosas en la cabeza. Tal vez, una vez que se hubiese marchado, su ausencia resultase ser una especie de alivio triste y Fiona empezase a mejorar poco a poco. No tendrían aquel miedo constante cerniéndose sobre ellas, mezclado con las esperanzas menguantes de que la magia de Tate apareciese. Por la razón que fuese, no había nacido con ese don y ahora tendrían que aceptarlo. Era la única manera de encontrar paz mientras seguían adelante.

—Tengo turno de vigilancia —dijo, levantándose de la cama de su hermano—, pero volveré con tiempo suficiente para despedirme. ¿Acompañarás a mamá hasta que vuelva?

—Sí. Y, ¿Lo?

Se detuvo en la puerta que daba acceso a la habitación diminuta que, pronto, volvería a ser tan solo un armario para las escobas.

—¿Sí?

—Prométeme que serás feliz cuando me haya marchado. Necesito saber que serás feliz.

Ella asintió, deseando que no hubiese visto las lágrimas que le recorrían las mejillas cuando se dio la vuelta para marcharse.

De todos los días posibles, aquel fue el primero en el que a Sage y a Leelo les mandaron vigilar la parte más alejada de la isla, algo que hizo que se enfureciera, pues la partida de la barca ocurriría en el otro extremo de Endla. Regresar les costaría dos horas, lo cual no le daría tiempo para asearse o cambiarse entre medio.

Sage, sintiendo que sus emociones estaban tan tensas como la cuerda de un arco, permaneció en silencio durante la primera media hora de la caminata. No fue hasta que no estuvieron en las profundidades del bosque que finalmente se aclaró la garganta y habló.

—¿Alguna vez te preguntas qué hubiera hecho tu padre si todavía estuviese vivo?

La pregunta era tan inesperada que Leelo dejó de andar.

—¿Qué?

Sage miró alrededor, al bosque, y fue entonces cuando se dio cuenta de dónde estaban. Allí había ocurrido el accidente que había matado tanto a Hugo como a Kellan.

Los detalles siempre le habían parecido borrosos, pero era natural, ya que había tenido siete años cuando su padre había muerto y su madre nunca quería hablar de ello. Todo lo que sabía era que, de algún modo, el tío Hugo había disparado a Kellan, el padre de Leelo, por accidente. Cuando Hugo fue a ayudar a su cuñado, había pisado su propia trampa, cortándose una arteria. Ambos hombres se habían desangrado antes de que los encontrasen.

—Creo que mi padre habría estado destrozado por la partida de Tate, si es eso lo que estás preguntando —dijo con frialdad—. Nos quería a los dos por igual. —Los labios de Sage formaron una línea y ella sintió cómo empezaba a hervirle la sangre—. Es cierto. A diferencia de otras personas, mi padre no tenía prejuicios.

Las dos habían vuelto a caminar.

—¿Quieres decir personas como mi madre y yo? —le preguntó su prima.

—Estaba pensando en Hollis, pero, sí, las personas como vosotros.

—Ni siquiera sabes de lo que estás hablando —murmuró Sage.

—¡Entonces cuéntamelo!

La chica se giró hacia ella. Los ojos color avellana le ardían con una intensidad que la asustó.

—Mi madre renunció a más de lo que nunca llegarás a comprender por ti y la tía Fiona. Tan solo recuérdalo la próxima vez que quieras decir que tenemos prejuicios.

Leelo balbuceó, incapaz de formar palabras, pero Sage ya se había adentrado en la maleza, y ella estaba demasiado cansada como para correr detrás de su prima soltando disculpas que no sentía. Fuese lo que fuese que creyese que Ketty había hecho, no justificaba la forma en que trataban a Tate.

Mientras recorría el sendero pisando con fuerza, a su izquierda, un estornino estalló en un breve canto. Los pájaros pequeños no eran poco comunes en Endla; en general, conseguían escapar del Bosque, que prefería las presas más grandes, aunque nunca anidaban allí. Así que no fue la presencia del pájaro lo que sorprendió a Leelo, sino la propia melodía: era la oración que ella había cantado la noche que le había ofrecido sangre a la isla a cambio de la magia de Tate, entonada en una voz que sonaba inquietantemente similar a la suya.

Si alguien descubría que había llevado a cabo una ofrenda de sangre propia y, nada menos que antes del festival de primavera, el consejo la castigaría con severidad. Se suponía que los endlanos no podía usar las canciones a solas antes de haber acabado su año como vigilantes. El pájaro volvió a cantar y ella miró alrededor con el corazón palpitándole, preguntándose si Sage lo habría escuchado.

Sabía que necesitaba alcanzar a su prima y que, para entonces, era probable que ya llegasen tarde a su turno, pero no podía arriesgarse a dejar que aquel pájaro sobrevolase toda Endla cantando con su voz. Lo siguió un trecho, alejándose del camino y haciendo una mueca cada vez que el ave volvía a trinar. Consideró cantar algo diferente: tal vez el animal se apoderase de eso en su lugar. Pero no había ninguna canción que no tuviera consecuencias, y por lo que sabía, acabaría metiéndose en un problema mayor.

El pájaro revoloteó de un árbol a otro, piando alegremente, y Leelo tuvo la sensación clara de que estaba burlándose de ella.

—Maldito seas —gritó, agitando el puño mientras desaparecía en otro árbol—. Será mejor que no te pille.

Se quitó el arco del hombro, consciente de que las posibilidades de acertar al animal en un árbol eran entre pocas y ninguna. Al menos, tal vez pudiera asustarlo.

Ni siquiera sabía dónde se encontraba en aquel momento. Endla no era demasiado grande, tarde o temprano acabaría orientándose. Pero era probable que Sage se estuviera preguntando qué le había pasado y, además, saltarse un turno de vigilancia podría decirse que era tan malo como cantar sin permiso.

—¡Maldita sea! —maldijo, dándose la vuelta para marcharse.

Se quedó congelada.

La cabaña estaba tan bien escondida que jamás la hubiese visto si no hubiera sido porque se la topó de frente. De hecho, «cabaña» era una palabra demasiado generosa para algo que era poco más que una choza enterrada bajo ramas y hojas y sin una chimenea visible. Un hombre adulto tan apenas podría estar de pie dentro y era evidente que solo era lo bastante grande para albergar una habitación. Miró a su alrededor, olvidándose del estornino, y se acercó a la choza.

La puerta diminuta se abrió con un chirrido, ya que los goznes estaban oxidados por la falta de uso. Había dos ventanas pequeñas y las dos estaban tan sucias que tan apenas se filtraba algo de luz a través del cristal. Encima de una mesa pequeña, encontró un trozo de vela y lo encendió con una de las cerillas que siempre llevaba encima cuando le tocaba vigilancia. Por la noche, aquel lugar estaría sumido en la oscuridad, pero era lo bastante pequeño como para distinguir a la luz de la vela el montón de mantas que había en una esquina junto con una pila torcida de libros.

«¿Es aquí donde pasó Pieter todo el invierno?», se preguntó. Si era así, era un milagro que no se hubiese muerto por el frío. Sin un fuego, ninguna cantidad de mantas sería suficiente para mantenerse caliente. «A menos que estuvieses con otra persona», pensó. Se puso tan colorada que miró alrededor para asegurarse de que no había testigos.

Volvió a acordarse de la imagen de Pieter saliendo corriendo de casa de Isola. ¿Cómo habían sido tan descarados de ir a casa de ella? A menos que Rosalie lo hubiese sabido, tal como había dicho la señora Harding.

«No», pensó, apagando la vela y saliendo de nuevo de la cabaña. Por la forma en la que la mujer había sacado al muchacho de su casa a golpes, estaba claro que no lo había sabido. De lo contrario, seguramente lo habría despachado antes. Cerró la puerta e intentó bloquear el recuerdo de Pieter cayéndose al lago, de su último grito desesperado pidiendo ayuda y de los chillidos de Isola.

Un minuto después, volvió a encontrar el sendero y soltó un alarido cuando se chocó con Sage.

—¿Dónde estabas? —Su prima estaba enfadada, pero era un enfado motivado por haber sido abandonada durante el turno de vigilancia, no por la discusión que habían tenido antes—. ¡Nuestro turno ha empezado hace media hora!

Leelo echó un vistazo al entorno y se sintió aliviada de que, desde allí, no se pudiera ver la choza.

—Tan solo necesitaba tiempo para pensar y me desorienté un poco. Lo siento mucho, de verdad.

Sin esperar una respuesta, se apresuró a seguir el camino, alejándose del escondite de Isola.

Capítulo Catorce

Jaren no estaba seguro de por qué Lupin había decidido confiar en él con respecto a su vida en Endla, pero estaba agradecido de que alguien estuviese dispuesto a hablar de ello. Alguien que conocía la verdad en lugar de un montón de historias.

Dieron una vuelta al mercado mientras ella señalaba los mejores vendedores de diferentes artículos y a aquellos con los que tenía que tener cuidado.

—Nunca le compres a él —dijo, apuntando a un hombre que vendía lo que parecían cacerolas y sartenes de cobre—. Es un ladrón. Además, uno apestoso.

Un rato después, siguió caminando más allá del último puesto y condujo a Jaren hacia el bosque.

—¿No necesitas ayudar a tus padres? —le preguntó, mirando por encima del hombro en dirección al mercado y entablando contacto visual con Story el tiempo suficiente como para ver la mirada de diversión en el rostro de su hermana antes de que desapareciesen tras un telón de árboles.

Lupin entró en el bosque con seguridad, dando grandes zancadas y sin mirar atrás. Jaren tenía la impresión de que pocas veces lo hacía.

—Estarán bien. Siendo sincera, necesito un descanso. No eres la única persona en Bricklebury que me mira raro, Jaren Kask.

—Lo siento. No pretendía hacerlo.

Las comisuras de los labios de ella se alzaron formando una sonrisa.

—No pasa nada. No me habría dado cuenta si no te hubiera estado observando también. —Le miró de reojo y tan apenas consiguió reprimir una risa—. No me digas que no les gustabas a las chicas de... ¿De dónde has dicho que eras?

Agradeció el cambio de tema, aunque lo cierto era que, en su ciudad natal, jamás les había prestado demasiada atención a las chicas. Había estado demasiado ocupado ayudando a su familia como para ir a la escuela y, mucho menos, para cortejar a nadie.

—Soy de Tindervale.

—Ah, un chico de ciudad. No me extraña que parezcas tan fuera de lugar aquí. A la gente de las montañas se nos conoce por nuestra forma extraña de actuar.

Estudió a Lupin de reojo. Tenía el pelo largo y brillante, del mismo color que la miel que vendía, y sus ojos verdes brillaban con lo que parecía ser un carácter alegre. Pero había algo en la nariz afilada y la risa aguda que la hacían parecer bastante traviesa, como un elfo del bosque empeñado en hacer travesuras. Aunque no es que creyese en los elfos.

Habían llegado a la bifurcación del sendero del bosque que, en una dirección conducía a otros pueblos y, al final, a otra ciudad y que, en la otra, se adentraba cada vez más en el bosque en dirección al lago Luma. Lupin se detuvo, como si estuviese esperando a que él escogiese el rumbo.

Pretendía escoger el camino que se alejaba de Endla. Ya sabía dónde conducía el otro y no tenía ningún deseo de regresar allí. Pero, de algún modo, sus pies tomaron otra decisión. La chica no discutió, tan solo siguió observándolo desde detrás de las pestañas.

—Entonces, ¿qué era lo que querías saber sobre Endla? —le preguntó tras unos minutos—. ¿O solo esperabas poder pasar un rato a solas con una chica guapa?

Al oír aquello, Jaren le soltó el brazo y dio un paso hacia un lateral, alejándose de ella.

—No, lo siento. Espero que esa no haya sido la impresión que te he dado. Jamás supondría que...

Ella tenía una risa aguda y tintineante que imaginaba que a algunas personas les resultaría encantadora, pero, a él, aquel sonido le hacía sentirse inquieto.

—Disfruto haciendo que te sonrojes —dijo ella—. No te preocupes, no voy a morderte. —Volvió a alcanzar su brazo y él se lo permitió a regañadientes, preguntándose por qué no estaba disfrutando de pasar un rato con una chica atractiva tanto como sospechaba que debería estar haciéndolo—. Entonces, adelante —añadió—. Hazme tus preguntas sobre Endla.

Jaren emprendió la marcha de nuevo.

—Supongo que me preguntaba por qué te hicieron marcharte —dijo, deseando no estar siendo maleducado—. Lars hizo que sonara como que te habían obligado a abandonar a tu familia.

Ella enarcó una ceja.

—¿Acaso no lo sabes, chico de ciudad? Soy una *incantu*. Alguien sin magia. Los endlanos nos mandan fuera antes de que alcancemos la adolescencia.

—Entonces, ¿es cierto? ¿La magia existe de verdad? —Se sintió agradecido de que no hubiese nadie alrededor que le escuchase. Si hubiese dicho algo tan estúpido en Tindervale, le habrían expulsado de la ciudad entre risas.

—La gente de la ciudad y su escepticismo... Por supuesto que existe la magia.

No dudaba de que Lupin creyese en lo que estaba diciendo, pero tenía pruebas directas de que la supuesta magia endlana no funcionaba como todos decían que lo hacía.

—Yo mismo escuché los cánticos.

La chica se detuvo de forma abrupta y se giró para mirarle a la cara.

—¿Qué?

Él asintió.

—En dos ocasiones. —Pensó en la noche que había acampado junto al lago y en la música extraña que se le había quedado metida en la cabeza después—. Puede que tres.

Ella echó un vistazo alrededor, entre los árboles, como si estuviese intentando escuchar algo.

—¿Y no sentiste la necesidad de cruzar el lago?

—No —contestó—. Ni mucho menos.

—Interesante... —Ella volvió a caminar de nuevo, pero Jaren podía notar la tensión de su cuerpo—. Supongo que es posible que no escuchases las canciones adecuadas; o que estuvieses demasiado lejos como para que la magia funcionase. O, tal vez, tu escepticismo te protegió de alguna manera. Sea como sea, tuviste suerte, Jaren Kask.

Sabía que el lago era venenoso. Tras haber visto lo que les había ocurrido al pájaro y a la rosa, eso era innegable. Pero no sentía que fuesen la suerte o el escepticismo lo que hacían que estuviese a salvo. Era cierto que la canción se le había pegado. Sí le había afectado, solo que no de la manera en la que había imaginado que ocurriría.

—¿Cómo sabe un endlano si tiene magia o no?

—Si para cuando cumplen los doce años, su voz no tiene poder, entonces es que son *incantu* y, en Endla, cualquier persona sin magia es vulnerable.

—¿A qué?

—Al Bosque, claro.

En aquel momento, fue él el que se detuvo.

—¿Qué quieres decir?

—¿No has oído hablar del Bosque Errante? —Chasqueó la lengua, pero estaba sonriendo de nuevo—. Mi chico tonto y guapo, te queda tanto por aprender...

No estaba seguro de que le gustase que le llamasen «tonto» o «guapo» pero, muy a su pesar, sentía curiosidad.

—¿Qué es exactamente un Bosque Errante?

—Es lo que parece. Una zona boscosa que aparece donde quiere y cuando quiere. En el pasado, era probable que un viajero que se topase con uno no volviera a encontrarlo nunca sin importar cuántas veces regresase al mismo lugar.

—¿Y qué es lo que encontraría?

—Un bosque normal; uno que no interfiere en el orden natural de las cosas. Un bosque normal es neutral en los asuntos de sus habitantes. Se mantiene impasible mientras la vida y la muerte se suceden como siempre lo han hecho. Pero un Bosque Errante, no. O, al menos, no este. Es algo sediento de sangre que mata a tantas de sus propias criaturas que necesita atraer más con las canciones de los endlanos, así como con sus sacrificios, para sentirse saciado. —Jaren se estremeció—. Pregúntale a cualquier endlano y te dirá que el Bosque Errante está ahí para protegerlos. Mientras sigan cantando, mientras sigan atrayendo las presas y haciendo ofrendas, el Bosque estará lo bastante contento.

—¿Contento? —preguntó él, intentando sonar genuinamente interesado en lugar de condescendiente—. No lo entiendo.

Lupin le dio un golpecito juguetón en la nariz.

—No tienes que entenderlo. El Bosque no depende de los que son como tú. Vive en una especie de simbiosis con los endlanos y, mientras nadie perturbe el orden de las cosas, funciona bastante bien. —Una sombra le atravesó el rostro—. Excepto para los *incantu*, por supuesto.

—Pero ¿de quién necesitan protegerse los endlanos?

—De nosotros, los que vivimos en tierra firme. O «forasteros», que es lo que nos consideran. Fueron forasteros los que persiguieron a los endlanos hasta allí y los que mataron a todos los Bosques Errantes que quedaban menos al último.

Jaren estaba intentando desesperadamente seguir la lógica de Lupin, pero seguía sin encontrarle sentido.

—Y ¿por qué odian esos «forasteros» a los endlanos? ¿Por lo que le pasó al padre de Maggie?

—A él y a otros como él. Ya sea que vayan por accidente o por elección, el Bosque mata a los forasteros si el veneno del lago no lo ha hecho antes. Sin embargo, eran odiados antes de que se marchasen a vivir a la isla, tan solo por ser diferentes. Me imagino que algunas personas encontraron la muerte atraídas por los endlanos y les resultó conveniente convertirlos en el chivo expiatorio cada vez que un niño desaparecía o un esposo no regresaba con su familia. Están a salvo en Endla, siempre y cuando el Bosque no se vuelva contra ellos.

Sopesó sus palabras durante un momento.

—Y ¿qué me dices de este bosque? —Señaló vagamente los árboles que les rodeaban.

—¿Eh? Ah, solo es un bosque. Aunque los animales de por aquí parecen ser conscientes de lo que ocurre en Endla. Creo que siempre están vigilando y a la espera de ver qué es lo que hará el Bosque Errante.

Jaren ni siquiera había pensado nunca que un bosque pudiera estar vigilándole. Alzó la vista hacia las ramas que la brisa movía con suavidad, imaginándose que los árboles les estaban escuchando. Siempre había pensado que aquel bosque era extrañamente tranquilo, y ahora se daba cuenta de por qué: no había pájaros cantando ni crujidos entre la maleza. El único sonido era el del viento.

—Y ¿qué pasa con el veneno del lago? ¿Es parte de la magia del Bosque?

—Tal vez. No conozco todos los secretos de Endla. Los esconden bastante bien de los *incantu* por si nos marchamos y se los contamos a los forasteros. Dicen que nos mandan a vivir fuera para protegernos, pero lo cierto es que somos peligrosos para los endlanos.

—¿Por qué?

—Porque no necesitamos al Bosque como ellos y, si conocié-
ramos los puntos vulnerables de Endla, podríamos compartirlos
con los forasteros. Tal vez crean que queremos vengarnos de
ellos.

—Suena como si tuvierais buenos motivos para hacerlo.

—Algunos, tal vez, pero yo he hecho las paces con ello.

—¿Algún endlano se ha marchado por elección propia? —preguntó, pensando en los padres de ella.

—No estoy segura —admitió la muchacha—. Me hablaron de
una mujer que intentó cruzar el hielo un invierno, cuando yo no
era más que un bebé. Pero el hielo era demasiado fino, o la isla no
quería que se fuera, así que se cayó por una grieta y desapareció.

—Así que, de alguna manera, los endlaños son prisioneros.

—Supongo que sí. Solo sé que yo estoy contenta de haberme
librado de ese lugar, a pesar de que echo de menos a mis padres.
Pensé en intentar volver en invierno, pero no me fio de la isla ni
de los otros isleños. Tienen gente que vigila las orillas por si acaso.
Los llaman «vigilantes». Tras cumplir un año de servicio, asisten
a una ceremonia secreta y se convierten en verdaderos ciudadanos
de Endla. Sea lo que sea lo que les ocurra en ese momento, tiene
que ser algo poderoso porque, después de eso, ya no cuestionan
nunca más el orden de las cosas.

Tenía una última pregunta, pero casi le parecía que era demasiado personal. Lupin arqueó una ceja.

—Te estás preguntando por qué no nos matan directamente.

Él se sonrojó. No le gustaba la forma en la que la muchacha
parecía leerle el pensamiento.

—Teniendo en cuenta lo que he oído decir sobre los habitantes
de la isla, no parece algo tan descabellado.

—Estoy segura de que a algunos les gustaría, pero nuestros padres no lo permitirían. Además, he oído que no todos los niños
tienen tanta suerte. Aléjate demasiado de la seguridad de tu hogar

y puede que un anciano te entregue al Bosque. Si tiene el hambre suficiente, puede que el propio Bosque te atrape.

Le lanzó una mirada y estalló en carcajadas.

—¿Qué pasa?

—Tu cara. Pareces aterrorizado.

Él se sonrojó y ella le revolvió el cabello con afecto, girando para dar la vuelta. Y aunque, en general, agradeció estar alejándose del lago y regresando a la seguridad que, en comparación, suponían su hermana y el mercado, una parte de él se sentía como si estuviesen caminando en la dirección equivocada.

Capítulo Quince

Tate estaba de pie en la orilla del lago con los otros dos niños *incantu*. Todos ellos parecían vulnerables y aterrados. Leelo sentía que todo lo que estaban haciendo estaba mal y, aunque no iba a oponerse, tampoco intentó ocultar las lágrimas que le corrían por las mejillas. Fiona estaba a su lado, llorando abiertamente, e incluso Sage parecía un poco desanimada. Sin embargo, los ojos de Ketty estaban secos mientras ayudaba al resto de miembros del consejo a arrastrar la barca hasta el agua.

Leelo no sabía qué era lo que hacía que aquella barca fuese segura para cruzar el lago. Estaba segura de que, si fuese algo natural, los forasteros también lo habrían descubierto a aquellas alturas. Sin embargo, el asunto de la barca era tan secreto como el de los nenúfares; al menos hasta que hubiesen terminado el año de vigilancia. De otro modo, la gente como ella podría sentirse tentada de usarlo para ver a los miembros de su familia que habían perdido. Intentó no pensar en todos los padres que sabían cómo funcionaba la magia y, aun así, no habían ido a buscar a sus hijos. Tenía que haber una buena razón, pero todas las que se le ocurrían solo lograban hacer que estuviese más asustada por su hermano.

Al igual que ella, Fiona ya se había despedido en la cabaña, pero cuando Tate se subió a la barca, avanzó hacia delante.

—No, tía Fiona —dijo Sage, tirando de ella hacia atrás—. Sabes que no puedes hacerlo.

Su madre se la quitó de encima con más fuerza de la que le había creído capaz.

—No me digas lo que puedo o no puedo hacer. ·

Consiguió llegar hasta la barca y Leelo se sintió aliviada cuando nadie más intentó detenerla. Observó cómo su madre abrazaba a su hermano, susurrándole algo en el oído, y cómo Tate, aunque estaba temblando notablemente, consiguió asentir con valentía.

—Ya está bien —le dijo otro de los miembros del consejo a Fiona, gesticulando para indicarle que se uniera a su familia—. Ya sabes cómo funciona, Fiona.

A los niños les dieron remos para que ellos mismos cruzasen el lago, a pesar de que ninguno de ellos había remado antes. Una vez que los niños hubiesen desembarcado, usarían una cuerda especial que estaba atada a la parte trasera de la barca para arrastrarla de vuelta desde el otro lado. Tiempo atrás, había existido un transbordador más permanente, pero su existencia implicaba tener que matar a cualquier forastero que intentase usarlo. El método actual implicaba mucho menos derramamiento de sangre.

Tate y el otro chico, Bizhan, tomaron un remo cada uno mientras que Violet, la más pequeña de los tres, permanecía acurrucada entre ambos. Cada uno llevaba un único fardo de pertenencias y la ropa que llevaban puesta. Los endlanos funcionaban con un sistema de trueques, por lo que no habían tenido monedas para que Tate se llevase, pero Fiona había colocado en el paquete algunas de sus mejores piezas de punto con la esperanza de que el chico fuese capaz de intercambiarlas, aunque Leelo sentía que su hermano preferiría morirse de hambre antes que desprenderse de cualquiera de las cosas de su madre. Más allá de los recuerdos, aquello sería todo lo que le quedaría para recordarla.

Mientras los niños recorrían el camino hacia el otro lado del lago, el resto de las familias que habían asistido se dieron la vuelta para marcharse. En aquella ceremonia no cantaban, ya que podría poner en peligro a los pequeños, y si bien eran deficientes a ojos de algunos endlanos, seguían siendo inocentes.

De pronto, un trueno retumbó tan fuerte que Leelo dio un brinco y se tapó los oídos. No había habido señales que anunciasen una tormenta y, sin embargo, no se podía discutir que una acababa de hacer acto de presencia. Algunos decían que el Bosque Errante afectaba al mismísimo clima, aunque ella no sabía más sobre cómo era posible de lo que sabía sobre cómo afectaba al lago. Pero, mientras la lluvia comenzaba a caer en gotas gruesas y frías, vio cómo los pobres niños se apretujaban un poco más en la barca. Cuando llegasen a la otra orilla, estarían empapados de arriba abajo.

Fiona todavía estaba sollozando y Leelo decidió que contemplar aquello no le serviría de ayuda. Sujetó a su madre y la alejó del lago. Cuando los miembros del consejo empezaron a adelantarlas, dirigiéndose de nuevo hacia el bosque, ella llamó a Ketty.

—¿Qué pasa con la barca?

—La recogeremos por la mañana. Nadie estará fuera de casa con este tiempo y no tiene sentido que nos pongamos enfermos por esto.

Decir aquello era terriblemente insensible, incluso para Ketty.

Cuando llegaron a la cabaña, su prima y su tía ya se estaban calentando junto al fuego. Leelo ayudó a su madre a quitarse la ropa empapada y a ponerse un cálido camisón de franela. Después, la arropó en la cama.

—Eres una chica encantadora —dijo Fiona, acariciándole la mejilla—. Soy muy afortunada de tenerte.

Ella le dio un beso, esforzándose por no llorar, y se fue a su habitación. Tembló con violencia mientras se quitaba el vestido y las medias mojadas. Todavía desnuda, se metió bajo el edredón de la cama y se tapó hasta la cabeza, esperando a que se le pasaran los temblores. La mayoría de las tormentas de primavera no eran así de fuertes o repentinas y, en general, se le daba bien predecir el tiempo. Era casi como si la isla estuviese imponiéndoles un último castigo a los *incantu*, como si fuera su forma de decirles: «¡No volváis nunca jamás!».

Al fin, empezó a sentir el cosquilleo de la sangre regresándole a las manos y los pies, y los temblores que le habían recorrido el cuerpo entero disminuyeron. En aquel momento, no sentía ningún deseo de pasar un rato con su tía y su prima, así que, después de salir de la cama y ponerse ropa seca, volvió a salir al porche cubierto. El sol ya se había puesto, pero, al menos, la tormenta había pasado y la luna estaba casi llena. Los niños no tendrían que orientarse en una oscuridad absoluta. Como muy pronto, los endlanos no volverían a cantar hasta al día siguiente por la noche, lo que les daba a Tate y a los otros la oportunidad de alejarse bastante del lago.

Podía escuchar a Sage y a Ketty en la cocina, preparando la cena. Probablemente, debería dejar de lado el enfado y la tristeza, cenar e irse a la cama. Aquello sería lo más sensato.

Una sombra pasó por delante de la luna, descendiendo en picado con alas silenciosas y posándose en las vigas de madera que había sobre su cabeza. Se dio cuenta de que era una lechuza. No era habitual ver pájaros de aquel tamaño en Endla, así que, cuando veía uno, siempre le parecía un buen presagio, ya que, por la razón que fuese, el Bosque todavía no lo había atrapado. La cabeza pálida y en forma de corazón se giró al detectar algún sonido en la distancia y, entonces, volvió a despegar, batiendo las alas en dirección al bosque para cazar.

Sin pensarlo, Leelo se puso en pie, cruzó el patio y se dirigió hacia los árboles. A pesar de la lluvia, el suelo del bosque no estaba demasiado embarrado gracias al follaje primaveral que lo cubría. Además, podía ver bastante bien gracias a la luz de la luna. Tras unos minutos de lo que ella había pensado que era caminar sin rumbo, se dio cuenta de que sus pies la estaban guiando.

Le costó más tiempo de lo necesario llegar al pinar. A causa de su estado de ánimo perturbado, había dado varios giros mal y tampoco le ayudaba el hecho de que tenía la vista borrosa por las lágrimas. Cuando por fin llegó a la arboleda, sintió que los meses de ansiedad, miedo y esperanzas acumuladas ardían con profundidad en sus huesos.

Alzó la vista, mirando a través de las ramas hacia el lugar donde la luna resplandecía en lo alto. La parte superior de los árboles se agitaba en un viento que tardó un poco más en rozarle la piel. Se obligó a respirar hondo. En aquel momento, aquel lugar estaba tan tranquilo y sereno que casi parecía imposible creer que fuese el lugar en el que habían matado innumerables animales o que el propio Bosque estuviese sediento de sangre.

En su mente, podía escuchar la voz de la tía Ketty: «Este lugar no es maligno. Nos protege. Estaríamos perdidos sin él».

El nudo de tristeza que se le había formado en la garganta empezaba a resultarle insoportable. Quería cantar, pero sabía que no podía hacerlo. Todavía cabía la posibilidad de que los niños estuviesen a una distancia a la que pudieran escucharla y, en cualquier caso, tenía prohibido cantar sola.

Sin embargo, tenía que haber alguna manera de librarse de toda aquella ira. No era una emoción con la que tuviese demasiada experiencia, pero, ahora que podía identificarla, no podía negar lo que era. Estaba llena de una ira furiosa y ardiente. Tate ya no estaba y su madre iba a morir y, entonces, ¿qué le quedaría? Una tía amargada y una prima quisquillosa que, como el lago, estaba siendo envenenada poco a poco por Ketty.

«¿Qué le pasó a Ketty?», se preguntó por enésima vez. Un matrimonio sin amor era malo, pero seguro que no tanto como para cambiar de forma permanente el corazón de una mujer. Después de todo, hacía tiempo que su marido había muerto. Era libre de volver a casarse si quería. O no. Podía elegir ser feliz. Pero su tía no parecía interesada en serlo. Era casi como si se deleitara en su resentimiento. Y Sage estaba siguiendo los mismos pasos de su madre.

Fiona le diría que se calmase, que dejara que el enfado pasara como si fuera una tormenta, que se sentara poniendo cierta distancia y observase cómo se disipaba en el éter hasta que encontrase aceptación. Su ira no le servía de nada a nadie. Desde luego, a Tate no. Y no era como si fuese a quedarse atrapada para siempre con su tía. Su madre se aseguraría de que encontrase un marido adecuado; alguien a quien, aunque no amase, al menos le gustase. Podría empezar su propio hogar con Fiona; permitir que Ketty y Sage se quedasen con la casa. Dónde viviesen no era importante si se tenían la una a la otra. Tal vez si su madre estuviese lejos de su tía y su criticismo continuo, su salud mejorase y fuese capaz de volver a tejer.

Sin embargo, la ira no se estaba disipando. En todo caso, estaba aumentando. Cuanto más pensaba en Tate, que estaría allí fuera, solo, lejos de los brazos amorosos de su madre y su hermana, más enfadada se sentía. Y cuanto más pensaba en la indiferencia de Ketty hacia el dolor de su hermana, por no hablar del de su sobrino, más quería hacerle daño a alguien con sus propias manos.

Una vez más, la canción (Leelo no sabía lo que era, porque no era la canción de caza ni la del ahogamiento, sino algo nuevo e insistente) le presionó la garganta. Sentía que casi se estaba volviendo loca con la necesidad de liberarla. Y, de aquel modo, sin pensarlo bien, pero sintiendo que era lo único que podía hacer para castigar a todo y a todos los que le habían arrebatado a su hermano, se sacó el cuchillo pequeño del bolsillo y, ahogándose con su propia música, lo dirigió hacia el árbol al que había alimentado toda su vida con sacrificios, presas e incluso con su propia sangre. Se lo clavó una y otra vez hasta que el brazo le empezó a doler por el movimiento y el cuchillo se clavó a tanta profundidad que no pudo volver a sacarlo.

Como si saliese de algún tipo de trance teñido de color escarlata, se dejó caer de rodillas, agotada. Para todo lo que se había esforzado, el árbol no parecía demasiado herido: un par de trozos de madera pálida expuestos por la hoja y una o dos astillas perdidas.

Tate ya no estaba y tenía que aceptarlo. De ahora en adelante, pondría a su madre y a sí misma por delante de todo lo demás. La salud de Fiona sería su prioridad y, si bien cumpliría con sus tareas y con su servicio como vigilante porque era lo que su madre querría que hiciera, no volvería a asistir a las ceremonias. Incluso aunque el precio fuese perder todo lo demás. Incluso si el precio a pagar era Sage.

Como seguía sin poder liberar la canción que tenía en la garganta, echó la cabeza hacia atrás y gritó.

Capítulo Dieciséis

Jaren no volvió a ver a Lupin tras aquella conversación, pero, una vez que se dio a conocer su paseo privado por el bosque (suponía que gracias a Story, aunque ella no quisiera admitirlo), los chismosos de Bricklebury se aseguraron de que, a pesar de todo, ambos estuvieran asociados. Allá donde fuese, los cuchicheos y las risitas seguían su rastro. Hacía días que no se dejaba ver por el pub; no desde la última vez que había ido y Lars había movido las cejas hacia él de forma sugerente.

—Todavía no entiendo por qué no te gusta —le dijo Story mientras trabajaban codo con codo en el jardín trasero de su casa—. Es una chica muy guapa; algunos dirían que demasiado guapa para ti.

Le lanzó un terrón de tierra a su hermana.

—No tiene nada que ver con lo guapa que sea. Es solo que es… rara.

—¿Por qué? ¿Porque es de Endla?

Él sacudió la cabeza, frustrado.

—No es eso. En absoluto. Me dijo que el bosque que hay allí es maligno; que se come a la gente, como si fuese un lobo, o un oso, o…

—¿Un monstruo?

—¡Sí! Y era evidente que no estaba intentando asustarme. —Eso lo había conseguido al coquetear con él—. Era como si creyese de verdad todo lo que estaba diciendo.

—¿Por qué iba a mentir al respecto?

—No estaba mintiendo. A eso me refiero. Creo que es posible que perdiera un poco la cabeza cuando la exiliaron. Y no la culpo por ello, no era más que una niña.

—Bueno, no tienes por qué cortejarla, pero no os mirarán bien, ni a ella ni a ti, si no finges aunque sea durante un tiempo. La gente cree que estabais haciendo algo más que pasear. Ya sabes a qué me refiero.

Jaren se puso en pie.

—¿Y quién tiene la culpa de eso? Si no hubieras ido cotilleando con todo aquel que pudiera oírte, ¡nadie se hubiera dado cuenta siquiera!

Sabía que no estaba siendo del todo justo. La gente les había visto con sus propios ojos, y tendría que haber sido lo bastante listo como para no desaparecer a solas con una chica en un pueblo lleno de entrometidos. Pero Lupin también. A menos que ella hubiese querido que la gente pensase que había pasado algo entre ellos. Sacudió la cabeza. Era imposible entender a las chicas.

—Ay, tranquilízate —le dijo Story mientras le tiraba de la mano para que volviese al trabajo—. Muy pronto se destapará otro escándalo y todo el mundo se olvidará de ti y de la chica de la miel.

Pero aquel día, más tarde, cuando dejó que sus hermanas le arrastrasen al pub porque su padre, después de haberse enterado de lo que había pasado con Merritt, insistió en que necesitaban un escolta, resultó evidente que nadie lo había olvidado. Especialmente Lupin.

Era la primera vez que la veía en el pub y los ojos de la chica encontraron los suyos en cuanto atravesaron la puerta, como si le hubiera estado esperando. Se abrió paso hacia él entre los otros clientes, sonriendo.

—Jaren Kask. Hace tiempo que no te veo por el pueblo. Estaba empezando a pensar que me estabas evitando.

Él se sonrojó y negó con la cabeza.

—Claro que no. Es solo que no estoy acostumbrado a que tanta gente sepa dónde voy o con quién. No me gusta recibir tanta atención.

—Y lo dice el chico que se llevó agua del lago Luma. —Había un atisbo de resentimiento en su voz, pero hizo un gesto señalando una mesa que había en un rincón y Jaren sintió que no tenía más remedio que seguirla. Sus hermanas le habían abandonado en cuanto habían llegado.

—No te preocupes por los aldeanos —dijo Lupin una vez que estuvieron sentados—, solo cuchichean porque aquí, en las montañas, están a salvo y no tienen preocupaciones. Dado lo raro que es que vengan forasteros, hay muy pocas posibilidades de que una plaga llegue a Bricklebury y, gracias a la tierra fértil de las montañas, hay suficiente comida para comer. Lo que quiero decir es que están aburridos, y a la gente aburrida no hay nada que le guste más que un escándalo.

—Pero estoy seguro de que pasear juntos por el bosque no puede considerarse un escándalo.

—Tal vez no te hayas dado cuenta, pero la gente tiende a evitarme, Jaren. Así que no ha sido el paseo por el bosque lo que ha hecho que hablen, sino la chica con la que ibas.

—Lo siento, no lo sabía. Espero que tu reputación no se haya visto afectada.

Ella inclinó la cabeza hacia atrás y se rio, mostrando todos los dientes blancos.

—¿Mi reputación? Con lo que respecta a esta gente, bien podría ser una bruja.

Él echó un vistazo en torno al pub. Por supuesto, la gente los estaba mirando.

—¿Por qué te quedas aquí? —le preguntó—. Yo no podría soportar que todo el mundo me juzgase constantemente de ese modo.

—La gente te juzgará vayas donde vayas. Yo sé quién soy, ¿por qué debería importarme lo que piensen de mí?

Deseó albergar ese tipo de seguridad en sí mismo, aquella que solo se siente cuando sabes quién eres.

—Siento si te he dado la impresión equivocada, Lupin. No estoy buscando casarme en un futuro cercano. Ni siquiera he escogido una profesión todavía.

Ella pasó un dedo por el borde de la jarra de su pinta y sonrió.

—Ay, chico tonto. ¿Quién ha dicho nada de matrimonio?

Jaren no podía dormir. Cada vez que cerraba los ojos, veía la sonrisa voraz de Lupin, y cada vez que intentaba encontrar una posición cómoda en la cama, unas cuantas notas de la primera canción de Endla que había escuchado sonaban en su mente. Nunca había tenido la experiencia de que se le pegase una melodía, y pensó que debía de estar volviéndolo loco. Tal vez aquello explicase lo de Lupin y su rareza.

O, tal vez, se tratase de que no conocía toda la canción, tan solo ese pequeño hilo de notas, y de que alguna parte de su cerebro no dejaba de aferrarse a ellas, intentando completar lo que iba a continuación. Si hubiese tenido alguna inclinación musical, podría haber tocado las notas en un instrumento y haber intentado terminarla. Sin embargo, no tenía ni idea sobre escalas o melodías, y, desde luego, no sabía tocar ningún instrumento. Así que estaba atrapado con esas mismas notas reproduciéndose en su mente. Sí, definitivamente, una persona podía volverse loca de aquel modo.

En torno a la media noche, cuando no estaba mucho más cerca de dormirse de lo que había estado cuando se había ido a la cama, apartó el edredón, se puso los pantalones y bajó la escalera con tanto sigilo como pudo. Mientras pasaba de puntillas junto a su padre que, de normal, dormía tan profundo que ni un terremoto podría despertarlo, recogió sus botas de la chimenea y se escabulló en silencio hacia la noche.

Casi de inmediato, el aire frío le ayudó a despejar la mente. Si caminaba un poco, tal vez pudiera ser capaz de olvidarse de la canción por completo. No es que caminar solo por el bosque en plena noche fuese una idea demasiado buena, pero cualquier cosa era mejor que volverse loco poco a poco en su propia cama.

Por desgracia, tenía la costumbre de encontrar un tema que le preocupase y rumiarlo hasta que sus pensamientos no dejaban de darle vueltas como un perro persiguiéndose la cola. Y si no iba a pensar en la música (y no quería pensar en la música, maldita sea), tenía pocas cosas en las que pensar que no fueran Lupin.

Lupin, con su cabello color miel y sus ojos verdes como una pradera, con su risa vacía y su coqueteo implacable y con la insinuación de que no buscaba casarse, pero estaba dispuesta a hacer otras cosas. Sabía que si cualquiera de sus hermanas hiciera esas cosas antes del matrimonio acabaría arruinada para siempre, pero aquella muchacha ya estaba arruinada a ojos de los aldeanos.

A pesar del hecho de que estaba rodeado de chicas, Jaren pensaba que eran predecibles en una única cosa: en ser impredecibles. En un momento, Story podía estar riéndose y haciendo bromas y, al siguiente, estar enfadada por algo. Y, lo que era todavía peor: se negaba a admitir que estaba enfadada. Los enamoramientos de Renacuajo eran tan fugaces como una tormenta veraniega, y Summer, que, sin duda, era la más tranquila de las tres, no era inmune a los cambios de humor. Y esas eran las chicas con las que se había criado. ¿Cómo era posible que se esperase de él que comprendiera las motivaciones de una mujer casi desconocida?

Su madre, por otro lado... A su madre siempre la había comprendido. A veces, solía enfadarse, por supuesto, pero sus motivos nunca habían sido un misterio: él había vuelto a dejar las botas llenas de barro junto a la chimenea, o había quemado el pan por estar soñando despierto, o había ido al mercado a comprar manzanas y, en su lugar, había regresado con patatas. Si le había molestado algo, se disculpaba y se marchaba a pasear o se retiraba al dormitorio que ella y su padre habían compartido en su antigua casa, que era más grande, y, cuando regresaba, volvía a ser ella misma. Incluso, si su padre no era capaz de adivinarlo, le ofrecía una explicación de por qué se había molestado. Y, cuando sus hermanas estaban especialmente volátiles, su madre solía decirles a los hombres que se marchasen a hacer algo útil y, cuando regresaban, todas volvían a estar tan frescas como una lechuga.

«Estás dando vueltas, Jaren», pensó mientras serpenteaba por el sendero del bosque. Estaba tan distraído que ni siquiera estaba seguro de qué camino había tomado, aunque supuso que no importaba siempre y cuando siguiese el mismo cuando regresara.

Algo se cruzó en su camino: una criatura pequeña y sigilosa. Era muy probable que se tratase de un zorro. Un pájaro nocturno pio en la distancia y, de vez en cuando, escuchaba algo pequeño removiéndose entre los arbustos. Todos ellos eran ruidos típicos de un bosque por la noche. De hecho, eran menos de los que había imaginado.

De pronto, un aullido largo y lastimero hizo que se le erizase el vello de la nuca. No pudo evitar pensar en el lobo monstruoso del que hablaban los lugareños. Se dio cuenta de que ni siquiera se había llevado un cuchillo. Estaba tan indefenso allí fuera como una hogaza de pan.

Aun así, el aullido había sonado distante y darse la vuelta no era necesariamente la mejor opción, ya que no estaba seguro de en qué dirección lo había oído. Siguió caminando, aunque sus pensamientos ya no estaban centrados en las rarezas de las mujeres. El aullido volvió a sonar y, aquella vez, lo hizo más cerca. Se quedó congelado en el camino, escuchando. En algún lugar sobre su cabeza, un búho ululó y despegó de la rama en la que se había posado, probablemente para buscar sus propias presas. Miró lo que le rodeaba y reconoció el árbol partido que tenía a la izquierda y el círculo de hongos venenosos a su derecha. Con un mal presentimiento, se dio cuenta de que lo había vuelto a hacer.

Había vuelto a tomar el sendero que llevaba a Endla.

Hubo otro aullido y, en aquella ocasión, estaba mucho más cerca que antes. Se dio la vuelta, intentando adivinar de qué dirección procedía, hasta que se sintió mareado y más perdido que antes. Se rio de forma un tanto histérica y se preguntó si se estaba volviendo loco de verdad, si era cierto que la magia de Endla le había atrapado como la canción de una sirena. ¿De qué otro modo podría explicar que sus pies no dejasen de buscar el mismo camino? ¿De qué otro modo podía defender la decisión de salir a caminar solo en medio de la noche?

El siguiente sonido que escuchó no era un aullido, y estaba muchísimo más cerca. Se trataba del gruñido grave y retumbante de un depredador. Se dio la vuelta poco a poco, buscando frenéticamente en la oscuridad hasta que vio los dos ojos resplandecientes que le devolvían la mirada y que eran demasiado grandes como para pertenecer a algo que no fuese un lobo enorme y hambriento. Salió disparado. El instinto le decía que aquella criatura no iba a retroceder por muy grande que él intentase parecer, por mucho que gritara o agitara un palo. Estaba claro que aquel animal era el alfa de aquel bosque y, con probabilidad, de toda la montaña; un humano insignificante e indefenso no iba a asustarlo.

Por algún milagro, no se tropezó mientras corría por el sendero. Al menos sus pies parecían conocer el camino. Podía escuchar al lobo detrás de él, aunque no gruñendo, tan solo respirando mientras corría. Algo le dijo que, en realidad, la bestia no estaba intentando cazarle, porque estaba seguro de que, a cuatro patas y con su visión nocturna, era mucho más rápido de lo que él podía serlo. ¿Estaba intentando agotarle? ¿O acaso le estaba conduciendo al lugar que quería: las fauces abiertas del resto de la manada?

No tenía aire suficiente en los pulmones para gritar pidiendo auxilio y sabía que, aunque lo hiciera, nadie acudiría en su ayuda.

Por voluntad propia, como un estúpido, estaba totalmente solo allí fuera e iba a morir de aquel modo. Esperaba que quedase lo suficiente de su cuerpo como para que su familia pudiera reconocer sus restos aunque, de todos modos, la pérdida les resultaría devastadora. Después de todo, las chicas acababan de perder a su adorada madre. «Debería haberlo sabido», pensó con amargura. Incluso aunque no apreciase su propia vida lo bastante como para mantenerse alejado de aquel bosque y aquella isla maldita, tendría que haber puesto la seguridad y la felicidad de sus hermanas por delante de todo.

Mientras pisoteaba el sendero con los pies, aquella canción vana y traicionera regresó a su mente frenética y, para su sorpresa, de algún modo le calmó. Se centró en la melodía más que en el hecho de que una bestia que era todo garras, colmillos y hambre estaba justo detrás de él, golpeándole la espalda con el aliento cálido.

Y con el poco aire que le quedaba, rezó una oración para que quienquiera que estuviese escuchando le perdonase la vida.

Capítulo Diecisiete

Leelo estaba tan solo a medio camino de casa cuando escuchó el aullido. Toda la piel del cuerpo se le puso de gallina y pudo sentir cómo se le erizaba el vello de los brazos como si acabase de pasar una tormenta eléctrica.

Por un momento, se quedó totalmente inmóvil, preguntándose si se lo había imaginado. Los lobos nunca llegaban a aquellas alturas de las montañas y aquel había sonado tan cerca que bien podría estar en la propia Endla. Pero, entonces, volvió a ocurrir una y otra vez, y ella sintió el sonido en cada parte de su cuerpo, como si fuese una canción que hubiese conocido de toda la vida.

—Tate —murmuró.

A su alrededor sopló una ráfaga de viento repentina, haciendo que los árboles que la rodeaban crujiesen como puertas viejas y olvidadas y, en aquella ocasión, supo que no se lo estaba imaginando. El Bosque estaba hablando.

Un lobo acechaba la puerta.

Capítulo Dieciocho

En aquel momento, la barca había parecido la única opción. Jaren se había encontrado entre el lobo y un lago lleno de veneno y, si bien el lobo no había avanzado hacia él, tampoco había retrocedido. Estaba allí sentado, observándole con los ojos amarillos bajo la luz de la luna y dejando escapar tres aullidos largos que hacían que la piel se le erizase.

Era evidente que nadar no era una opción. Jaren pensó en la rosa convirtiéndose en cenizas dentro del vial de agua y sintió un escalofrío. Prefería las posibilidades que tenía enfrentándose al lobo a pesar de que el viejo había tenido razón al decir que era del tamaño de una vaca. ¿De dónde había salido aquel monstruo y por qué, de entre todos los lugares posibles, le había perseguido hasta aquel?

Incluso entonces, en unas circunstancias que se podía decir que no eran muy habituales, seguía sin estar convencido de que aquello fuese magia. El animal era enorme, pero no imposiblemente enorme. Y si un lobo quería acorralar a una presa, ¿qué mejor lugar al que espantarla que allí? Aun así, tenía que admitir que el hecho de que el lobo no estuviese intentando comérselo era desconcertante.

Se miraron el uno al otro durante un buen rato antes de que el animal se levantase y avanzase poniendo una pata acabada en garras detrás de la otra. Jaren se descubrió retrocediendo hacia el agua. No estaba seguro de que se hubiese detenido a tiempo si su pie no se hubiese topado con algo sólido. Se atrevió a mirar atrás por encima del hombro y, entonces, la vio, escondida entre las rocas. Una barca. El lobo debió de verla al mismo tiempo que él porque, de pronto, aceleró hacia delante, haciendo que el cuerpo de Jaren tomase una decisión a la que su mente todavía no había querido enfrentarse.

Lo siguiente que supo es que estaba subido en la barca y que el movimiento repentino la había empujado hacia el agua abierta, hacia el lago envenenado.

No sabía lo bastante sobre el lago Luma como para estar seguro de que la barca no podría cruzar hasta el otro lado, aunque podía deducirlo gracias a lo que había visto en el caso de la rosa. Aun así, pensó que debía de tener al menos un poco de tiempo antes de que la barca comenzase a erosionarse y, mientras tanto, tal vez el lobo se cansase de jugar al juego que fuera que estuviese jugando y se marchase. Sin embargo, el animal se limitó a pasear de un lado a otro de la orilla, como si le estuviera diciendo que no tenía sentido regresar, que tan solo acabarían tal como habían estado antes.

Podía distinguir la isla a la luz de la luna. Desde allí, parecía bastante inocente, cubierta por lo que parecían árboles normales, más allá de un bosquecillo de altos pinos que asomaba por encima del resto del bosque en el centro de la isla.

Una brisa recorrió el agua como si fuera un suspiro largo y lánguido y el miedo hizo que se le erizase la piel desnuda de la nuca. Recordó lo que Lupin le había contado sobre los endlanos e intentó consolarse con eso.

—¿Son gente cruel? —le había preguntado mientras se habían dirigido de vuelta al mercado.

—No, en conjunto, no —le había dicho ella—. Mis padres eran personas maravillosas y cariñosas y sé que se les rompió el corazón el día que se despidieron de mí. Aquel año, yo fui la única *incantu* y el viaje para cruzar el lago en la barca endlana fue especialmente difícil para mí, ya que nunca antes había remado.

Aquella barca debía de ser la que transportaba hasta tierra firme a los niños *incantu*. Por lo que la chica le había contado, el veneno del lago destruía las embarcaciones forasteras. No sabía por qué no habían arrastrado aquella barca de vuelta al otro lado. Para entonces, ya había ido a la deriva hasta el centro del lago y, si en algún momento había habido remos, habían desaparecido. Se encontraba a total merced del viento, que parecía estar empujándolo hacia Endla.

Una ráfaga repentina sacudió la barca todavía más y fue entonces cuando escuchó un ruido que le heló hasta los huesos: un chapoteo. Cuando había vuelto a empujar la barca hacia el agua, debía de haber rozado las rocas y, en ese momento, estaba empezando a hacer aguas.

Miró hacia la orilla a través de la oscuridad menguante, preguntándose si, incluso en aquel momento, habría alguien esperándole. Si, de algún modo, conseguía llegar allí, ¿le perdonarían la vida? Lo dudaba.

Miró hacia abajo y vio que el agua empezaba a subir de nivel en el suelo de la embarcación. Subió los pies al banco en el que estaba sentado y volvió a mirar hacia la orilla. Pensó con desesperación que no iba a conseguirlo. El agua estaba subiendo más rápido de lo que él avanzaba. Intentó no pensar ni en la rosa, ni en sus hermanas o su pobre padre, pero no lo consiguió.

Capítulo Diecinueve

Leelo sabía que debería estar corriendo hacia casa y no hacia la orilla del lago, pero, en aquel momento, su único pensamiento coherente era para Tate. Si había un lobo en el bosque al otro lado del lago donde su hermano y los otros niños habrían atracado, era como si estuviese muerto.

«Tiene que estar lejos de aquí», se decía a sí misma mientras unas lágrimas frías de terror le recorrían las mejillas. Porque, ¿y si esto era culpa suya? ¿Qué pasaba si su ataque al pino había hecho que, de algún modo, el Bosque tomase represalias?

No llevaba encima el arco y las flechas; todo lo que tenía era el cuchillo que, al final, había conseguido sacar del árbol apoyando el pie contra el tronco y tirando con tanta fuerza que había salido disparada hacia atrás cuando se había soltado. Pero, del mismo modo que había resultado inútil contra el árbol, sabía que no le serviría para enfrentarse a un lobo. Aun así, tenía que intentarlo.

Cuando por fin llego a la orilla, se quedó inmóvil entre los árboles, escuchando. El animal había estado aullando de forma intermitente mientras ella corría hasta allí, pero, en aquel momento, estaba callado. El único sonido era el del viento agitando los árboles, un viento que había vuelto a soplar desde tierra firme hacia la costa. Desde allí, no podía ver al lobo. Todo lo que podía ver bajo la luz de la luna era la extensión oscura del lago.

No tenía forma de saber si su hermano estaba a salvo. No desde allí. Miró hacia la roca a la que estaba atada la cuerda. Si arrastraba la barca de vuelta, podría remar hasta el otro lado y comprobarlo ella misma. Si era lo bastante rápida, podría hacerlo antes del amanecer. ¿Cómo podría volver a dormir si no sabía si Tate estaba a salvo?

Sin embargo, cuando llegó hasta la cuerda, lista para hacer lo que fuese necesario para comprobar que su hermano estaba bien, se dio cuenta con un jadeo de que estaba floja. Con el corazón palpitándole, miró hacia el agua. La barca ya no estaba en la otra orilla; estaba en medio del lago y había alguien montado en ella.

Por un instante en el que se le detuvo el corazón, pensó que era Tate, que su plegaria había funcionado, que el Bosque la había escuchado y el niño estaba regresando a casa. Sin embargo, la persona que había en la barca era demasiado grande para ser su hermano, lo que solo podía significar que se trataba de un forastero que iba directo hacia Endla.

Si corría para pedir ayuda, el forastero llegaría a tierra antes de que pudiera regresar. Como vigilante, se suponía que tenía que hacer lo siguiente: encontrar a cualquiera que estuviese intentando dañar la isla y matarlo. Pero la idea de enfrentarse a un adulto hecho y derecho ella sola hacía que las piernas se le entumecieran. Se suponía que tenía que llevar un arco y flechas. Se suponía que Sage tenía que estar con ella.

Mientras corría hacia la orilla, el amanecer había empezado a asomar por el horizonte poco a poco y, en aquel momento, el cielo estaba lo bastante iluminado como para que pudiera distinguir con mayor claridad la figura que había sobre la barca, que continuaba abriéndose paso hacia la costa. A juzgar por su silueta, estaba bastante segura de que era un hombre, pero no podía distinguir nada más.

Se acuclilló detrás de una roca, consciente de que, si ella podía ver a la persona de la barca, era muy posible que él también pudiera verla. Sabía lo que haría Sage: se escondería allí, detrás de la roca, y apuñalaría al hombre en la espalda cuando pasase a su lado. Pero Leelo no era Sage. Ni siquiera podía matar a un conejo. ¿Cómo se suponía que iba a matar a un ser humano?

La barca estaba ya lo bastante cerca como para que viera dos cosas con claridad: definitivamente, era un hombre, y, además, la barca se deslizaba por el agua más hundida de lo que lo había hecho con los tres niños. Incluso teniendo en cuenta lo pequeña que era Violet, el peso combinado de los tres tenía que ser superior al de un solo hombre. Lo cual solo podía significar que la barca se estaba hundiendo.

Soltó un suspiro de alivio y agotamiento. El lago se encargaría de él por ella. No tendría que hacer nada. Envalentonada por la idea de que no iba a conseguir llegar, se puso de pie.

Entonces, se le escapó un gemido.

En la luz creciente del día, pudo ver que no se trataba de un hombre; al menos, no de un hombre hecho y derecho. De hecho, no parecía mucho más mayor que ella. Estaba sentado sobre el banco que había en medio de la barca, aferrándose a él para evitar que las olas lo arrojaran fuera. De pronto, alzó la vista y sus ojos se encontraron.

Era el muchacho del día del festival.

No estaba segura de cómo lo sabía. Aquel día, no había sido capaz de distinguir sus rasgos, tan solo el cabello oscuro y enmarañado. Sin embargo, en aquel momento, podía ver su rostro con claridad y estaba aterrorizado.

Miró a su alrededor en vano, como si fuese a encontrar a algún adulto cerca para ayudarla. ¿Por qué se había subido a la barca? ¿Por qué querría cruzar hasta Endla, sabiendo todo lo que debía de saber sobre la isla?

Sin pretenderlo, se acercó hasta el borde del agua. El muchacho no iba a conseguir llegar, no a aquel ritmo. Él gesticuló hacia la popa de la barca, después hacia ella y de nuevo hacia la barca.

Sacudió la cabeza, confusa.

—¡La cuerda! —gritó él.

Claro. La cuerda. Podía tirar de él hasta que llegara a la orilla. Tal vez no fuese suficiente, pero podría intentarlo.

Podría.

Sus ojos se dirigieron al rostro del muchacho a toda velocidad. Ya no estaba muy lejos de la costa, pero la barca se estaba inclinando de forma peligrosa, desequilibrada por el agua que se estaba acumulando en el interior. En cualquier momento, volcaría, él caería al lago y moriría.

Ella gruñó, angustiada. No podía matar a un forastero, pero tampoco podía ayudarle. Todos los días de su vida habían sido un entrenamiento para aquel momento. Así que, ¿por qué estaba dudando? Alcanzó su cuchillo y lo sujetó en la mano. Si cortaba la cuerda, él moriría y ella habría cumplido con su trabajo. Probablemente, incluso la venerarían por hacerlo.

Pero, entonces, vio el terror en los ojos del joven y pensó en su hermano, en el miedo que debía de estar sintiendo mientras se abría paso a tientas por un bosque oscuro y desconocido con un lobo al acecho. Pensó en Pieter y su último grito pidiendo ayuda. En algún lugar, alguien quería a aquel muchacho y, si moría, con toda seguridad, el corazón de aquellas personas se rompería tanto como lo había hecho el de Isola. «No todos los forasteros son malignos», le había dicho su madre, y no había sido una suposición. Lo había dicho con una convicción tan firme como cuando les decía a sus hijos que los quería.

Las voces enfrentadas de su tía y de su prima resonaban en sus oídos: «Protegemos Endla por encima de todo lo demás».

Pero Leelo no era Ketty, y tampoco era Sage. No podía salvar a su hermano, pero podía salvarle la vida a aquel muchacho.

El cuchillo se le escurrió de entre los dedos y, cuando se dio cuenta, estaba agarrando la cuerda con ambas manos y tirando de ella con toda su fuerza.

En ese momento, el joven estaba gritando algo, pero ella no alzó la vista. No quería saber lo justo que iba a ser. Estaba haciendo todo lo que podía. Unos momentos después escuchó el casco chocando contra las rocas y arañando la arena. Faltaban unos minutos para el amanecer. Sage estaría allí pronto y ¿cómo podría explicar aquello?

Sin volver a mirar la barca, soltó la cuerda, agarró su cuchillo y huyó.

Capítulo Veinte

Leelo estaba sin aliento mientras corría a través del bosque hacia su casa. Sage llegaría para el turno de vigilancia en cualquier momento y los miembros del consejo regresarían pronto para buscar la barca. La encontrarían de vuelta en aquel lado del lago, ya fuese conteniendo los restos de un forastero o vacía. A pesar de lo que acababa de hacer, estaba rezando para que fuese lo primero. Pensarían que un forastero había intentado cruzar y no lo había logrado y no podrían culparla por eso.

Si no estaba muerto, seguro que estaba herido. El duro atraque en la orilla habría hecho que fuese imposible que no le salpicase algo de agua. Tan solo podía esperar que estuviese tan malherido que no pudiera recordar que ella le había ayudado. De todos modos, tan solo había sido durante uno o dos minutos. Ni siquiera estaba segura de haberle ayudado. Tal vez habría conseguido llegar hasta la orilla él solo.

«Tendría que haberle matado», pensó con amargura, pero no podía quitarse de la cabeza la imagen del rostro lleno de pánico del muchacho. Estaba resentida con él por ponerla en esa situación. Debía de haber oído leyendas sobre Endla en el lugar de donde procediese. ¿Qué razón podía tener para ir hasta allí que no fuera causarles daño?

Lloró mientras corría con los pulmones ardiendo. No podía arriesgarse a encontrarse con Sage en aquel estado. Necesitaba calmarse y pensar en un plan.

Abandonó el sendero y se encaminó hacia el interior del bosque, lo que, al menos, le ayudaría a evitar a su prima o a los miembros del consejo. Bordearía el pinar y recorrería un camino menos directo hacia casa. Le costaría más tiempo, pero era su mejor opción. Cuando estuvo a bastante profundidad entre los árboles, se detuvo para recuperar el aliento e intento calmar sus pensamientos acelerados.

No podía negar que la situación era mala. Pero había ido hasta el lago aquella noche por una razón: el lobo. Tal vez otros hubiesen escuchado sus aullidos. Y, tal vez, no hubiese sido su ataque al pino lo que había causado que apareciese. Tal vez el Bosque lo hubiese enviado para alertar a los endlanos de que el peligro se acercaba en forma de un forastero. Tendría que haber despertado a su madre en aquel mismo momento y no haber salido sola. Pero, al menos, sus intenciones habían sido buenas.

Suspiró. En el fondo, sabía que aquel razonamiento no se sostendría bajo el escrutinio de Sage y Ketty y, desde luego, no enfrente del consejo. ¿Qué clase de endlano salvaba a un forastero?

—No era un forastero —dijo en voz alta, intentando ahogar las voces de su cabeza—. Era un ser humano.

Tras haberse calmado, siguió corriendo a un ritmo más sostenible. No podía llamar la atención y no podía estar sumida en el pánico cuando llegase a casa. Iba a decirle a su familia que había escuchado al lobo, que había salido a investigar y que no había encontrado nada. Un conejo se cruzó en su camino a toda velocidad, haciendo que soltase un gritito, pero, más allá de eso, no vio a ninguna criatura viva en el bosque. La mayoría sabían que tenían que mantenerse alejadas del pinar, al menos las que habían sobrevivido el tiempo suficiente como para aprenderlo.

De pronto, un pájaro salió de un árbol batiendo las alas. Leelo se quedó inmóvil y, en medio del silencio, oyó el sonido débil de alguien hablando.

Más bien, de dos personas conversando.

Se agachó tras una zarza, escuchando. Debía de estar más cerca del sendero de lo que había imaginado.

Habría reconocido la voz de su prima en cualquier sitio, pero le costó un poco más reconocer la segunda voz. Era Hollis.

—Sin ella, está todo más tranquilo. Supongo que debería habérmelo imaginado. Violet siempre estaba quejándose de algo. Ya sabes que era pequeña para su edad, así que no podía hacer lo que los otros niños hacían. Siempre se quedaba retrasada y me gritaba para que la esperase.

—¿Y lo hacías? —le preguntó Sage.

—Tan solo si mis padres me obligaban...

Sus palabras se desvanecieron mientras desaparecían entre los árboles y Leelo se dio cuenta de que había estado conteniendo la respiración para escucharles. Exhaló de forma irregular y terminó de sentarse. Hollis debía de haber ocupado su turno de vigilancia cuando, al despertarse, su prima se hubiese dado cuenta de que no estaba. Nunca antes le había mentido y, en aquel momento, veía cómo se multiplicaban las mentiras que tendría que tejer con cuidado.

Lo que de verdad quería hacer en aquel momento era ir a casa y volver a meterse en la cama. Su madre iría a ver cómo estaba, presionándole la palma fría sobre la frente para comprobar si tenía fiebre, tal como hacía siempre cuando estaba enferma. Le llevaría agua tibia con miel y limón y una piedra caliente envuelta en una cubierta tejida para ponérsela en los pies. Se sentaría junto a su cama, le acariciaría el pelo y le cantaría algo suave y sin sentido; no una verdadera canción endlana, solo algo que se habría inventado para calmar a su hija como si fuera un bebé.

Añoraba aquellos primeros días, antes de que Tate hubiese nacido y de que su padre hubiese muerto, antes de que la crueldad de la tía Ketty hubiese cristalizado en ámbar, cuando Sage y ella eran dos niñas con trenzas sin ninguna preocupación en el mundo.

No podía hacer nada de aquello, pero tampoco tenía ningún otro sitio al que ir.

Conforme se acercaba a su cabaña, sintió un alivio momentáneo. Parecía tranquila y segura entre las plantas verdes de la primavera tardía. En las jardineras de las ventanas, su madre había plantado geranios rojos de un color brillante y alegre que resaltaba frente a las decoraciones blancas y azules. Se quitó las botas de cuero y las dejó junto a la puerta principal, aliviada de que tan solo estuviese su madre. Ketty debía de estar con las ovejas.

Dentro, encontró a Fiona sentada junto al fuego. De normal, no calentarían la casa en aquella época del año, pero, últimamente, ella siempre tenía frío.

—¿Ketty? —dijo Fiona cuando oyó cómo se abría la puerta—. Oh, cariño, eres tú. —La preocupación le atravesó el rostro—. ¿Ha pasado algo durante la vigilancia?

Deseaba con desesperación contarle todo a su madre. Ella, de entre todas las personas, entendería por qué había sido incapaz de matar al forastero.

Pero también sabía que, si le hablaba del muchacho, la haría cómplice y, pasase lo que pasase a partir de aquel momento, no iba a permitir que cargase con ninguna culpa. No estaba segura de que el corazón de la mujer pudiera aguantarlo, y ella no podía soportar la idea de que la repudiasen como a Isola.

—No llegué a mi turno esta mañana —le dijo en su lugar—. Echaba demasiado de menos a Tate. Fui al bosque para estar sola.

Si Fiona no aceptaba la mentira, nadie lo haría, pero su madre asintió y sonrió suavemente.

—Entiendo. Tu tía y Sage ya no estaban cuando he bajado, pero supongo que se habrán dado cuenta de tu ausencia.

Leelo retorció entre los dedos la trenza que llevaba.

—¿Crees que me castigarán? Sé que es horrible que no asista a la vigilancia.

Fiona dio unos golpecitos al reposabrazos del sillón, invitándola a que se sentara. Le rodeó la cintura con los brazos y le dio un beso en el hombro.

—Les diremos que, anoche, no podía dormir y que esta mañana, temprano, te he enviado a buscar dedalera al otro extremo de la isla. Ketty seguirá estando enfadada, pero nos perdonará.

Suspiró, aliviada, agradecida por la presencia calmada y reconfortante de su madre. Era una buena mentira, dado que, a menudo, recolectaba hojas de dedalera para hacer té. Se suponía que ayudaba con los problemas de corazón de su madre, aunque le habían avisado de que tuviera cuidado, ya que la planta entera era muy tóxica.

—Gracias, mamá. ¿Cómo te encuentras hoy?

—Oh, bien. Es solo que estaba pensando en tu hermano.

—¿Estás preocupada por él?

—No, no. Es un chico valiente y fuerte. Tan solo le echaba de menos de forma egoísta. Pero le irá bien en el mundo exterior. Imagino que es un lugar más acogedor que Endla.

Por muy pequeña y aislada que fuese su isla, Leelo nunca había pensado en marcharse. Ni siquiera intentaba imaginar cómo era la vida en tierra firme, ya que los ancianos hacían que el resto del mundo pareciese horrible y terrorífico. El Bosque de Endla era despiadado en cierto sentido, pero era lo único que había conocido en toda su vida y, mientras interpretase su papel en su supervivencia, no tenía nada que temer de él. Así que era extraño oír a su madre decir que Endla era un lugar menos acogedor que el resto del mundo. ¿Acaso no habían sido los forasteros los que, originalmente, habían conducido a los endlanos hasta aquel lugar?

—Sigue con tus cosas —le dijo Fiona—. Yo estaré bien aquí.

Le dio un beso en la mejilla, bebió un poco de agua del cántaro y volvió a salir fuera. Llevaba de pie y caminando muchas horas y eso estaba empezando a pasarle factura. Al menos, su madre le había proporcionado una historia plausible. Mientras el forastero estuviese muerto, todo saldría bien.

«Excepto porque una persona estará muerta».

Cuando al fin llegó a la playa, se encontró a Hollis y Sage sentados juntos en un tronco, hablando.

—Siento llegar tarde —dijo mientras se acercaba hasta ellos—. Mi madre estaba enferma y...

—No pasa nada —contestó Sage con brusquedad—. Hollis ha podido ocupar tu puesto, aunque tendrás que hacer su turno esta noche.

Había esperado que su prima estuviese preocupada o frustrada. En el peor de los casos, había esperado recibir su ira. Pero no había esperado que prefiriese a Hollis antes que a ella.

—Todavía queda más de la mitad de nuestro turno. Puedo hacer la mitad del suyo esta noche, si quiere.

—No pasa nada —dijo Hollis—. Puedo hacer un turno doble.

—No —insistió Sage—. Eso no sería justo. Mi madre puede cuidar de la tía Fiona y Leelo puede hacer el turno con Kris.

Contempló a su prima, dolida a pesar de que se lo había buscado ella sola. Sage le devolvió la mirada, como si la estuviese retando a volver a replicarle.

Recordando al forastero de forma repentina, miró en torno a la playa. La barca no estaba y no había ni rastro de él.

—¿Qué ha pasado con la barca? —preguntó.

Hollis se tapó los ojos con la mano para protegerlos del sol y alzó la vista hacia ella.

—Los miembros del consejo la han encontrado esta mañana en esta orilla. Tenía un agujero enorme en el casco. Se la han llevado para repararla.

«¿Dónde está el forastero?», quiso gritar, pero no podía admitir que lo había visto.

Sage todavía seguía mirándola con el rostro inescrutable.

—¿Por qué te preocupa la barca?

—No me preocupa —mintió—. Simplemente, no me había dado cuenta de que ya se la habían llevado.

Se obligó a tomar aire. Después de todo, el muchacho no debía de haber llegado a tierra. Lo que significaba que nadie había estado allí para cantarle. Esperaba que, al menos, hubiese muerto rápido.

—Puedes marcharte —dijo su prima cuando vio que no se movía—. Todavía tienes tiempo de descansar antes de que empiece tu turno.

Miró a Hollis para ver qué pensaba de todo aquello, pero él tenía la mirada vacía, fija en la otra orilla. Sage parecía estar presumiendo delante de él, aunque Leelo no podía entender por qué. Su prima no era el tipo de chica que se desmaya al ver músculos, y Hollis no era, ni mucho menos, un rival intelectual para ella.

Sea como fuere, Sage no iba a ceder y ella estaba agotada.

—Gracias por cubrirme, Hollis —dijo.

Él gruñó para mostrar que la había oído mientras ella se alejaba de la orilla y se dirigía de nuevo hacia el bosque. Se dijo a sí misma que iría a casa, dormiría y se olvidaría del forastero. Sin embargo, su mente no dejaba de pensar en Sage y Hollis. Para ser alguien que poco menos que había renegado del matrimonio, el chico era una elección muy extraña para su prima. Y para ser alguien que siempre había sido tan leal, había despachado a Leelo con bastante rapidez, especialmente por una nimiedad como llegar tarde al turno de vigilancia.

Con un retorcijón enfermizo en el estómago, empezó a preguntarse si Sage no sabría más de lo que pretendía.

Entonces, vio el rastro de sangre.

Capítulo Veintiuno

Jaren recorrió el bosque dando traspiés, arrastrando la pierna herida a su espalda. Después de que la chica lo hubiese abandonado en la playa, se había tumbado en la orilla rocosa durante unos minutos, tan lejos de las salpicaduras del agua como había podido.

Ni siquiera había mirado cómo tenía la pierna. Sabía que estaba mal y no podía arriesgarse a quedarse en un lugar abierto, expuesto. Cuando la muchacha había agarrado la cuerda, había estado seguro de que iba a intentar hacerle volcar o evitar que llegase a la orilla. En su lugar, lo había arrastrado hacia la costa. Pero si había estado intentando ayudarle, seguro que habría comprobado cómo estaba. Había desaparecido incluso antes de que saliese de la barca. Si no se equivocaba, era probable que hubiese ido a buscar refuerzos. En aquel momento, su única esperanza era esconderse en algún sitio y rezar para que la herida no fuese fatal.

No había llegado demasiado lejos cuando oyó unas voces en el bosque frente a él. De algún modo, consiguió trepar a un árbol y esconderse entre las hojas. Aguantó la respiración y observó cómo un chico y una chica pasaban por debajo. Si uno de ellos alzaba la vista, le verían de inmediato.

Por suerte, estaban demasiado absortos en su propia conversación como para fijarse en él. Exhaló tan silenciosamente como
pudo y se deslizó hasta bajar del árbol, esforzándose por no rozarse
la pierna herida. No tenía ni idea de si el veneno funcionaría como
lo había hecho con la rosa, recorriendo toda la flor hasta que estuvo muerta. Si ese era el caso, esconderse no iba a servirle de nada.
Pero todavía quedaba una oportunidad de que pudiera sobrevivir
y, si eso significaba regresar con su padre y sus hermanas, entonces
tenía que intentarlo.

Cuando el dolor y el cansancio le resultaron demasiado apa-
bullantes, se arrastró a través de una abertura entre unos arbustos
muy densos y se sentó. Esperaba estar escondido. Necesitaba agua
con desesperación, pero no sabía en qué lugar de la isla habría una
fuente segura, así que eso tendría que esperar.

Con cuidado, apartó retales del pantalón de la piel dañada. El
hecho de que solo le hubiera salpicado una pierna era por sí solo
un milagro. Respiró hondo, se mordió el labio y miró hacia abajo.
Era peor de lo que había temido. El veneno le había quemado la
espinilla en varios lugares, atravesándole la piel, los músculos y
los tendones hasta llegar al hueso. Por suerte, el hueso parecía
intacto, aunque se habría sentido mucho mejor si hubiese podido
limpiarse la herida con agua fresca o, mejor todavía, con alcohol. Sin embargo, no llevaba nada encima, ni siquiera un odre
de agua.

Se arrancó la parte del pantalón que se había mojado para evitar que más veneno se filtrase a través de la tela. Usó un trozo de
tela de su túnica para vendarse la herida a pesar de que el sangrado parecía haberse detenido por sí solo. Lars le había dicho que,
cuando el padre de Maggie había muerto, había sido porque se había adentrado en el agua literalmente a pie, atraído por la canción
procedente de la isla. Había estado tan fascinado que ni siquiera
había hecho una mueca de dolor cuando el veneno había comenzado a quemarle la carne y había ignorado los gritos y chillidos de

sus amigos, que estaban en la orilla. Nunca habían recuperado su cuerpo.

Jaren sintió una punzada de culpabilidad por haberse reído de la magia. Si en algún momento conseguía salir de allí con vida, le debía a Maggie una disculpa.

No se dio cuenta de que se había quedado dormido hasta que escuchó que alguien se acercaba a través de la maleza. Se incorporó, sintiéndose febril y desorientado, y con un dolor lacerante en la pierna. Echó un vistazo a través de los arbustos y vio algo pálido entre los árboles. Respiró hondo y le ordenó a su corazón que se ralentizara, aunque le palpitaba con tanta fuerza contra los oídos que estaba seguro de que iban a descubrirle.

Conforme la persona se acercaba, jadeó. Era la chica del cabello rubio plateado otra vez; la chica que había visto en el festival y la que había arrastrado la barca hasta la orilla. Volvió a mirar a través del arbusto. Iba vestida con una túnica y unos pantalones, igual que él. Llevaba el pelo recogido en una trenza y un par de mechones sueltos le enmarcaban la cara en forma de corazón. Estaba mirando algo que había en el suelo con el ceño fruncido por la preocupación.

Sangre. Todo aquel tiempo, había estado siguiendo su rastro. Tragó saliva con fuerza mientras comenzaba a notar un sudor frío en la frente. Todavía estaba sola, pero eso no significaba que no estuviese allí para hacerle daño. Tal vez hubiese ido para acabar el trabajo por no querer arriesgarse a pisar el lago la vez anterior. Lupin le había dicho que la mayoría de los endlanos eran buena gente, y la muchacha le había parecido bastante inofensiva el día del festival, cuando le había saludado en lugar de haber alzado un arma o de haber abierto la boca para cantar.

Sin embargo, él era exactamente lo que los endlanos más temían: un forastero con una probable intención de destrucción, ya que no parecía que nadie fuese a aquella isla para ver las vistas o hacer un pícnic. Volvió a mirarse la pierna. Tenía dos opciones:

permanecer oculto, rezar para que la herida no lo matase antes de que se hiciera de noche e intentar reparar la barca o arriesgarse con aquella desconocida. Se encogió de dolor y el esfuerzo de moverse hizo que viera las estrellas. Jamás conseguiría regresar a tierra firme él solo.

La muchacha se agachó y puso los dedos sobre la sangre. Después, alzó la mano y los olfateó. Y entonces, como un halcón que acorrala a su presa, giró la cabeza hacia su escondite. Sus ojos se encontraron a través de la pantalla que formaban las ramas.

Se alzaron a la vez.

—Hola —dijo él. Después, se desmayó.

Capítulo Veintidós

Mientras observaba al forastero inconsciente, Leelo no pudo evitar estudiarlo. No era que su vestimenta o su apariencia fuesen demasiado diferentes a las de los isleños; sino que nunca antes había visto un rostro como el suyo y conocía todos los rostros de Endla. En un lugar como aquel, llegabas a reconocer la forma de una mandíbula como la quintaesencia de los Stone o el arco de una ceja como algo innegablemente propio de los Johansson. Incluso aunque no le hubiese visto cruzar desde tierra firme con sus propios ojos, hubiese sabido que era un forastero. No había visto aquella mandíbula o aquellas cejas en toda su vida.

Las pestañas del muchacho empezaron a agitarse y ella se colocó en posición de disparar, teniendo una flecha lista con tanta rapidez que incluso Sage se hubiese sentido impresionada. Estaba malherido, así que era probable que, en su estado actual, no supusiera un peligro para ella. Aun así, no iba a arriesgarse.

Cuando parpadeó y abrió los ojos, Leelo se dio cuenta de que sus iris eran del color gris de las nubes de una tormenta. Tenía el pelo castaño espeso y revuelto, lleno de la hojarasca del suelo del bosque.

Con los dedos, estaba escarbando la tierra que había a su lado, como si estuviese intentando agarrar algún objeto.

—Deja de moverte o te disparo.

El joven alzó la vista hacia ella y le tendió algo. Era una pluma, larga y con rayas en tonos marrones.

—Se te ha caído esto —dijo con la voz ronca.

Era una de las plumas de cola de halcón que recolectaba para emplumar sus flechas. Debía de habérsele escurrido del ojal en el que la había colocado antes.

Dudó, pues no estaba segura de cómo se suponía que debía actuar. Aquel forastero (aquel hombre o, más bien, suponía que debía considerarlo un muchacho) no parecía querer hacerle daño. «¡Es un forastero!», le siseó al oído la voz de Sage. Sin embargo, él parecía tan confuso como ella.

Cuando no tomó la pluma, él la dejó a su lado y consiguió incorporarse, pasándose la mano libre por el pelo y revolviéndoselo todavía más.

—¿Cómo te llamas? —le preguntó el joven.

Leelo había estado observándole fijamente. Pestañeó y miró alrededor, segura de que alguien debía de estar vigilándolos a la espera de que ella hiciese lo correcto, que hiciese sonar la alarma y lo entregase al consejo. Sin embargo, seguía paralizada por la indecisión. En una ocasión, había oído que el cuerpo humano reacciona de una de las siguientes tres maneras durante una emergencia: luchando, huyendo o quedándose congelado. Ella estaba asentada con firmeza en la tercera categoría.

—Soy Jaren Kask —dijo él cuando no le respondió. Leelo tenía la clara sensación de que estaba intentando calmarla, como uno haría con un animal asustado, pero era igual de probable que estuviese intentando distraerla, ganando tiempo para atacar—. Te reconozco del día de... Supongo que era algún tipo de festival. Me saludaste.

A ella se le cortó la respiración. La reconocía. Tensó la flecha hacia atrás un poco más. Él se apresuró a llenar el silencio.

—No te preocupes. No se lo contaré a nadie. Sé que se supone que no debería estar aquí. Había un lobo...

Mientras el joven seguía divagando, explicándole, para empezar, cómo había llegado hasta allí, ella intentaba buscar una solución a lo que estaba resultando ser un problema más grande de lo que podría haber imaginado. Si Sage también había visto la sangre, si sabía que había un forastero en Endla del que Leelo era en parte responsable...

Tenía que librarse de él. Era la única opción. Sin embargo, acabar con su vida allí mismo le parecía imposible. Si no lo había matado mientras aún había estado en el barco, cuando no conocía su nombre, ¿cómo podía matarlo ahora? Jaren, tumbado en el suelo a sus pies con las pupilas dilatadas, no parecía amenazante.

Parecía aterrorizado.

«Hazlo —le dijo la voz de Sage en su mente—. Mátalo y acaba con esto».

Si lo hacía, sería alabada como una heroína. Incluso la tía Ketty tendría que respetarla por haber abatido a un forastero ella sola. El muchacho estaba tan solo a unos centímetros de ella. Un disparo en la garganta y habría acabado. Ya estaba herido, así que, de todos modos, podría acabar muriendo; le estaría haciendo un favor.

Era probable que Jaren Kask ni siquiera fuese su nombre.

Volvió a mirarle la piel y vio un atisbo de algo perlado bajo la herida. Santos, le había atravesado hasta llegar al hueso.

—¿Puedes ponerte de pie?

Él asintió.

—Eso creo. Puede que necesite algo de ayuda.

«Ayuda». Es decir, necesitaba que le proporcionase más ayuda de la que ya le había proporcionado. No sabía cuáles eran las consecuencias de auxiliar a un forastero. Isola estaba arruinada de por vida solo por haber cobijado a un *incantu*, a alguien que había nacido allí. Era evidente que Pieter no había pretendido dañar Endla. Sin embargo, aunque aquel joven aseguraba haber llegado allí por accidente (de hecho, impulsado por el mismísimo lobo que ella había escuchado), ¿cómo podía confiar en él? Por supuesto, intentaría convencerla de que no tenía malas intenciones, ya que ella era su única esperanza para poder salir de allí.

Jaren tenía la mano extendida, esperando a que le ayudase a levantarse. Si ella se negaba, tal vez no fuese capaz de moverse, y necesitaba alejarlo de la costa, de Sage y de Hollis. Su prima era astuta y, si encontraba al forastero, relacionaría la ausencia de Leelo aquella mañana con su pregunta sobre la barca y sabría que era culpa suya. No sería una heroína, sería una traidora.

Confusa, asustada, y más insegura de sí misma de lo que nunca había estado, le tendió la mano. La visión de su mano pequeña envuelta por una mano grande y masculina era tan extraña que no podía dejar de mirarla incluso cuando tiró de él para que se levantara.

En cuanto estuvo de pie, ella apartó la mano, liberándola de la de él.

—Vamos —dijo, adentrándose en la maleza en dirección contraria a su casa.

No estaba segura de poder encontrar la choza de nuevo. La primera vez, había sido una casualidad y no había pretendido regresar. Pero tenía que esconderlo hasta que pudiera encontrar una manera de salir de aquel lío y, en aquel momento, el escondite de Isola era el único lugar que se le ocurría.

A pesar de su desconcierto, Jaren debió sentir que no estaba intentando matarlo, ya que la siguió.

Tras unos minutos, ella miró hacia atrás, por encima del hombro.

—Soy Leelo. Realmente, no deberías estar aquí —añadió, en caso de que no resultase obvio.

Él soltó una risita grave e irónica, esforzándose por cojear detrás de ella.

—Créeme, lo sé.

—Has dicho que el lobo te persiguió hasta aquí. Eso no tiene sentido. Los lobos no vienen a Endla.

Él se detuvo para descansar, apoyándose en un árbol con la frente perlada de sudor.

—No puedo explicarlo. Hace meses, encontré el lago por accidente y, desde entonces, desde que escuché los cánticos, es como si una parte de mí intentase regresar aquí.

Ella había estado buscando entre la maleza algo que pudiera servirle como bastón, pero se quedó petrificada al escuchar sus palabras.

Jaren era alto, al menos una cabeza más alto que ella. Leelo tragó saliva, agradecida de que no fuese grande en el mismo sentido que Hollis Harding, en un sentido que resultaba amenazante incluso cuando se limitaba a estar de pie.

—¿Nos oíste cantar?

Vio cómo se le movía la garganta cuando se tragó la aprensión, como si su presencia lo pusiera nervioso. Entonces se acordó del arco que llevaba colgado a la espalda y del cuchillo que llevaba en la cintura. Él estaba herido de gravedad y se suponía que ella tenía que matarlo. Tenía buenas razones para estar asustado.

—Eso no puede ser. Te habrías metido en el lago si nos hubieses escuchado.

—Eso es lo que me dijo todo el mundo en Bricklebury. Pero os escuché. Una vez durante el festival y otra vez cuando estabais... Bueno, no vi nada, pero sonaba como si estuvieseis matando animales.

¿Había escuchado la canción de matar? Si bien algunas canciones endlanas eran más poderosas que otras, cualquiera que escuchase el tiempo suficiente, se sentiría atraído por el sonido, pues parte de su cerebro estaría buscando el origen. Su madre le había hablado de forasteros tontos que se habían visto atraídos hacia el agua por accidente solo porque no eran capaces de mantenerse alejados de las orillas del lago Luma. La canción de matar era una de las más poderosas, por lo que tendría que haber sentenciado su destino. Nada de aquello tenía sentido.

De pronto, escuchó el canto del estornino, el mismo maldito animal que le había robado la voz anteriormente. Al menos sabía que estaba cerca de la choza.

—Esa —dijo Jaren—. Esa canción. Esa fue la primera que escuché, la que no me puedo quitar de la cabeza.

La sangre se esfumó del rostro de Leelo cuando se dio cuenta de lo que estaba diciendo.

—¿Conoces esta canción?

Él empezó a tararear la melodía y ella le puso la mano sobre la boca con tanta rapidez que él se sobresaltó y la agarró del brazo. Durante un instante, largo y extraño, estuvieron conectados y Leelo se preguntó si el brazo de Jaren, al igual que el suyo, zumbaba con una corriente que emanaba del lugar donde le estaba tapando la boca con la mano.

Aturdida entre el asombro y el horror, le apartó la mano de los labios, dejándolos libre, al mismo tiempo que el muchacho le soltaba el brazo.

—Cállate —le dijo—. Nadie puede saber que estás aquí. Si te encuentran, date por muerto.

Él asintió y ella tan solo pudo desear que no se hubiera dado cuenta de que la voz que surgía de la garganta del pájaro era la suya.

Capítulo Veintitrés

Mientras la chica, Leelo, le conducía hacia las profundidades del bosque, Jaren no pudo evitar preguntarse qué posibilidades había de que, de todas las personas en la isla, la hubiese encontrado a ella, la misma chica que había visto al borde del lago. Lupin le había dicho que los forasteros morirían en el bosque si conseguían atravesar el lago. Supuso que se refería a que morirían a causa de los vigilantes. Y, ahora, allí estaba, siguiendo a una de ellas hacia ese mismo bosque sin tener ni idea de cuáles eran sus intenciones.

Sabía que debería estar cuestionándose las intenciones de Leelo y dónde le estaba llevando, pero también sabía que era su mayor esperanza para poder salir de la isla, suponiendo que pudiera convencerla de que no lo matara ella misma. Desde que se había encontrado con el lobo, había tenido la mente tan llena de miedo y confusión que era un alivio seguir a alguien durante unos minutos y darle a su cerebro un momento para procesar el lugar en el que se encontraba. Además, la muchacha parecía tener un destino en mente y eso era mejor de lo que él mismo había tenido cuando se había encontrado con ella.

Mientras cojeaba detrás de la chica, se le revolvió el estómago y sintió náuseas a causa del dolor que sentía en la pierna. Estudió la trenza pálida que serpenteaba entre los hombros delgados pero bien formados de la muchacha, el arco que llevaba a la espalda y las suaves pisadas de sus pies. Intentó imaginarse a Story en su lugar para tener algo en lo que centrarse que no fuera el dolor, pero su mente tan solo era capaz de conjurar una imagen de su hermana maldiciendo mientras intentaba soltar la falda de las zarzas. Su melliza no sabría cómo caminar en silencio por el bosque ni aunque su vida dependiese de ello.

Al fin, Leelo se detuvo, mirando hacia la maleza como si estuviese buscando algo.

—Ahí está —dijo tras un instante.

A él le costó un poco más ver lo que había encontrado: una choza pequeña y torcida escondida entre los árboles.

La siguió, cruzando la puerta inclinada hacia el espacio estrecho del interior, donde tuvo que doblar las rodillas para evitar golpearse la cabeza.

—¿Qué es este lugar? —preguntó mientras ella prendía una cerilla y encendía una vela.

—Una cabaña. —La palabra parecía demasiado generosa para lo que fuera que fuese aquello—. Mi amiga la usaba para… Bueno, no importa. Nadie más conoce su existencia. Deberías estar a salvo aquí.

Él se derrumbó sobre una manta que había en el suelo, haciendo una mueca cuando se intensificó el dolor de la pierna.

—Gracias por ayudarme.

Ella se tambaleó un poco, como si le hubiese pegado.

—No te estoy ayudando a ti —dijo con la voz fría de repente.

A continuación, hubo un silencio que suplicaba que lo llenasen y él supo que había algo más que no le estaba contando.

—Sí, claro.

Ella bajó la vista.

—Tu pierna… Está mal, ¿verdad?

Jaren miró el vendaje improvisado. Tan solo tenía unas gotas de sangre, lo cual era extraño dada la profundidad de la herida, pero, tal vez, de algún modo, el veneno hubiese cauterizado las venas. O, tal vez, se estuviese expandiendo por su cuerpo y se estuviese muriendo en ese mismo instante.

—Está mal —dijo.

Ella se mordió el labio, pensativa.

—Si hay un antídoto para el veneno, no lo conozco. Lo mejor que podemos hacer es curarte las heridas. Conseguiré suministros, pero no podré volver antes de que oscurezca.

Faltaban horas para que oscureciera. Si conseguía llegar hasta ese momento, había muchas posibilidades de que sobreviviera. Pero, mientras tanto, podía sufrir una muerte lenta y dolorosa.

—Entiendo.

—Solo prométeme que no irás a ningún sitio. El hecho de que estés aquí, de que yo te haya ayu... De que no te haya matado... —Tragó saliva y alzó la barbilla—. Todavía. —Añadió como recordatorio de lo precaria que era su situación.

—No iré a ningún sitio —contestó, señalándose la pierna—. Te lo prometo.

Ella asintió y pareció un poco aliviada.

Cuando había dicho que no le estaba ayudando a él, tuvo la clara sensación de que quería decir que se estaba ayudando a sí misma. Si de verdad era uno de los vigilantes de los que Lupin le había hablado, entonces su deber era matarle. Por la razón que fuera, no lo había hecho, pero el hecho de que él se beneficiase de la situación era un mero incidente. Se preguntó qué le pasaría a ella si alguien lo descubriera. A juzgar por su gesto, nada bueno.

La chica se puso en pie y le tendió la caja de cerillas.

—Debes de estar hambriento. Por desgracia, no llevo encima nada de comida.

Él sacudió la cabeza, a pesar de que no había comido nada desde el día anterior. No quería abusar de su generosidad todavía más.

—Estaré bien.

Ella lo observó con unos ojos del mismo color que el terciopelo azul descolorido que envolvía el cojín de la caja de joyería de cristal de su madre, aquella que todas sus hermanas codiciaban y se turnaban para robarla y esconderla en algún sitio con la esperanza de que las otras no se dieran cuenta.

—Supongo que no tienes otra opción.

Y tras decir aquello, se dio la vuelta y cerró la puerta tras de sí.

Durante un rato, se quedó sentado en el suelo, pensando. Tal vez quedarse allí esperando no era la mejor idea. Sentía que las acciones de Leelo tenían más que ver consigo misma que con él y podía cambiar de idea en cualquier momento o contárselo a otra persona y dejar que hicieran el trabajo sucio por ella.

Por desgracia, salir corriendo no parecía una verdadera opción en aquel momento. La herida de la pierna le zumbaba, palpitándole al ritmo de los latidos del corazón. La temperatura corporal le fluctuaba entre frío y calor y sentía la boca tan seca como el pastel de carne de su madre.

Se dejó caer de espaldas, demasiado débil incluso para estar sentado, y pensó en su padre y sus hermanas. Cuando hubiese salido el sol, se habrían dado cuenta de que había desaparecido, y no tendrían ninguna idea en absoluto de dónde había ido. Tal vez encontrasen sus huellas dirigiéndose hacia el bosque y, si las seguían el tiempo suficiente, seguro que verían las huellas de las patas del maldito lobo. Incluso puede que las siguieran hasta el lago.

Sin embargo, no sabrían que se había subido a una barca y había cruzado el agua. Supondrían que lo habían devorado o que se habría ahogado. Jamás imaginarían que estaba allí, en Endla. E incluso aunque lo supieran, no tendrían manera de llegar hasta él. Tenía que conseguir salir de la isla.

Miró en torno a la choza, deseando desesperadamente que el último ocupante hubiese dejado una jarra de agua porque, cada segundo que pasaba, estaba más sediento. Todo lo que encontró fue otra vela (la cual, por sí misma, era una bendición, ya que no le entusiasmaba la idea de pasar todo el día y toda la noche en la oscuridad) y una pila de libros.

Tomó el primer libro y le quitó el polvo a la cubierta de cuero. Decepcionado, se dio cuenta de que era una colección de poesía escrita por una poetisa muy conocida que había vivido doscientos años atrás. A los niños les obligaban a estudiar su obra en la escuela. Lo apartó a un lado y rebuscó entre el resto de tomos. Todos eran igual de aburridos, novelas que ya había leído o textos que eran tan desconocidos que no sentía ningún interés por el tema que trataban (y dudaba mucho que el anterior habitante de aquel tugurio los hubiese encontrado fascinantes).

Estaba a punto de cerrar los ojos cuando se dio cuenta de que había otro volumen escondido bajo la caja de madera que hacía las veces de mesa improvisada. Tan pronto como liberó el libro, se dio cuenta de que lo estaban usando para estabilizar la caja y la vela encendida estuvo a punto de deslizarse hasta las mantas. Consiguió meter el ejemplar de poesía debajo de la caja justo a tiempo, suspirando de alivio ante el hecho de que la muerte incinerado no acabase de unirse a su lista de posibles finales.

Aquel libro era diferente a los demás. Estaba confeccionado de forma rudimentaria y el lomo estaba cosido con cordel. En la cubierta de madera no había nada escrito. Con cuidado, abrió la primera página.

Parecía ser un libro manuscrito de canciones endlanas. Por desgracia, no tenía ni idea de cómo leer la partitura. Aquellas canciones, al igual que las que había escuchado en las últimas semanas, no tenían letra. Solo eran una serie de notas que debían de ser tarareadas o entonadas. O, tal vez, las notas tenían un significado que él, sencillamente, no podía comprender. Sin embargo, eran los propios sonidos los que hacían que la música resultase tan inquietante. Nunca antes se había dado cuenta de que una voz pudiera estar tan llena de tristeza, hambre o lamento sin usar ninguna palabra. Combinado en docenas de voces, el efecto era casi abrumador.

O, más bien, sí era abrumador, al menos para algunos.

Dejó el libro a un lado y exploró la choza de forma superficial, pero no había nada que comer ni nada más con lo que distraerse. Se tumbó sobre la manta, deseando que su mente se calmara, que ignorase el palpitar sordo que sentía en la pierna y el hambre que notaba en el estómago.

Durante una hora o así, estuvo al borde del sueño, con los pensamientos lúcidos mezclándose con algo que casi eran sueños, hasta que el canto de un pájaro en los árboles del exterior de la choza le despertó del todo.

Era el mismo pájaro que habían escuchado antes, aquel que cantaba la canción que aparecía en sus sueños. Se preguntó si aquella melodía aparecía en el libro, pero, sin la capacidad de leer la partitura, era imposible saberlo. En su lugar, escuchó al animal con atención, tarareando con su canto hasta que pudo repetir nota por nota. Por desgracia, eran las mismas pocas notas que ya conocía, por lo que se quedó con la necesidad de seguir buscando el resto de la canción.

Inquieto y sintiéndose de pronto desesperado por tomar aire, se arrastró hasta la puerta de la cabaña y la abrió de un empujón. El chirrido de los goznes hizo que diese un respingo y se volviese a meter dentro, pero, tras unos instantes, el pájaro volvió a cantar y él se lo tomó como una señal de que no había nadie.

Se arrastró hacia el exterior, tomando más precauciones para que la puerta no chirriara y, poco a poco, se enderezó hasta alcanzar toda su altura, poniendo a prueba su pierna mala. El dolor ya no era tan intenso como antes, pero eso se debía principalmente a que se le había empezado a entumecer, lo cual no parecía en absoluto una buena señal.

A juzgar por la posición del sol, era la mitad de la tarde, lo que significaba que, por lo menos, disponía de unas cuantas horas más antes de que la muchacha regresara. Le había prometido que no iba a moverse de allí, y no tenía ningún deseo de perderse o, peor, encontrarse con otro isleño. En su lugar, encontró el tocón de un árbol a tan solo unos pasos de la choza y se sentó en él, dejando que la cabeza se le inclinase hacia atrás para que la luz del sol pudiera caerle sobre el rostro.

Escuchó al pájaro cantar de nuevo, aquella vez desde un poco más lejos, y canturreó la melodía para sí mismo. Un momento después, el pájaro respondió desde un lugar más cercano.

Aquello continuó durante unos minutos y la idea de que, de algún modo, se estaba comunicando con una criatura salvaje hizo que se olvidase del peligro al que se enfrentaba. Poco después, el pájaro aterrizó en la rama de un árbol que estaba a escasos metros de donde estaba sentado. A primera vista, era un mirlo ordinario, pero cuando el sol resplandeció sobre sus plumas, estas adquirieron un brillo iridiscente.

Jaren volvió a tararear la melodía y el pájaro saltó hasta una rama más baja y, después, se fue acercando cada vez más hasta que aterrizó en un tronco caído que estaba a tan solo unos pasos de dónde él estaba sentado. El animal ladeo la cabeza hacia él, estudiándolo y, en aquella ocasión, cuando volvió a entonar la melodía, recordó unas pocas notas más de las que había cantado con anterioridad.

Sin embargo, su euforia duró poco. En un momento el pájaro estaba allí, observándole con inocencia, y, al siguiente, había desaparecido. Jaren no vio la raíz larga y serpenteante que se había alzado y se había enroscado en silencio en torno a la pata del pájaro hasta que fue demasiado tarde. Se puso de pie, horrorizado, pero la única señal de que el ave había estado allí eran unas pocas plumas brillantes que, flotando a la deriva, descendían lentamente hacia el suelo del bosque.

Jaren retrocedió hasta la choza y se arrastró al interior, cerrando la puerta con firmeza tras él.

Capítulo Veinticuatro

Cuando llegó a casa, Leelo intentó dormir un poco, pero le fue imposible. Estaba demasiado alterada por los acontecimientos del día, y la idea de que Sage pudiese saber lo de Jaren, el forastero, estaba haciendo que se volviera loca.

Dicha sea la verdad, también estaba alterada por el mero hecho de que había pasado un tiempo a solas con él. Sabía cómo se llamaba. Había prometido ayudarle, cuando debería estar reuniendo el valor para matarlo. Y, aun así, cuando se imaginaba rodeándole el cuello con las manos mientras dormía, acabando con su vida tal como se esperaba que hiciese, todo lo que veía eran unos ojos grises rodeados de unas pestañas espesas y negras del tipo con las que ella, con su tez pálida, tan solo podía soñar. No estaba segura de lo que había esperado de un forastero, pero no había sido aquello. Incluso su cabello lleno de hojas le había parecido suave y tentador.

«Contrólate», le dijo a su reflejo en el espejo. Era evidente que estaba usando sus encantos taimados de forastero para engañarla y que le ayudara.

Sin embargo, ella tenía sus propios trucos. Ya le había dejado caer que debería haberlo matado, para que supiera que su mejor oportunidad para sobrevivir era hacer lo que ella le dijese. No era necesario que supiera lo mucho que su propia supervivencia dependía de él.

Fiona se había quedado dormida mientras tejía, así que ella reunió en silencio todo lo que pensaba que Jaren podría necesitar: brandy de ciruela (que era el único alcohol que pudo encontrar) para desinfectar la herida, un odre lleno de agua, carne seca, fruta y unas pocas rebanadas de pan (si se llevaba algo más, se darían cuenta) y algo de ropa más cálida por si la noche era fría.

Y entonces, con solo unas pocas horas hasta que empezase su turno de vigilancia con Kris, fue a ver a Isola.

Como de normal, su amiga rehusó ir a pasear las tres primeras veces que le preguntó, pero, al final, ya fuese por enojo o aburrimiento, aceptó. No cuestionó a Leelo cuando las condujo hacia el bosque, alejándose del sendero principal. Isola nunca le preguntaba a dónde iban; nunca hacía ni una sola pregunta. Y aunque, hacia el final de los paseos, siempre parecía un poco menos apesadumbrada, al día siguiente volvía a estar igual de triste.

—Los corderos están creciendo —le dijo—. Deberías venir algún día a verlos otra vez.

—Tal vez.

El pelo de Isola había crecido un poco y Leelo se sintió aliviada al comprobar que había vuelto a peinárselo. Sin embargo, se había vuelto más pálida después de pasar tantos días en el interior y estaba más delgada de lo que nunca la había visto antes.

—Estoy ayudando a mi madre con un nuevo vestido —insistió, desesperada por encontrar la manera de llegar al verdadero propósito de aquella visita—. ¿Te gustaría aprender? Podrías hacerte tu propio vestido para el solsticio de verano.

Isola, que, generalmente, mantenía la mirada baja o fija en el camino frente a ellas, se detuvo y se giró hacia ella.

—No se me permite asistir al solsticio de verano.

—¡Santos, Isola! Lo siento, lo había olvidado.

—¿Por qué estás siendo tan buena conmigo, Leelo? Se supone que no debes visitarme. Ni siquiera soy buena compañía. Nunca tengo nada que aportar a nuestras conversaciones, y nunca lo tendré.

Ella sacudió la cabeza.

—Pero sí lo tendrás, Isola. Si encuentras formas de distraerte, cada día estarás un poco menos triste. Sé que es doloroso, pero, con el tiempo, lo será menos.

—¿Cómo lo sabes? —le preguntó la chica, aunque no había veneno en sus palabras, tan solo un miedo genuino—. ¿Cómo puedes estar tan segura?

Ella señaló un árbol caído, donde se sentaron la una junto a la otra.

—Yo era joven cuando mi padre murió, pero era lo bastante mayor como para que su muerte dejase un gran agujero en mi vida y uno incluso más grande en la de mi madre. Sin embargo, tenía dos hijos pequeños a los que cuidar y tenía que seguir adelante por nuestro bien. Sé que, al principio, se limitaba a sobrellevar las cosas cotidianas como prepararnos la comida o coser nuestra ropa. Pero, al final, empezó a regresar a nosotros. Empezó a sonreír cuando Tate hacia una mueca graciosa o a reírse en lugar de llorar cuando se le caía la harina al suelo. Tal vez no fuese la misma, pero estaba bien.

Isola arrancó una flor salvaje que estaba cerca de sus pies y empezó a quitarle los pétalos de uno en uno.

—Pero tu madre tenía alguien por quien vivir. ¿A quién tengo yo?

—Tienes a tus padres. A Sage y a mí. La tía Ketty dijo que hablaría con el consejo en nombre de tu familia. —No mencionó la parte sobre que Isola estaba arruinada para siempre. No serviría de ayuda y, además, tenía la esperanza de que, con el tiempo, la gente la perdonase—. Algún día, puede que conozcas a otra persona a la que puedas amar como amabas a Pieter.

Ella dejó caer la flor destrozada y la aplastó con el pie.

—No, no será así.

—Tal vez no —le dijo—, pero no lo sabrás a menos que lo intentes.

Permanecieron sentadas en silencio durante un buen rato, hasta que, al final, Leelo no pudo soportarlo más. Había ido hasta allí aquel día por un motivo y, aunque sabía que Isola no iba a esparcir los rumores en un futuro cercano, necesitaba plantear el asunto con delicadeza.

—Isola, necesito preguntarte algo.

—Si es sobre por qué ayudé a Pieter, no te molestes. Sé que nadie lo entiende y estoy cansada de intentar explicarlo.

Quería decirle que ella sí lo entendía, mejor de lo que su amiga podía imaginar, pero sabía que no la creería.

—No es eso.

Isola agitó una mano de manera ausente.

—Dime.

—Encontré la pequeña cabaña. En la que escondiste a Pieter.

A su lado, la muchacha se puso rígida.

—¿De qué estás hablando?

—No tienes que preocuparte —añadió rápidamente—. No se lo contaré a nadie. Pero me preguntaba cómo lo mantuviste a salvo todo el invierno.

—Leelo, si crees que Tate puede regresar...

—No es eso, te lo prometo. Esto no tiene que ver con Tate.

—Entonces, ¿de qué se trata? Por si no te has dado cuenta, no conseguí mantener a Pieter a salvo. Hacía demasiado frío en la choza. Al final, tuve que colarlo en mi casa. Fue entonces cuando mi madre lo encontró.

Por supuesto. Eso explicaba por qué Isola se había arriesgado tanto al llevarlo a casa. Por suerte para Jaren, las temperaturas tan frías no serían un problema.

—¿La construiste tú? —le preguntó.

—Pieter y yo la encontramos cuando éramos niños. Ya ves, éramos mejores amigos. Antes de que se marchara, hicimos un pacto diciendo que, algún día, volvería a Endla y viviríamos juntos en la choza. En aquel entonces, nos pareció posible. Éramos niños; no sabíamos nada.

Leelo colocó una mano sobre la de su amiga.

—Claro que no.

Ella alzó la vista con los ojos llenos de lágrimas.

—No pensé que fuera a hacerlo de verdad, Leelo. —La voz se le quebró cuando empezó a llorar—. Me sentí fatal haciendo que se quedara allí él solo. Hacía mucho frío. Si hubiésemos podido encender un fuego, tal vez habría estado bien, pero no podíamos arriesgarnos con el humo.

—Lo siento mucho, Isola. —Ella asintió, limpiándose las lágrimas con los pulgares—. ¿Alguien más sabe lo de la choza?

Negó con la cabeza.

—No. Como te he dicho, tuvimos cuidado de no encender ni siquiera un fuego pequeño.

Odiaba hacer que su amiga reviviese su dolor, pero necesitaba comprenderlo.

—No pretendo que esto suene como una acusación, siento curiosidad de verdad. ¿Por qué no le hiciste regresar antes de que se derritiera el hielo?

—Lo intenté. Él no quería irse; decía que no tenía nada a lo que volver.

Leelo había supuesto que había sido el amor que sentía por Isola lo que había hecho que se volviese imprudente.

—Pero los aldeanos que estaban al otro lado del agua sabían cómo se llamaba. Debía de tener una vida allí.

Isola soltó un bufido.

—¿Cómo crees que son las cosas allí fuera para los *incantu*, Leelo? ¿Crees que todos llevan una vida sencilla y alegre, tal como hacemos en Endla? Cuando los mandamos fuera, no son más que niños. Si no encuentran a alguien que los acoja, se ven obligados a vivir como ladrones. O algo peor. Puede que Pieter conociese a alguno de aquellos aldeanos, pero no tenía una familia. No tenía a nadie que le amase como yo.

Leelo se estremeció al oír las palabras «o algo peor». ¿Qué podría ser peor que estar totalmente solo en el mundo? El corazón le dolió al pensar en Tate teniendo que robar comida o dormir a la intemperie, pero él había dicho que estaría bien. Fuera lo que fuese que su madre le había contado, tenía que creer que lo mantendría a salvo.

—Pero el resto de *incantu* no regresan —dijo débilmente—; así que algunos deben de conseguirlo.

«A menos que todos hayan muerto». Alejó aquel pensamiento. Era demasiado horrible como para tenerlo en cuenta. Isola se ablandó tan solo un poco.

—Lo siento. Sé que estás asustada por Tate, y estoy segura de que algunos de ellos encuentran buenas familias o aprenden un oficio y llevan una vida honrada. Pero, cuando regresó, Pieter no era el mismo. Estaba tan roto, Leelo... Como un pájaro al que hubiesen expulsado del nido y nunca hubiese aprendido a volar. No podía evitar quererle. No pude evitar prometerle que podía quedarse conmigo. Incluso a pesar de que sabía que no duraría para siempre; que, con el tiempo, tendría que despedirme de él.

Abrazó a Isola mientras lloraba apoyada en ella. Después de tantas semanas, seguía estando muy frágil y herida.

Ella no amaba a Jaren. Ni siquiera le conocía. Que viviese o muriese no debería significar nada para ella. Sin embargo, en el fondo, sabía que el hecho de que estuviese allí era culpa suya. Había cantado una oración por Tate cuando no debería haberlo hecho y, por muy improbable que pareciese, Jaren la había escuchado. Si le descubrían, todas las pistas les conducirían hasta ella. Por el bien de su madre, necesitaba sacarlo de la isla sano y salvo antes de que nadie supiera lo que había hecho.

Cuando las lágrimas de Isola hubieron disminuido, le preguntó con suavidad.

—¿Sabes dónde guardan la barca? La que usan los niños *incantu*.

Isola entrecerró los ojos enrojecidos con cierta sospecha.

—¿No has escuchado nada de lo que te he dicho? No puedes traer a Tate de vuelta. ¿Sabías que la mitad del consejo votó exiliarme por haber ayudado a Pieter?

Sintió como si le hubieran mojado el cuerpo entero con agua helada.

—¿Qué?

La boca de Isola se torció en una sonrisa de amargura.

—Así es. Pensaron que debían echarme como a los *incantu*. Solo que, en mi caso, era peor, porque si los forasteros descubrían lo que era, me matarían.

No sabía qué decir. No podía imaginar que toda la isla la repudiara como habían hecho con su amiga. Si habían estado a punto de exiliarla por haber ayudado a un *incantu*, entonces ella corría más peligro del que pensaba.

—Tan solo me dejaron quedarme porque ya conozco… —Isola se interrumpió—. No importa. Tan solo déjalo estar, Leelo. Tate no va a regresar. —Pestañeó—. A menos que estés pensando en irte tú misma.

Sacudió la cabeza con vehemencia.

—No, no, claro que no. Es solo que en esta isla hay demasiados secretos. Antes, cuando no me afectaban, era fácil ignorarlos. Pero perder a Tate ha hecho que me cuestione muchas cosas.

Isola se puso de pie y se giró para mirarle cara a cara.

—Tienes razón; este lugar tiene muchos secretos y, algunos de ellos, no son demasiado placenteros. Pero los guardamos por un motivo. Olvídate de la barca. Olvídate de la choza. Olvídate de Tate, si puedes.

—No puedo —susurró ella.

Su amiga había comenzado a alejarse, pero, un segundo después, se dio la vuelta, fijando en ella una mirada que podría haber rivalizado con la de Ketty.

—Puede que Endla sea el lugar más seguro para nosotros, Leelo, pero nunca te olvides de que al Bosque Errante le preocupa una cosa y solo una: la supervivencia. Y si la presionan lo suficiente, esta isla se comerá a los suyos.

Capítulo Veinticinco

Jaren se despertó sobresaltado por el chirrido estrangulado de una puerta abriéndose. Durante un momento, permaneció pestañeando en la oscuridad, intentando recordar dónde estaba. Entonces, todo le regresó a la mente como una oleada: estaba en Endla, envuelto en una manta mohosa en una choza, esperando a una chica que podría querer matarlo.

El raspado de una cerilla encendiéndose, seguido por el siseo de una vela empezando a arder hicieron que se terminase de despertar.

Leelo estaba agachada a tan solo unos pasos de él con los ojos claros resplandeciendo a la luz de la vela. Tenía una de las manos apoyada en la cintura, donde llevaba un cuchillo.

Él intentó alisarse el pelo revuelto y se incorporó. Con una sensación creciente de miedo, sintió que la pierna izquierda se le había entumecido por completo. En medio de la noche se había desatado una tormenta y el aire de la cabaña resultaba sorprendentemente frío.

—¿Va todo bien?

Ella sacudió la cabeza y terminó de sentarse, dándole la espalda a la puerta, aunque Jaren se dio cuenta de que siguió manteniendo la mano en el mango del cuchillo. Tenía el pelo y la ropa empapados y pegados al cuerpo. Rebuscó en una bolsa que tenía cerca de los pies y le tendió algo pequeño envuelto en papel.

—Te he traído comida. También hay agua. Y un jersey. Puede hacer mucho frío por las noches.

Le pasó la bolsa y él sacó el odre de agua y el jersey, tejido con una lana verde como el bosque. Era más bonito que cualquier prenda que hubiese poseído jamás y sus ojos se dirigieron rápidamente a los de ella, interrogantes.

—Era de mi padre —dijo ella—. No lo echarán en falta.

Por la manera en la que lo dijo, Jaren supuso que o bien estaba muerto, o las había abandonado.

—Gracias. Eres muy amable.

Estaba a punto de dejar el jersey en el suelo junto a él, con cuidado para no deshacer los pliegues perfectos, cuando se dio cuenta de que ella estaba temblando.

—Tal vez deberías ponértelo tú —dijo, tendiéndoselo.

Ella sacudió la cabeza, temblando todavía.

—Estoy bien.

No iba a presionarla. Sabía por la experiencia con sus hermanas que si una mujer estaba siendo cabezota, había poco que pudiera hacer.

—Supongo que no hay otra barca disponible, ¿verdad?

—Por lo que sé, solo hay una. Ni siquiera sé dónde está la que usaste para cruzar, no sé cuánto me va a costar encontrarla y, cuando lo haga, no sé si seré capaz de repararla. Incluso aunque pueda, no sé cómo te sacaré de aquí sin que nadie te vea.

—Estás pensando en entregarme, ¿verdad?

Intentó mantenerle la mirada, pero los ojos se le desviaban involuntariamente al cuchillo que llevaba. No le preguntó si también estaba pensando en matarlo; no estaba seguro de querer saber la respuesta.

Ella permaneció en silencio un momento y, cuando habló, su tono de voz era serio.

—Solo quiero que entiendas la realidad de tu situación. Hay una gran posibilidad de que tengas que quedarte aquí, en Endla. Al menos hasta que el lago se congele, y eso no ocurrirá hasta dentro de unos buenos seis o siete meses.

Maldijo en voz baja. Para entonces, haría tiempo que su familia se habría rendido. Incluso puede que ni siquiera se quedasen en Bricklebury.

—No puedo esperar tanto. Tengo que volver.

Se quedaron sentados en silencio durante unos minutos, hasta que Leelo dijo:

—Puedo traerte comida y agua. No pasarás hambre.

—La pierna... —Se interrumpió. En realidad, no había nada que decir.

—Con eso puedo ayudarte. —La chica hizo aparecer una botella de algún tipo de licor, vendas limpias y un frasco—. Si me dejas.

Jaren la contempló durante un instante. No había nada del coqueteo que había experimentado con Lupin y nada de las bromas a las que estaba acostumbrado con sus hermanas. Aquella chica era callada y seria y tenía los ojos en alerta a pesar de que su postura era relajada. No confiaba en él (¿por qué iba a hacerlo?), pero sentía que, muy en el fondo, no quería hacerle daño.

—Si me ayudaras, siempre estaría en deuda contigo, Leelo. —Ella alzó la vista para mirarle y sus ojos se encontraron durante un momento—. Sin embargo, voy a tener que insistir en que uses la manta.

—Estoy bien...

—Por favor —dijo él—. Las manos te tiemblan como hojas y, a ser posible, me gustaría mucho conservar la pierna.

Ella puso los ojos en blanco, pero, al final, aceptó la manta y se la puso sobre los hombros como si fuese un chal. Después, se puso manos a la obra.

Nunca había experimentado un dolor tan exquisito y cegador como el del alcohol derramándose sobre sus heridas. Era tan terrible que, por un instante, pensó que podría volver a desmayarse. Pero, justo cuando se le empezaba a nublar la visión, ella empezó a aplicarle un ungüento refrescante y sintió cómo el pulso le volvía poco a poco a la normalidad.

—¿Puedo hacerte una pregunta? —dijo él cuando consiguió recuperar la voz.

Los ojos de ella se dirigieron a los suyos e, inmediatamente después, regresaron a su pierna. Estaba claro que no le gustaba mantener el contacto visual.

—¿Cuál?

—La canción que escuché, la que estaba cantando el pájaro... ¿Qué era? —Leelo se mordió los labios, jugueteando con ellos con los dos dientes frontales. Él se dio cuenta de que había una separación diminuta entre ellos—. No tienes que decírmelo; tan solo tengo curiosidad. La he tenido en la cabeza desde hace mucho tiempo y resulta enloquecedor no saber el resto. —Tarareó el trozo que sí conocía.

Ella abrió mucho los ojos, solo durante un momento, y, después, fue la que se aclaró la garganta.

—Es una plegaria.

Hizo un gesto de dolor cuando la chica le apretó la venda alrededor de la pierna.

—Creo que debí de escucharla en sueños, una noche que acampé junto al lago. ¿Qué tipo de plegaria es?

Leelo parpadeó con las pestañas repentinamente húmedas.

—Es una plegaria por las cosas perdidas —contestó con voz ronca—. Una plegaria para volver a encontrarlas.

Con suavidad, le preguntó:

—¿Qué habías perdido?

Ella soltó un jadeo y se apartó, llevándose la mano de nuevo a la cintura. Jaren ni siquiera había pretendido utilizar la segunda persona del singular. Sin embargo, su reacción le confirmó lo que había sospechado: que era ella a quien había escuchado cantando aquella noche. Por primera vez, admitió para sus adentros que se había equivocado con la magia. Era como si un hilo invisible les hubiera conectado desde que él había acampado en la costa y, poco a poco, sin remedio, hubiese estado tirando de él.

—Lo siento —dijo, extendiendo las palmas de las manos, como si fuese un animal acorralado—. Siento haberte puesto en esta situación. Y, créeme, quiero volver a casa tanto como tú quieres que me vaya. Si tienes alguna idea de dónde puede estar la barca, puedo buscarla yo mismo. No hay ningún motivo para que te dejes arrastras por culpa de mis tonterías.

Ella sacudió la cabeza un poco.

—No eres el único tonto presente.

—¿Qué quieres decir?

Ella le ignoró, recogiendo sus pertenencias con movimientos rápidos y precisos. Se quitó la manta y se la colocó por encima, aunque Jaren se percató de que seguía llevando la ropa y el pelo mojados.

—Te sacaré de aquí. Tan solo prométeme que, pase lo que pase, te quedarás dentro de la cabaña. Si te ve otro endlano, no podré ayudarte.

—¿Estoy a salvo aquí? —le preguntó, mirando hacia las ventanas como si los árboles pudieran atravesarlas y arrancarlo de allí en cualquier minuto tal como las raíces habían hecho con el pobre pájaro.

El hecho de que no contestase de inmediato le asustó.

—Eres un forastero en tierra endlana —dijo al fin—. No sé si estás a salvo en ningún lugar de la isla. Pero sí sé que aquí estás más seguro que en cualquier sitio ahí fuera.

Aquello no era demasiado tranquilizador, pero sabía que era lo mejor que podía ofrecerle. Por ahora, estaba atrapado en territorio enemigo sin ningún otro aliado. Su familia estaría muy preocupada por él. No podía evitar imaginarse a sus hermanas y a su padre, mirando hacia la puerta cada vez que crujiera con el viento, preguntándose si sería Jaren regresando a casa de otra de sus andanzas.

Podía sentir cómo los pensamientos empezaban a darle vueltas y sabía que si ella se marchaba en ese momento, sería incapaz de quedarse dormido. Era tarde y, probablemente, la estarían esperando en casa, pero no quería estar solo.

—Tengo hermanas —dijo sin pensar.

A ella le pilló tan de sorpresa que se rio un poco.

—¿Qué?

Jaren se sonrojó y deseo que no pudiera notarlo en la penumbra.

—Lo que quería era preguntarte si tienes algún hermano. Yo tengo tres hermanas.

Permaneció callada tanto tiempo, que estuvo seguro de que no iba a contestar.

—Tengo un hermano —dijo al final y, después, de inmediato, apretó los labios en una línea recta.

Santos, ¿acaso estaba su hermano muerto al igual que su padre? Estaba a punto de cambiar de tema cuando la chica volvió a sentarse de nuevo. Antes de que pudiera detenerlo, movió la manta para que también le cubriera las piernas. Ella le lanzó una mirada que no fue capaz de interpretar.

—Tengo un hermano y una prima que, para mí, es como una hermana. Sage. Puede ser... —Permaneció un momento en silencio, escogiendo las palabras con cuidado—. Bueno, puede ser un poco quisquillosa, pero es de la familia.

Jaren sonrió.

—Mi hermana pequeña, Sofía, más que quisquillosa es pegajosa, como esa especie de lapa que se te queda enganchada en el pelo. Siempre está metiéndose en problemas y arrastrándote con ella.

Mientras hablaba de Renacuajo, de Story y de Summer, Leelo pareció relajarse e incluso sonrió de vez en cuando. Seguía manteniendo la mano cerca del cuchillo, pero ya no la tenía enroscada sobre él como una serpiente. Si pudiera conseguir que pensase en él como en una persona, en lugar de como en una amenaza del exterior, tal vez pudiera regresar de verdad con su familia.

Con el paso del tiempo, no pudo evitar bostezar a pesar de que había estado dormitando la mayor parte de la tarde.

—Debería marcharme —dijo ella, apartándose la manta de las piernas y colocándola sobre él con un cuidado sorprendente—. Mi turno ha terminado y me estarán esperando en casa.

—¿Cuándo volverás? —No había pretendido sonar tan necesitado, pero la boca de la chica se torció en una sonrisa diminuta.

—Cuando pueda —dijo. Después, se escabulló en la oscuridad.

Capítulo Veintiséis

Cuando Leelo se deslizó en la cama junto a Sage, hacía tiempo que había pasado la media noche. Tendría que levantarse en cinco horas para su turno. El siguiente día que tuviese libre, buscaría la barca. A juzgar por la reacción de Isola, no creía que nadie fuese a decirle con facilidad dónde estaba.

Apoyó la cabeza en el almohadón y cerró los ojos. Tras hablar con su amiga, había decidido poner punto final a su problema. No podía arriesgarse a que la pillaran y la exiliaran. Su madre no sobreviviría a aquello. Había afilado el cuchillo antes de ir a la choza diminuta, preparándose para la salpicadura de sangre cuando le rajase la garganta a Jaren. Aquello le había parecido la manera más rápida de acabar con su vida, aunque pensar en tanta sangre había hecho que se mareyase.

Se había arrodillado a su lado durante varios minutos, escuchando su respiración para asegurarse de que estaba dormido de verdad y no fingiendo. Había podido sentir el calor de su cuerpo y se había acordado de Tate, de cómo siempre parecía tener una temperatura más alta que ella de modo que, en las noches más frías, no necesitaba una piedra caliente en la cama si él estaba a su lado.

Pensar en su hermano había hecho que se le cerrase la garganta, llena de lágrimas, y había tenido que respirar hondo varias veces para recobrar la compostura. Había llegado al punto de colocar la hoja contra la piel delicada del cuello del joven y, entonces, él había tarareado en sueños unos pocos compases de la plegaria.

El sonido había sido inesperadamente hermoso. Su voz no era suave y no estaba entrenada como la de los endlanos; era ronca y estaba un poco desafinada. Sin embargo, había capturado el sentimiento de la plegaria con exactitud, y su determinación se había desmoronado como las hojas en otoño. No era más que un chico, y había sido ella la que lo había llevado hasta allí.

Con un suspiro profundo, había regresado hasta la puerta y la había abierto haciendo ruido a propósito para que se despertara.

Sage se dio la vuelta a su lado, suspirando en sueños. Una parte de Leelo deseaba despertarla y contarle todo. Si ya sospechaba lo que había hecho, entonces, esperar solo aumentaría la sensación de traición de su prima. Sería mejor que confesase en aquel momento, explicando que no había sabido lo que estaba haciendo, que lamentaba no habérselo contado de inmediato.

Si Sage no lo sabía y Leelo confesaba, tal vez podría ayudarle. No querría que se metiera en problemas, al menos no en problemas de verdad. Tan solo estaba enfadada con ella porque estaba triste con respecto a Tate.

Al menos, esperaba que solo se tratase de eso. Sin embargo, en aquel momento recordó la forma en la que su prima la había mirado cuando había preguntado por la barca y cómo había dicho que Pieter se merecía su destino. Si podía ser así de cruel con un *incantu*, ¿cómo se comportaría con un forastero? La imagen de Ketty degollando al cordero regresó a su mente, así que se cubrió los ojos con las manos, presionándose la parte inferior de las palmas sobre las cuencas hasta que vio estrellitas.

No parecía que Jaren fuese a causarle problemas de forma deliberada. Era más grande y más mayor que ella, pero también estaba asustado. Un lobo enorme le había perseguido hasta allí y estaba solo y sin amigos en una choza diminuta en medio de la nada.

Recordó con cuánto afecto había hablado de sus hermanas y su padre y de lo devastadora que había sido la pérdida de su madre.

Había sentido tanta empatía que, por un instante, había barajado la posibilidad de hablarle sobre Tate. Sin embargo, aunque quería confiar en él, no podía deshacer tantos años de recibir advertencias sobre los forasteros.

«Dicen que, cuando los forasteros talaron los Bosques Errantes, los árboles gritaban agonizando —decía la tía Ketty cuando les contaba historias por la noche junto al fuego—. Cuando arrancaron sus raíces de la tierra, lloraron una savia tan roja como la sangre. Y, cuando los animales del Bosque perdieron su cobijo, también se volvieron locos, convirtiéndose en criaturas feroces y sedientas de sangre que debían ser destruidas».

Cuando Ketty les contaba aquellas historias, Leelo había imaginado aquellas carnicerías: campos repletos de tocones sangrientos y animales enloquecidos con los ojos brillantes. Durante años, había tenido pesadillas todas las noches, A veces, había oído a su madre rogándole a su hermana que no asustase a los niños, pero Ketty le solía decir que era una traidora y una tonta y, al final, como siempre, Fiona había dado su brazo a torcer.

Si Leelo confiaba en Sage y ella solucionaba aquel problema, estaría en deuda con ella para siempre, tal como su madre lo estaba con la tía Ketty. Podía imaginarlas años después: su prima tomando todas las decisiones por ambas, recordándole constantemente lo tonta que era, y ella sintiéndose arrastrada por la culpabilidad como si fuera un ancla. Era incapaz de imaginarse a su madre metiéndose en un lío tan grande como aquel, pero fuera lo que fuese que la tía Ketty había hecho por Fiona, jamás dejaría que su hermana lo olvidase.

«No», pensó Leelo mientras recolocaba la almohada por enésima vez. No dejaría que Sage le recordase aquel error durante el resto de su vida. Sencillamente, tendría que solucionar el problema ella sola.

Cuando se despertó por la mañana, estaba rígida de tanto temblar. Se dio la vuelta y descubrió que Sage había acaparado todas las mantas. Con un suspiro, las volvió a estirar para cubrirse, pero, un segundo más tarde, su prima volvió a tirar de ellas, dejándola más expuesta que antes.

«Así que esas tenemos», pensó. Su prima lo estaba haciendo a propósito, probablemente para castigarla por haberse perdido el turno de vigilancia. Molesta, volvió a colocarse las mantas por encima, comenzando un juego de tira y afloja con su prima demasiado intenso para una hora tan temprana de la mañana.

—¡Sage! —dijo, con los dientes apretados—. Tan solo... déjame... ¡la manta! —Tiró con tanta fuerza que estuvo a punto de caerse de la cama—. De todos modos, ¿qué te pasa?

—¿Qué me pasa? Más bien, ¿qué te pasa a ti?

El cabello rojizo de su prima estaba enredado por el sueño y tenía los ojos verdes y amarillentos tan abiertos que Leelo podía ver todo el blanco que los rodeaba.

—A mí no me pasa nada, excepto por el hecho de que estoy congelada porque estás acaparando las mantas.

—¡Niñas!

Ambas se giraron hacia la puerta sin soltar los trozos de colcha que tenían agarrados. La tía Ketty estaba allí de pie, con los brazos en la cadera, mirándolas con aversión.

—En nombre de todo lo que es sagrado, ¿qué os pasa a las dos? —Leelo y Sage comenzaron a gritar a la vez para defenderse—. ¡Ya basta! —gritó Ketty—. Leelo, tu madre está intentando descansar. Y, Sage, tu madre está intentando preparar el desayuno. Sea lo que sea que haya pasado entre vosotras, resolvedlo. Vuestro turno empieza en media hora y nadie quiere escucharos discutir.

Mientras su tía salía de la habitación echando chispas, ella salió de la cama y se puso a tirones los pantalones y la túnica, dándole la espalda a su prima. Un segundo más tarde, un almohadón le golpeó justo entre los hombros. Se dio la vuelta, y su propia trenza le golpeó el rostro al hacerlo.

—No me puedo creer que acabes de hacer eso.

Sage la miró fijamente con el pecho agitado por la rabia y los ojos color avellana llenos de lágrimas.

—¡Y yo no me puedo creer que ayer te saltaras nuestro turno!

Tuvo que cerrar los ojos para evitar ponerlos en blanco.

—Ya te dije que lo sentía. Mamá estaba enferma. ¿Por qué estás tan enfadada?

—Me desperté y habías desaparecido sin más. Yo... —Mientras Sage se interrumpía, las lágrimas empezaron a derramársele—. Creí que te habías marchado.

Leelo sacudió la cabeza, intentando comprender qué era lo que podía hacer que su prima se desmoronase de aquella manera.

—Tan solo estaba recolectando plantas medicinales para mamá.

—No, lo que quiero decir es que pensaba que te habías marchado. Para siempre.

Se quedó sin aire al darse cuenta de lo que Sage estaba diciendo. El día anterior, no le había parecido preocupada en absoluto; tan solo le había parecido que estaba enfadada, y eso era algo que esperaba de ella. Sin embargo, la muchacha había aprendido a enfrentarse con el dolor del mismo modo que su madre: con rabia y resentimiento en lugar de con sinceridad. Tendría que haber sido más lista, no tendría que haber asumido que su prima se estaba poniendo de parte de un chico al que tan apenas conocía antes que de parte de su mejor amiga tan solo porque había llegado tarde a un turno.

—Lo siento —dijo, acercándose a ella—. De verdad que solo estaba recolectando plantas. Nunca te abandonaría sin más. Tienes que saberlo.

Sage se limpió las lágrimas con amargura.

—Sé que le quieres más a él que a mí.

Apartó la mirada porque, aunque sabía que no debería ser cierto, lo era. Quería a su prima de la manera en la que se suponía que debías querer a la familia, es decir, a pesar de sus defectos. Pero, a diferencia de Tate, Sage no sabía cómo ser vulnerable. Preferiría morir antes que admitir que se había equivocado en algo y Leelo no podía recordarla disculpándose en ningún momento.

Aun así, siempre se había dicho a sí misma que se complementaban. Juntas, una optimista y una pesimista, podían encontrar algo parecido a la verdad cuando se encontraban en medio del camino.

—Es solo que con Tate es diferente —dijo—. Es más joven que nosotras, y más delicado. Me necesitaba, Sage.

—¿Y yo soy tan dura y resistente que no es posible que necesite a nadie? ¿Es eso lo que piensas?

—No pienso eso en absoluto —contestó, rodeando el cuerpo rígido de su prima para darle un abrazo—. De verdad que lo siento. No volveré a desaparecer nunca más.

En silencio, rezó para que aquellas palabras fueran ciertas. De algún modo, tendría que buscar la barca sin levantar las sospechas de Sage, lo que significaba que, hasta que la encontrase, probablemente no iba a dormir demasiado.

Al final, su prima acabó ablandándose y girando la cara de tal modo que tenía los labios junto a su oído.

—¿Le hiciste tú el agujero a la barca? —susurró.

Leelo se echó hacia atrás.

—¿Qué?

—No se lo diré a nadie, te lo prometo. Es solo que... Vi tu cara cuando te diste cuenta de que la barca había desaparecido. Como si pensases que, tal vez, le había pasado algo. Como si, tal vez, quisieras que le hubiese pasado algo.

Sacudió la cabeza y volvió a atraer a su prima hacia sus brazos para que no pudiera ver el miedo en sus ojos.

—Claro que no. Amo Endla. Es nuestro hogar.

Sage sorbió por la nariz y asintió.

—Exacto, Lo. Es nuestro hogar. Nuestro. Y nada va a cambiar eso.

Capítulo Veintisiete

Cuando Jaren se despertó a la mañana siguiente, se sintió aliviado al descubrir que podía volver a sentir la pierna izquierda, a pesar de que lo que sentía era un dolor insoportable. Los remedios de Leelo debían de haber funcionado. Se incorporó, alcanzó el odre de agua, se enjuagó, quitándose el sabor agrio que tenía en la boca, y comió parte de la comida que le había llevado. El jersey le había mantenido caliente y el Bosque no había intentado comérselo mientras dormía. Si tenía que acabar pasando allí unos cuantos días, al menos sabía que podría sobrevivir.

A mediodía, la chica llegó a la cabaña. La noche anterior había soñado que ella iba a matarle, rebanándole la garganta de lado a lado mientras dormía. Se había despertado con un sudor frío, seguro de que estaba en la choza con él. Sin embargo, en ese momento se había abierto la puerta y había sido ella realmente, llegando para auxiliarle. El sueño le había parecido muy real, pero se había dicho a sí mismo que no era más que un efecto de la fiebre al subirle.

En aquel momento, aunque quería confiar en ella, miró a través de la pequeña ventana un instante antes de que llegara, para asegurarse de que estaba sola. No tenía sentido que le curase la pierna para matarlo después, pero, tal vez, aquello fuese parte de algún código de honor endlano: «asegúrate de que tu presa tiene una oportunidad de luchar contra ti antes de cazarla», o algo así.

—Hola —dijo mientras le abría la puerta.

Ella apoyó el arco y las flechas en el frontal de la cabaña y asintió. El día era cálido y tenía la parte de la frente donde le comenzaba el cabello empapada de sudor.

—Estás vivo. Bien.

Él soltó una carcajada mientras parte de la tensión abandonaba su cuerpo.

—Me alegro de que pienses así. ¿Todo bien?

—He venido directamente cuando he acabado mi turno. No puedo quedarme mucho rato. Sage cree que he ido a visitar a una amiga, pero no me gusta mentirle.

—Lo entiendo.

—¿Qué tal tienes la pierna? —le preguntó mientras entraba a la cabaña detrás de él—. ¿Mejor?

—Puedo sentirla, lo cual es una mejoría inmensa. Gracias de nuevo por ayudarme.

Ya le había dado las gracias unas cien veces, pero había pensado que sería menos probable que lo matara si se mostraba cortés. Todavía recordaba cómo había mantenido cerca el cuchillo la última vez que le había visitado y cómo le había rebanado la carne como si fuera mantequilla en el sueño. Por suerte, en aquel momento, tenía las manos ocupadas en otra cosa mientras rebuscaba algo en su mochila.

Sacó otro odre de agua y algo más de comida y se lo tendió.

—Me llevaré los odres vacíos y los rellenaré antes de marcharme.

—¿Hay alguna fuente de agua cercana? —No podía depender exclusivamente de ella, y tener acceso a agua limpia sería tranquilizador. Ella asintió.

—Cerca hay unos estanques alimentados por manantiales.

—Así que el veneno del lago no afecta al agua que bebéis.

Leelo dirigió los ojos hacia los suyos.

—Supongo que no.

—Claro. De lo contrario, estaríais todos muertos —dijo. Se arrepintió de inmediato—. ¿Has tenido suerte buscando la barca?

Ella negó con la cabeza.

—No. Pasado mañana es mi día libre. Entonces podré buscarla.

Jaren tamborileó con los dedos sobre el suelo. Sabía que no podía ofrecerle ayuda. Dudaba que pudiera seguirle el ritmo y era demasiado arriesgado que pudieran verle. Sin embargo, tampoco quería quedarse sentado en la choza durante días sin hacer nada.

—Puede que esto te resulte una pregunta extraña, pero ¿podrías enseñarme a leer una partitura? —le preguntó.

La muchacha pestañeó. Era evidente que la pregunta le había pillado por sorpresa.

—¿Para qué querrías aprender eso?

Buscó el libro de canciones entre la pila y se lo tendió.

—Encontré esto. Me gustaría aprender las canciones. Solo como una forma de pasar el tiempo.

Ella le arrebató el libro de las manos como si lo hubiese robado.

—No deberías tener esto.

—Lo siento. No lo sabía.

Consternado, observó cómo se lo guardaba en la bolsa.

—Esto es un cancionero endlano. No es para los forasteros.

Estaba claro que estaba enfadada. Miraba a Jaren del mismo modo que cuando se habían encontrado la primera vez: con sospecha.

—No soy de Bricklebury —dijo, desesperado por cambiar de tema.

—¿Y?

—Y, sí. Quiero decir… Soy un forastero, pero también soy un forastero en Bricklebury. No sé demasiadas cosas sobre Endla.

—Pero sí sabes cosas sobre nuestra música. Sabes lo peligrosa que puede ser. ¿Por qué querrías poder leerla?

En ese momento se dio cuenta de que haber dicho que tan solo quería hacerlo para pasar el tiempo había sido insultante e ignorante. Además, sabía que, en el fondo, había algo más que eso. Endla era un misterio y su reacción involuntaria a la isla, todavía más. Y, aunque había aceptado de forma tácita que había «magia» en el mundo, lo único que esa palabra significaba para él era algo que la gente todavía no comprendía. Pero, tal vez hubiese una manera de comprenderlo. Al final, todo tenía una explicación.

—Supongo que por curiosidad —dijo al final—. Para ser sincero, nunca he sido muy dado a cantar.

Leelo arqueó una de las cejas pálidas.

—¿Muy dado?

Él hizo un mohín.

—De acuerdo, nunca he cantado nada.

—¿Nunca? —preguntó ella mientras la otra ceja se unía a la primera.

Él negó con la cabeza.

—No realmente. Supongo que alguna canción tradicional de vez en cuando. Mi madre era la que tenía capacidades musicales en la familia, e incluso eso es decir demasiado. Nos solía cantar a la hora de dormir o mientras estaba trabajando, pero nunca tuvimos instrumentos.

—¿Qué quieres decir con «instrumentos»?

¿Acaso era posible que nunca hubiese visto un instrumento? ¿Que los únicos instrumentos que conocieran los endlanos fueran sus propias voces?

—Una flauta —contestó él—. O un violín.

Ella le miró como si estuviese hablando en otro idioma.

—Supongo que aquí no debéis de tenerlos. Son objetos que producen música con la ayuda de una persona. Una flauta es un tubo alargado por el que hay que soplar. Un violín es de madera y lleva unas cuerdas sobre un agujero... —Se detuvo cuando se dio cuenta de que, aun así, ella no le estaba comprendiendo—. Si me traes papel y algo de carboncillo la próxima vez que vengas, te los dibujaré —dijo—. Pero tendrás que fiarte de mi palabra cuando digo que producen música hermosa.

—Has dicho que no eras de Brickle...

—Bricklebury. Es un pueblo cercano.

—Bien.

—Soy de una ciudad llamada Tindervale. Está lejos de aquí, lejos de las montañas. Allí, las cosas eran diferentes. En Bricklebury, todo el mundo conoce a todo el mundo. Y todo el mundo habla sobre los asuntos de los demás. En Tindervale, ni siquiera conocía a los vecinos que vivían más cerca de nosotros. Había tanta gente que era casi como si todos hubieran decidido que, dado que era imposible conocerlos a todos, no tenía sentido conocer a nadie.

—No puedo imaginármelo —dijo ella en voz baja. Durante un instante, jugueteó con un hilo de la manta que tenía él, como si estuviera avergonzada por su inexperiencia.

—Yo no podía imaginarme un lugar como Bricklebury hasta que no llegué allí. Fui a dar un paseo con una chica y todo el pueblo empezó a hablar de ello.

La muchacha se sonrojó y mantuvo la vista baja.

—Imagínate si nos vieran en esta cabaña...

Él sonrió.

—Creo que les explotaría la cabeza. Demasiados chismes para ellos.

—¿Vas a casarte con ella? —le preguntó Leelo sin mirarle a los ojos todavía. Jaren se rio, lo que hizo que ella se sonrojase todavía más—. Lo siento —añadió—. Probablemente es una pregunta demasiado personal.

—No es eso. Tan apenas la conozco. Vende miel en el mercado. En realidad, es de Endla. No sé por qué no me había acordado de ese dato antes. Debiste de conocerla. Su nombre es Lupin.

La chica ladeó la cabeza.

—La única Lupin que conozco es una anciana. ¿Estás seguro de que es de Endla?

—Estoy seguro. Pero supongo que podría haberse cambiado el nombre. Tiene el pelo largo y rubio, más oscuro que el tuyo. Y los ojos verdes.

Ella sacudió la cabeza.

—En Endla hay muchas chicas así. ¿Cuándo se marchó?

—Tiene mi edad, dieciocho años, así que supongo que hace seis o siete años.

Leelo lo meditó un momento.

—Cuando era más joven no solía prestar tanta atención a quién se marchaba. Por aquel entonces, ya hacía años que cantaba. Pero es probable que mi madre la recuerde.

—No importa. Como ya te he dicho, tan apenas la conozco.

De pronto, ella pareció animarse.

—Entonces, esta chica... ¿Encontró un hogar en Bricklebury? ¿Con quién vive? ¿Está sana?

Le contó todo lo que sabía sobre Lupin. Había algo en la forma en la que ella se aferraba a cada palabra que le hizo pensar que conocía a uno de esos *incantu*; tal vez incluso bastante bien.

Cuando hubo terminado, Leelo parecía feliz, aliviada. Quería preguntarle al respecto, pero temía volver a equivocarse sin querer y le gustaba verla sonreír.

Permanecieron sentados en silencio durante un rato, hasta que empezó a resultarles incómodo. Jaren cambió de posición y Leelo pestañeó como si, en su mente, hubiera estado en un lugar muy lejano.

—Debería irme —dijo, centrada de nuevo en el asunto que tenían entre manos—. Como te he dicho, pasado mañana tengo el día libre, por lo que podré buscar la barca. Vendré cuando pueda. ¿Estarás bien hasta entonces?

Él asintió.

—Eso creo. Es solo que no me gusta no ayudar. Soy yo el que no debería estar aquí; debería estar haciendo algo para arreglarlo.

—Entiendo que no quieras quedarte sentado de brazos cruzados. Pero, créeme, eso es lo más útil que puedes hacer ahora mismo.

—Está bien. Entonces, estaré aquí.

Ella se movió hacia la puerta. Entonces se detuvo y buscó algo en su bolsa. Sacó el cancionero y lo observó un instante antes de tendérselo.

—¿Estás segura? —le preguntó, tomándolo con cuidado.

—No —contestó la chica con una sonrisa torcida. Sus ojos se encontraron durante más tiempo que nunca antes. Eran de un tono azul muy especial, cristalino sobre la piel pálida. Finalmente, apartó la mirada—. Ya no estoy segura de nada —añadió antes de cerrar la puerta a su espalda.

Capítulo Veintiocho

A la mañana siguiente, Sage y Leelo se sentaron en la orilla, vigilando cerca del lugar donde Pieter había muerto. Su prima parecía haberla perdonado y pasaron el rato hablando sobre el solsticio, la ropa que se pondrían y quién pensaban que acabaría prometiéndose. Era una mañana bonita y la superficie del lago estaba tan lisa como un cristal, pero ella no dejaba de pensar en su hermano. Era posible que Tate hubiese encontrado de verdad una buena familia con la que vivir en el pueblo cercano, que estuviese sano y salvo. Deseaba tanto creer a Jaren que el pecho le dolía por la esperanza.

Sin embargo, también cabía la posibilidad que le dijese esas cosas para que no lo matara. Si humanizaba a los forasteros, tal vez llegase a creer que no eran tan malos como siempre había pensado. El joven no parecía una mala persona, pero podría estar actuando. Los santos sabían que ella no era realmente una vigilante con heridas de guerra que podría rebanarle la garganta mientras dormía si así lo decidía.

Mirando a su prima de reojo, pensó que tendría que ser más como ella. Estaba tallando algo, aunque sus ojos color avellana se alzaban para comprobar el horizonte cada treinta segundos.

—¿Qué estás haciendo?

—¿Esto? Es un zorro. ¿No lo ves? —Alzó el trozo de madera y sonrió. Por el momento, no era más que un bulto sin forma.

Sonrió. Mientras ella estaba pensando en que debería ser un poco más como Sage, su prima estaba tallando al animal más astuto de la isla. Los zorros endlanos eran la ruina para familias como la de Isola, que criaban pollos. Para la mayoría, no eran más que carroñeros sucios y plagados de enfermedades.

—¿Por qué un zorro? —le preguntó.

Sage dejó caer las manos en el regazo y se giró hacia ella.

—Los zorros son animales muy inteligentes —dijo—. ¿No te has dado cuenta de que, en todos los años que llevamos cazando, jamás hemos atrapado a un zorro con nuestras trampas? Ni siquiera hemos encontrado nunca un cadáver. Cuando asaltan el gallinero de Rosalie, no dejan ningún rastro más que las plumas. Son como sombras, silenciosos y sigilosos.

—¿Y tú admiras eso?

—Por supuesto. Cuando no apareciste para nuestro turno, casi estaba ansiosa por hacerlo a solas. Para ponerme a prueba de verdad, ¿sabes? Un zorro no necesita una manada para cazar. No necesita nada más que su propio ingenio. —Frunció el ceño y volvió a tomar el trozo de madera—. Fue idea de mi madre que se lo pidiera a Hollis.

—Pero nosotras nos tenemos la una a la otra, Sage.

Ella se encogió de hombros.

—Por ahora. Pero no vamos a estar juntas siempre. Además, si alguna vez me encuentro con un forastero, quiero estar preparada.

Sintió un escalofrío en la columna vertebral.

—¿Estar preparada?

—Te juro que cuando llegamos a la vigilancia y la barca estaba allí, recé para que un forastero hubiese venido. Recé para tener una oportunidad de proteger Endla.

—¿No te daría miedo encontrarte con un forastero?

Sage se rio y sacudió la cabeza en dirección a la orilla lejana.

—¿Tener miedo? ¿De uno de esos aldeanos patéticos? Agradecería que ocurriese.

Leelo tragó saliva y sintió la boca seca.

—¿Y si se acercasen con sigilo? ¿Y si te pillaran por sorpresa?

Su prima negó con la cabeza.

—Eso es imposible. ¿Cómo pueden sorprenderme si soy yo la que está al acecho?

Leelo permaneció en silencio un momento.

—¿Y qué pasaría si...? ¿Qué pasaría si no fueran monstruos como creías? ¿Si fueran buenos?

Sage la miró como si le hubiesen crecido un par de manos adicionales.

—¿Buenos? No seas tonta, Leelo. Tu madre te ha metido en la cabeza algunas ideas ridículas, pero esa es, sencillamente, peligrosa. —Volvió a sacudir la cabeza, aquella vez como gesto de aversión—. ¿Sabes? Tienes suerte de tenerme a mí. Si dejásemos que te las arreglases sola, es probable que trajeses a un forastero a casa para cenar.

Cerca de la cabaña oculta, Leelo paseaba de un lado a otro, malgastando un tiempo muy valioso mientras el sol se escondía detrás de las copas de los árboles. La conversación que había mantenido con Sage había renovado el miedo que sentía hacia Jaren o, al menos, a que la descubriesen. Santos, si su prima supiese el lío en el que se había metido ella sola, no volvería a dejarla salir de casa.

Pero cada vez que pensaba en contárselo a su madre o, lo que era peor, dejar que el muchacho muriese de hambre, volvía a pensar lo mismo: él no tenía la culpa. Ella había estado cantando cuando no debería haberlo hecho. Había sabido que habría consecuencias y, aunque se había dicho a sí misma que el coste valía la pena si eso significaba que Tate pudiera quedarse, se había equivocado. Sin importar cómo fuesen otros forasteros, no sentía que aquel fuese peligroso, aunque eso significara que era una tonta. Incluso aunque solo lo creyese porque quería creer que Tate tenía una oportunidad entre la gente como Jaren, no entre los monstruos que Sage y Ketty decían que eran.

Al final, llamó a la puerta y entró. El joven estaba tumbado sobre la manta, contemplando el techo con la cabeza apoyada en el jersey de su padre. Al verla, se incorporó, alisándose el pelo revuelto con una sonrisa tímida.

—¿Estás ocupado? —le preguntó con preocupación fingida—. Puedo volver en otro momento...

—¡No! —gritó, tan fuerte que ella miró alrededor para asegurarse de que nadie lo había oído. Él bajó la voz hasta convertirla en un susurro—. Lo siento, es solo que estoy tan aburrido que tengo ganas de llorar. Siempre pensé que disfrutaría de tener un descanso de mi ruidosa familia, pero resulta que necesito la interacción humana tanto como el agua.

—Ahora que lo mencionas... —Leelo entró en la cabaña y cerró la puerta. Después se sentó en su lugar habitual, de espaldas a la entrada, y sacó un nuevo odre de agua y más comida—. Ahí tienes. Ah, casi se me olvida... —Rebuscó en las profundidades de la bolsa y sacó un trozo de papel y un poco de carboncillo—. Para que puedas dibujarme esos «instrumentos».

—Gracias. No estaba seguro de que fueses a venir hoy.

—Yo tampoco.

La preocupación le recorrió la frente mientras vaciaba uno de los odres de agua.

—Vaya...

Leelo respiró hondo, soltando el aire poco a poco. Había pensado que podría mantener la farsa de que Jaren dependía de ella totalmente sin necesidad de contarle la verdad sobre su propia vulnerabilidad. Sin embargo, necesitaba que supiera que ella también se estaba arriesgando, que venir a verle no era solo una cuestión de inconveniencia. Era cuestión de vida o muerte.

—¿Qué ocurre? —le preguntó el chico—. ¿Algo con lo que pueda ayudarte?

Ella soltó una carcajada de tristeza.

—No, a menos que puedas volver el tiempo atrás y mantenerte alejado de Endla.

—Lamentablemente, todavía no he adivinado cómo hacer eso.

—Lástima. —Respiró hondo, rezando para que no estuviese a punto de cometer un error—. La cosa es, Jaren, que se suponía que debía matarte.

—Había supuesto algo así cuando, el otro día, mencionaste aquello de no matarme «todavía».

Ella se apartó el pelo de la cara.

—No es solo que se supusiera que tenía que matarte. Matarte, proteger a Endla de los forasteros, es un deber que juré cumplir. Ese es el propósito de los vigilantes.

—Y supongo que no matarme significa que podrías meterte en muchos problemas.

—No es solo cosas de problemas. Podrían exiliarme.

—Leelo...

Ella le interrumpió, deseosa de sacarlo todo fuera y acabar de una vez con aquel asunto.

—Sé que Endla debe de parecerte un lugar aterrador, pero debes comprender que, para mí, es tu mundo el que resulta aterrador. Tenemos buenos motivos para desconfiar de los forasteros y podrían mandarme fuera de Endla para siempre por ayudarte. Los aldeanos al otro lado del lago me matarían en el momento en el que pisara tierra firme. No es que a ti fuese a importarte, pero...

Él negó con la cabeza.

—Eso no es cierto, Leelo.

—Mi madre está enferma, Jaren, y si no puedo cuidar de ella, podría morir. Ya fue bastante malo cuando mi hermano se marchó, pero si yo también lo hiciera...

—Tu hermano es un *incantu*, ¿verdad?

Se quedó sin respiración. No había pretendido meter a Tate en aquel asunto. No estaba segura de estar lista para desnudar su alma de aquella manera, pero ya era demasiado tarde para retroceder. Asintió y, cuando se dio cuenta, estaba sollozando.

Solo podía pensar en Tate subido en aquella barca, remando bajo la lluvia y, posiblemente, siendo devorado por el mismo lobo que había llevado a Jaren hasta allí. La idea de pasar el resto de su vida sin saber cuál había sido su destino le parecía imposible. Se rodeó con sus propios brazos para evitar desmoronarse del todo, aunque, ¿cómo no iba a hacerlo cuando su hermanito ya no estaba?

Abrió los ojos al notar la sensación de una mano apoyándose con suavidad sobre su hombro. Se quedó petrificada y, por un instante, creyó que él apartaría la mano, pero la dejó allí posada.

—Leelo, no voy a poneros en peligro ni a ti ni a tu madre.

Ella alzó la cabeza un poco y susurró.

—Estoy asustada.

Era la primera vez que lo admitía en voz alta. No solo estaba asustada de él o de que la descubriesen; estaba asustada de lo que le habría podido pasar a su hermano, de la enfermedad de su madre, de hacerse mayor. A veces, incluso estaba asustada de Sage. Se suponía que aquella isla era el único lugar seguro para los endlanos, pero ya no le parecía segura. Parecía como si un paso en falso le hubiera hecho aterrizar en una trampa y, cuanto más se esforzaba por liberarse, más atrapada se encontraba.

—Leelo —dijo Jaren y, al fin, ella le miró. El chico se encogió de hombros y le dedicó una sonrisa pequeña y triste—, si te sirve de consuelo, yo también estoy asustado.

Antes de entrar en casa, se lavó la cara con el agua restante de su odre, limpiándose cualquier resto de lágrimas secas. Todavía no podía creerse que hubiera llorado en frente del muchacho.

Cando entró dentro, se encontró a su prima poniendo la mesa.

—La cena está lista —le dijo.

Con el pelo recogido en un moño deshecho y un delantal bordado atado a la cintura, resultaba menos amenazadora que en la playa. Por muy dura que asegurase ser, jamás había tenido que mirar a una persona a los ojos con la intención de acabar con su vida.

Se sentaron a comer y, si Sage tenía sospechas sobre dónde había ido Leelo, no lo mencionó. La tía Ketty incluso le dijo que estaba guapa con un poco de rubor en las mejillas. Fiona se les unió para cenar y nadie discutió ni se quejó de nada. Más allá del hecho de que Tate no estaba allí, pareció una cena casi normal.

—¿Qué planeas hacer con tu día libre mañana? —le preguntó su madre mientras le ayudaba a limpiar los platos. Ketty y Sage habían ido a ver cómo estaban los corderos antes de que cayera la noche.

—Tengo tareas —contestó—. Y le prometí a Isola que iría a visitarla.

Su amiga se había convertido en una excusa muy conveniente para escabullirse, pero no estaba segura de cuánto tiempo podría seguir utilizándola. Si alguien le preguntase a ella al respecto, la muchacha no tendría ni idea de lo que le estaban diciendo. Por suerte, además de ella misma, nadie iba a visitarla. Sin embargo, se sentía culpable por usarla como tapadera y, además, le iba a llevar más de una o dos horas buscar la barca.

—Puedo ocuparme de tus tareas si quieres —le dijo Fiona.

Secó el cuenco que le tendió su madre.

—Deberías descansar.

—Me siento mucho mejor, de verdad. Es hora de que vuelva a hacerme cargo de algunas cosas por aquí. Tienes diecisiete años. Deberías tener algo de libertad en tu día libre.

Evitó los ojos de su madre. Tenía demasiado miedo de encontrar sospecha en ellos.

—¿Qué iba a hacer con el tiempo libre? —preguntó.

—No lo sé. Tiene que haber alguien que te guste. Nunca te he oído hablar de nadie en concreto.

Por alguna razón, su mente se dirigió a Jaren de forma automática, a pesar de que era evidente que su madre no se refería a eso. Ella hablaba de un endlano, de alguien que pudiera ser su pareja en el futuro.

—¿Cómo sabes si alguien te gusta de esa manera? ¿O si tú le gustas?

Fiona sonrió y los ojos se le iluminaron del mismo modo que cuando solía cantarle canciones a Tate cuando aún era un bebé.

—Bueno, de normal, muestra un gran interés en ti y tú en él. Es una atracción, aunque no una basada tan solo en la apariencia. Tal vez sea por cómo canta o cómo se ríe. Quizá por cómo se complica la vida para ser amables con los demás. Y, por supuesto, hay algo más... intangible sobre esa persona. Algo que te hace pensar en ella todo el tiempo, que hace que el corazón se te acelere cuando vuestros ojos se encuentran o cuando sabes que vas a reunirte con ella.

Nunca antes había visto a su madre sonrojarse. Estaba mirando por la ventana que había sobre el fregadero y, claramente, sus ojos estaban viendo algo más allá del bosque.

—¿Tú sentiste todo eso cuando conociste a papá?

La mujer pestañeó y la miró.

—Eh... Sí, por supuesto. Bueno, nos conocíamos de toda la vida, pero, un día, todo era... diferente.

El tono de voz de Fiona había cambiado por completo. Volvió a centrarse en los platos después de que la luz de los ojos se le hubiera apagado. ¿Qué había dicho? ¿Acaso la mención de su padre le había hecho ponerse triste?

—Creo que a Sage le gusta Hollis Harding —dijo con la esperanza de retomar la conversación.

—¿Sí?

—Se arregló mucho cuando fuimos a cenar con ellos aquella noche.

Fiona asintió.

—Lo cierto es que creo que eso pudo haber sido idea de Ketty. Cree que los Harding serían una buena relación para nuestra familia. Hollis y su padre son fuertes y trabajan duro.

—¿Eso es todo lo que le importa a la tía Ketty?

Su madre suspiró.

—Sé que puede parecer que es así, pero le preocupan mucho la seguridad y el bienestar de todos los miembros de esta familia.

Leelo se mordió la lengua para no decir: «Excepto en el caso de Tate». Terminó de secar el último plato y se secó las manos con un trapo.

—¿Has pensado en algún marido para mí?

Su madre se giró hacia ella y la tomó de las manos, sonriendo.

—Todavía no he conocido a nadie que crea que sea digno de ti, Leelo. Cuando yo tenía tu edad, todos los chicos me parecían jóvenes e inmaduros. Tan apenas estaban preparados para ser maridos. Eres una chica muy inteligente; no puedo imaginarte con ninguno de los chicos de tu edad.

Pensó en los hombres de la isla que estaban en la veintena. No conocía a ninguno de ellos de forma personal y, además, la mayoría de ellos ya estaban casados. Pero entendía lo que su madre quería decir. Tal vez porque conocía a los chicos de toda la vida, le resultaba difícil verlos como alguien que no fuera la persona que habían sido de pequeños, incluso aunque sus voces ahora fuesen más graves o pudieran dejarse barba.

Sin embargo, Jaren era diferente. Tan apenas le conocía y eso hacía que le resultase... interesante. Por más que intentase mantener la guardia alta en su presencia, su inocencia y calidez no dejaban de desarmarla. Nunca había conocido a un chico que hablase con tanto cariño de sus hermanas o que mostrase interés verdadero en su vida. Evitaba mirarle a los ojos porque, cada vez que lo hacía, una pequeña sacudida le recorría el cuerpo. Aquel día, mientras se marchaba, se había obligado a no apartar la mirada de él, poniendo a prueba su determinación. Le había resultado doloroso de una forma casi física, pero de una manera extraña y placentera.

—Entonces, ¿hay alguien? —insistió Fiona que, al parecer, había visto algo en el rostro de su hija. Ella se rio y sacudió la cabeza.

—No, claro que no. Es solo que yo tampoco puedo imaginarme con ninguno de esos chicos.

—Bueno, no hay de qué preocuparse. Todavía tienes tiempo y, ahí fuera, hay alguien para todo el mundo.

—Incluso para Ketty —dijo con una sonrisa conspiradora.

—No deberías bromear sobre eso. —Una vez más, el tono de su madre había cambiado por completo de forma repentina.

—Lo... Lo siento, mamá. No quería decir nada. Sé que ella y el tío Hugo se querían. Es solo que puede ser tan... beligerante. —Tomó la muñeca de su madre, pero Fiona no le miró a los ojos—. Mamá, ¿qué ocurre? ¿Le pasó algo a la tía Ketty? Sage mencionó algo sobre que se había sacrificado por ti.

Finalmente, Fiona la devolvió la mirada.

—¿Ah, sí?

—Sí. Estaba enfadada conmigo. No me dijo de qué se trataba, pero siempre ha sido obvio que algo pasó entre vosotras dos.

Su madre suspiró y se apoyó contra el fregadero.

—¿De verdad?

De pronto, a Leelo, que nunca antes se había fijado en los mechones grises trenzados entre su cabello rojizo, le pareció mayor y cansada. Unas arrugas pequeñas habían empezado a formársele en torno a los labios y los ojos. Tenía que observarla de cerca para poder verlas, pero estaban allí.

—Las relaciones entre hermanas siempre son complicadas —dijo—. Prácticamente como lo es la tuya con Sage.

—Pero sí ocurrió algo, ¿verdad?

Fiona asintió.

—El marido de tu tía no era un buen hombre, Leelo.

—¿El tío Hugo?

Los recuerdos que tenía de él eran vagos. En aquel entonces, no habían compartido una casa, pero recordaba que era alto y barbudo, con el pelo rubio de un tono arenoso y una risa estridente. Nunca había sido cruel con ella y, si había sido cruel con Ketty y Sage, nunca lo había presenciado.

—Sí, delante de otros era jovial y amoroso, pero, a solas, podía ser diferente. Solía gritarle a mi hermana y, a veces, también a Sage. De vez en cuando incluso pegaba a Ketty.

Leelo jadeó. No podía imaginarse a nadie golpeando a su tía, que era la mujer más fiera que hubiera conocido.

—¿Por qué?

—Nunca hubo una razón, por supuesto. ¿Qué razón podría haber? Tenía un mal temperamento y nunca aprendió a controlarlo. En Endla, algunos hombres piensan que una mujer debería obedecer a su esposo.

Sintió ácido en el estómago.

—¿Papá era así?

—No, claro que no. Tu padre era un buen hombre. Algunos dirían que demasiado afable. Le hacía caso a tu tío más que nadie. Eran amigos, ¿sabes? Mucho antes de que tu tía y yo nos casáramos con ellos. Kellan y Hugo hicieron juntos sus guardias durante un año especialmente complejo. El invierno en el que acababan de comenzar el servicio, un grupo de forasteros decidió cruzar el hielo. Vinieron portando hachas y hachas de mano, decididos a talar el Bosque Errante.

Se aferró a las palabras de su madre. ¿Un grupo de forasteros? ¿Un asalto planificado a la isla? ¿Por qué nunca antes había oído hablar de aquello?

—¿Qué ocurrió?

—Tu padre y tu tío fueron los primeros hombres... Bueno, más bien los primeros muchachos en descubrir a los forasteros. Consiguieron eliminar a unos pocos con flechas, pero les sobrepasaban en número con mucha diferencia y tuvieron que huir. El

Bosque les ayudó a su manera. Un hombre fue aplastado por un árbol que él mismo había talado; otro se precipitó hacia un pozo y se rompió el cuello. Más vigilantes se unieron a la refriega y, al final, capturaron a tres forasteros.

Observó a su madre con los ojos abiertos de par en par.

—¿Y, entonces? ¿El lago o el Bosque?

Fiona suspiró.

—Fue otra cosa, algo de lo que no necesitamos hablar. Todo lo que tienes que saber es que murieron.

Se apoyó en la encimera junto a su madre.

—¿Y papá y el tío?

—Después de eso, se volvieron inseparables y, cuando Ketty y Hugo se casaron, pareció inevitable que tu padre y yo hiciéramos lo mismo.

No pudo evitar darse cuenta de que Fiona no había mencionado el amor.

—¿Qué es lo que sacrificó la tía Ketty por ti, mamá?

Los ojos color avellana de su madre estaban inundados de lágrimas cuando se giró hacia ella y dijo:

—Todo.

Capítulo Veintinueve

Leelo llevaba lo que parecían horas dando vueltas por la isla y no había encontrado nada que se pareciese a una barca. Nunca había visto el estanque en el que crecían las flores para la ceremonia y ni siquiera tenía idea de dónde se reunían los miembros del consejo una vez al mes. No tenía sentido. Era una isla pequeña y la conocía como la palma de su mano.

Intentó pensar en algún lugar que los adultos hubieran desaconsejado visitar a los niños. El único que se le ocurrió fue una gruta pequeña al noroeste del pinar.

Desde una perspectiva geográfica, era un lugar totalmente ilógico para guardar un barco. Estaba al fondo de un desfiladero y a los niños les decían que evitaran ir allí porque, no solo era difícil de alcanzar, sino porque se suponía que estaba llena de murciélagos infestados de enfermedades. Pero, ahora que pensaba en ello, jamás había visto un murciélago en Endla. Ni siquiera estaba del todo segura de qué era un murciélago.

Primero, había ido a visitar a Isola, de modo que si alguien le preguntaba si la había visitado, su amiga dijese que sí. Había planeado decir que el resto del tiempo lo había pasado recogiendo bayas, que estaban empezando a madurar. Llevaba una cesta y la llenó todo lo rápido que pudo, lo cual también le daba veracidad a su historia.

Aun así, si intentaba llegar hasta la cueva y volver, tendría muy poco tiempo de visitar a Jaren antes de que cayera la noche. Y Sage, que había perdido rápidamente el interés en pasar el día con ella una vez que había mencionado a Isola, se preguntaría dónde había estado. No se tardaba todo el día en recolectar bayas.

Sin embargo, no tenía otro plan y tenía que sacar al muchacho de la isla lo antes posible. El festival del solsticio de verano tendría lugar en unas pocas semanas y era la única ocasión del año a la que se unían todos los isleños, ya que los *incantu* ya se habían marchado y no había forma segura de que los forasteros cruzasen. Sabían lo que pasaba durante el solsticio; si decidían pasar fuera de casa una noche de festival y se veían atraídos hacia el lago, era culpa suya.

Durante el festival siempre se bebía mucho y bailaban en torno a una fogata enorme. Durante el solsticio de verano había muchas propuestas de matrimonio y no sabía cómo mantendría a Jaren a salvo de los cánticos si todavía seguía allí.

Escondió la cesta de bayas en un arbusto que había en la parte más alta del precipicio que conducía a la gruta. Ya era medio día y estaba sudando a pesar de que solo llevaba un vestido de lino ligero. Tras examinar los alrededores para asegurarse de que estaba sola, comenzó a descender por la empinada ladera.

El recorrido era más lento de lo que le había parecido desde arriba. No había ni camino ni sendero y, cuanto más se acercaba al fondo, más pronunciado se volvía el descenso. Desde arriba, la gruta tan apenas era visible entre los árboles y los helechos que había a lo largo del acantilado que, en algún momento, debió de albergar un arroyo. Nunca había sentido interés de explorar aquella zona, aunque sabía que, a veces, los niños se retaban a enfrentarse a la posibilidad de una caída, una hiedra venenosa o el encuentro con un murciélago rabioso para recoger una de las piedras coloridas que, supuestamente, se encontraban en la cueva.

Pero, mientras patinaba y se deslizaba por el camino, no vio ni rastro de la hiedra venenosa y, cuando por fin llegó a la entrada de la cueva, se sintió un poco decepcionada al darse cuenta de que tampoco había ninguna piedra especial. No era más que un agujero poco profundo envuelto en las sombras con el suelo lleno de polvo y guijarros.

Se detuvo y dio un largo trago a su odre de agua; después, se echó un poco en la nuca, bajo la trenza. Allí abajo había mucha humedad y llevaba el vestido empapado en la parte trasera. Por suerte, no era una de sus prendas más bonitas, tan solo era un vestido sencillo que nadie echaría en falta si desaparecía al final de aquella excursión.

Agachó la cabeza y entró en la gruta, deseando haber llevado un farol consigo. O, mejor todavía, que su hermano hubiese estado allí para ayudarla. Tate era un niño callado y sensible, pero, cuando se trataba de ella, siempre era valiente. Esperaba que, dondequiera que estuviese en aquel momento, estuviese siendo valiente por sí mismo.

La cueva tan solo tenía unos seis metros de profundidad y no vio ningún rastro de heces de murciélago o de los propios animales. Con la esperanza disminuyendo, salió de allí y se sentó en un tronco mientras vaciaba lo que le quedaba de agua. Si la barca no estaba allí, ¿en qué otro sitio podría estar? Le dio una patada a una roca que tenía cerca del pie y se sorprendió al escuchar un crujido.

Se llevó la mano a la boca cuando se dio cuenta de que era un hueso, una mandíbula humana. Se levantó y se giró. Entre los helechos y los árboles pequeños que luchaban por crecer bajo la luz que se filtraba, el suelo estaba repleto de huesos, todos ellos inquietantemente humanos. ¿Era aquello lo que les había pasado a los forasteros de los que le había hablado su madre la noche anterior?

Volvió a mirar la cueva y apretó los dientes. En aquella ocasión, fue directamente hasta el fondo, palpando con las manos en lugar de fiándose solo de la vista. Ahí estaba; una grieta en la piedra lo bastante grande como para que una persona pudiera pasar al otro lado.

Apareció en una gruta más grande. Desde arriba, se colaba la luz, por lo que debía de haber agujeros en el suelo del bosque, lo cual era otro buen motivo para decirles a los niños que evitasen la zona. Si alguien se caía, la caída sería de unos seis metros y el agua en el fondo de la cueva no parecía demasiado profunda. La barca estaba apoyada contra la pared y el agujero del casco seguía sin estar reparado. Cerca, había cuerdas y una polea. Aquel debía de ser el sistema que utilizaban para meter la barca en la cueva.

—Maldita sea —maldijo.

No sabía cómo reparar el bote y no tenía ni idea de dónde estaba la sustancia que los miembros del consejo utilizaban para proteger la parte baja. Se acercó más al agua y miró en la penumbra. Había algo flotando en la superficie.

Nenúfares; cientos de ellos, con los capullos firmemente cerrados. Allí debía de ser donde crecían. Al menos, había conseguido respuesta para dos de los misterios de Endla. Sin embargo, nada de todo aquello le servía. Incluso si ella y Jaren pudiesen sacar la barca de allí, no se podía usar. Tendría que esperar hasta que los miembros del consejo la reparasen ellos mismos.

Resoplando y jadeando mientras salía del barranco, pensó en qué le diría al joven. Tendrían que encontrar alguna manera de mantenerlo a salvo durante el festival. Tal vez, meterle lana en las orejas y encerrarlo bajo llave en la cabaña fuese suficiente. O, tal vez, dado que no parecía haberse visto afectado por las otras canciones, estuviese a salvo de cualquier manera.

Para cuando llegó a la choza, tenía la trenza deshecha, las manos y las rodillas ensangrentadas por haberse resbalado muchas veces mientras salía del desfiladero y llevaba el vestido manchado. No podía volver a casa así, no sin ninguna explicación de dónde había estado.

Entró a la cabaña sin llamar, con los pensamientos girando en torno a todos los problemas en los que se encontraba inmersa.

Jaren alzó la vista del libro que tenía sobre el regazo. Según observó cuando lo cerró y lo dejó a un lado, se trataba del cancionero.

—Hola, Leelo —dijo—. Parece que has vivido una gran aventura. —Su sonrisa se desvaneció cuando vio la sangre que la cubría—. ¡Santos! ¿Estás herida?

Ella soltó un bufido y se sentó en el suelo.

—No, tan solo frustrada.

Le habló sobre la cueva y la barca, aunque no le mencionó lo de los nenúfares, ya que eso no tenía nada que ver con él. Tal como estaban las cosas, ya había traicionado a Endla lo suficiente; no necesitaba añadir aquello a la lista.

Cuando hubo terminado, esperó a que él digiriera todo. En gran medida, consiguió mantener el rostro libre de la decepción que debía de estar sintiendo.

—Puede que yo fuese capaz de arreglar la barca si pudiese llegar hasta ella. Pero, aun así, seguiría necesitando una oportunidad para llevarla a la costa.

—De todos modos, los miembros del consejo se preguntarían cómo es que estaba reparada. —De manera ausente, se deshizo lo que le quedaba de trenza y se peinó el cabello con los dedos—. Lo siento, esperaba tener mejores noticias.

Alzó la vista y descubrió que la estaba observando, así que dejó caer las manos sobre el regazo, sintiéndose avergonzada de pronto. Él se aclaró la garganta y apartó la mirada.

—No es culpa tuya —dijo—. Pensaremos en algo los dos juntos.

Era muy amable por su parte decir «los dos juntos» cuando Leelo sabía que todo dependía de ella. Desde allí, él no podía hacer nada.

—Ah, por cierto... —Jaren tomó un trozo de papel de la mesa improvisada—. Resulta que no soy ni un artista, ni un músico, pero, aquí tienes. —Le tendió el papel.

—¿Esto son instrumentos? —preguntó ella, dándole vueltas al papel hacia arriba y abajo porque no sabía qué parte se suponía que tenía que ser la de arriba.

—Tienes que imaginarte que están construidos de metal o madera. Y en tres dimensiones. Y con las proporciones adecuadas. —Ella siguió mirando los dibujos hasta que él se los quitó—. De acuerdo, así que esto no ha servido para nada. Al menos he tenido algo que hacer.

—Sigue trabajando en ello —le dijo con un gesto de ánimo.

Jaren limpió una mota de polvo invisible del dibujo.

—Ya que, más allá de esta obra maestra, no tengo nada más que hacer, he estado pensando en tu hermano.

—¿En Tate?

Últimamente, no le había hablado de él a su madre porque tan solo parecía hacer que estuviese más triste. Pero le gustaba tener alguien con quien poder hablar de él. Incluso aunque fuese un forastero.

—Tal vez, si consigo salir de Endla, pueda ver cómo está por ti. Podría decirle que tú estás bien y podría asegurarme de que le va bien. Tendría que encontrarle, desde luego, pero es muy posible que haya acabado en Bricklebury.

El corazón le palpitó a trompicones en el pecho.

—¿Harías eso por mí?

Al muchacho el sonrojo le llegó hasta la punta de las orejas.

—Sí, claro. Sería lo menos que podría hacer, teniendo en cuenta que me has salvado la vida.

La última vez que había mencionado lo que había hecho, ella había insistido en que no le estaba ayudando por su bien, que solo lo había hecho por ella misma. Pero ya no podía seguir diciendo que aquello era cierto. Podría haberle llevado suministros y habérselos dejado en la puerta. De entre todas las cosas posibles, no era necesario que le llevase materiales de dibujo. En aquel momento, pasar tiempo con él era una elección, no una necesidad.

La culpabilidad reemplazó la esperanza que había aflorado en el pecho de Leelo apenas un momento antes.

—Debería irme. Tengo que lavarme antes de ir a casa.

—¿Podría...? No quiero que esto suene mal, pero ¿podría ir contigo? Hace días que no me baño y, aunque, de algún modo, me he vuelto inmune a mi propio aroma, no puedo imaginar que sea demasiado placentero para ti.

Leelo sonrió. No podía olerle por encima de su propio hedor.

—¿Estás seguro? No creo que encontremos a nadie, pero podría ser peligroso.

—Lo entiendo, pero, si voy a morir de todos modos, preferiría hacerlo estando limpio.

Capítulo Treinta

Jaren siguió a Leelo a través de los árboles con todo el sigilo que pudo, que no se acercaba a lo silenciosa que era ella. Estaba demasiado contento ante la perspectiva de bañarse, e incluso más por la idea de limpiarse la herida. La pierna todavía le dolía, pero había comprobado el vendaje un poco antes y no había visto nada rojo acechando los bordes. Aquello tenía que ser una buena señal.

El estanque era más bien una serie de estanques pequeños alimentados por riachuelos; en el más grande tan solo cabrían dos o tres personas. Jaren se acercó tan rápido como pudo, quitándose las botas y la túnica sucia. No fue hasta que empezó a quitarse los pantalones que se acordó de que Leelo estaba detrás de él. Se dio la vuelta y se encontró con que tenía las mejillas encendidas y los ojos fijos con firmeza en el suelo.

—Lo siento mucho —dijo—. No lo he pensado bien.

Ella consiguió arrastrar la mirada hacia él, aunque se dio cuenta de que se detenía en su torso desnudo un instante.

—Yo tampoco.

—Podemos turnarnos. No miraré. Tienes mi palabra.

—Tengo que lavar el vestido y, probablemente, tú también deberías lavar la ropa.

—Cierto.

Ella se mordió el labio, volviendo a mostrar aquella separación diminuta.

—Pero no estoy segura de qué podemos hacer mientras esperamos a que se seque.

—Tendremos que quedarnos en el agua —dijo Jaren—. Yo me meteré en este estanque, y tú puedes meterte en aquel.

Leelo asintió, pero la arruga entre sus cejas persistió. Se acercó a su estanque y Jaren se metió en el suyo con los pantalones puestos todavía. El agua estaba fría, pero se acostumbró a ella rápidamente, agradecido de poder volver a estar limpio por primera vez en varios días.

—Gracias por traerme aquí. No me había dado cuenta de cuánto necesitaba hacer esto.

Se quitó los pantalones y los dejó en el borde pedregoso del estanque, junto a la túnica, que ya había lavado y escurrido.

—La próxima vez, traeré jabón —dijo ella a su espalda—. Siento no haberlo pensado antes.

—Me has leído la mente —contestó, olisqueando su ropa y haciendo un mohín—. Me temo que el agua por sí sola no es suficiente.

Al final, deshizo el vendaje que llevaba en la pierna e hizo una mueca de dolor cuando sintió el tirón de las costras al apartar la tela.

—¿Cómo está la herida? —le preguntó la chica.

—Mejor. —Todavía tenía un agujero grande, junto con otros más pequeños, en la espinilla, pero estaban limpios y parecían estar sanando—. Gracias.

—Creo que no pasa nada si nos damos la vuelta —comentó ella—. Siempre que los dos estemos sumergidos.

—¿Estás segura?

Hubo una pausa pequeña.

—Sí.

Lentamente, Jaren se giró para mirarla. El estanque de la chica estaba a menor altura que el suyo, pero las rocas que había entre ambos ocultaban su cuerpo. Todo lo que podía ver era la melena brillante. El cabello pálido parecía plateado a causa del agua. Sus pestañas, que de normal eran tan blancas que tan apenas se podían ver, entonces estaban más oscuras y apelmazadas, formando pequeños picos.

Estaba mirándola fijamente. Tragó saliva y sacudió la cabeza para deshacer la tensión, haciendo que algunas gotas de agua salieran disparadas. Ella se colocó una mano delante de la cara, riendo.

—Me siento mucho mejor —dijo él, apartándose el pelo de la frente—. ¿Y tú?

Ella asintió. Tenía el vestido extendido en las rocas como su ropa. Debía de estar acercándose el anochecer, pero el sol todavía brillaba. En aquel momento, con el solsticio de verano cada vez más cerca, los días eran largos.

—¿Has hecho algún avance con el cancionero? —le preguntó—. Cuando he llegado, he visto que lo estabas leyendo.

—Por desgracia, ningún progreso. Estuve a punto de recurrir a leer el poemario, pero no podía soportarlo.

—¿Qué problema tienes con la poesía?

Él se encogió de hombros.

—Supongo que ninguno. Es como cantar, pero sin la música.

—Leelo arqueó una ceja, interrogativa—. Cierto. Cuando cantáis, no cantáis palabras, ¿verdad?

La chica negó con la cabeza.

—No. ¿Tú sí?

A Jaren no le apasionaba la idea de cantar en frente de alguien que, claramente, tenía una voz mucho mejor que la suya, sobre todo teniendo en cuenta que nunca había practicado. Sin embargo, recordaba la melodía y la letra de una de las canciones que su madre solía cantarle cuando era un niño y se la cantó en voz baja. Los ojos de Leelo se iluminaron.

—Eso es maravilloso.

—¿Sí? —Se rio entre dientes—. Mi madre solía cantárnosla cuando éramos pequeños. Me sorprende acordarme todavía de la letra.

Ella sonrió para sí misma.

—Jamás se me habría ocurrido cantar sobre una potrilla en un prado, pero me ha gustado, especialmente la parte sobre la mariposa.

Jaren suspiró y apoyó los brazos cruzados sobre las rocas que los separaban.

—Ojalá tuviéramos algo de comer. Estoy muerto de hambre.

—Me dejé las bayas en la cabaña. Aunque estoy segura de que habrá más por aquí cerca.

—¿Qué tipo de bayas?

—Arándanos. Tal vez algún arándano rojo, pero no sé si estarán maduros ya.

—De acuerdo. Date la vuelta; iré a buscar unos pocos.

Esperó hasta que ella estuvo mirando en otra dirección, salió del estanque y se puso los pantalones, que todavía estaban mojados. Tan solo le costó unos minutos encontrar los arbustos de los arándanos y los recogió tan rápido como pudo, usando su túnica como cesta improvisada.

Se adentró un poco más en el bosque y estaba a punto de alcanzar una rama cuando se dio cuenta de que aquello no era un arbusto de arándanos; era belladona. Venenosas, incluso mortales, las pequeñas bayas de color azul casi negro eran, para los ojos inexpertos, similares a los arándanos. Miró alrededor y vio un grupo de setas venenosas que crecían cerca con sus sombreros rojos brillando sobre la hierba. Renacuajo las llamaba «casas de hadas», pero también eran tóxicas.

Jaren estaba rodeado de peligro: desde las dedaleras púrpura que se mecía en la brisa hasta la serpiente espalda de diamante que se arrastraba entre las flores. Decidió que había recolectado suficientes cosas y salió del bosque en dirección al claro lo más rápido que pudo. Entonces, se quedó congelado.

Leelo estaba de pie, dándole la espalda, todavía sumergida por debajo de la cintura. Tenía el pelo tan largo que casi rozaba el agua. Estaba haciendo algo con su ropa, tarareando para sí misma mientras lo hacía.

Tenía la voz más hermosa que hubiese escuchado jamás. Fuera lo que fuese que estuviera cantando en ese momento, no se parecía en nada a las canciones endlanas que había escuchado en otras ocasiones. Se dio cuenta de que era la canción que él le había cantado, pero sin la letra. Con su voz inquietante, sonaba a algo de otro mundo. Dio un paso adelante sin darse cuenta, hasta que pisó una rama y se quedó inmóvil cuando ella giró la cabeza.

Se sumergió bajo la superficie del agua con rapidez, pero no antes de que él hubiera captado un atisbo de su rostro y sus ojos azules abiertos de par en par por el susto. El pelo le había cubierto el pecho, por lo que solo había visto un poco de piel desnuda. Sin embargo, santos, parecía que la había estado espiando.

—Lo siento —dijo, una vez que se giró y miró en otra dirección—. He traído los arándanos.

—Un segundo. —Escuchó el chapoteo del agua y, después, el murmullo de la tela—. Está bien.

Cuando volvió a darse la vuelta, ella llevaba puesto el vestido todavía mojado. El pelo le caía en unas ondas largas y amplias. Los dos necesitarían algo más de tiempo para secarse.

—Toma.

Dejó la túnica en la roca que estaba junto a ella, que le dio las gracias, metiéndose con ganas un arándano en la boca. Él seguía sin camisa, pero, al menos, la chica no se estaba sonrojando.

Comieron en silencio durante unos minutos. Jaren contempló el bosque, deseando preguntarle algo, cualquier cosa, pero sin saber por dónde empezar. No tenían nada en común, ninguna experiencia compartida. La vida de Leelo estaba confinada en aquella isla pequeña con gente que actuaba y pensaba del mismo modo que ella.

Los dos fueron a tomar el último arándano a la vez y sus dedos se rozaron. Cuando él alzó la vista para mirarla, tenía los labios teñidos de púrpura, contrastando con su piel pálida. «Parece como si acabaran de besarla», pensó, sonrojándose.

—Cómetela tú —dijo Leelo—, yo tengo muchas más.

Con los arándanos acabados y sus vestimentas bastante secas, no había ningún motivo para no regresar a la cabaña, aunque Jaren temía pasar más tiempo a solas en aquel lugar tan estrecho. Deseaba poder volver a casa, donde su padre, sin duda, estaría preparando algo delicioso y sus hermanas se burlarían de él por volver a perderse aunque, en realidad, todos estarían aliviados de que hubiese regresado.

—¿Estás bien? —le preguntó la chica mientras caminaban.

Estaba trenzándose el pelo por encima de un hombro y él estuvo a punto de pedirle que se lo dejara suelto, aunque aquello hubiese sido del todo inapropiado y muy maleducado. En una ocasión, le había dicho a su melliza que podría rizarse el pelo tal como lo hacía Summer, y ella le había tirado un zapato. En su lugar, la miró de reojo encogiéndose de hombros.

—Estoy bien. Supongo que tan solo echo de menos mi hogar.

—Yo nunca he tenido la oportunidad de echar… —De pronto, Leelo se quedó inmóvil.

—¿Qué pasa? —susurró él.

—He oído algo.

Ella le arrastró detrás de un árbol que había a su lado. Estaba tan centrada en escuchar que, probablemente, no se dio cuenta de que seguía sujetándole la mano. Sus cuerpos estaban pegados el uno al otro. El olor de su pelo mojado hizo que Jaren se marease un poco. Cuando hubo pasado un minuto, quitó el peso de la pierna mala. Cuando ella le apoyó una mano en el pecho para estabilizarlo, estuvo seguro de que sería capaz de sentir cómo le martilleaba el corazón.

Algo se movió en la maleza, haciendo tanto ruido en aquella ocasión que él también lo oyó. El estómago se le encogió cuando recordó lo precaria que era su situación. Si alguien le encontraba, lo matarían y exiliarían a Leelo. Contuvo la respiración y cerró los ojos. Después, los abrió al oír a la chica reírse.

Un puercoespín pasó junto a ellos, ajeno al terror que les había causado.

—¡Santos! —susurró—. Pensaba que, definitivamente, nos habían pillado.

—Yo también. —Leelo pareció darse cuenta de que no solo estaba agarrándole de la mano, sino de que tenía la mano libre apoyada en su pecho, así que se apartó con rapidez—. Lo siento.

Él balbuceó algo que pretendía ser un «no es necesario que te disculpes», pero que acabo siendo algo sin ningún sentido. Por suerte, ella había vuelto a ponerse en movimiento y no pareció darse cuenta.

Se detuvieron fuera de la cabaña. Jaren había esperado que ella, tal vez, entrase, pero, en aquel momento, el sol se estaba poniendo. La muchacha se agachó y recogió la cesta llena de bayas que había recolectado antes.

—Al menos, ahora estás seca del todo —dijo.

—Menos mal. Ay, casi se me olvida. —Alzó la tela que cubría la cesta y rebuscó en ella, sacando un paquete pequeño—. No es demasiado, pero debería bastarte hasta que pueda volver a traerte más comida.

—Gracias por todo.

Ella asintió y miró hacia atrás por encima del hombro. Estaba claro que tenía que irse, pero había algo que la retenía.

—¿De qué se trata? —le preguntó.

—Me preguntaba si me enseñarías esa canción. La que me has cantado antes.

Jaren se rio, sorprendido.

—¿La nana? ¿Estás segura? No es más que una canción infantil tonta.

—Sí. Claro. Yo solo...

¿Por qué le estaba llevando la contraria cuando lo que quería era que se quedara con él todo el tiempo posible? Antes de poder pensarlo demasiado, le tendió la mano. Leelo tan solo dudó un momento antes de tomársela y él la condujo hasta el tronco que había usado como asiento en otra ocasión. Ella se sentó a su lado, sosteniendo la cesta todavía bajo un brazo, pero sin soltarle la mano. Se preguntó si sabía lo hermosa que era o si de verdad era tan poco consciente de ello como parecía.

Le cantó la canción tres veces y, la última vez, ella se le unió. No pensaba que hubiese pretendido hacerlo. Tenía los ojos cerrados y cantaba tan bajito que las palabras se deslizaban hacia la piel de Jaren como si fuesen copos de nieve, haciendo que sintiese un escalofrío.

Cuando terminó, abrió los ojos y le miró, con el rostro iluminado por el asombro, como si aquella canción de cuna tan tonta fuese la cosa más increíble que hubiese escuchado nunca. Y era algo que había logrado él; quería hacerlo de nuevo.

—¿Lo he hecho bien? —le preguntó ella.

No estaba seguro de que cualquier cosa que fuese a decir resultase coherente, así que, en su lugar, asintió.

Leelo miró alrededor, como si esperase que ocurriese algo, pero el bosque estaba como siempre, lleno de las canciones distantes de los pájaros y los crujidos entre la maleza. No había raíces alzándose de la tierra hacia ellos, ni ninguna nube de tormenta les acechaba por encima de las cabezas.

—No dejo de esperar que el Bosque responda —dijo ella en voz tan baja que era poco más que un susurro.

—No debe gustarle mi elección de canciones —contestó Jaren con una sonrisa, aunque en lo único en que podía pensar era en que ella todavía tenía la mano posada sobre la suya. En cualquier momento, se daría cuenta y se apartaría. Sin embargo, incluso cuando le pasó el pulgar por las protuberancias de los nudillos, no se movió. Cuando la miró de reojo, le pareció que estaba conteniendo la respiración.

Los labios teñidos por los arándanos volvían a estar atrapados
por sus dientes frontales. Antes de saber lo que estaba haciendo,
alzó la mano y con cuidado, liberó el labio con el pulgar.

—Tienes los labios manchados —dijo en voz baja.

—Tú también. —Ella le soltó la mano, pero tan solo lo hizo
para poder pasarle los dedos por los labios con tanta delicadeza
como si fueran las alas de una mariposa—. Debería irme.

Él le dedicó una sonrisa torcida.

—No quiero que te vayas.

Aun así, ella se puso en pie.

—Volveré mañana.

Se puso de pie junto a ella. Quería besarla, pero sabía que era
una idea horrible.

La muchacha volvió a recoger su cesta.

—Buenas noches, Jaren.

—Buenas noches, Leelo.

Contempló cómo se alejaba, limpiándose la mancha de los labios con la mano, deseando que, en su lugar, ella se la hubiera quitado con un beso.

Capítulo Treinta y Uno

Aquella noche, Leelo yació despierta durante horas, intentando sin éxito encontrar una solución a su problema.

Una cosa era segura: tenía que sacar a Jaren de la isla. Con el tiempo, acabarían descubriéndole como a Pieter y todo acabaría de la misma manera horrible. Tan apenas le conocía, pero pensar en que le pudiese ocurrir algo malo le resultaba insoportable. No tenía sentido preocuparse tanto por la suerte de un desconocido.

Sin embargo, se recordó a sí misma que ya no era un desconocido. Sabía cosas sobre su padre y sus tres hermanas, que creía que le caerían muy bien. Conocía la canción que su difunta madre le cantaba cuando era pequeño. Sabía que, sin importar cómo pudieran ser otros forasteros, este, al menos, no tenía intención de dañar Endla. Y, si ese era el caso, ¿no era posible que el resto de forasteros tampoco quisieran dañarla?

De forma inconsciente, recordó la manera en la que los músculos del torso del muchacho se habían tensado cuando había levantado la mano para apartarse el pelo de la cara, en cómo le había pillado mirándola fijamente, cómo, durante la fracción de un segundo, había considerado dejarle que la mirara y cómo había querido que la viera. Se dio un tirón en el labio inferior, pero eso no hizo que se le enroscara en el estómago la misma calidez que cuando él había hecho lo mismo. No estaba segura de cómo interpretar ninguno de aquellos sentimientos, pero, a la vez, pensó que sabía con exactitud lo que significaban.

Sage le diría que se controlara y que dejara de actuar de aquella forma tan ridícula y melancólica, pero no podía evitarlo. Por mucho que supiera que estaba mal estrechar lazos con él, tampoco quería parar.

A la mañana siguiente, Sage se mantuvo callada mientras patrullaban su parte de playa, cerca del lugar en el que la barca había tocado tierra con Jaren a bordo. El rastro de sangre había desaparecido gracias a las tormentas veraniegas que eran tan comunes en aquella época del año, pero mantener un secreto le resultaba casi tan difícil como mantener una canción en la garganta. Quería contarle a su prima todo lo que había ocurrido en los últimos días. Quería susurrarle cómo el joven había llevado los pantalones tan bajos sobre las caderas que era un milagro que no se le hubieran caído, quería reírse y cubrirse la cara de vergüenza hasta que ella le dijera que sabía exactamente cómo se sentía.

Sin embargo, no había ninguna opción de que le hablase a Sage de él. Sabía que se lo contaría a Ketty de inmediato y, si no lo mataba ella misma, su tía se lo contaría al consejo.

—¿Qué te pasa? —dijo Sage en su lugar, con un brillo de sospecha en los ojos.

—¿Qué quieres decir? —Leelo fingió estar fascinada con sus propias flechas para poder evitar la mirada de su prima. Todavía tenía la pluma de halcón que Jaren había recuperado para ella. Por algún motivo, no había querido cortarla para usarla para las flechas.

—Tienes las mejillas de un rosa brillante. ¿Te quemaste ayer, en tu día libre? ¿Dónde estuviste, de todos modos? Me da la sensación de que no dejas de desaparecer.

—Tan solo necesitaba un tiempo para pensar, eso es todo.

—¿Pensar en Tate?

—Sí, en Tate. —La mentira le supo amarga en la lengua. Aun
así, eso no le impidió cambiar de tema—Mamá me dijo que cree
que la tía Ketty está intentando estrechar lazos con la familia
Harding. ¿Estás interesada en casarte con Hollis?

Sage frunció el ceño y Leelo no pudo evitar sonreír. Su prima
jamás ocultaba sus sentimientos. Ella dudaba ser capaz de hacerlo
incluso aunque lo intentara.

—Mi madre cree que sería bueno para nuestra familia. No parece importarle que Hollis sea un bruto corpulento sin el más mínimo interés en mí.

—¿Estás segura? No pareció importarle compartir el turno de
vigilancia contigo.

—Que me tolere y que quiera casarse conmigo son dos cosas
muy diferentes, Leelo. —La muchacha suspiró y se quitó las botas
de un tirón, seguidas por los calcetines. Hizo una mueca de dolor
mientras se tocaba una ampolla de aspecto doloroso que llevaba en
el pulgar del pie. Sage tenía la costumbre de desgastar las botas el
doble de rápido que ella. Al parecer, la tía Ketty pronto tendría que
hacer un trueque para conseguir otras—. No sé, pensé que, tal vez,
podría gustarme. Al menos por el bien de la familia.

—¿Y no es así?

—Tan apenas le conozco. Supongo que pensé que mi madre no
me obligaría a casarme con alguien a quien no amase. No después de...

Se interrumpió, pero Leelo quería que al menos ese secreto
saliera a la luz.

—¿Después de cómo la trataba tu padre?

Sage alzó la vista.

—¿Cómo sabes eso?

—Me lo contó mi madre. No te enfades. Que lo sepa es algo
bueno; explica algunas cosas. —Su prima se erizó, preparada para
defender a su madre, pero Leelo negó con la cabeza—. Tan solo
digo que entiendo un poco mejor a la tía Ketty.

Sage alzó las cejas.

—¿De verdad?

—Sí. Si mi marido me pegara, yo tampoco lo amaría y, probablemente, desconfiaría de otros hombres.

—¿Eso es todo lo que te ha contado tu madre? —le preguntó Sage en tono precavido.

Leelo había pensado que por fin sabía la verdad, pero, en ese momento, se preguntó si tan solo había arañado la superficie.

—¿Por qué? ¿Hay algo más?

Su prima se mantuvo en silencio un buen rato. Volvió a ponerse los calcetines y las botas y se levantó.

—Vamos. Si nos damos prisa, todavía podemos llegar a casa a tiempo para la comida.

Leelo le atrapó la mano.

—Sage, espera. Dime la verdad. ¿Hay algo más?

El gesto de su prima cambió mientras le contemplaba la mano. Entonces, se llevó una mano al bolsillo y sacó algo.

—Te he hecho esto.

Era una talla tosca de un pájaro de cuello alargado. Leelo la tomó con una sonrisa de desconcierto en los labios.

—¿Para qué sirve?

—Es para que vaya en pareja con el zorro que hice. Así cada una tendremos una. Se supone que es un cisne.

—¿Por qué un cisne? —le preguntó—. ¿Por qué no un zorro a juego?

Sage soltó una carcajada suave.

—Porque no te pareces en nada a un zorro, Lo. Los zorros son astutos, ingeniosos y despiertos. —Le llevó una mano al rostro y, con los dedos callosos, le colocó un mechón sedoso de pelo color maíz detrás de la oreja—. Tú eres como un cisne: excepcional y hermosa. Tienes mucha magia en el interior, Leelo. —Ella comenzó a sonreír, pero los dedos de su prima se deslizaron hacia abajo, rodeándole el cuello sin fuerza—. Sin embargo, eres muy frágil, prima. Cualquiera podría romperte. Sé que crees que soy demasiado dura como para sentir igual que tú, pero si te contara todo, si supieras la verdad, te romperías como el cristal.

—Sage...

Su prima apartó la mano.

—Puede que seas tan inocente como esos cisnes que aterrizan en un lago lleno de veneno, pero sigues siendo mía. Y te protegeré, tal como he hecho siempre.

La confusión de Leelo enseguida se convirtió en enfado.

—¿Qué es lo que no me estás diciendo, Sage?

Los ojos color avellana de su prima eran iguales que los de la tía Ketty: no desvelaban nada.

—Olvida que te he dicho nada. Vamos, tengo hambre.

—¡Sage! —la llamó. Sin embargo, ya había desaparecido en el bosque.

Ahora estaba segura de que no era la única que guardaba secretos. Y algo le decía que los de Sage eran siniestros; el tipo de secretos que es mejor mantener enterrados.

Capítulo Treinta y Dos

En los días siguientes, toda la vida de Jaren consistió en dormir y esperar las visitas de Leelo. Por lo menos, dormir hacía que el tiempo pasase más rápido, pero la espera le resultaba insoportable. Tan solo había ido a bañarse una vez más, a solas, y solo consiguió pensar en ella, en sus labios, en su pelo y en su piel desnuda. Sabía que era peligroso empezar a encariñarse de una chica que con casi total seguridad no volvería a ver nunca más, pero también era una grata distracción de la preocupación por cómo saldría de la isla y por qué estaría haciendo su familia en su ausencia. Y, si era sincero, una distracción de cómo los árboles que le rodeaban parecían estar más cerca por la noche, de cómo el viento que soplaba entre las ramas parecía voces susurrantes y de cómo, cuando llovía, el agua parecía tener una cadencia extraña, como si fuese una canción.

Sin embargo, cuando Leelo iba a verle, se olvidaba de todo eso. Cada vez era capaz de sonsacarle un poco más y él reunía toda aquella información como un pájaro que va añadiendo baratijas a su nido. Pasaba horas pensando en preguntas para hacerle, así que pronto supo cuál era su color favorito (el azul), su comida favorita (la tarta) y la tarea que menos le gustaba hacer (cazar, eso lo tenían en común). Y, cada vez que se marchaba, sentía que confiaba en él un poco más y que sus probabilidades de morir eran menores.

Una noche que había ido a visitarle después de un turno de vigilancia tardío, se había derrumbado junto a él sobre las mantas en lugar de sentarse dándole la espalda a la puerta.

—Perdona —le había dicho cuando se había dado cuenta de que él la miraba con una sonrisa desconcertada—, no me acordaba de que esta es tu cama.

—Lo que es mío es tuyo —había contestado él, riéndose—. Literalmente.

Cuando sus ojos se encontraban durante demasiado tiempo, ella se volvía tímida y reservada, como si estuviese recordando que debería odiarlo. Así que nunca la miraba durante demasiado tiempo, aunque los santos sabían que deseaba hacerlo.

A diferencia de sus hermanas, ella no pensaba que fuese demasiado taciturno o aburrido. Al contrario, parecía pensar que era interesante. Sabía que era probable que fuese porque era la primera persona que conocía que no vivía en Endla, pero verse a sí mismo a través de los ojos de ella le hacía sentir que, tal vez, lo que tenía que decir sí que era interesante. Después de todo, había vivido en dos lugares diferentes, tenía una familia grande y ruidosa y pasaba el tiempo suficiente recolectando en los bosques como para poder identificar cientos de especies de plantas.

Leelo tenía especial curiosidad por las diferencias entre la vida en Tindervale y en Bricklebury. «¿Qué es un pub?», le había preguntado cuando él le había contado la apuesta que había hecho con Merritt.

—Es un lugar donde la gente se reúne para comer y beber —le había explicado.

—¿Cómo un festival?

—Supongo que como uno muy pequeño. En el interior. Con cerveza.

Ella lo había pensado un momento, mordiéndose el labio y después le había dicho:

—Creo que me gustaría ir a uno, siempre y cuando no haya chicos como Merritt por allí.

—Diría que yo te protegería, pero creo que los dos sabemos que sería al revés.

Ella se había sonrojado de placer, y Jaren había pensado que por fin comprendía cómo se sentía Summer con el carpintero, y cómo Story había esperado que él se sintiera con Lupin.

Sin embargo, con Leelo las cosas eran mucho más sencillas; no tenía que preocuparse por qué significaba todo aquello. Estaba prohibido, lo que sabía que le confería un añadido de emoción, pero también era algo puro. Ambos eran conscientes que jamás podrían casarse, que su relación no era ventajosa para ninguno de ellos o sus familias. Se suponía que no debían querer nada que tuviera que ver con el otro, que no eran más que dos extraños unidos por una situación extrema. Pero, por el contrario, él sí quería todo lo que tuviera que ver con ella. Había atracción, sí, pero también había algo más. Admiraba a la muchacha, su determinación y su valentía. No se parecía a nadie que hubiese conocido antes. Tenía la sensación de que, incluso en Endla, Leelo era especial.

Una tarde de calor abrasador, llegó a última hora. Era difícil creer que ya hubiese pasado un mes entero. Los días eran tan largos y aburridos y, a la vez, tan similares, que se mezclaban los unos con los otros, distorsionando el tiempo. Vivía para el momento en el que ella llamaba a la puerta, entrando sin esperar la respuesta. Y, cada vez que se marchaba, sabía que contaría las horas hasta que regresara.

—Toma —le dijo, lanzándole un paquete de comida en el mismo momento en el que entró. Se preguntó cómo se las estaba arreglando para llevarse comida sin que nadie de la casa se diera cuenta y esperó que no estuviese usando sus propias raciones para él.

Abrió el envoltorio y partió el sándwich por la mitad, ofreciéndoselo, aunque se sintió un poco aliviado cuando negó con la cabeza. Estaba famélico.

—Gracias —le dijo antes de empezar a devorar la comida como un animal.

—Más despacio —le advirtió ella—. Acabarás vomitando.

Vació el primer odre de agua que le había llevado.

—Lo siento. Cabría pensar que, dado que estoy vagueando todo el día, no tendría demasiado apetito.

—Mi madre dice que los chicos jóvenes siempre tienen hambre. —Sus ojos se encontraron y ella se sonrojó. Aquel día volvía a llevar un vestido, uno de lino en un tono gris suave bordado con pequeñas estrellas de un color azul pálido que hacía juego con sus ojos—. Dice que es porque todavía están creciendo —aclaró.

Jaren bajó la vista y se dio unas palmaditas en la barriga, que ahora tenía llena.

—A lo alto y a lo ancho, como diría Story.

Ella le dio un pellizco en el brazo de forma juguetona.

—No te vendría mal tener algo más de carne en los huesos.

—¿Tú crees?

Se sintió tentado de pellizcarle el hombro esbelto, pero sabía que había una diferencia entre que ella le tocara y que él la tocara a ella. Si llegaba a ocurrir algo físico entre ellos, tan solo lo haría si lo iniciaba ella.

—Los inviernos en Endla son duros —dijo la muchacha—. No podemos cazar, así que, generalmente, comemos más en los meses más cálidos.

—¿Por qué no podéis cazar?

—Porque el lago se congela. Nuestra canción haría que los animales saliesen de sus madrigueras, pero también podría traernos a un forastero cruzando el lago. Si tenemos bastante suerte como para encontrarnos un ciervo o un conejo, podemos intentar matarlo, pero nuestras posibilidades de éxito son mucho más bajas.

—Entonces, ¿los endlanos no intentan atraer a los forasteros de forma deliberada?

De inmediato, ella frunció el ceño. La había ofendido. Deseaba poder retirar las palabras, pero era demasiado tarde.

—¿Por qué haríamos algo así? No somos monstruos.

—Eso ya lo sé —dijo rápidamente—. Ahora. Pero algunas personas de Bricklebury cuentan historias. El padre de una chica murió al entrar al lago. De la forma en la que lo contaron, su muerte no fue un accidente.

Ella sacudió la cabeza.

—Esa persona se equivocaba. Vivimos en Endla por nuestra propia seguridad. No somos nosotros los que matamos a gente de forma indiscriminada. ¿Qué podríamos ganar con eso?

Permanecieron sentados en silencio durante unos pocos minutos, mientras Jaren seguía lamentando haber mencionado al padre de Maggie. Pero, al final, le venció la curiosidad.

—Leelo, ¿por qué crees que fui capaz de escuchar los cánticos y no cruzar?

Volvió a fruncir el ceño, pero, en aquella ocasión, pudo ver que estaba pensando.

—Sinceramente, no tengo ni idea.

—¿Alguna vez había oído que hubiese pasado algo así?

—No, pero eso no significa que no haya ocurrido. Lo que me recuerda a otra cosa. El festival del solsticio de verano es mañana por la noche. Habrá muchos cánticos. No estaré por aquí cerca, pero es importante que no salgas de la cabaña. —Alcanzó su bolsa y sacó una pequeña madeja de lana—. He pensado que podrías ponerte esto en los oídos, por si acaso.

—Gracias; no saldré de aquí.

Sonrió, pero había cierta tensión en la sonrisa.

—No sé cuándo estará reparada la barca. Tengo otro día libre después del festival. Comprobaré entonces cómo está.

—No pasa nada. Sé que estás haciendo todo lo que puedes y te estoy agradecido de verdad.

Ella jugueteó con la lana que tenía entre los dedos, estirándola y frotándola después entre las palmas hasta volver a convertirla en una bola.

—¿Qué estabas haciendo la noche que me oíste cantar?

Jaren le explicó cómo, desde que era un niño, solía perderse a menudo.

—La primera vez, tan solo tenía cinco años. Se suponía que mi hermana mayor nos estaba vigilando a Story y a mí, pero se distrajo. Yo salí fuera. En principio, solo para investigar los alrededores de la casita, pero había una rana saltando entre la hierba y empecé a seguirla. Cuando me di cuenta, estaba prácticamente oscuro.

—Tus pobres padres... Debieron de asustarse mucho.

—Estaban aterrorizados. Por suerte, una vez que me di cuenta de que me había perdido, me quedé quieto, y me encontraron poco después. Pero, a pesar de lo asustado que me había sentido, seguí haciéndolo. No sé por qué. Es como si siempre hubiera estado buscando algo, incluso de forma inconsciente. —Dudó, deseando elegir las palabras con cuidado—. Supongo que siento que no encajo a pesar de que mi familia me ama y siempre me han apoyado.

Leelo había estado sentada con las piernas cruzadas, pero, en ese momento las estiró, de modo que quedaron pegadas a las de Jaren. Por mucho que odiase lo pequeña que era la choza la mayor parte del tiempo, siempre estaba agradecido por la cercanía cuando ella iba a verle.

—A veces, yo también me siento así.

—¿De verdad?

La chica asintió.

—El solo hecho de haberte ayudado cuando debería haberte entregado hace que sea diferente a cualquier otro endlano que conozca.

—Entiendo lo mucho que te arriesgaste para ayudarme, Leelo. Y estoy muy agradecido de que lo hicieras.

Volvieron a quedarse en silencio unos minutos y el aire se volvió espeso con todas las palabras que no dijeron. A Jaren le estaba costando toda su fuerza de voluntad no preguntarle si podía besarla. No sabía cuáles eran las convenciones en Endla, pero Leelo ya le había contado que se esperaba de ella que se casara siendo joven. Por lo que sabía, ya podría estar prometida con otra persona.

—¿Qué tal está tu pierna? —preguntó ella de pronto, rompiendo la tensión.

—Bien. De hecho, mucho mejor. Las buenas noticias son que, en cuanto consigamos tener esa barca reparada, seré capaz de tirar de ella. No es que no pudieras encargarte tú sola...

Ella se rio.

—Soy fuerte, pero conozco mis límites. No puedo llevar una barca yo sola hasta la orilla. —Se subió las piernas hasta el pecho—. Debería marcharme. Mañana no te veré a causa del festival. ¿Crees que estarás bien hasta el día siguiente?

Quería decirle que no. Quería que se quedara. Quería decirle que pasar incluso unas pocas horas sin verla era demasiado tiempo. Quería que se escabullera del festival y que, en su lugar, pasase ese tiempo con él. Sin embargo, asintió porque sabía que lo que él quisiera era irrelevante.

—Por supuesto.

Estaba esperando a que se marchase, pero no se movió.

—Jaren, yo... —Se pasó las manos por la trenza, claramente nerviosa por algo.

—¿Qué pasa?

—Me gustas. Más de lo que deberías. Ni siquiera debería haber dicho eso. No soy una buena endlana.

No podía soportar ver que se sentía tan avergonzada; no cuando no había hecho nada malo. Se inclinó hacia delante y le tendió la mano. En aquella ocasión, ella se la tomó sin dudar.

—No sé qué te convierte en una buena endlana, Leelo, pero sí sé que eres una buena persona.

Ella sacudió la cabeza.

—Tú no lo entiendes.

No iba a contradecirle. Tal vez no lo entendiese, pero sabía sin lugar a dudas que era buena.

—Leelo. —Poco a poco, dirigió los ojos hacia los de él—. Tú también me gustas. —Uno de los lados de su boca se movió hacia arriba, formando una sonrisa—. Mucho.

Capítulo Treinta y Tres

—Chicas, estáis las dos preciosas.

Leelo sonrió a su madre, que observaba cómo Sage y ella revoloteaban por la casa, preparándose para el festival del solsticio. A pesar de su preocupación por Jaren, se había visto atrapada por la emoción cuando llegó el momento de prepararse. Para su sorpresa, incluso su prima parecía ansiosa.

—¿Llevo bien el pelo? —preguntó Leelo, contorsionándose para mirarse en el espejo.

—Está perfecto. —Su madre tiró de una de las largas ondas rubias que había entrelazado con margaritas del bosque. Aquella mañana le había regalado el vestido nuevo, confeccionado con algodón fino blanco, bordado con flores brillantes y adornado con un encaje muy delicado hecho a mano. Sage llevaba un vestido similar de color salvia.

—Has crecido mucho estos últimos meses, ¿sabes? Las dos habéis crecido.

Sage le pasó los brazos por la cintura y la estrechó.

—Imagina cómo estaremos cuando acabe el año.

Fiona suspiró.

—Me gustaría poder congelar el tiempo y manteneros tal como estáis ahora.

Su prima se rio y se escabulló de sus brazos.

—Sabes que eso es imposible, tía Fiona.

Salió de la habitación, pero Leelo se quedó con su madre.

—¿Y cómo somos ahora, mamá? —le preguntó.

Cuando contestó, se mostró melancólica.

—Quizá un poco más duras en el exterior, pero todavía lo bastante delicadas como para tener esperanza.

—¿Esperanza de qué?

Su madre suspiró.

—De todo, querida mía.

Hubo algo en el tono de Fiona que preocupó a Leelo.

—Vas a venir, ¿verdad? ¿Te encuentras lo bastante bien?

—Claro que voy a asistir. Voy a cambiarme y podremos marcharnos.

Le dio un beso en la frente que, ahora, casi estaba a la misma altura que la suya.

Juntas, salieron de la cabaña y se quedaron en silencio cuando pasaron frente a la casa de Isola, cuya familia no tenía permitido asistir a una ocasión tan festiva. Aun así, cuando llegaron a la pradera donde se celebraba el festival, ya había unas veinte personas en total, la mayoría pertenecientes a las familias a las que la tía Ketty representaba como miembro del consejo. A pesar de lo pequeña que era Endla, los isleños no se reunían demasiado a menudo. Aquel era el momento de ponerse al día con personas a las que tan apenas veían, de que los adultos comentaran lo mucho que habían crecido los niños, de que los amigos compartiesen cotilleos y vino de bayas de saúco y de que los jóvenes bailasen hasta que les doliesen los pies.

Cuando vio la gran cantidad de gente que se había reunido, los pensamientos de Leelo se dirigieron una vez más a Jaren, pero sabía que las canciones que cantasen aquella noche serían, en su mayor parte, inofensivas. Incluso su madre parecía complacida de estar allí a pesar de que evitaba la mayoría de las ceremonias de

Endla. Decía que le requerían demasiado esfuerzo, lo que Leelo siempre había achacado a su forma de ser introvertida y tranquila.

Pero, conforme el sol se ponía, Fiona pareció bastante satisfecha con el vino de bayas de saúco y los diferentes platos que la tía Ketty no dejaba de llevarle hasta el lugar donde estaba sentada bajo la sombra de un roble. Contenta de que su madre estuviese bien cuidada, Leelo estuvo hablando con algunas personas a las que no había visto desde la ceremonia. Vance admiró su vestido, tal como había hecho la vez anterior. Sage estaba con Hollis, hablando animadamente sobre los santos sabrán qué, pero, desde luego, no estaba buscando a su prima. Pasó por una mesa llena de unos *cupcakes* perfectos en miniatura espolvoreados con azúcar glas y cubiertos con fresas frescas. Solo pretendía tomar uno para ella misma, pero tomó un segundo.

Sabía que a Jaren le encantaría y sabía que a ella le encantaría ver cómo se lo comía.

Le había costado mucho admitirle que le gustaba, aunque había asumido que él ya lo sabía. En parte, había deseado quitarse aquel secreto de encima y, en parte, había querido (había esperado, desesperadamente) escucharle decir que ella también le gustaba. Cuando lo había hecho, se había sentido tanto aliviada como viva de una manera que nunca antes había sentido. No sabía si aquello era lo que se consideraba un cortejo; jamás había pasado el tiempo suficiente con un chico como para aprender demasiadas cosas más allá de sus costumbres peculiares y, conforme crecían, de sus hedores todavía más peculiares. Todo lo que sabía era que iba a la choza sintiéndose nerviosa, cansada o culpable, y se marchaba sintiéndose... No estaba segura de cómo describirlo.

Pero, en aquel momento, deseaba sentirse así.

Tal vez fuesen las dos copas de vino de bayas de saúco las que le hacían sentirse tan temeraria. Notaba que tenía la cabeza placenteramente desconectada del cuerpo y los labios un poco adormecidos. Había hecho que el joven le prometiera mantenerse lo más alejado posible del festival. Ir a verle en aquel momento podría poner en peligro su seguridad (por no hablar de la suya propia), y todo por verle comerse una fresa. Y, si era sincera, para que le viera con ese vestido. Casi le parecía un desperdicio no ir a verle.

Si alguien se daba cuenta de que no estaba, lo atribuirían al vino, a la oscuridad o a cómo todos los jóvenes parecían iguales a la luz del fuego. Y, para entonces, sería demasiado tarde para detenerla.

Podría haber cambiado de opinión en cualquier momento de su paseo hasta la choza, pero antes de darse cuenta, había llegado. Durante un momento, se quedó de pie entre los árboles, colocándose bien el cabello con la mano libre y, después, golpeándose con suavidad las mejillas para aclararse la cabeza.

Un momento después, alzó la vista y se encontró a Jaren de pie frente a la puerta abierta de la cabaña. Era el crepúsculo, y todavía no había encendido la vela. La idea de que se sentara a solas en la oscuridad hizo que el dolor le recorriese el cuerpo, y se alegró de haber ido hasta allí; de que, al menos por un ratito, no estuviera solo.

En la lejanía, podía escuchar los débiles cánticos del festival, y si ella podía oírlos... Sin pensarlo, salió disparada hacia delante, empujándole de nuevo hacia el interior de la cabaña con tanta fuerza que el joven tropezó con el marco y aterrizó sobre la espalda en el nido de mantas. Cerró la puerta con un golpe tras de sí y se dejó caer de rodillas, agarrando al chico de la cara con brusquedad, girándole la cabeza de un lado a otro. Suspiró aliviada cuando vio que llevaba en las orejas los pedazos de lana color crema. La boca de él se torció en una sonrisa. De pronto, se dio cuenta de que estaba prácticamente subida encima de él. Sonrojándose con furia, empezó a apartarse, pero la mano de Jaren le atrapó la cintura, deteniéndola.

—¿Qué haces aquí? —le preguntó en un tono demasiado alto a causa de la lana.

Leelo se esforzó por aguzar el oído, pero, dentro de la choza, no podía escuchar los cánticos. Dubitativa, sintiendo un cosquilleo en los dedos, le sacó la lana de los oídos. Con el rostro de él tan cerca del suyo y su cuerpo haciéndole entrar en calor a través de la tela final del vestido, le costó un momento recordar por qué había ido hasta allí para empezar.

Alzó el pequeño pastel que tenía en la mano izquierda, frunciendo el ceño al darse cuenta de que, con las prisas, lo había aplastado contra la túnica de él.

—Lo siento, no sé en qué estaba pensando.

Sin embargo, Jaren no estaba mirando el pastel, sino que estaba mirando sus labios. La cabeza le daba vueltas un poco, y no estaba segura de sí era a causa del vino o del chico. Probablemente, a causa de las dos cosas. Pensó en los isleños que se comprometerían aquella noche y en el gesto de su madre cuando le había hablado sobre cómo sabías que te gustaba alguien. «Piensas en esa persona todo el tiempo. El corazón se te acelera cuando vuestros ojos se encuentran…».

Sin embargo, no solo le gustaba Jaren, le deseaba. Y deseaba que él la desease. Cuando se quiso dar cuenta, se estaba inclinando hacia delante, presionando sus labios contra los de él. Cuando él deslizó una mano bajo su pelo para apoyársela en la nuca, Leelo dejó caer el *cupcake* desmenuzado, liberando esa mano para poder tocarle las suaves ondas, enredando los dedos en los mechones sedosos. Él sonrió contra sus labios y ella se hubiera reído si no hubiera estado tan ocupada besándole. Decidió que aquello era mucho mejor que un pastel.

Al cabo de un momento, el muchacho se apartó de sus labios.

—Leelo —dijo, con los ojos grises un poco encapotados—, por mucho que disfrute este saludo, creo que es mi deber señalar que has estado bebiendo.

Ella se incorporó, avergonzada de que hubiese notado el olor a vino en su aliento. Sin embargo, no parecía enfadado o asqueado, tan solo un poco divertido.

—Lo siento —contestó, sacudiendo un poco la cabeza para despejarla—. No sé qué me ha pasado.

Él le tendió el odre de agua.

—Por el olor, diría que vino de bayas de saúco.

El rostro se le puso escarlata mientras se llevaba una mano a los labios, pero él se la apartó con cuidado.

—Leelo, me gusta tu sabor.

En ese momento, sí que tenía la cara ardiendo de verdad. Bebió tanta agua que estuvo a punto de ahogarse, y Jaren le dio unas palmaditas en la espalda.

—Con cuidado.

Al fin, la habitación dejó de darle vueltas. Volvió a sentarse en el suelo y esperó a poder enfocar la cara del muchacho.

—De verdad que lo siento. No lo he pensado; tan solo quería verte. Y pensé que te gustaría el pastel. —Gesticuló débilmente hacia el montón de migas que había sobre la manta.

—Estoy extremadamente contento de que hayas venido a verme— le dijo él. Además, todo sea dicho, también parecía un poco mareado.

—Te has bebido parte del brandy de ciruela, ¿verdad? —le preguntó. Él enrojeció y agachó la vista.

—Culpable. Me he sentido mal conmigo mismo porque tú estabas en un festival con tus amigos mientras yo estaba atrapado solo en esta choza.

Leelo se rio, sintiéndose un poco menos avergonzada.

—He pensado que tal vez te estuvieras sintiendo así.

—¿Y tú no te estabas divirtiendo? —Tomó algunas de las migas entre los dedos y se las lanzó a la boca—. Está claro que la comida era excelente.

Leelo suspiró, soltando de un tirón una de las margaritas que llevaba en el pelo. Empezó a girarla entre los dedos solo para mantenerlos ocupados.

—No lo sé. Todo el mundo estaba bailando, pero yo no estaba centrada en ello.

«Estaba aquí, contigo», pensó y, entonces, se preguntó qué le estaba pasando. Había conocido a Jaren apenas unas semanas atrás. No podía estar enamorándose de él. Eso era ridículo.

Él se llevó unas pocas migas más a la boca y se reclinó hacia atrás.

—Siento como si esto fuera un sueño y me fuera a despertar en cualquier momento.

—¿Por qué te parece un sueño? —le preguntó con timidez.

—Porque había deseado que vinieras. Y había deseado poder besarte. Así que, ya ves, dos de mis deseos se han cumplido de golpe, y eso nunca ocurre. Está claro que debo de estar soñando.

—Técnicamente —dijo Leelo, acercándose más a él—, he sido yo la que te ha besado.

Él extendió el brazo, enroscándose un mechón de su pelo entre los dedos.

—En eso tienes razón.

Ella bajó la voz hasta que era casi un susurro.

—Así que, solo se ha cumplido uno de tus deseos.

Él sonrió, con las gruesas pestañas cayéndole sobre las mejillas mientras se incorporaba y acortaba la distancia que les separaba. Sus labios eran suaves, pero firmes, y todo su cuerpo emanaba tal calidez que Leelo quería acurrucarse con él como si fuera una manta. Se apretó contra él todo lo que se atrevió y, cuando la rodeó con los brazos, acercándola todavía más, cualquier inquietud que hubiese sentido antes de ir allí se desvaneció. Se sentía lo menos asustada que podía imaginar. De hecho, se sentía lo más segura que recordaba haberse sentido nunca, como si el resto del mundo no importase cuando estaban los dos juntos en aquella cabaña diminuta en medio del bosque que nadie más conocía. Como si nada más existiera en absoluto.

Cuando, al fin, él se separó, le tomó el rostro entre las manos, mirándole directamente a los ojos con tal franqueza que sintió algo hinchándose en su pecho.

—Dos deseos —susurró él y, después, se inclinó para volver a besarla.

Capítulo Treinta y Cuatro

Para cuando Leelo regresó al festival, ya había anochecido del todo. El cielo estaba inundado de estrellas y las constelaciones tan familiares que su padre le había enseñado antes de morir parecían muy nítidas y cercanas, casi como si pudiera tocarlas. La mayor parte de los ancianos y los niños habían regresado a casa, dejando que los jóvenes adultos bailasen y cantasen en pequeños grupos, con las voces un poco desafinadas. De vez en cuando, estallaban en ataques de risa.

Leelo todavía se sentía cálida y ligera, aunque ya no podía culpar de ello al vino. Era el efecto persistente de haber besado a Jaren, de saber que le gustaba tanto como él le gustaba a ella y que al día siguiente era su día libre y lo pasarían juntos.

Encontró a su madre en el mismo lugar en el que la había dejado, apoyada contra la base de un roble, profundamente dormida. Sonrió y le cerró el chal ligero de verano un poco más para que estuviese caliente y fue a buscar a Sage. Sin embargo, fue su tía la que la encontró a ella.

—¿Dónde has estado? —le preguntó Ketty. Su voz fría era un contrapunto áspero a la noche. Era evidente que ella no se había divertido.

—He estado aquí —contestó y, por primera vez, no se sintió mal por mentir.

Su tía entrecerró los ojos con la luz menguante del fuego danzando en sus iris.

—¿Con quién estabas?

Sintió cómo toda la calidez se le escapaba de golpe. No podía decir que había estado con Sage. Eso sería demasiado fácil de desmentir y no confiaba en que su prima fuese a cubrirla. Mencionar a Vance también era arriesgado. Ni siquiera estaba segura de cuánto tiempo había estado fuera. Tragó saliva, intentando humedecer de nuevo la boca que, de pronto, se le había quedado seca.

—Nadie en especial. Tan solo he estado bailando. —Bajó la mirada hacia sus pies—. Puede que haya bebido demasiado vino y haya perdido la noción del tiempo.

Antes de que Ketty pudiera responder, Leelo notó cómo una mano se cerraba en torno a su hombro. Se giró y vio a Sage detrás de ella. Su prima tenía los ojos tan apagados como su tía los tenía alerta.

—¿Qué ocurre? —preguntó.

—Nada —contestó Ketty—. Hollis le ha propuesto matrimonio a Sage y ella ha aceptado su oferta.

Se giró hacia su prima.

—¿Qué?

Sage asintió, pero sus labios siguieron formando una línea firme. Leelo se dio cuenta de que se había quedado sin palabras. Había sabido que su tía pretendía que, con el tiempo, aquello ocurriese, pero ¿aquella noche? Sage ni siquiera había acabado su año de servicio como vigilante. Todavía quedaban seis meses para que cumpliera dieciocho años. Estaba segura de que era demasiado pronto.

Fiona se acercó a ellas, parpadeando todavía para despejarse de la somnolencia.

—¿Qué es lo que he oído? ¿Una proposición? —Estaba sonriendo, pero, en la oscuridad, Leelo no estaba segura de que fuera una sonrisa auténtica.

—Eso es —Ketty alzó la barbilla, casi como si estuviese retando a su hermana—. Mi hija se casará en su decimoctavo cumpleaños. El señor Harding ya ha empezado a dibujar los planos para su cabaña.

Sintió como si la tierra se moviera bajo sus pies y tuvo que agarrarse a su madre para mantener el equilibrio.

—¿Vas a mudarte? —le preguntó a Sage. Los ojos de su prima se dirigieron a su madre y, después, de nuevo hacia ella.

—Sí.

Todo aquello era demasiado como para poder encontrarle sentido. ¿Acaso Ketty no podía ver que Sage no estaba contenta al respecto? Y si la amargura de su tía era resultado de casarse con un hombre al que no amaba, ¿cómo podía querer lo mismo para su hija?

—Es tarde —dijo Fiona—. Deberíamos volver a casa.

Leelo dejó que su madre la tomara de la mano y comenzara a conducirla de vuelta a la cabaña. Las voces de los endlanos que todavía seguían de fiesta se veían apagadas por el rugido de la sangre que sentía en la cabeza y se dio cuenta demasiado tarde de que estaba a punto de vomitar. Tuvo una arcada tan violenta que se cayó de rodillas y su madre le apartó el pelo justo a tiempo.

—Parece que es verdad que has bebido demasiado vino. —La voz de Ketty era demasiado fuerte y chirriante.

Para cuando se hubo limpiado la boca y se hubo puesto en cuclillas, su tía y su prima ya no estaban. Fiona la ayudó a ponerse en pie.

—¿Estás bien? —le preguntó.

—Eso creo —contestó Leelo—. Lo siento.

—No lo sientas. Todos hemos bebido demasiado vino en alguna noche de solsticio de verano. —Su madre le sonrió y unió sus brazos—. ¿Dónde has estado esta noche, cariño?

Leelo la miró de reojo. Tendría que haber sabido que se daría cuenta de su ausencia, por mucho vino que hubiese bebido.

—Tan solo necesitaba alejarme un rato; eso es todo.

Fiona arqueó una ceja.

—¿Eso es todo?

—¿Qué quieres decir?

Cuando habló, el tono de voz de su madre era suave y persuasivo.

—Te has reunido con alguien, ¿verdad? —Por un momento, Leelo se preguntó si iba a volver a vomitar—. No pasa nada, Leelo, puedes contármelo. Te prometo que no esperaré que te cases con esa persona solo porque te guste.

Sabía que no podía seguir mintiéndole, pero tampoco podía hablarle de Jaren. No es que creyese que se fuera a enfadar con ella, pero se preocuparía; haría lo que fuese necesario para mantenerla a salvo, incluso aunque eso supusiera matar a Jaren y, en ese momento, no podía soportar pensar en ello.

—Sí me gusta alguien —admitió al final—, pero todavía no estoy lista para contarte de quién se trata.

Fiona apoyó la cabeza en el hombro de su hija.

—No pasa nada, cariño. No tienes que contármelo, tan solo espero que tengas cuidado.

—¿Qué quieres decir?

No creía que fuera posible que su madre supiera lo de Jaren, pero era intuitiva. Era más observadora de lo que Ketty le atribuía.

—No quiero que te hagan daño; nada más.

Se relajó un poco.

—Eso no ocurrirá, mamá.

Fiona alzó la cabeza y Leelo sintió un escalofrío repentino ante la ausencia de ese peso.

—Tan solo recuerda una cosa, mi niña: no es la caída en el abismo del amor lo que te rompe.

No le preguntó a qué se refería. Después de aquella noche, creía que lo comprendía. Caminaron un poco más durante un momento antes de que Fiona suspirase.

—No es la caída —añadió en voz baja, haciendo que un escalofrío le recorriese los brazos desnudos—, es cuando tocas el fondo.

Para cuando Leelo se hubo cambiado para meterse en la cama, Sage estaba dormida. Se arrastró bajo las sábanas con la cabeza palpitándole por los efectos latentes del vino y las noticias del compromiso de su prima. Aunque nunca le había gustado la idea de vivir con ella el resto de su vida, no estaba lista para que se mudase; no estaba lista para que pasase página.

Se giró hacia un costado, alejándose de ella. Unos instantes después, sintió en el hombro las yemas de los dedos de su prima, que estaban frías como el hielo. Se dio la vuelta y se encontró con los ojos de Sage brillando en la oscuridad.

—¿Qué pasa?

La voz de la muchacha sonó monocorde y distante.

—Nada.

Leelo no quería suponer que su prima no estaba contenta por el compromiso. En el pasado, ya había parecido resignarse a ello y, conociéndola, no iba a contarle cómo se sentía de verdad. Cada vez que intentaba consolarla, siempre le salía el tiro por la culata.

—¿Esperabas que lo hiciera esta noche? —le preguntó en su lugar.

Sage suspiró y se colocó bocarriba.

—No lo sé. Tal vez.

—¿Qué te ha dicho? ¿Te quiere?

Su prima resopló secamente.

—¿Tú qué crees, Leelo? ¿Que Hollis me abrió su corazón mientras estaba de rodillas?

—No, supongo que no.

—Estábamos bailando y, de algún modo, hemos acabado solos entre los árboles. Sin venir a cuento me ha dicho: «Vas a ser mi esposa». Yo le he preguntado de qué estaba hablando. Entonces ha sido cuando me ha contado que nos vamos a casar en seis meses, que nuestra casa ya está planificada y que quiere tener hijos. Pronto.

Así que eso había sido todo. Hollis había informado a su prima de que iba a casarse con ella con la misma emoción que si le hubiera hablado del tiempo. No era de extrañar que estuviese tan paralizada.

—No tienes que casarte con él. Sé que es lo que la tía Ketty quiere, pero eso no significa que tú no puedas opinar al respecto.

Cuando Sage giró la cabeza hacia ella, por un instante, sintió que estaba mirando a su tía en lugar de a su prima.

—Claro que no puedo opinar al respecto. Tal vez, si fueras tú la que se casara, podría haberlo aplazado un tiempo. Pero tu madre nunca esperaría que te casaras con alguien como Hollis. Es tan poco práctica como tú, que solo piensas en los sentimientos. —Tragó saliva a duras penas—. Nunca he esperado encontrar amor, pero sí respeto y admiración. Incluso atracción. Había esperado...

Se interrumpió y, por primera vez que Leelo pudiera recordar, empezó a llorar de forma abierta. Eran unos sollozos intensos, acompañados de hipidos, que le sacudían todo el cuerpo. La imagen de su prima desmoronándose le resultó insoportable.

Se acurrucó a su lado, estrechándola con fuerza, intentando que no se derrumbase, como si fuese a deshacerse realmente por la tristeza. Una parte de sí misma deseaba que, en su lugar, fuese ella la que fuera a casarse, que de verdad hubiese algún chico endlano del que se hubiese enamorado en lugar de un forastero.

En lugar del chico al que nunca podría tener.

Capítulo Treinta y Cinco

Después del festival (la noche en la que Leelo le había besado, que es como siempre pensaría en ella, llevándose los dedos a los labios y deseando que fueran los suyos), Jaren se pasó todo el día esperando a que fuese a verle. Había mencionado que tenía el día libre del servicio de vigilancia y, teniendo en cuenta lo claros que había dejado sus sentimientos por él, no tenía ningún motivo para pensar que no iría a visitarle.

Las horas en la cabaña siempre pasaban despacio, pero, aquel día, se estaban alargando de forma interminable. No importaba lo mucho que se esforzara en no pensar en ella, en sus labios dulces con sabor a baya o en la sensación de tener su cuerpo contra el suyo, no parecía capaz de evitarlo. Por la noche, después de que se marchara, tan apenas había dormido, pues la mente le daba vueltas en miles de direcciones y cada nervio del cuerpo parecía atento, zumbando de una manera que jamás había experimentado.

No es que nunca antes se hubiese sentido atraído por nadie. Era un hombre joven y, a veces, parecía que se sentía atraído hacia todas las cosas y todas las personas, quisiera o no. Y, sí, había imaginado lo que sería estar casado algún día con alguien a quien ame-se, como su madre y su padre. Pero, antes, todo había sido teórico.

En aquel momento, era real de una manera emocionante y peligrosa. Y no sabía cómo conseguiría soportar otro minuto, otra hora u otro día sin ella.

Cuando la luz del día, que se colaba por las ventanas de la cabaña, moviéndose por el suelo con una lentitud agonizante, se hubo desvanecido por completo, aceptó al fin que Leelo no iba a aparecer. Se dijo a sí mismo que no tenía nada que ver con él. Tendría más tareas de las que había pensado o, como él, no había dormido la noche anterior y se había quedado dormida por la mañana. Había muchas explicaciones perfectamente razonables para el hecho de que la muchacha no hubiera ido a verle. Pero su mente, ansiosa, en lugar de seguir conjurando una y otra explicación poco razonable, se centró en mayor parte en que él no le gustaba tanto como ella le gustaba a él.

En la mañana del tercer día, sus preocupaciones se habían vuelto más prácticas. Llevaba sin comida desde el primer día, y ahora también se había quedado sin agua. El interior de la cabaña olía a moho gracias al calor húmedo del verano, y sabía que no podía postergar el darse un baño ni un día más. No podía soportar su propio hedor, y mucho menos podía imaginar someter a Leelo a él, si es que regresaba en el futuro.

En algún momento del día anterior, se había desnudado hasta quedarse solo con los calzones. Volver a ponerse la túnica y los pantalones apestosos, era una experiencia que no quería repetir. Tomó el cuchillo pequeño que Leelo le había dejado, el odre de agua vacío y se encaminó hacia el bosque.

Al final, admitió que estaba enfadado. La chica sabía que dependía de ella por completo. No era culpa suya estar atrapado en aquella isla o no tener ninguna manera de encontrar la barca y arreglarla. Le gustaba estar indefenso tanto como estar atrapado en un tugurio durante días sin fin. Incluso si estaba enfadada con él por alguna de las miles de razones que se le habían ocurrido (no dejaba de pensar que debía de ser terrible besando), no era excusa para abandonarlo y dejar que muriese de hambre.

Estuvo molesto durante todo el camino hasta los estanques, manteniendo conversaciones imaginarias con la muchacha, creando la frase perfecta para decirle cuando finalmente apareciese. Ya sabía que la perdonaría en el momento en que la viese y, muy en el fondo, seguía creyendo que había una buena explicación para aquello. Estaba siendo egoísta, esperando demasiado de ella. Sin embargo, el enojo era un sentimiento más cómodo que el miedo. Era mejor creer que le estaba castigando que pensar que le había ocurrido algo malo.

Cuando llegó a los estanques, ya casi se había quitado toda la ropa sucia. Con un vistazo rápido alrededor para asegurarse de que estaba solo, se metió en el agua, disfrutando de la sensación que le provocaba a su piel pegajosa. Casi de inmediato, empezó a sentirse menos irritado.

Se permitió unos minutos para mojarse, pero sabía que no podía entretenerse, incluso aunque Leelo tuviese razón y la gente casi nunca fuera por allí. «Casi nunca» no era lo mismo que «nunca». Desnudo, salió del estanque y se llevó la ropa un poco más río abajo, ya que no quería lavarla en un agua que podría ser usada para beber o para bañarse. Leelo le había llevado un trocito de jabón para que lo usara para el cuerpo y para la ropa. Se dio un lavado superficial antes de lavar a conciencia la túnica y los pantalones y enjuagar el jabón en el arroyo.

Cuando hubo terminado, escurrió la ropa y la dejó extendida en las rocas para que se secara. Después, llenó el odre de agua y miró alrededor, buscando algo que comer. El día anterior había acabado tan desesperado que había tomado algunas migas petrificadas de la tarta de fresa destrozada que había en la manta y las había chupado hasta que se habían desintegrado. Aquel día había más bayas que la última vez que había estado allí, pero se las comió tan rápido como las recogió, sin dejar nada para comer después.

Miró en las alturas de los árboles y vio una única ardilla y algunos pocos pájaros pequeños, pero no tenía manera de atraparlos o, ahora que lo pensaba, de cocinarlos. Una cierva que le había estado observando desde los árboles, decidió al final que no suponía ninguna amenaza y se acercó con cuidado al estanque para beber. Sabía que, aunque hubiese llevado un arco encima, no hubiese sido capaz de matarla.

Con un suspiro, se conformó con unos pocos espárragos trigueros y algunos champiñones *chantarelle* que le hubiesen apetecido más si hubiera tenido alguna manera de cocinarlos. Con la ropa casi seca, regresó a la cabaña, intentando no pensar en la noche larga y calurosa que le esperaba.

Cuando llegó a la choza, se quedó congelado. La puerta delantera estaba abierta de par en par. Sabía que la había dejado cerrada al marcharse. Lo recordaba con claridad porque había debatido consigo mismo si debía dejarla abierta para que el lugar se aireara. Al final, había decidido que, mientras estaba fuera, no quería arriesgarse a que alguna serpiente o algún insecto se abriese camino hasta el interior de la choza. O, lo que era peor, alguna de esas raíces que se comían a los pájaros, aunque no había vuelto a ver algo así desde el día en que llegó.

Así que, si la puerta estaba abierta, solo podía significar que Leelo había regresado.

Pensando en el estado de ánimo que había tenido una hora atrás, no podía creerse lo ridículo que había sido. No hacía demasiado que conocía a la muchacha, pero ya había arriesgado su seguridad por él en múltiples ocasiones. No era alguien que fuese a abandonarlo sin una buena razón. «Y, no —se dijo a sí mismo—, un beso deslucido no es una buena razón». Había necesitado comida y agua. Lavar su ropa y bañarse había hecho que desapareciera cualquier rastro de preocupación. Todo lo que deseaba en aquel momento era besarla y olvidarse de los últimos tres días miserables. Si es que ella quería besarle.

Con el corazón a la altura de la garganta, se apresuró el resto del camino y se agachó para entrar en la cabaña.

Estaba vacía.

El corazón le dio un vuelco y se le cayó a los pies. No solo Leelo no estaba allí, sino que debía de haberse perdido su visita por unos minutos. ¿Era posible que hubiese ido a buscarlo a los estanques por un camino diferente? Dejó la comida en la mesa y volvió a salir de la choza, totalmente preparado para regresar al estanque si eso implicaba verla.

Sin embargo, cuando se dio la vuelta, había una chica diferente mirándolo. Inclinó la cabeza, se llevó las manos a las caderas, entrecerró los ojos con evidente sospecha y le preguntó:

—¿Quién demonios eres tú?

Capítulo Treinta y Seis

Con cada latido, a Leelo le dolía el corazón por su hermano pequeño. Si su madre se marchaba, ya fuera durante una hora o cinco, se
preocupaba por ella. Pero no ser capaz de ir a ver a Jaren, sabiendo
que la estaba esperando, la estaba volviendo loca.

No era culpa suya. Después del festival, con Sage tan claramente triste y sus madres sumidas en una pelea silenciosa que nadie le explicaba, no había tenido oportunidad de escaparse. Había
pasado todo su día libre haciendo las tareas de su prima además
de las suyas, observando con pena cómo el sol iba desapareciendo
poco a poco detrás de las copas de los árboles, llevándose con él sus
esperanzas.

Durante todo el día, el estómago se le había agitado ya fuese con mariposas al acordarse de que había besado a Jaren o con
miedo por lo que le esperaba a su prima. Aquel día, Sage se había
encontrado tan mal que ni siquiera había salido de la cama, aunque, al día siguiente, había conseguido levantarse para asistir a su
turno de vigilancia.

Aun así, su prima se había negado a dejar a Leelo sola, insistiendo en que fueran a todos los sitios juntas, incluso a ver a Isola.
Se había sentido como una traidora por desear tener una hora o

dos de soledad para poder escaparse, pero había estado muy preocupada por Jaren. Tal vez podría ser capaz de llenar los odres de
agua, pero ¿qué iba a comer? Se había dicho a sí misma que casi era
un hombre, que, en su ausencia, podría cuidarse solo. Sin embargo, saber que, aunque estuviese bien físicamente, pensaría que le
había abandonado, había hecho que le doliese la garganta por las
lágrimas sin derramar, ya que no había nada que deseara más que
estar con él.

La tarde del tercer día, cuando pensó que acabaría explotando
de verdad si no se alejaba de Sage y de la casa, le dijo a su familia
que iba a ir a visitar a Isola y, por algún milagro, su prima no se
ofreció a ir con ella. Leelo alzó una ceja interrogante.

—¿Estás segura de que estarás bien aquí? —le preguntó, temiendo hacerse muchas esperanzas en caso de que cambiase de idea.

—¿Qué si estaré bien? —contestó ella en tono de burla—. Lo
creas o no, puedo cuidarme sola, Leelo.

Sintió un alivio extraño ante la respuesta hosca de su prima. Si
estaba lo bastante bien como para ser sarcástica, al menos estaba
un poco mejor de lo que había estado los dos últimos días. Leelo no
había conseguido que Sage le hablase de Hollis. Los santos sabían
que lo había intentado. Pero también sabía que nunca la obligaría
a hablar de algo de lo que no quisiera hablar, y le preocupaba que
estuviese complicando las cosas todavía más al mencionarlo todo
el tiempo. Sage tenía seis meses por delante antes de la boda, tal
vez prefiriese no hablar de ello hasta ese momento.

Antes de marcharse a casa de su amiga fue a ver cómo estaba su
madre. Estaba en el patio, quitando las malas hierbas del pequeño
huerto del que se ocupaba durante el verano. Aquel año estaba un
poco rebelde, teniendo en cuenta las pocas ganas que había sentido
Fiona de trabajar, pero, aquel día, parecía mucho más sana de lo
que la había visto en meses.

—¿Te vas a ver a Isola? —le preguntó a cuando se acercó a ella.
Comprobó con los dedos la madurez de un tomate grande, después

lo arrancó de la planta y se lo tendió a su hija—. Espera solo unos minutos y prepararé una cesta para su familia.

Observó la pila a los pies de su madre, que cada vez crecía más. Fiona era de ese tipo de vecinas que nunca van a casa de otros con las manos vacías. Disfrutaba regalándole cosas a la gente y, tal como siempre le recordaba a Leelo, nunca se sabía cuándo podrías ser tú el que necesitase algo.

En este caso, sin embargo, era algo más que amabilidad vecinal. Rosalie criaba pollos y, por lo general, sus huevos tenían una gran demanda. Pero con la comunidad repudiándolos, era probable que tuviese demasiados huevos entre manos y tan apenas lo necesario de todo lo demás.

Cuando su madre hubo terminado, Leelo recogió la cesta, le dio un beso en la mejilla y se marchó, dividida entre ir directamente a la choza o dirigirse a casa de Isola primero. Lo más responsable sería visitar a su amiga para poder tener una testigo en caso de que alguien le preguntase por ella. Y, si bien Fiona había pretendido que la cesta fuese un regalo y no un trueque, Leelo decidió que le pediría a Rosalie unos pocos huevos. Era probable que, de otro modo, acabasen desperdiciados, y sabía de alguien al que le podría venir bien un poco más de proteína. Jaren estaba adelgazando cada día un poco más, y necesitaba mantener sus fuerzas para el escape.

La idea de que el muchacho se marchase hizo que a Leelo se le volviese a revolver el estómago, pero, en lugar de en eso, intentó centrarse en que iba a verle. Aquel día no tenía la excusa del vino para besarle, pero dudaba que la necesitase. Estaba claro que al chico le había gustado besarla. Se preguntó si habría estado pensando en eso los últimos tres días tal como había hecho ella. Tal vez pudiera disfrutar tanto de él durante el tiempo que fuese que les quedara que, después, pudiera vivir el resto de sus días gracias a los recuerdos.

Sin embargo, sabía muy bien que eso era imposible. Jamás tendría suficiente de Jaren Kask.

Llamó a la puerta de Isola y esperó. Rosalie tardó varios minutos en contestar y, mientras se limpiaba las manos en el delantal, pareció un poco preocupada.

—Leelo, ¿qué te trae hasta aquí, querida?

—He venido a pasear con Isola —contestó, a pesar de que había creído que eso era obvio—. Y esperaba poder ofrecerle unas pocas verduras de las que cultiva mi madre a cambio de unos pocos huevos.

Rosalie asintió y salió fuera, cerrando la puerta tras de sí.

—Tu madre es muy generosa. Estaba cocinando y no había tenido tiempo de recoger los huevos todavía. Me costará solo unos minutos.

Leelo intentó que la frustración no se le notara en la cara. Cada minuto que malgastaba allí, era un minuto que podría estar con Jaren.

Rosalie se agachó y entró en el gallinero de techo bajo que tenían en el patio y, unos momentos después, salió con media docena de huevos en el bolsillo del delantal.

—Puedo darte tres, si te parece bien. Un zorro mató a uno de los pollos la semana pasada, así que tenemos menos que de normal.

—Tres es perfecto —Leelo le tendió la cesta—. Tome lo que quiera.

Rosalie dudó y vaciló ante aquella selección y, finalmente, se decantó por dos tomates, un manojo de zanahorias y un poco de lechuga. Para entonces, Leelo pensó que iba a salirse de su propia piel a causa de la frustración.

—¿Le importaría ir a buscar a Isola por mí? —le preguntó—. No puedo estar fuera mucho tiempo.

—¡Ay, tonta de mí! Se me ha olvidado mencionarte que se ha marchado hace más o menos media hora.

Leelo pestañeó, confundida.

—¿Se ha marchado?

—Ha salido a pasear. Ha dicho que necesitaba un poco de aire fresco.

—¿Sola?

Rosalie sonrió.

—Lo sé. A mí me ha sorprendido tanto como a ti. Creo que nuestra niña por fin está volviendo a nosotros. Le diré que has pasado a verla.

Asintió y observó la espalda de Rosalie mientras entraba dentro y cerraba la puerta tras de sí. Había visto a Isola el día anterior y no se había parecido mucho más a la chica que había sido en el pasado que un mes atrás. ¿Era posible que hubiese dado un cambio tan radical en una sola noche?

Envolvió los huevos con un paño de cocina y emprendió el camino hacia el escondite. No solo ya no tenía a Isola como excusa para ir a pasear, sino que, en realidad, no podía imaginar dónde habría ido ella sola. Cada paseo que había dado con Leelo había sido como si le hubiesen sacado los dientes. ¿Dónde podría querer pasar algún tiempo a solas?

El miedo le recorrió el cuerpo como si fuera nieve derretida. La cabaña. Salió corriendo, con la respiración entrecortada mientras aceleraba por el camino, dejando de preocuparse por si los huevos se rompían. Si Isola descubría a Jaren... Si le hablaba a alguien de él...

Su mente se aceleró pensando en todos los resultados posibles. ¿Le diría él quién le había estado ayudando? ¿Era una tontería que fuese a verlo ahora por si Isola seguía allí? En tal caso, sabría al instante quién había estado ayudando al chico, si no lo sabía ya.

Se dijo a sí misma que debía mantener la calma. Era posible que su amiga no hubiese encontrado al chico y, si lo había hecho, que no los traicionara. Después de todo, ella había hecho exactamente lo mismo. Pero también podría estar furiosa con ella por haber utilizado su choza, por ponerlos a todos en peligro en caso de que alguien descubriese su secreto. Isola le había dejado claro lo precaria que era su situación, pero ella había hecho justo lo que su amiga le había advertido que no hiciera.

Cuando llegó al claro donde estaba la cabaña, estaba al borde de las lágrimas. No había ni rastro de Isola. Era bien entrada la tarde, pero, con el solsticio recién pasado, todavía quedaban horas para que se pusiera el sol. Sin embargo, la noche siempre llegaba pronto a la choza a causa de la altura y la densidad de los árboles que la rodeaban. Las ventanas estaban oscuras y la puerta cerrada. Lo más probable era que Jaren estuviese dentro esperándola, tal vez incluso enfadado con ella por haber tardado tanto en ir a verle.

Atravesó el claro todo lo sigilosamente que pudo y estaba alzando la mano para llamar cuando oyó que alguien se aclaraba la garganta detrás de ella. Se dio la vuelta y se encontró a Isola observándola con los brazos cruzados y los labios apretados formando una línea fina.

—Isola, puedo explicártelo —le espetó ella. Oyó la puerta abriéndose a su espalda y sintió una oleada de proteccionismo hacia Jaren que le hizo retroceder, como si pudiera escudarle el cuerpo de alguna manera.

—No pasa nada —le dijo él con suavidad—. Ya lo sabe todo.

Leelo se giró.

—¿Todo? —dijo entre dientes.

—Bueno, casi todo —susurró él—. Adiviné bastante rápido que era la chica de la que me habías hablado, la que había escondido aquí a un *incantu*.

Volvió a girarse hacia Isola.

—Lo siento. Sé lo que debe parecer todo esto...

—Si te sirve de consuelo, no te ha delatado —dijo su amiga—. He sumado dos más dos yo sola. Vamos. Entremos dentro y hablemos. Pronto oscurecerá y nuestras madres y tu prima se preguntarán dónde hemos ido.

Leelo intentó controlar la respiración. Las cosas podrían haber sido peores. Podría haber sido Sage la que descubriese al muchacho.

Entraron en la diminuta cabaña y se sentaron en el suelo, tan apretados que sus rodillas se tocaban. Los ojos de Leelo se dirigieron con timidez a los de Jaren, lo cual no ayudó a disminuir lo rápido que le latía el corazón. Él tenía el pelo mojado y, por el aspecto que mostraba, se lo había lavado hacía poco. Tenía una onda que le recorría la frente y que prácticamente suplicaba que Leelo se la apartase hacia atrás. Olía al jabón de lavanda que le había dado. Quería enterrar la cara en su pecho y contarle todo lo que había sentido desde la noche del festival.

En su lugar, cerró las manos en un puño sobre su regazo y se obligó a calmarse. Sin embargo, podía sentir los ojos de Jaren posados en ella, y deseó con desesperación haber llegado primero, haber podido tenerle para ella sola solo un poco más. Porque la realidad estaba empezando a imponerse. Aquello ya no era un secreto. Ya no podía seguir fingiendo que su relación no tenía consecuencias; no cuando una de esas consecuencias estaba sentada allí mismo, observándolos.

Isola se apartó el pelo detrás de las orejas.

—Jaren me ha explicado cómo acabó en la barca que lo arrastró hasta la orilla. Me ha dicho que tú lo encontraste en el bosque, herido, y le dijiste que podía esconderse aquí.

Sintió cómo uno de los miles de nudos que tenía en el estómago se aflojaba poco a poco. Al menos, no le había contado que le había ayudado a arrastrar la barca.

—Se suponía que iba a ser algo temporal, Isola. Solo hasta que pudiéramos encontrar una manera de sacarle de la isla sano y salvo.

La muchacha asintió, pero ella notó que no le creía del todo.

—¿Cuándo os disteis cuenta de que estaría atrapado aquí hasta el invierno?

Los ojos de Leelo se dirigieron rápidamente a los de Jaren.

—¿Qué? No va a...

—No es posible que creas que conseguirás que cruce el lago de otro modo —dijo su amiga—. Incluso aunque pudieras encontrar la barca, ¿cómo la llevaríais hasta el agua sin que nadie os viera?

—Todavía no habíamos resuelto todos los detalles, pero tenemos que intentarlo. Cuanto más tiempo pase aquí, más posibilidades habrá de que lo descubran. —Hizo un gesto en dirección a ella—. Tú eres un ejemplo.

—¿Y qué te hace pensar que no deberían descubrirlo? —preguntó la otra chica, aunque su voz no sonaba cruel, como hubiera sido en el caso de Sage. Estaba indecisa, y Leelo no podía culparla por ello. Los santos sabían que ella también lo había estado—. Esto no es como lo de Pieter. Es un forastero, Leelo.

—Créeme, lo sé.

Jaren alzó una mano, dubitativo.

—Si me permitís... Isola, no pretendo hacerte daño ni a ti, ni a nadie de Endla. Ni siquiera a la propia isla. Como ya te he dicho, que acabase aquí fue desde el principio un accidente y haría cualquier cosa por regresar a casa. —Se detuvo y, aunque evitó su mirada, podía sentir sus ojos posados en ella—. Si esto se queda entre nosotros tres, entonces, nadie tiene por qué enterarse nunca de que estuve aquí.

Isola suspiró.

—No lo contaré. Al menos, no de momento. Pero si me das algún motivo para dudar de ti...

—No lo haré —dijo él—. Te lo prometo.

La chica asintió y se puso de pie.

—Debería irme a casa. Mi madre estará preocupada por mí. Ven a verme mañana, Leelo. Hay más cosas de las que tenemos que hablar.

Leelo miró a Jaren y, después, se levantó y siguió a su amiga al exterior.

—Gracias por no contarlo. Siento no haber sido sincera contigo. No sabía qué hacer.

El comportamiento de Isola cambió en cuanto estuvieron fuera del alcance del joven.

—Es por esto por lo que me preguntaste por la cabaña y la barca, ¿verdad? No puedo creerlo, especialmente después de que vieras lo que le pasó a Pieter. Por no mencionar a mi familia. ¿Por qué pondrías en peligro a tu madre por un desconocido?

Leelo suspiró y se pasó las manos por la cara.

—Sé lo irracional que debe parecer todo, pero no planeé nada de esto. Cuando llegó el momento, no pude matar a una persona, incluso aunque fuera un forastero.

Su amiga se ablandó un poco.

—Eso puedo imaginármelo. Ni siquiera te gusta matar a los conejos.

—Exacto.

Isola sacudió la cabeza y, en ese momento, le pareció mucho más mayor, como si hubiese vivido una década en los últimos meses.

—Esto es peligroso, Leelo. Más de lo que puedes entender. Podrías haberte ahorrado muchos problemas si lo hubieras matado desde el principio. —Miró hacia la cabaña—. Espero que valga la pena.

Leelo se tragó el nudo de aprensión que se le había formado en la garganta.

—¿Valió la pena Pieter?

Isola inhaló con fuerza y, después, soltó el aire con una lentitud deliberada.

—Pregúntame eso dentro de seis meses.

—¿Por qué has venido hoy aquí?

La muchacha tenía los ojos marrones y grandes, y parecían incluso más grandes cuando los tenía llenos de lágrimas.

—Quería sentirme cerca de él otra vez. La manta huele a él. —Entrecerró los ojos un poco, pero no parecía enfadada—. Bueno, solía oler a él.

—Lo siento. Sé que este era tu lugar. Sencillamente, no sabía a qué otro sitio llevarle.

Isola la observó durante un instante.

—No lo sabes, ¿verdad?

—¿Saber el qué?

Sin embargo, su amiga se limitó a sacudir un poco la cabeza.

—Ven a buscarme cuando tengas tiempo de hablar. De verdad que tengo que volver ya.

Tragó saliva y se despidió con la mano mientras Isola desaparecía entre los árboles. Después regresó a la cabaña, cerrando la puerta tras de sí.

Capítulo Treinta y Siete

—Leelo, yo…

—Jaren…

Ambos se rieron con nerviosismo. No estaba segura de por qué las cosas tenían que resultar incómodas entre ellos, pero habían estado achispados cuando se habían besado y, en aquel momento, los dos estaban sobrios del todo y la presencia de Isola seguía suspendida en el aire como las nubes tras una tormenta.

—Siento haber estado fuera tanto tiempo —dijo ella, sentándose a su lado en el suelo y alzando los ojos hacia los de él por primera vez desde que había llegado. Tenía miedo de lo que pudiera encontrar en ellos: enfado por haberle abandonado, dolor porque no había ido a verle cuando había di cho que lo haría o miedo de que Isola no guardase su secreto.

Sin embargo, todo lo que encontró fue anhelo. Un anhelo dulce y desesperado. Por ella.

Se puso de rodillas y le tomó el rostro entre las manos. Tenía unas pocas pecas suaves que le cruzaban la nariz en las que nunca antes se había fijado.

—Lo siento mucho. Había una docena de motivos por los que no podía venir, pero no importa. Tendría que haber encontrado la forma de hacerlo.

Él pestañeó despacio mientras los labios se le torcían en una sonrisa suave.

—Tan solo estoy contento de que ahora estés aquí.

—No me puedo creer que Isola te haya encontrado —susurró—. Me he asustado tanto...

Él le frotó los brazos desnudos arriba y abajo, de forma ausente, haciendo que un escalofrío le recorriese la columna.

—No pasa nada. Estoy bien.

A Leelo le tembló el labio cuando pensó en lo cerca que había estado de perderle. Había sido consciente de lo endeble y frágil que era aquello, pero, lo sucedido aquel día le afectó más de lo que había creído posible.

—Jaren.

—Ya lo sé —dijo él con la voz grave por el entendimiento, inclinándose para besarla.

Al final, acabaron tumbados el uno al lado del otro sobre la manta, aunque Leelo había estado tan absorta en besarle que, en realidad, no recordaba cómo. Él fue el que se apartó, aunque era evidente que no le había resultado fácil. Suspiró y le colocó un mechón de pelo detrás de la oreja.

—Probablemente tengas que volver a casa, ¿verdad?

Ella fingió empezar a ponerse en pie.

—Bueno, si quieres que me vaya...

Él se rio y volvió a arrastrarla hacia abajo, junto a él, acurrucándola contra el suave recoveco donde el pecho se le juntaba con el hombro.

—Quédate. Quédate todo el tiempo que quieras.

Ese fue el turno de Leelo para suspirar.

—Ojalá pudiera. Pero debería irme a casa.

Le explicó lo del compromiso de Sage con Hollis y cómo su prima la había necesitado los últimos días. Un gesto de culpabilidad recorrió los rasgos de Jaren, pero ella le alisó las arrugas de la frente con las yemas de los dedos.

—No pasa nada. Tiene a mi tía y hoy parecía estar mejor. Puedo quedarme un poco más.

—¿Crees que habrán reparado la barca? —preguntó él tras unos minutos de silencio en los que cada respiración estuvo llena de la misma cantidad de dicha que de miedo.

—No lo sé. Intentaré comprobarlo mañana.

—Una parte de mí desea que nunca la reparen.

—Lo sé.

—Pero tengo que volver.

A Leelo le costó un momento recuperar la voz.

—Lo sé.

Se giró para estar cara a cara con él y recorrió con cuidado la línea de su mandíbula. Se preguntó qué aspecto tendría dentro de diez años, si se dejaría barba o se cortaría el pelo muy corto. En aquel momento comprendió lo que su madre había querido decir al afirmar que quería congelar el tiempo. Leelo deseaba poder vivir en aquel momento solo una hora o dos para poder memorizar su cara.

—¿Recuerdas que te dije que siempre había sentido que estaba buscando algo? —le preguntó él. Asintió—. ¿Sería extraño si dijera que creo que por fin lo he encontrado?

Un brote de calidez se expandió por el pecho de Leelo. Se incorporó un poco y él la imitó.

—¿Por qué tendría que ser raro?

—Hace poco tiempo que nos conocemos. —Se sonrojó y bajó la vista—. No quiero decir nada que pueda molestarte o asustarte.

Ella colocó un dedo bajo su barbilla y se la alzó hacia arriba para que le mirase.

—No estoy asustada.

—Siento como si te conociera, Leelo, como si siempre te hubiera conocido.

—Yo también.

—¿Y eso no te asusta? ¿Ni siquiera un poco?

Una de las comisuras de los labios de ella se torció en una sonrisa.

—¿Por qué? ¿Acaso tú me tienes miedo?

Él se rio suavemente.

—Estoy aterrorizado.

Le colocó la mano en el centro del pecho.

—El corazón te late muy rápido. —Trazó sus labios con los dedos de su otra mano—. Mmm... Ahora más deprisa. —Se inclinó hacia delante, sintiéndose atrevida y le besó justo en el lugar en el que había tenido los dedos—. Está desbocado de verdad. Tal vez necesites...

Jaren la interrumpió con un gruñido juguetón, acercándola hacia él para besarla con firmeza. Cuando posó una mano tentativa sobre su corazón, ella reprimió un jadeo.

—¿Esto te parece bien? —le preguntó él en voz baja.

Ella asintió y las caricias se volvieron menos tentativas. En muy poco rato, estaban aprendiendo a leerse el uno al otro. Leelo se preguntó cómo debía de ser tener toda una vida con alguien, y si, al final, ni siquiera necesitabas hablar para poder comunicarte. Pensó que, tal vez, no tenía nada que ver con el tiempo. Quizá con la persona adecuada, simplemente lo sabías.

Un pájaro trinó en la distancia y obligó a su mente a volver a la realidad. Se apartó de él y respiró hondo.

—Podría perderme en ti —le susurró y, por un instante, tuvo miedo. Recordó lo que su madre le había dicho, que no era enamorarse lo que te mataba. Era indudable que Leelo se estaba enamorando de Jaren y, si bien en el momento era maravilloso experimentar todos aquellos sentimientos nuevos, sabía que aquello no duraría para siempre.

Aquella caída hacia el abismo del amor acabaría y, entonces, ¿qué quedaría de ella? ¿Un corazón roto entre un montón de huesos hechos añicos?

—Tiene gracia —dijo Jaren, enroscándose en un dedo uno de sus mechones de pelo—, porque yo siento que por fin me han encontrado.

Y, por el momento, Leelo se olvidó de tener miedo.

Capítulo Treinta y Ocho

Los siguientes días pasaron en una relativa calma en el hogar de Leelo aunque, en el interior, se sentía como si estuviera confusa, con cada parte de ella vibrante y viva de una forma que no reconocía. No estaba segura de cómo nadie más de su familia se daba cuenta. Era un milagro que no se deshiciera por las costuras, haciendo que toda esa mezcla de sentimientos explotara hacia el exterior como una bandada de pájaros asustados.

Sage había vuelto a mostrar su anterior personalidad gruñona, pero, por lo menos, no se quedaba en la cama todo el día o se aferraba a ella. Había recuperado parte de su concentración, lo que significaba que volvía a tomarse en serio los turnos de vigilancia. De vez en cuando, las dudas o la preocupación le recorrían el rostro, pero Leelo podía ver los engranajes girando en la mente de su prima y cómo regresaba al momento presente cerrándose frente a todo lo que no fuera aquello que estaban haciendo. Eso hacía que fuese especialmente crítica con Leelo, pero debió de suponer que estaba pensando en Tate, porque en ningún momento la interrogó.

De forma milagrosa, Fiona parecía estar más fuerte cada día y Ketty estaba más alegre de lo que Leelo era capaz de recordar que hubiera estado nunca. Desde luego, tenía todo lo que siempre había querido: Tate se había marchado y Sage estaba comprometida con un chico que les ofrecería el tipo de seguridad que les había faltado desde la muerte de Kellan y Hugo. Aquel año, los Harding iban a ayudarles a esquilar a las ovejas, tarea que a su tía le resultaba casi imposible de terminar sin la ayuda de su madre.

Leelo había tenido la esperanza de visitar a Jaren aquella tarde, ya que había tenido el turno de vigilancia más temprano y, en los últimos días, tan solo había podido verle brevemente, pero, para sorpresa de todas, Ketty había propuesto hacer un pícnic. El tiempo era perfecto y, por primera vez que pudiera recordar, estaban al día con las tareas de la casa. No se había dado cuenta de con cuántas cosas se habían cargado para compensar la enfermedad de Fiona. Antes, tan solo había sido capaz de tejer en la cama o junto al fuego, algo que sí ayudaba a la economía familiar. Pero, en aquel momento, también se dedicaba a la jardinería y a la limpieza, lo que hacía que Leelo y Sage tuviesen algo más de tiempo para ellas mismas.

Sin embargo, por mucho que quisiera ver a Jaren (sus pensamientos se habían centrado en poco más desde su último encuentro y, a veces, se descubría a sí misma sonrojándose por los recuerdos en medio del turno de vigilancia), tenía que admitir que era agradable que Ketty y Fiona tuviesen una relación tan buena. Su madre estaba sentada con los codos apoyados y el rostro girado hacia el sol. Por una vez, parecía estar en paz, sin ninguna arruga causada por el dolor constante rodeándole los ojos y la boca.

Mientras Ketty preparaba el almuerzo, Sage fue a buscar agua a un arroyo cercano. Leelo estaba sentada junto a su madre, trenzando margaritas en una cadena e intentando no recordar cómo se había bañado con Jaren, cuando su tía le dio un golpecito en el brazo.

—Ahora que tu prima está comprometida con Hollis, ya es hora de que empieces a pensar en tus perspectivas. —Leelo parpadeó y le dirigió toda su atención, esperando que atribuyese el color de sus mejillas al sol—. No puede sorprenderte. Pronto cumplirás dieciocho años y ya sabes cuánto necesitamos ayuda en casa.

—Pero seguro que con los Harding... —Miró a su madre con gesto implorante.

—No hay prisa —le aseguró ella—, aunque, por supuesto, a todas nos gustaría verte felizmente casada algún día. —Colocó una margarita rebelde detrás de la oreja de su hija y sonrió—. Eso es lo que quiero más que nada, mi vida.

—No estoy diciendo que tenga que casarse ahora mismo —insistió Ketty, pasándole a su hermana un poco de pan y queso—, pero si ni siquiera tiene a alguien en mente...

Fiona sonrió.

—¿Por qué estás tan segura de que no tiene a nadie en mente?

El estómago de Leelo que, hasta entonces, había estado lleno de mariposas, se revolvió de miedo. Desde luego, su madre no sabía quién le gustaba, tan solo que le gustaba alguien. Últimamente, se lo había estado recordando y siempre le arreglaba el pelo o la ropa cuando iba a salir, incluso cuando solo era para el turno de vigilancia. Le había confeccionado un vestido para que se lo pusiera, tal como había señalado, «para ese alguien especial». Llevaba su primer corsé, así como un encaje suave y rosa que había sido teñido a mano con mucho cuidado.

Leelo se había reído de la insinuación, sin querer negar demasiado sus sentimientos, pues eso solo hubiera logrado que su madre sospechase más. Pero nunca le había dicho de forma más explícita que no le dijese nada a su tía.

Ketty le lanzó una mirada significativa.

—Ya veo. ¿Hay algo que quieras contarme?

—Yo...

—¿Sobre qué? —Sage regresó y dejó los odres llenos de agua sobre el mantel de pícnic, junto a Leelo, sin ser consciente de la tensión que emanaba de ella. Se dejó caer tan pegada a su prima que le golpeó el muslo. Después tomó una fresa, haciéndola girar por el tallo.

—Leelo tiene un romance secreto —dijo Ketty con la voz teñida de ese pequeño atisbo de sospecha que siempre mostraba cuando se trataba de ella.

Miró a su madre, que estaba desviando la mirada tras haberse dado cuenta demasiado tarde de su error. Si no le había hablado a Sage del chico que le gustaba, entonces, claramente, estaba intentando mantenerlo en secreto y Fiona acababa de destaparlo.

Leelo no estaba segura de qué hacer. Si lo negaba, o su madre o ella parecería una mentirosa. Pero, si les decía la verdad, despertaría la curiosidad de su prima y eso haría que le resultase mucho más difícil conseguir tiempo para estar sola.

—Es Matias —espetó, escogiendo el primer nombre que se le ocurrió de un chico que fuese más o menos de su edad—. Matias Johnson. No se lo he contado a nadie porque él ni siquiera sabe que existo.

Esa parte al menos era cierta. Matias era otro vigilante, pero vivía al otro lado de la isla. Leelo no sabía nada sobre él, más allá de que tenía dos hermanos mayores y que su madre era alfarera. Al instante deseó haber escogido otro nombre, alguien más creíble, pero era demasiado tarde.

Sage arrugó la nariz con incredulidad.

—¿Qué?

Leelo se sonrojó ante el escrutinio de su familia.

—Ya lo sé; es un poco inesperado. Pero creo que es agradable y atractivo. Bailamos juntos en el festival del solsticio de verano.

Mentiras, mentiras y más mentiras. No había bailado con nadie aquella noche y tampoco pensaba que Matias fuese atractivo. No es que fuera feo, solo que jamás había pensado en él de aquel modo.

Fiona miraba a su hija de reojo y, claramente, aquel cuento no la había persuadido. No podría haber elegido una manera más sosa para hablar de un chico que se suponía que le gustaba.

Al fin, Ketty apartó la vista.

—Siento ser la portadora de malas noticias, pero Matias también está comprometido. Su madre me lo contó en la última reunión del consejo. Él y Reddy Wells llevan años prometidos. Me sorprende que no lo supieras.

Leelo se sonrojó todavía más, lo que, al menos, parecía la reacción adecuada a la noticia de que el chico que le gustaba no estaba disponible.

—Vaya.

Su tía asintió de forma engreída.

—Si te gustaba, tendrías que haberte dado a conocer hace tiempo.

—Es algo reciente —dijo Leelo—. No sabía lo de Reddy.

Miró a su madre y a Sage, que observaban aquella conversación con gestos totalmente diferentes, pero que indicaban lo mismo: no se creían lo que Leelo estaba contando ni lo más mínimo.

Por suerte, Fiona estaba dispuesta a aceptar la mentira de su hija. La rodeó con un brazo y le dio un beso en lo alto de la cabeza.

—Lo siento mucho, cariño. Pero, no te preocupes, hay otros chicos en la isla. Estoy segura de que encontraremos a alguien para ti.

Leelo permitió que la consolara, pero, mientras volvían a casa, su prima seguía mirándola con aquellos ojos entrecerrados llenos de sospecha.

—Así que, ¿Matias? —le dijo cuando sus madres se hubieron quedado atrás—. Es curioso. No creo haberte oído mencionarlo nunca antes.

—¿De verdad? Estoy segura de que sí lo he hecho.

En su interior, se avergonzaba de aquella mentira tan terrible. Deseaba haber mencionado a otra persona, pero había entrado en pánico. Debería haber sabido que, con el tiempo, aquel tema de conversación iba a surgir, especialmente ahora que Sage estaba prometida; pero había estado tan centrada en Jaren que no había pensado en planificar otra mentira más.

—Es una elección rara para ti.

—¿Tú crees?

—Su padre es carnicero.

A Leelo le dio un vuelco el estómago al recordar de pronto que, a menudo, Matias llevaba manchas de sangre en la ropa por haber ayudado a su padre en el trabajo.

—Tienes razón. Lo había olvidado.

—Bueno, supongo que es mejor que se case con Reddy. Si no, tendrías que haber aprendido a ser carnicera y no estoy segura de que lo hubieras podido soportar.

Leelo consiguió dedicarle una sonrisa poco entusiasta.

—Probablemente no.

—No te preocupes, Lo. Yo te encontraré a alguien. Conseguiremos que estés prometida también antes de que acabe el año.

Le pasó un brazo por los hombros, sujetándola con demasiada fuerza.

Ya fuese que Sage creyese que mentía sobre el chico o sobre que le gustase alguien, una cosa estaba clara: no había engañado a su prima ni por un segundo.

Leelo tenía un secreto y Sage no iba a descansar hasta que no descubriera de qué se trataba.

Capítulo Treinta y Nueve

Jaren estaba profundamente dormido cuando oyó que llamaban a la puerta de la cabaña. Abrió los ojos, pestañeando en la oscuridad. Había estado esperando a Leelo todo el día, consciente de que tenía la tarde libre, y se había quedado dormido pensando en ella. Por un instante, estuvo seguro de que estaba teniendo un sueño lúcido. Los santos sabían que, últimamente, se había imaginado la presencia de la chica bastantes veces. Pero, entonces, sintió un dolor en la cadera causado por dormir en el suelo duro y pestañeó hasta despertarse del todo, preocupado de que fuese Isola. O, lo que era peor, otra persona.

La puerta se abrió con un crujido, pero la silueta familiar que se dibujó a la luz de la luna era la de Leelo y la tensión que había sentido en los músculos fue sustituida por un tipo de expectación diferente.

Ella entró en silencio y se arrastró hasta donde estaba tumbado. Sin pensarlo demasiado, volvió a cerrar los ojos y fingió estar dormido.

Hubo un silencio prolongado y, entonces, sintió un pequeño tirón de la manta mientras ella se tumbaba a su lado, acurrucando su cuerpo esbelto junto al suyo con cuidado como para no despertarlo. Era una noche cálida y había estado durmiendo sin camisa y con la manta doblada en torno a la cintura, por lo que todos los nervios de su cuerpo se despertaron cuando ella le pasó un brazo por el torso. Tomó aire y se movió un poco hacia ella.

—Leelo.

—Siento haberte despertado —susurró, dándole un beso pequeño en el hombro—. Es solo que necesitaba verte.

—¿Va todo bien? —Ella negó con la cabeza y cerró los ojos y, a la luz de la luna, pudo ver lágrimas cayéndole por las mejillas—. ¿Qué ocurre? —le preguntó mientras se le rompía el corazón al verla llorar. Siempre le había parecido muy fuerte y segura, así que no sabía qué hacer cuando estaba así, delicada y vulnerable como una herida abierta.

—No es nada —dijo, pero podía escucharla esforzándose por no llorar—. Es solo que... No quiero que te vayas, pero también sé que no puedes quedarte.

Jaren se giró del todo y ella enterró la cara en su pecho. Sintió las lágrimas frías sobre la piel desnuda.

—¿Ha pasado algo? —le preguntó con suavidad.

—Todavía no, pero estoy aterrorizada por lo que pueda ocurrir. Y no podría vivir en paz conmigo misma si te pasase algo.

—No pasa nada. Todo saldrá bien.

La rodeó con los brazos, dándose cuenta por primera vez de lo pequeña que era. Era como un huevo en su palma: podría romperla si quisiera. Y, mientras una parte egoísta de sí mismo quería aferrarse a ella con tanta fuerza que no pudiera abandonarle, la mayor parte de él quería acunarla como algo valioso y delicado, hacer que todo el dolor desapareciera, protegerla del mundo y de todos aquellos que lo habitan.

Al final, entre las palabras reconfortantes y las caricias delicadas, las lágrimas cesaron y algo cambió. Ella le besó una vez, vacilante al principio, como si estuviera confusa por cómo su dolor se había convertido de forma tan rápida en algo diferente. Pero Jaren lo entendió. Él también estaba triste y asustado, pero la necesitaba. Ahí fuera, en el mundo real, tal vez hubiera hecho caso a las convenciones sociales que decían que deberían esperar hasta ser más mayores, pero sabía que no podían esperar. Nunca tendrían nada más que aquel momento y, si era codicioso desearla, entonces era codicioso. Si era egoísta necesitarla, entonces era la persona más egoísta del mundo. ¿Cómo podía dejarla ir si acababa de encontrarla? ¿Por qué no debería consumir toda la felicidad que pudiera cuando se trataba de algo tan fugaz y elusivo?

Nunca le había pedido demasiado a la vida. Tan solo había querido la seguridad de su familia. No tenía grandes sueños de ver el mundo o aspiraciones de hacerse un nombre. Esperaba que sus hermanas encontrasen matrimonios felices, que su padre encontrase consuelo en su nueva vida en Bricklebury y, tal vez, una nueva esposa para que no tuviera que estar solo cuando sus hijos se marchasen. Y, sí, Jaren sabía que quería empezar su propia familia algún día, pero jamás se había atrevido a imaginarse semejante felicidad. En realidad, ni siquiera había sabido que existiera.

Había hablado en serio cuando, en otra ocasión, le había dicho que se sentía encontrado. Las vueltas constantes y furiosas que le daba la cabeza se calmaban cuando estaba con ella. Aquel terrible anhelo que llevaba intentando llenar toda su vida se sentía saciado en su presencia y el único anhelo que sentía en ese momento era aquel antojo dulce y penetrante de querer más de algo maravilloso; de desear y saber que ella también le deseaba.

Abrió los ojos y se encontró con que ella le estaba observando. Se detuvieron un instante, con los cuerpos acercándose más con cada respiración. Leelo se incorporó y alzó los brazos sobre la cabeza, esperando a que él le ayudase con el vestido. Mientras Jaren lo dejaba a un lado, ella alcanzó la manta para cubrirse con ella y, entonces, pareció darse cuenta de que solo había una.

—¿Tienes frío? —le preguntó amablemente.

Ella negó con la cabeza. Él le quitó la manta y la tendió en el suelo, donde se tumbaron el uno al lado del otro. Bajo la luz de la luna, su cabello y su piel brillaban, como si hubieran bañado todo su cuerpo en plata líquida. Tenía el labio inferior, hinchado por los besos, atrapado entre los dientes y parecía como si todo el universo estuviese en aquel hueco diminuto entre ellos.

Lo que sentía en el pecho era casi abrumador. ¿Cómo podía una persona cambiar toda su perspectiva de la vida con solo mirarle? ¿Cómo un solo roce podía hacerle olvidar todo lo que había conocido alguna vez? ¿De verdad podía enamorarse en cuestión de días?

Mientras ella acercaba los labios a los suyos, decidió que sí podía, porque sabía, sin la más mínima duda, que él lo había hecho.

Capítulo Cuarenta

Leelo se despertó con el canto de los pájaros entre los árboles, dándose cuenta con un sobresalto de que no estaba en casa en su cama. Se había quedado dormida entre los brazos de Jaren.

Se incorporó abruptamente, despertándolo.

—¿Qué ocurre? —le preguntó él con la voz pastosa por el sueño.

—¡Nos hemos quedado dormidos! —Leelo se pasó el vestido por la cabeza y se ató las botas lo más rápido que pudo—. Se supone que tengo turno de vigilancia hoy por la mañana.

Jaren pestañeó, adormilado.

—¿Qué hora es?

—Casi ha amanecido. Tengo que irme.

Ella se volvió para mirarle. Tenía las mejillas hinchadas y marcadas allí donde las había tenido apretadas contra ella durante la noche y el pelo revuelto por sus dedos. Volvió a sentir aquella inflamación en el pecho, ese sentimiento que ahora sabía que era amor. Se agachó para darle un beso en la mejilla.

—Volveré en cuanto pueda.

Él la agarró de la muñeca, pero el tirón fue suave. Sabía que no podía quedarse.

—Te echaré de menos.

Ella le sonrió.

—Yo también.

En el exterior, el aire frío de la mañana le ayudó a despejar la mente. Empezó a correr en dirección a casa, diciéndose a sí misma que no pasaría nada. Podría escabullirse dentro y cambiarse antes de que Sage se hubiera dado cuenta de que se había marchado. Siempre podía mentir y decir que había estado durmiendo en la cama de Tate.

Mientras corría, no pudo evitar recordar la noche anterior. Jaren había tenido mucho cuidado con ella, como si estuviera hecha de cristal, tal como Sage decía. Había tenido que ser ella la que tomara el control para asegurarle que no se rompería en sus manos. Nunca le había preguntado si había estado con alguna chica en el pasado, y él nunca le había preguntado por su experiencia. Sospechaba que los dos eran nuevos en todo aquello, lo cual, en cierto modo, había resultado reconfortante. No había habido presión, solo asombro y deseo mutuo. E incluso aunque sabía que acababa de permitirse caer todavía más en dirección a algún final inevitable, ni se arrepentía ni tenía dudas sobre su decisión. En otro mundo, habría pasado el resto de su vida entre sus brazos.

Pero, allí, en el mundo real, iba a llegar tarde.

Cuando se coló por la puerta delantera, la casa estaba en calma y el sol todavía no había salido. Respiró tan sigilosamente como pudo, subiendo las escaleras de puntillas en dirección a la habitación. Ya casi había llegado cuando oyó un crujido procedente del piso inferior. Se dio la vuelta y vio a Ketty sentada en un sillón, mirándola.

—Tía Ketty —dijo, con la sangre congelándosele—. ¿Qué haces despierta tan temprano?

Su tía no dijo nada. Estaba esperando a que volviese a bajar. A regañadientes, bajó las escaleras mientras el corazón todavía acelerado le daba tumbos por un motivo muy diferente.

—Lo siento, solo estaba…

—No me mientas, niña. —Ketty estaba vestida con el camisón y la bata con la larga trenza rojiza colgándole sobre el hombro. Sin embargo, parecía que llevaba varias horas despierta, esperando en la oscuridad a que regresara.

Leelo bajó la vista al suelo. Se mordió los labios para evitar intentar decirle otra excusa poco convincente. Había demasiadas posibilidades de revelar algo sin darse cuenta. Era mejor esperar en silencio a su castigo.

—¿Con quién estabas? —le preguntó su tía—. Sé que no era Matias, así que escoge las palabras con cuidado.

¿A quién podría mencionar sin implicar a alguien inocente? No había ninguna opción y preferiría morir antes que entregar a Jaren. Ketty esperó con impaciencia creciente mientras se le agitaban las fosas nasales.

—¿No vas a contestarme?

Leelo sacudió la cabeza de forma casi imperceptible.

—No.

Su tía soltó el aire por la nariz.

—Muy bien, no me lo digas. Pero, hasta que lo hagas, no saldrás de esta casa por ningún motivo que no sea para el turno de vigilancia y no irás a ningún sitio sin Sage. ¿Me has entendido? Tenemos reglas por un motivo, Leelo. No sé qué crees que estás haciendo, pero si acabas embarazada antes incluso de casarte…

Leelo alzó la vista hacia ella con brusquedad.

—Eso no es asunto tuyo.

—Ah, ¿no? ¿Quién crees que cuidaría del bebé? Desde luego, tú no serías capaz. Ni siquiera eres capaz de cuidar de ti misma.

—No soy tu responsabilidad —dijo Leelo.

Ketty se rio con frialdad.

—¿No? Entonces, ¿de quién? No olvides que, sin mí, no habría comida sobre la mesa. Sin las perspectivas de matrimonio de tu prima y sin hombres en nuestro entorno para ayudarnos, podríamos morir de hambre el próximo invierno.

Tal vez fuese la falta de sueño lo que hizo que Leelo actuase de forma temeraria.

—Habría hombres en nuestro entorno si no fuese por ti.

—Sé que no te refieres a Tate. Ni siquiera tú eres tan tonta como para culparme por eso.

Leelo no estaba segura de a quién se refería. Hugo y Kellan habían muerto en un accidente. Pero Leelo no podía evitar recordar lo que su madre le había contado sobre cómo su tía lo había sacrificado todo por la familia. Y luego estaba Isola, con su extraña reacción al asunto de la cabaña. Había secretos en aquella casa, cierto. Pero no todos eran suyos.

Volvió a agachar la mirada. Discutir con su tía no iba a solucionar nada y mientras estuviera bajo su ojo vigilante, jamás podría ver a Jaren. Aquel pensamiento le hizo sentirse vacía por dentro.

—Lo siento —murmuró—. No quería decir eso.

Ketty soltó una risita.

—Claro que querías. Eres tan inocente como mi hermana y el doble de desagradecida. Supongo que no puedo culparte. Eres la hija de tus padres. —Dio unas zancadas hacia delante, deteniéndose cuando los dedos de sus pies casi rozaban los de Leelo. Agarrándole la barbilla con los dedos, le giró la cabeza hacia un lado y otro con brusquedad—. Sea quien sea, espero que merezca la pena —dijo, soltándole la cabeza y empujándola al pasar a su lado—. Vístete, tu turno de vigilancia empieza en media hora.

Capítulo Cuarenta y Uno

Jaren había decidido que era el momento de actuar. Se había permitido volverse débil y pálido en aquella choza, contando con Leelo para que le alimentase y le mantuviera a salvo. Pero en su estado actual, jamás podría salir de la isla. Cada día se aventuraba un poco más lejos de la cabaña, fortaleciendo las piernas y aprendiéndose la geografía de la isla en el proceso. En el interior, hacía abdominales y flexiones para recuperar algo de músculo en los brazos y el torso. Se aseguró de bañarse cada dos días, ya que descubrió que eso le hacía tener un horario, le hacía tener algo que esperar incluso si Leelo no podía ir a verle.

Conforme los días empezaron a acortarse, los planes de Jaren empezaron a adquirir una nueva urgencia. Hacía varias semanas que estaba fuera y tan solo podía imaginar lo que su familia debía de pensar. Sobrevivir y, después, estar con Leelo, le había resultado abrumador al principio, pero, en aquel momento, en la calma posterior, podía pensar con más claridad. Tenía que volver a tierra firme.

Y pensaba llevarse a Leelo con él.

A ella no le había hablado de aquel plan todavía. Sabía que había muchas posibilidades de que no quisiera marcharse y ese era el motivo por el que había pasado los últimos días contándole lo maravillosa que podía ser la vida fuera de la isla. A ella le encantaba escuchar sus historias con la cabeza apoyada en su pecho y dibujándole círculos en la piel con los dedos. Quería saberlo todo sobre sus hermanas, sobre cómo era viajar desde Tindervale hasta Bricklebury, y le fascinaba la idea de un bosque que no requería de sus habitantes nada que no fuera el respeto por la naturaleza.

—Si no tuvierais que darle la mitad de vuestras presas al Bosque, ¿no serían vuestras vidas más fáciles? —le preguntó con curiosidad genuina.

Habían pasado varios días desde que había ido a verle en mitad de la noche y aquella visita tendría que ser corta, ya que la familia de Leelo empezaba a preguntarse dónde había estado desapareciendo. Jaren se sentía fatal de que la hubieran pillado colándose en casa y deseaba que no se hubieran quedado dormidos, pero no hubiese cambiado nada más. Aquella noche había sido la mejor de toda su vida.

—Realmente, no —contestó ella—, porque el Bosque nos provee de más cosas de lo que cualquier bosque normal podría hacer.

Jaren no estaba seguro de que aquello fuese cierto, pero estaba claro que ella lo creía así.

—¿Y qué pasa con los otros Bosques Errantes? ¿Por qué este se queda en un sitio cuando los otros no lo hicieron?

—Supongo que porque nos tiene a nosotros.

Jaren miró por la ventana hacia los árboles. Por lo que había visto de la isla, no tenía más presas o recursos que cualquiera de los otros bosques en los que había estado. Pero se había dado cuenta de que, de un día para otro, el Bosque cambiaba de formas extrañas. Un día, un árbol caído podía estar en su lugar, cubierto de musgo como si hubiese estado así desde hacía años y aparecer recto al día siguiente. Al principio, había pensado que se perdía, pero se había acostumbrado a dejarse marcas a sí mismo y, definitivamente, el Bosque cambiaba.

En una ocasión, mientras estaba tallando con el cuchillo que ella le había dado para que pudiera despellejar sus propias presas en caso de que cazara algo, se había cortado torpemente mientras intentaba hacer una... Bueno, se suponía que era una ardilla, pero le había salido algo más parecido a un castor. De la herida le había brotado sangre que había caído al suelo junto al pequeño tocón en el que se había sentado. Antes de poder contener el sangrado con su túnica, había observado con horror cómo la propia tierra empezaba a removerse, consumiendo la sangre pocos segundos después de que hubiera caído.

No quería decirle a Leelo todas las cosas que pensaba que estaban mal en su hogar. Si lo hiciera, sabía que ella se sentiría dolida y enfadada y jamás aceptaría marcharse con él. Así que era amable y la escuchaba con verdadero interés cuando hablaba, sin rebatirle cuando defendía algo de Endla.

Le dio un beso en la parte superior de la cabeza, inspirando el cálido aroma a lavanda. Si no accedía a escapar con él, no sabía qué iba a hacer. Sabía que tenía que volver a casa, pero la idea de perderla le resultaba insoportable.

—¿Cuándo vuelves a tener un día libre? —le preguntó—. Estaba pensando en que deberíamos ir a ver la barca y a asegurarnos de que la han reparado.

Ella se incorporó y le observó desde arriba.

—¿Los dos?

—Sé que estás preocupada, pero creo que es importante que sepa dónde está por si tengo que llegar hasta ella sin ti.

—Pero jamás podrías moverla tú solo.

—Lo sé, pero ¿qué pasaría si tuviéramos que encontrarnos allí?

Ella pareció escéptica, pero volvió a acomodarse en el hueco de su brazo, donde encajaba a la perfección, como la pieza de un puzle que no había sabido que le faltaba.

—Tengo un día libre dentro de tres días. Pero no sé si podré librarme de Ketty y Sage. Últimamente me han estado vigilando como halcones. Hoy me he podido escapar solo porque mi prima tenía que ir a visitar a los Harding con mi tía.

—Por cierto, ¿cómo se siente con respecto a su compromiso? ¿Mejor?

Leelo se encogió de hombros.

—No lo sé. No quiere hablar de Hollis, pero hoy no parecía demasiado molesta de tener que ir a verle, así que tal vez ya lo haya aceptado.

—Lo lamento por ella —dijo, pasando los dedos por el pelo sedoso de la chica—. Nadie merece acabar en un matrimonio que no ha elegido.

Leelo suspiró, soltando una suave bocanada de aire sobre su pecho, haciendo que el corazón se le encogiese ante su dulzura.

—Claro que no.

—Una vez mencionaste que el matrimonio de tu tía tampoco había sido feliz.

—No. Y, a veces, me pregunto si, después de todo, el de mi madre tampoco lo fue.

—¿De verdad?

Estuvo callada un minuto.

—Hace poco me estaba hablando sobre el amor y parecía muy feliz y soñadora. Entonces mencioné a mi padre y todo su comportamiento cambió. Isola me dijo algo raro el otro día y es evidente que Sage me esconde secretos. Sé que todas intentan protegerme, pero no necesito protección; necesito la verdad.

Sus palabras hicieron que Jaren se tensara. Quería la verdad. No estaba necesariamente engañándola, pero tampoco estaba siendo honesto del todo con ella.

—Leelo, necesito preguntarte algo. —Cuando se incorporó y le hizo un gesto para que le imitase, una pequeña arruga surgió entre sus cejas pálidas—. Tengo que volver pronto. No quiero abandonarte, pero no puedo retrasarlo más.

—Eso no es una pregunta —dijo ella.

Él bajó la vista hacia las manos y, después, se obligó a mirarla directamente.

—¿Vendrás conmigo?

Leelo pestañeó, sorprendida.

—¿Qué?

—Sé que Endla es tu hogar. Es todo lo que conoces y toda tu vida está aquí. Pero no puedo evitar pensar que, si te quedas aquí, acabarás casándote con alguien a quien no quieres solo para apaciguar a tu familia. O acabarás sola porque te niegas a conformarte con una vida así, y mereces compartir tu corazón con alguien, si eso es lo que quieres. Lo cual no quiere decir que me quieras a mí, claro.

Había empezado a divagar, con los pensamientos enredándosele como un hilo, cuando ella le interrumpió con una mano sobre la suya.

—Jaren, yo...

—Lo sé. Tu familia. Pero tu madre podría venir con nosotros. Sage y Ketty no querrían, pero tú misma dijiste que tu madre no es como los otros endlanos.

—No se encuentra bien, y jamás abandonaría a su hermana.

—¿Incluso si eso implicase reunirse con Tate? —Casi odiaba mencionar al chico, agitándolo frente a ella como si fuese un cebo, pero sabía lo mucho que le importaba su hermano pequeño—. No puedo prometerte que le encontraremos, pero te prometo que pasaremos cada día intentándolo.

Los ojos se le llenaron de dolor ante la mención de su hermano.

—Allí fuera, seríamos un peligro para él. Por eso tuvo que marcharse, porque la magia endlana podría hacerle daño, porque mi propia magia podría herirle.

—Tú nunca le harías daño, Leelo.

Ella se puso tensa.

—No has visto un ahogamiento. No sabes de lo que es capaz este Bosque.

—Sé cómo eres tú.

Leelo se ablandó ante aquellas palabras, pero había duda en su voz.

—Nos conocemos desde hace muy poco, Jaren.

—He pasado más tiempo contigo de lo que he pasado en toda mi vida con cualquier persona que no sea de mi familia más inmediata. Por favor, no subestimes lo que tenemos solo porque estés asustada. Yo también tengo miedo.

Ella suspiró, frustrada.

—Me pides que vaya en contra de todo lo que siempre he conocido.

—No estoy haciendo eso.

Leelo sacudió la cabeza.

—Empiezo a preguntarme si de verdad entiendes lo que te he estado contando. Endla nos protege, pero también os protege a vosotros. ¿Crees que mi gente hubiera pasado generaciones en una isla pequeña si tuviéramos alguna opción al respecto?

—Leelo, hasta hace unos meses, jamás había oído hablar de Endla. Si tu gente fuese tan peligrosa, las noticias habrían llegado a Tindervale. Tienes muy poca experiencia…

Se puso de pie de un salto, casi golpeándose la cabeza con el techo.

—¿Es eso lo que piensas de mí? ¿Qué soy una niña demasiado protegida e ingenua?

—No, eso no es en absoluto lo que quería decir.—Intentó pasarse los dedos por el pelo, pero se le engancharon dolorosamente en los mechones enredados—. No es así como tendría que haber salido todo esto.

Leelo cruzó los brazos frente al pecho, mirándole con sospecha.

—¿Cómo tendría que haber salido el qué?

Él se puso de rodillas poco a poco, temiendo que cualquier movimiento equivocado hiciera que saliera corriendo.

—¿No crees al menos que es posible que el mundo haya cambiado en los años que han pasado desde que tus ancestros vinieron aquí? No estoy diciendo que no tengas motivos para tener miedo. Tan solo digo que quedarte aquí también será difícil. —Suspiró, deseando poder encontrar las palabras perfectas para convencerla de que quería lo mejor para ella, que aquello no era solo una petición egoísta—. Lo siento. Sé que es una tontería. Es solo que no quiero perderte.

Ella respiró hondo, dejándose caer al suelo junto a él. Tras un momento, consiguió sonreír un poco y le tomó la cara entre las manos.

—Yo tampoco quiero perderte. —Le besó suavemente—. Y sí te quiero. Mucho.

—¿De verdad?

Ella asintió.

—Desde luego.

Su miedo y su tristeza se desvanecieron tras aquellas palabras. Sonrió y se desplomó como si se hubiera desmayado de felicidad, y, en realidad, solo lo tuvo que exagerar un poco. Leelo se rio y le dio un golpecito en las costillas.

—¿Qué hay de mí?

—Bueno, no estás mal.

Abrió la boca de golpe y estuvo a punto de darle un puñetazo juguetón, pero le atrapó la mano y la acercó hacia él, apartándole el pelo de la cara.

—Te quiero sin medida, Leelo... —Meditó durante un instante—. Creo que nunca me has dicho tu apellido.

—Hart —contestó ella en voz baja—. Significa «ciervo».

Él le dio un beso en la frente y, después, en la punta de la nariz.

—Como ya te he dicho, Leelo Hart, te quiero sin medida.

Capítulo Cuarenta y Dos

Leelo se abrió paso por el bosque, deseando llegar a casa antes de que oscureciera. La pregunta de Jaren (si iría con él a tierra firme) se repetía en su mente una y otra vez. Por supuesto, su reacción inicial había sido decir que no. Era una sugerencia absurda. Nunca podría marcharse de Endla, no solo porque había pasado toda su vida creyendo que el mundo exterior era maligno, sino porque no podía abandonar a su familia.

Pero, después, pensó en Fiona y en lo débil que había estado últimamente. De todos modos, Sage iba a mudarse pronto y, en secreto, Leelo había tenido la esperanza de que Ketty se marchase con ella. No es que no fuera a echar de menos a su prima, pero no creía que la presencia de su tía fuese buena para su madre. Si tan solo tuviera que mantenerlas a ellas dos, estaba segura de que podría hacerlo todo sola. Aprendería a tejer y reemplazaría a su madre. Sin los turnos de vigilancia, tendría tiempo suficiente para terminar todo.

Y, además, estaba su hermano. Allí fuera, Fiona, Tate y ella podrían vivir juntos. ¿Acaso no era eso todo lo que deseaba? Eso, y quedarse con Jaren.

Sin embargo, abandonar Endla significaría que no podría volver a cantar de nuevo y esa idea era, quizá, la más dolorosa de todas. Se tocó la garganta, imaginando que nunca podía dejar que sus canciones emanaran de ella. Tal vez, con el tiempo, dejaría de sentir aquel deseo. Tal vez, pero no podía contar con ello, y eso pondría en peligro a todos los que estuvieran a su alrededor, incluido Jaren.

Frente a ella, escuchó los pasos pesados de alguien caminando por el bosque. Desde atrás, reconoció el pelo corto y castaño de Isola y salió trotando para alcanzarla. Estaba a punto de llamar a su amiga cuando se dio cuenta de que no estaba sola.

Se cubrió la boca con la mano para reprimir un gemido. Sage estaba frente a la otra chica, poniéndose de puntillas para mirar por encima del borde de la cesta que llevaba.

—¿Dices que has estado recolectando? Es un poco tarde para las bayas y un poco pronto para las setas.

Isola miró alrededor del bosque, como si deseara estar en cualquier lugar menos allí.

—Si te interesa, estoy recolectando hierbas.

Su prima sonrió.

—Ya veo. ¿Quieres compañía?

Isola la estudió un momento. A su favor, hay que decir que le devolvió la sonrisa.

—Por favor, adelante. Yo te sigo.

Leelo suspiró aliviada mientras su amiga se llevaba a Sage lejos de la cabaña. Las siguió a cierta distancia, esforzándose por escuchar su conversación.

—¿Qué estabas haciendo por aquí? —le preguntó Isola—. No tienes vigilancia, ¿no?

—Últimamente, Leelo se ha estado escapando. Mi madre quiere que descubra dónde ha estado yendo. Tú no sabes nada al respecto, ¿verdad?

¡Santos! La había estado siguiendo. La espalda se le llenó de sudor frío mientras se apresuraba a esconderse detrás de un árbol justo antes de que su prima se girara para mirar en su dirección.

—¿Por qué crees que sé algo al respecto? —preguntó Isola.

—Tú y Leelo sois amigas, ¿no? Es tu única amiga después de lo que hiciste con Pieter.

Sabía con exactitud lo que su prima estaba haciendo: intentar molestar a Isola para ver si se le escapaba algo. Sin embargo, su amiga era más dura de lo que Sage le había atribuido nunca.

—Leelo ha sido extremadamente amable y paciente conmigo. Soy afortunada de decir que es mi amiga. Pero si se ha estado escapando, yo no me he dado cuenta. Damos paseos juntas sin ti, así que es muy posible que sea yo la persona a la que ha estado viendo.

—¿He de suponer que está ayudándote a llenar el vacío que dejó Pieter?

En ese momento, Isola se detuvo y se giró hacia Sage.

—¿Qué estás insinuando?

—Nada en absoluto. Nadie tiene que decirme lo especial que es Leelo. Sería totalmente comprensible que te enamorases de ella.

Leelo maldijo en voz baja mientras el rostro de su amiga se ponía rojo como la remolacha.

—Sí, lo sería, pero eso no es lo que hay entre nosotras. No es más que una buena amiga. Algo que es evidente que tú no entiendes. Si quieres tanto a tu prima, ¿por qué no le preguntas a ella misma dónde ha estado yendo en lugar de estar espiándola para ver si la pillas en una mentira? —Alzó la barbilla—. Tal vez es porque sabes que no te lo diría, que no confía en ti para nada.

Sage frunció los labios. Incluso desde aquella distancia, podía ver que estaba esforzándose por controlar su temperamento.

—No sabes nada sobre mi relación con Leelo. No puedes. Pero, créeme cuando digo que haré todo lo que sea necesario para protegerla, incluso si eso significa descubrir un secreto que quiere ocultar. No sabe qué es lo mejor para ella. Eso lo dejó perfectamente claro cuando escogió ser amiga tuya.

Isola le lanzó una sonrisa pequeña y condescendiente.

—Exacto. A mí me eligió. A ti, no le queda más remedio que aguantarte, pobrecita.

Y, tras decir aquello, giró sobre sus talones y desapareció en el bosque.

Sage permaneció de pie unos minutos, en silencio, con el rostro blanco bajo las pecas y las manos cerradas en puños. Una parte de Leelo quería correr a consolarla, ya que podía ver que, si bien era ella la que había intentado herir, había sido Isola la que le había dado donde más le dolía.

Pero si su prima supiera que había presenciado aquel encuentro, tan solo se pondría a la defensiva. Incluso en aquel momento, estaba estirando la columna, flexionando los dedos y limpiándose las lágrimas de la cara antes de que pudieran caer.

Además, no tenía unos sentimientos especialmente cálidos hacia ella en aquel momento. No cuando sabía que la había estado espiando. No sabía qué habría hecho si se hubiese limitado a preguntarle por la verdad en lugar de intentar cazarla como un depredador en una emboscada. Sin embargo, Sage nunca la había respetado lo suficiente como para preguntarle.

Esperó hasta que su prima se dio la vuelta y se encaminó a casa antes de soltar el aire y correr en la dirección que había seguido Isola.

—Isola —dijo entre dientes cuando casi la había alcanzado.

La chica se dio la vuelta con los ojos abiertos de par en par.

—¡Santos! Eres tú, Leelo. Me has asustado.

—Lo siento, no era mi intención.

—Sage ha estado conmigo hace un momento.

—Os he escuchado hablar. Gracias por no contarle lo de Jaren.

Isola soltó un bufido.

—Sage es a la última persona a la que se lo contaría, Leelo. Sé que es tu prima, pero es tan astuta como un zorro y el doble de ladina.

—Lo sé. Es un milagro que... —Se detuvo, dándose cuenta de pronto de lo raro que era que Isola estuviese tan lejos, sola—. Oh,

Isola —susurró con horror—. Por favor, dime que no has ido a la cabaña.

La muchacha negó con la cabeza.

—No. Al menos, no todavía. Iba a llevarle algo de comida a Jaren, ya que no estaba segura de cuándo volverías a verle. Lo siento. Tendría que haber tenido más cuidado, pero alejé a Sage de allí.

En aquel momento, Leelo tenía el corazón en la garganta.

—Ya sabes cómo es. Sospecha de todo y de todos. Si le encuentra...

—No lo hará. Incluso aunque supiera qué buscar, la cabaña no es fácil de encontrar.

—¡Yo la encontré! —Empezó a dar vueltas en un círculo pequeño—. Santos, ¿qué voy a hacer? Se lo contará a Ketty y Ketty se lo contará al consejo. ¡Lo matarán, Isola! Igual que mataron a Pieter.

Los ojos de su amiga se llenaron de lágrimas.

—Lo siento mucho. Lo siento muchísimo.

Se obligó a respirar. No estaba bien mezclar a Pieter en aquel asunto y nada de aquello era culpa de Isola.

—No pasa nada. No sabemos si lo ha descubierto. Pensaré en algo. —Se planteó regresar para ver cómo se encontraba Jaren, pero Sage se había dirigido hacia casa, no hacia la choza. Si corría, tal vez fuese capaz de llegar antes que su prima y evitar así más preguntas—. Debería volver. Por favor, no vayas a la cabaña mañana. Iré yo tan pronto como pueda.

Isola le tomó la mano y se la apretó con fuerza.

—Si necesitas ayuda, espero que me lo digas. No pude salvar a Pieter. Debería haberlo hecho, pero no lo hice. No dejaré que eso ocurra de nuevo. —Abrazó a su amiga, que la rodeó con los brazos brevemente antes de dar un paso atrás—. Verás, no quería contarte esto, pero, con todo lo que ha pasado, creo que deberías saberlo.

Leelo buscó algo en los ojos de la chica.

—Dime, ¿de qué se trata?

—Tu madre... Ella... Creo que fue ella la que construyó la choza.

Leelo se rio con incertidumbre.

—Mi madre no sabe cómo construir una casa.

—Está bien, no la construyó ella misma. Pero creo que tuvo ayuda. Y creo que tuvo a un forastero aquí.

Sintió como si todo se hubiera quedado quieto a su alrededor y lo único que podía escuchar era su propio corazón latiéndole en los oídos.

—¿De qué estás hablando? ¿Cuándo?

Isola pareció dolida cuando dijo:

—Creo que unos nueve meses antes de que naciera tu hermano.

Abrió los ojos de par en par al darse cuenta de lo que estaba insinuado la otra chica.

—¿Crees que mi madre ocultó a un forastero y tuvo un hijo con él? Eso es imposible. Mi padre lo habría sabido. Mi madre me lo habría dicho. Y Ketty...

Se interrumpió. Era evidente que en su familia había un secreto, uno tan grande que había cambiado para siempre la relación entre Ketty y Fiona. Eso explicaría por qué Tate no se parecía al resto de la familia y por qué su tía le despreciaba tanto. Sacudió la cabeza. Era imposible. Fiona era demasiado leal como para hacer algo así.

Isola continuó hablando, intentando llenar aquel silencio incómodo.

—Encontré una cosa en la cabaña cuando la descubrí por primera vez: un libro de poesía procedente de tierra firme.

—Lo he visto —dijo Leelo—. ¿Qué tiene eso que ver con lo demás?

—En una de las páginas había una flor prensada y una dedicatoria. Decía... —La chica tragó saliva—. Decía: «Para mi más querida Fiona. Tuyo para siempre, Nigel».

Se le empezó a nublar la vista conforme la sangre se le drenaba de la cabeza.

—Necesito sentarme. —Se derrumbó en el mismo sitio donde había estado de pie e Isola se agachó a su lado—. Tiene que haber algún error. Mi madre amaba a mi padre. Sé que es así. No habría hecho esto, no podría. —Enterró la cabeza entre las manos.

Su amiga le puso una mano en el hombro, tentativa.

—Estoy segura de que tu madre quería a tu padre. Esto no cambia eso.

Leelo alzó los ojos con brusquedad.

—¿Que no lo cambia? ¿Cómo?

Isola sacudió la cabeza con impotencia.

—Lo siento.

Se obligó a respirar profundamente. Estaba enfadada, pero una parte de sí misma sabía que Isola tenía razón. Lo había visto cuando su madre le había hablado de los diferentes tipos de amor. Fiona le había tenido mucho cariño a su padre; recordaba su dolor cuando había muerto. Pero ¿era el tipo de amor que Leelo sentía por Jaren? ¿O era un amor que había crecido después, poco a poco, con el paso de los años juntos?

Unos minutos después, Isola se puso de pie y la ayudó a levantarse.

—Siento que hayas tenido que descubrirlo así. Pero deberías pensar en contarle a Fiona la verdad sobre Jaren. Si de verdad ayudó a un forastero a salir de la isla, podría ser tu única esperanza para salvarle.

Capítulo Cuarenta y Tres

Cuando Leelo se hubo marchado, Jaren se tumbó en la manta, mirando el techo y viendo solo su cara. Quería memorizarla porque sabía que nunca encontraría otra tan encantadora.

Cuando, al final, se obligó a levantarse, fuera estaba oscureciendo. Aquella noche todavía podía ir a los estanques a darse un baño. El agua fría le ayudaría a despejar la mente. Aunque no podía concebir dejar a Leelo, le gustaba tener un plan. Además, todavía tenía la oportunidad de convencerla para que se uniese a él.

Se desnudó y se metió en el agua hasta que le cubrió toda la cabeza. El estanque era pequeño pero lo bastante profundo como para sumergirse por completo, y le gustaba la sensación de ingravidez. Bajo el agua, todo estaba en silencio, en paz.

Cuando terminó de lavarse, se estiró para alcanzar su túnica y descubrió que no estaba donde la había dejado. Se volvió a agachar, oteando el bosque, y se dio cuenta de que estaba a menos de un metro. Por suerte, seguía allí, pero, desde luego, no donde la había dejado. Se dijo a sí mismo que tenía que haber sido el viento o un animal curioso. Pero todo estaba en silencio y en calma, y tenía la clara sensación de que le estaban vigilando.

Salió del estanque y se vistió tan rápido como pudo con la piel todavía húmeda. Justo cuando se estaba atando los cordones de las botas, vio algo que se movía entre los matorrales.

Ahí. Una cara. Piel pálida con pecas. Ojos verdes y amarillentos que podrían haber pertenecido con la misma facilidad a un gato salvaje que a una chica. Desapareció un momento después, en silencio. Y Jaren supo que, fuera quien fuese, había querido que supiera que lo estaba vigilando.

Capítulo Cuarenta y Cuatro

Cuando Leelo entró en la casa, se sintió aliviada al ver a Sage pelando verduras en el fregadero mientras Ketty cocinaba. Fiona se había quedado dormida en un sillón.

—¿Dónde estabas? —le preguntó Ketty—. Has estado fuera varias horas. Pensaba que había sido clara.

—Estaba con Isola —contestó Leelo, lanzándole una mirada a Sage. Sin embargo, su prima no la miró.

Se acercó hasta su madre y se arrodilló, poniéndole el dorso de la mano en la frente. No tenía fiebre, pero tenía la piel cetrina y apagada. Aquello no tenía sentido. Había estado bien la semana anterior. ¿Qué podía haber cambiado desde entonces para que estuviera tan enferma?

Fiona abrió los ojos, parpadeando.

—Oh, Leelo, ¿cómo estás, querida mía?

Se sentó en el reposabrazos del sillón con cuidado de no golpear a su madre.

—Estoy bien, mamá. ¿Tú estás bien? No tienes buen aspecto.

—Es solo otra mala racha. Se me pasará, como siempre.

—No estás cantando lo suficiente —dijo Ketty por encima del hombro—. Siempre empeoras cuando no cantas.

Fiona ignoró a su hermana y le acarició la mejilla a su hija con el dorso de la mano.

—Estás preciosa; tan mayor...

Leelo reprimió una sonrisa tímida. Sí que se sentía diferente, pero no podía imaginar que su aspecto fuese diferente al de su antigua versión.

—No estoy segura de eso.

—Bueno, yo sí. —Con un gesto, Fiona le indicó que quería levantarse y Leelo la ayudó a estabilizarse—. Ven arriba conmigo. Hay algo que quiero mostrarte.

Al más puro estilo de Sage, eligió ese momento para intervenir.

—La cena estará preparada enseguida.

—No tardaremos —dijo su madre—. Ayúdame a subir las escaleras, cariño.

No podía recordar la última vez que había estado en la habitación de su madre. En el pasado, había pertenecido a Fiona y a Kellan, y tenía recuerdos distantes de estar sentada en la mecedora de la esquina con su padre y de su madre peinándola en el tocador. Pero, entonces, había dos camas pequeñas: una para Fiona y otra para Ketty. Allí no había adornos de fieltro brillante, tan solo cortinas de encaje amarillentas y un retrato al carboncillo de Leelo y Sage cuando eran pequeñas.

—¿Qué querías mostrarme? —preguntó mientras su madre se sentaba en su cama.

—Está en el armario. Hay una caja en la parte de arriba. ¿Puedes alcanzármela?

Leelo asintió y abrió las puertas del armario. El interior olía a cedro y lavanda. Todos los jerséis de su madre estaban pulcramente doblados en los estantes junto a sus pocas faldas y un único vestido. Aunque disfrutaba confeccionando ropa para su hija, ella misma era una criatura de costumbres y la mayor parte del tiempo se vestía con las mismas blusas y faldas sencillas.

Se estiró hacia la parte superior, buscando a tientas entre las mantas tejidas y la ropa de cama hasta que con la mano tocó una caja de madera pequeña. La bajó, pasando los dedos sobre la talla de dos cisnes que tenían los cuellos inclinados el uno hacia el otro, formando un corazón.

—¿Dónde conseguiste esto? —le preguntó a su madre mientras se la tendía.

—Me la hizo tu padre. Ya sabes que era un tallista muy habilidoso.

Kellan había sido carpintero y había hecho la mayor parte de los muebles de la casa, pero Leelo nunca había sabido que podía confeccionar algo tan delicado.

—Es preciosa.

—Fue mi regalo de bodas. Dijo que los cisnes eran un símbolo de fidelidad, ya que se emparejan de por vida.

—¿Cómo sabía eso?

—Creo que se lo contó su padre, al que también se lo había contado su padre. Formaba parte del grupo que se asentó en Endla aunque, en aquel entonces, no era más que un niño.

—Ojalá pudiera verlo. Dos cisnes nadando juntos. —Leelo trazó con un dedo la curva de los cuellos de los animales. En toda su vida, solo había visto a los pájaros ahogándose gracias al veneno del lago, pero aquel no siempre había sido el caso. Al menos, según las historias—. ¿De verdad crees que el Bosque hizo que el lago fuese venenoso para protegernos?

Fiona tenía el ceño fruncido y los labios curvados en una mueca, pero, tras un momento, se tragó lo que fuera que había pensado decir.

—Tu padre siempre decía que las historias son como la madera, que se dobla y se deforma con el paso del tiempo. Pero creo que hay cierta verdad en la leyenda, sí.

A Leelo empezó a palpitarle el corazón al darse cuenta de lo que iba a preguntarle a su madre.

—Mamá...

Fiona levantó la tapa de la caja antes de que pudiera terminar. Dentro había un pequeño cojín de terciopelo verde, coronado por dos anillos de oro unidos por un lazo de satén.

—Los anillos de boda de tu padre y míos. Dejé de llevar el mío cuando murió. Me parecía mal llevarlo cuando el suyo ya no estaba en su mano, y la idea de enterrarlo con él me resultaba demasiado dolorosa. Así que, desde entonces, los he guardado aquí, en esta caja.

—¿Por qué me enseñas esto? —le preguntó.

—Porque, cuando llegue el momento, quiero que tu pareja y tú los tengáis.

Leelo se encontró con los ojos de su madre. Eran del mismo color que los de Ketty y Sage, pero el color avellana era más suave, más verde que amarillo, y en ellos no había ni rastro de la malicia que siempre veía en los ojos de las otras.

—Mamá, no estoy planeando casarme. Al menos, no por ahora.

—Lo sé, pero algún día… Creo que está claro que estás enamorada. No sé por qué no quieres hablarme de esa persona. Espero que sepas que te apoyaría con cualquier pareja que escogieras.

Leelo se sonrojó, avergonzada por mentirle a su madre que, ciertamente, solo quería lo que era mejor para su hija.

—Quiero hablarte de él. Es solo que…

Fiona bajó la voz.

—Puedes confiar en mí, cariño. No se lo contaré a Ketty y a Sage.

—Ya sé que no lo harías. No a menos que tuvieras que hacerlo. Y me temo que, cuando te diga quién es, creerás que tienes que contárselo.

Su madre le tomó la mano.

—¿Por qué?

—Porque él no es…

¡Santos! ¿De verdad iba a hacer aquello? No habría vuelta atrás a partir de ahí. Sin embargo, había cruzado el punto de no retorno hacía tiempo, cuando había arrastrado a Jaren hasta la orilla.

—Sé lo de Nigel —espetó. Después, se puso una mano sobre la boca. No había pretendido decirlo. Iba a contarle lo de Jaren.

Fiona jadeó y también se llevó una mano a la boca.

—¿Cómo?

Por encima de los dedos, los ojos de Fiona estaban abiertos de par en par y brillantes a causa de las lágrimas. Leelo no sabía si eran de miedo o de vergüenza, tal vez ambas cosas. Aquel era un secreto que su madre había mantenido enterrado toda su vida y, en aquel momento, ella estaba sacándolo a relucir de forma deliberada y colocándolo entre ellas tan desnudo y vulnerable como un pajarillo. Odiaba hacerle aquello, pero necesitaba que supiera que la querría sin importar qué secretos le hubiese ocultado; del mismo modo que esperaba que su madre pudiera seguir queriéndola cuando supiese lo de Jaren.

—Encontré la choza y el libro de poesía —le dijo y, antes de que se diera cuenta, estaba soltándolo todo por la boca—. No voy a enfadarme, mamá, solo dime la verdad. ¿Era Nigel el padre de Tate?

El rostro de Fiona estaba rojo y brillante por el sudor, como si estuviera a punto de vomitar.

—Leelo —suspiró.

Se arrodilló frente a ella. Le tomó la mano, intentando no fijarse en que eran más pequeñas que las suyas.

—No cambiará lo que siento por ti. O por él. Siempre será mi hermano. Pero ¿es con él con quien le mandaste? ¿Está Tate con su padre?

—Oh, hija mía, no quería que lo descubrieses así. Todo ocurrió hace demasiado tiempo.

—Por favor, mamá, necesito saber la verdad.

Fiona tragó con dificultad y se secó los ojos con el borde de la manga.

—Lo sé. Es… difícil.

Apoyó la cabeza en el regazo de su madre.

—No pasa nada, mamá. Casi soy una mujer adulta. Puedo soportar más cosas de las que crees.

—No se trata solo de eso, cariño. Me resulta difícil acordarme de aquellos tiempos. —Empezó a pasarle los dedos por el pelo mientras hablaba, tal como había hecho cuando era una niña. Tras un momento, respiró hondo y soltó el aire en un flujo lento que a Leelo le enfrió la mejilla—. Ha pasado más de una década. Aquel año, tuvimos un invierno muy duro. El lago se congeló al completo por primera vez desde que alguien vivo pudiera recordarlo. Hacía un frío tan áspero que los vigilantes se negaban a hacer sus turnos después de que varias personas perdieran dedos de las manos y los pies por congelación. Sin embargo, un forastero que iba persiguiendo a un lobo que comía carne humana y que había estado aterrorizando a un pueblo cruzó el hielo sin darse cuenta de dónde estaba por culpa de la nevada. Se cayó por un barranco y acabó malherido. Ahuyentó a su perro cuando vio a una figura acercándose la mañana siguiente, suponiendo que la persona les mataría a ambos.

Leelo alzó la cabeza un poco.

—¿Eras tú?

Su madre suspiró.

—Era yo. El forastero estaba ya casi inconsciente y medio congelado. Me planteé abandonarle para que muriera, pero, cuando me acerqué, pude ver que era un hombre joven, tan solo un poco más mayor que yo. Entonces abrió los ojos y me miró. Me miró de verdad… No puedo explicarlo, pero no podía abandonarlo sin más, cariño. Le ayudé a salir del barranco y conseguimos llegar a una parte de la isla a la que pensé que nadie iría, especialmente durante un invierno tan brutal. Al principio, no era más que un cobertizo hecho de ramas caídas. Pero durante las siguientes semanas, conseguí robar materiales del taller de tu padre y, conforme fue curándose, Nigel construyó la choza.

Fiona estuvo callada un momento y Leelo temió que no fuese a contarle el resto, la parte que más necesitaba escuchar de todas.

—¿Y os enamorasteis? —dijo, instándola a seguir. Sintió como la pierna de su madre temblaba bajo ella y, cuando se incorporó, vio que estaba llorando—. No pasa nada —dijo, sentándose en la cama junto a ella y rodeándole el cuerpo delgado con los brazos—. No pasa nada, mamá.

Tras unos pocos minutos, las lágrimas disminuyeron.

—Lo siento. Sé que, para ti, esto tiene que ser mucho que asumir.

—¿Me hablarás de él? —le preguntó.

—¿De Nigel? ¿Estás segura?

Asintió.

—Era el padre de Tate, claro que quiero saber cosas de él.

—Bueno, era alto. Tenía el pelo y los ojos oscuros, como tu hermano. —Leelo sonrió para sus adentros. Se suponía que había heredado esos rasgos de su abuelo—. Para ser sincera, es difícil acordarme de mucho. Tan solo tengo esos pequeños momentos juntos robados a lo largo de un invierno breve. En total, supongo que no fue mucho tiempo, pero me pareció algo trascendental.

—Lo entiendo —susurró Leelo.

—Era amable —dijo su madre finalmente—. Eso es lo que más recuerdo. No se parecía en nada a como me habían dicho que eran los forasteros.

Por el rabillo de los ojos, a Leelo se le escaparon unas lágrimas ardientes.

—¿Está Tate con él?

—Eso espero, cariño. Eso espero.

Pensó que su madre no había querido hacerle daño a nadie con su aventura, pero no estaba segura de poder entender que hubiera traicionado a Kellan. Por lo que sabía, había sido un buen marido y un buen padre.

—¿Puedo preguntarte algo?

—Lo que sea.

—¿Querías de verdad a mi padre?

—Le quería. Muchísimo.

Leelo soltó el aire.

—Pero ¿de forma diferente a como querías a Nigel?

—Sí.

—¿Por qué no me lo contaste? ¿Te avergonzaba?

Fiona estuvo callada durante mucho rato.

—¿Estaba avergonzada de haber sido infiel? Sí, por supuesto. Le había hecho un voto a tu padre, y rompí ese voto. La vergüenza es una emoción muy poderosa. Te corroe como el veneno, matándote poco a poco desde el interior. Pero si me estás preguntando si me arrepiento, la respuesta es que no. Nigel me dio a Tate y me mostró un tipo diferente de amor: el amor que elegimos más que el amor que nos es entregado. Sí amaba a tu padre, pero no sé cuánto me llegó a amar él en realidad. Se mantuvo a mi lado, incluso cuando se enteró de lo que había hecho. Pero a veces me pregunto si no haberse quedado a mi lado hubiera significado que le importaba de verdad.

Leelo intentó imaginarse casándose con alguien a quien quería como a un amigo. Sabía que el matrimonio te ofrecía seguridad y compañía, pero, tras haber estado con Jaren, casarse por conveniencia le parecería como traicionar a su propio corazón. En ese momento se dio cuenta de que, como probablemente hacían todos los niños, siempre había dado por sentado que sus padres siempre habían estado enamorados. Sin embargo, en realidad no sabía nada sobre su relación más allá de lo poco que podía recordar.

—Nunca me has contado cómo os conocisteis papá y tú.

—Para que entiendas eso, primero tengo que hablarte de la tía Ketty y de Hugo. Su padre era el único herrero de la isla, por lo que su familia siempre mantenía el negocio estable. Su casa era más grande que casi la mayoría de las de la isla. En parte para poder alojar a muchos niños. Hugo tenía seis hermanos y todos eran chicos grandes y robustos, el orgullo de su madre. Era una mujer diminuta que apenas llegaba al pecho de sus hijos y todo el mundo se maravillaba de que hubiera conseguido tener unos retoños tan enormes.

»Como el más joven de siete, Hugo era el bebé de la familia y su madre siempre le preparaba el almuerzo antes de que se fuera a su turno de vigilancia y, a veces, si se lo dejaba en casa, iba a llevárselo. Ketty y yo nos reíamos de eso. Desde luego, no había nadie en casa que nos preparase la comida. Y Hugo, pensando que todo el mundo lo adoraba tanto como su madre, parecía pensar que las risitas de Ketty significaban que le gustaba, porque empezó a darle un trato especial en todas las reuniones, llevándole regalos y, en general, dejando claras sus intenciones.

»Al principio, mi hermana parecía indiferente a las torpes insinuaciones de Hugo. Sin embargo, cuando nuestros padres empezaron a señalar que una relación con su familia sería muy buena para todos los interesados, empezó a tomarle más en serio. Era un pretendiente perfectamente decente, pero yo siempre había visto a mi hermana como una criatura salvaje, despreocupada e independiente, no alguien que se dejaría atar de forma voluntaria.

En ese momento, Leelo no pudo evitar pensar en Sage, en lo que su madre había hecho al prometerla con Hollis.

—Cuando Ketty y Hugo empezaron a pasar más tiempo juntos, a menudo me arrastraban con ellos contra mi voluntad como carabina. Así fue cómo conocí al mejor amigo silencioso y de cabello claro de Hugo, Kellan. De algún modo, parecía más joven que el resto de nosotros, además de tímido, pero yo también lo era. A Ketty le gustaba la idea de que los cuatro nos casásemos a la vez en una gran ceremonia. Y yo quería a Ketty. La idea de casarnos con dos mejores amigos era reconfortante, porque siempre estaríamos cerca. Y pensar en el matrimonio y en tener hijos no me daba tanto miedo si iba a pasar por aquella experiencia con mi hermana.

»Nos casamos dos años después con la gran ceremonia que Ketty había soñado. No fue hasta unos pocos años después de eso que Hugo empezó a beber demasiado y apareció su crueldad. Para entonces, ambas estábamos embarazadas y ni siquiera tu padre podía calmar al tío Hugo cuando había bebido demasiado.

Leelo sintió una punzada de lástima por su tía. Las cosas podrían haber sido diferentes si se hubiera casado con otra persona. Diferentes tanto para Ketty como para su madre.

—¿Hubo una parte de ti que quisiera irse con Nigel cuando se marchó? —le preguntó.

Fiona rodeó a Leelo con los brazos con más fuerza.

—Sí, claro. Pero sabía que no podía.

—¿Qué hizo la tía Ketty cuando lo descubrió?

Su madre estuvo en silencio un buen rato.

—Encontró la manera de castigarme por ello. Siempre lo hace.

Las dos se sobresaltaron al oír un crujido en las escaleras y, entonces, la cabeza de Sage apareció por la puerta.

—La cena está lista —dijo, lanzándoles una sonrisa que parecía demasiado inocente como para ser genuina.

«¿Cuánto tiempo ha estado ahí escondida? —se preguntó Leelo—. ¿Cuánta información sabía ya?»

—Bajamos ahora mismo —dijo Fiona. Después, esperó hasta que escuchó que su prima había bajado las escaleras para girarse hacia ella—. Rápido, dime, ¿quién es ese jovencito del que te has enamorado?

—No le conoces —contestó, incapaz de mirar a su madre a los ojos.

—¿No?

Leelo contempló los cisnes tallados, pensando en la cría que Tate y ella habían sacado del lago. En algún lugar del mundo, los cisnes nadaban juntos en aguas seguras, unidos de por vida. Ella siempre amaría Endla porque era su hogar, pero Isola tenía razón. Si su madre había ayudado al padre de Tate a salir de la isla, entonces tal vez supiera cómo ayudar a Jaren. Y si conocía bien a su prima, no iba a descansar hasta que descubriera su secreto. Tenían que sacarle de allí lo antes posible.

Alzó la vista, topándose con la mirada dulce de su madre, y tragó saliva.

—Estoy enamorada, mamá. Se llama Jaren, y es un forastero.

Capítulo Cuarenta y Cinco

Mientras estaban sentadas en la mesa, comiendo la cena en silencio, Leelo se esforzó por parecer calmada, pero se sentía perturbada en lo más profundo de sus entrañas. Parecía imposible que tanto su madre como ella hubieran rescatado forasteros y se hubieran enamorado de ellos. Se preguntó si había alguna especie de maldición extraña en la familia o si el Bosque la estaba poniendo a prueba para ver si iba a seguir los pasos de la traidora de su madre. Si ese era el caso, había fallado miserablemente.

—Leelo, por favor, ¿puedes pasarme las patatas?

Alzó la vista y se encontró con Sage observándola con aquella mirada demasiado entusiasta en los ojos. No saber cuánto había escuchado su prima solo le hacía sentirse más intranquila. Era obvio que Sage había sabido más cosas que ella, pero ¿cuánto exactamente?

Después de cenar, Leelo y Sage fregaron los platos la una al lado de la otra. Fiona estaba zurciendo unos calcetines rotos de Sage y Ketty había ido a ver cómo estaban las ovejas.

—¿Todo bien? —le preguntó su prima.

—Es solo que estoy cansada, o eso creo.

—Mi madre y yo vamos a ir a visitar a los Harding mañana. ¿Por qué no vienes con nosotras? Te encanta su jardín.

Secó con una toalla el cuenco que estaba sujetando y se lo tendió a Sage para que lo colocara en el armario.

—Lo haría, pero le prometí a mi madre que la ayudaría con la costura. —Aquello era mentira. Le había prometido a Jaren que le visitaría y no tenía ningún deseo de ver a Hollis. Sin embargo, parecía una buena señal que Sage no se estuviera quejando de la visita—. ¿Te sientes mejor con respecto al compromiso?

—Si fueras yo, ¿cómo te sentirías? —le preguntó su prima con un tono que, curiosamente, no estaba cargado de veneno.

—¿Qué?

—Lo digo en serio. Si fueras yo y tuvieras que casarte con Hollis Harding, ¿cómo te sentirías al respecto?

—No lo sé. Supongo que no me lo había planteado nunca antes. Me gustaba Hollis cuando éramos más jóvenes, pero es un poco…

—¿Idiota? —preguntó su prima.

—Iba a decir imponente, pero, sí, no es el más listo de la clase.

Sage resopló.

—No, desde luego.

—Entonces, no te cases con él, Sage. Puedes esperar a algo mejor. Puedes esperar a enamorarte.

La otra chica cruzó los brazos sobre el pecho y se apoyó en el fregadero.

—¿Cómo tú, quieres decir?

No estaba segura de si Ketty le había hablado a Sage de la noche que se había escabullido de casa. No tenía ni idea de cuánta información conocía su prima y el estómago le dio un vuelco al darse cuenta de todas las trampas que tenía por delante. Cuanto más dijera, más probable era que acabase cayendo en picado.

—Yo no he dicho que estuviese enamorada.

Sage arqueó una ceja.

—Entonces, ¿no lo estás?

—Solo estoy diciendo que puedes casarte con otra persona, Sage. Eso es todo.

Volvió a centrarse en fregar, esperando que dejase el tema, pero su prima seguía observándola.

—¿De qué estabais hablando antes la tía Fiona y tú? Me ha parecido que estaba llorando.

Por supuesto, no podía dejar el tema. Así era Sage: la persona más testadura que había conocido nunca.

—Hablábamos de Tate.

No era una mentira aunque, definitivamente, tampoco era la verdad al completo.

—¿Sobre qué?

—De lo mucho que lo echa de menos. Nos pasa lo mismo a las dos.

Su prima la miró durante un minuto con las cejas fruncidas.

—He oído que decía algo sobre Nigel.

Leelo dejó en la fregadera el plato que estaba lavando y se giró hacia ella. Ya no quería seguir jugando a ese juego.

—Sabes quién es el padre de Tate, ¿verdad? —Su prima fingió estar mirándose las uñas—. Supongo que tu madre también lo sabe y es probable que lo haya usado contra la mía desde entonces. Sin embargo, eso no cambia nada; sigue siendo mi hermano.

Sage soltó una risa de mofa y agarró a Leelo del brazo, arrastrándola hacia la puerta.

—¿Dónde vamos?

—Fuera, donde tu madre no pueda oírnos.

La siguió de mala gana. Sage se sentó en el escalón del porche que daba al jardín, esperando a que se uniera a ella.

—¿Qué? —le preguntó cuando se hubo sentado.

—No te entiendo. ¿Cómo puedes decir que no cambia nada? Tate no solo era un *incantu* —espetó, como si la palabra fuese una maldición—, era el vástago de un forastero.

Leelo empezó a ponerse en pie.

—No voy a escuchar...

—No he terminado —dijo su prima, agarrándola del brazo y obligándola a sentarse de nuevo. Hasta ese momento, nunca se había dado cuenta de lo fuerte que era—. Tu madre fue una traidora y tu padre un idiota. Y, en cuanto a Tate...

—Tate es mi hermano —gruñó.

—Era un forastero —concluyó Sage—. Tenía que estar con otros forasteros.

Se liberó del agarre de su prima con una sacudida.

—Estás tan atrincherada en tus propios prejuicios que no te das cuenta de lo vil que suenas. Al menos, espero que no te des cuenta, porque la alternativa es que realmente seas así de vil.

—Y tú eres tan ignorante que ni siquiera te das cuenta de lo peligrosa que es tu ignorancia.

Tuvo que hacer uso de toda su determinación para no marcharse en ese momento, pero necesitaba saber cuántas cosas le estaba ocultando.

—Estás muy convencida de que sabes más cosas que yo; de que si supiera lo que sabes tú, me derrumbaría. Bueno, ponme a prueba. Veamos lo frágil que soy en realidad. —Sage soltó una risita, pero apartó la mirada—. Venga, cuéntame esas cosas sobre las que soy tan ignorante —le exigió.

Tal vez la verdad fuese dolorosa, pero las mentiras eran tan corrosivas como la herrumbre y, ahora que podía ver el daño que habían causado, era un milagro que todas ellas siguieran en pie.

Sage se encogió de hombros, pero miró a Leelo con los ojos encapotados, negándose a revelar nada.

—¿Hace cuánto que sabes lo del padre de Tate?

—Un año.

Leelo alzó las cejas.

—¿Un año?

—Escuché a nuestras madres discutiendo. Mi madre estaba enfadada con Tate porque no había hecho alguna de sus tareas y la tía Fiona estaba defendiéndole. Escuché cómo mi madre decía: «Sabes que ese niño es un *incantu*, y sabes que tiene que marcharse. ¡Ni siquiera es endlano!». Tu madre empezó a llorar. —Hizo una pausa—. Ya sabes cómo me siento cuando la gente llora. —Leelo bufó con aversión. Por supuesto. Sage se sentía incómoda con las lágrimas de los demás, así que se habría marchado de inmediato—. Más tarde, esa noche, le pregunté a mi madre al respecto. Fue entonces cuando me habló de Nigel Thorn. —A pesar de su enfado, Leelo susurró el nombre, tan solo para comprobar cómo sonaba en sus labios—. Fue un error no contártelo. Ahora me doy cuenta.

Se giró para mirar a su prima.

—¿Por qué?

—Porque, entonces, habrías sabido que debías tener cuidado.

—¿De qué?

—De los hombres. Sobre todo, de los que vienen de fuera.

A Leelo se le heló la sangre. Sage no había dicho que, así, sabría que debía tener cuidado en el futuro. Lo había dicho en tiempo pasado. Endureció la voz todo lo que pudo, intentando mantener un gesto vago.

—Toda mi vida me han estado diciendo lo peligrosos que son los forasteros, ¿por qué crees que confiaría en uno?

Sage la observó durante un minuto largo e incómodo y Leelo no estuvo segura de si su prima sabía lo de Jaren de verdad o no. Sin embargo, ya era bastante que sospechase. Tenía que sacarlo de la isla antes de que fuera demasiado tarde.

Si es que no era demasiado tarde ya.

Capítulo Cuarenta y Seis

En el día y medio que había pasado desde que la chica lo hubiese visto en el estanque, Jaren no había dormido o comido. Se había planteado escapar por sí mismo, ya que no le deleitaba la idea de pasar sus últimas horas siendo tan vulnerable como un pollo desplumado. Sin embargo, sabía que no podía marcharse sin haber visto a Leelo una última vez.

Cuando la puerta de la cabaña se abrió al fin con un crujido la tarde del segundo día, alzó la vista, aunque estaba demasiado cansado como para ponerse en pie. Soltó todo el aire de golpe cuando vio que se trataba de Leelo. Ella se acercó a toda prisa hacia él, que la atrajo hasta tenerla entre sus brazos.

—Gracias a los santos que eres tú —susurró contra su pelo.

—Claro que soy yo —dijo ella, apartándose para mirarle a los ojos. Bajo los de ella había una sombra, como si no hubiera dormido.

—La última vez que viniste, había una chica en el bosque. Fui a bañarme cuando te marchaste y, mientras estaba bajo el agua, se acercó sigilosamente hasta mí.

Leelo se quedó sin respiración y cerró los ojos, aunque no pareció sorprendida.

—Entiendo que no era Isola, ¿no?

Él negó con la cabeza.

—Tenía el pelo rojizo y pecas. Me observaba desde los arbustos. Creo que quería que la viera.

—Era Sage. Pensé que podría haberte visto. He venido tan pronto como he podido, te lo prometo. No creo que le haya hablado de ti a nadie. Al menos, no de momento. —Apoyó la mejilla contra su pecho—. Lo siento mucho. Has debido estar muy asustado.

—Estaba preocupado por ti.

Leelo le había contado las consecuencias que tendría si alguien descubría que le había ayudado y, por mucho que quisiera que se marchase con él, sabía lo devastador que sería que la desterrasen. Apoyó la barbilla sobre la parte superior de la cabeza de ella, deleitándose en la cercanía. Santos, lo único que quería era besarla. Tan solo habían pasado una noche juntos, pero se sentía agradecido de que, al menos, hubieran tenido eso. Estaba seguro de que una noche perfecta era más de lo que conseguía la mayoría de la gente. Ella le apretó con más fuerza.

—Es solo cuestión de tiempo que hable, Jaren. Tenemos que sacarte de aquí. Esta noche.

Había estado esperando aquello, pero, aun así, las palabras le dolieron. Después de todo, no iba a marcharse con él.

—Ya he preparado mi equipaje.

—Mi madre e Isola se reunirán con nosotros en la cueva. Tenemos que darnos prisa. Sage me dijo que iba a ir a visitar a Hollis hoy, pero no sé cuánto tiempo estará fuera.

Dudó. Tenía que volver a preguntarle una última vez para que, veinte años después, cuando siguiera echándola de menos, supiera que había hecho todo lo que había podido.

—Leelo…

—No puedo ir contigo —susurró ella con la voz entrecortada—. Lo siento mucho.

—¿Estás segura? —le preguntó suavemente.

La voz se le quebró cuando contestó:

—No.

Se abrazaron durante un minuto, que era todo el tiempo que podían perder y, después, él le limpió las lágrimas mientras ella hacía lo mismo.

Leelo esperó fuera mientras él desaparecía dentro. Salió un momento después con sus pocas posesiones: un odre de agua que ella le había dado, la ropa que llevaba puesta y, en la mano izquierda, el pequeño cancionero.

Sonrió, pareciendo un poco avergonzado.

—¿Te parece bien si me lo quedo? Te prometo que nunca le hablaré de él a nadie.

—Por supuesto.

—Hay algo más... —Sacó otro libro del bolsillo trasero de sus pantalones—. El libro de poesía.

—Pensaba que odiabas esa cosa —dijo ella con una sonrisa.

—Así es, pero ¿qué quieres que te diga? He tenido que matar mucho tiempo. De todos modos, encontré una dedicatoria en el interior. Sé que parece una locura, pero creo que es para tu madre.

Leelo le quitó el libro de las manos.

—Porque lo es —dijo—. Te lo explicaré mientras caminamos. Vamos, hay una buena caminata hasta la cueva y no tenemos mucho tiempo.

El sol les calentaba la cabeza y los hombros y Jaren enseguida acabó empapado en sudor por el esfuerzo de andar tanto después de varias semanas encerrado en la cabaña. Tenían que moverse más despacio de lo que Leelo podría haberlo hecho sola para evitar que les viesen, dado que Jaren no era ni la mitad de sigiloso que ella.

Mientras caminaban, ella le habló de la conversación que había mantenido con Fiona la noche anterior. Jaren pensó que no era de extrañar que no hubiese dormido. Todo su mundo había dado un vuelco en un solo día.

—Tras hablarle de ti —continuó la muchacha con un tono de voz cambiado—, me confesó una cosa sobre el lago. Algo que se suponía que no descubriría hasta que hubiese terminado el año como vigilante.

Jaren recordó que le había preguntado a Lupin por el lago Luma, pero ella no había tenido una respuesta.

—¿Se trata del veneno?

Leelo se detuvo, bajando la voz hasta convertirla en un susurro.

—¿Te acuerdas de que te conté que había un estanque en la cueva? Vi que allí crecían nenúfares. Son parte de la ceremonia de primavera, pero no les di mayor importancia que esa.

—¿Eso era lo que todos soltabais en el agua aquel día, cuando te vi junto a la orilla?

—Sí. Se supone que representan a los nuevos vigilantes. Eso era todo lo que sabía. Pero mi madre me contó que, al finalizar el año como vigilantes, hay una ceremonia diferente, una que es secreta. Uno de los miembros del consejo lleva una jaula en la que hay un ratón o una ardilla, lo que sea que hayan podido conseguir. —Tragó saliva. Era evidente que se sentía perturbada por lo que estaba a punto de decir—. Entonces, ese miembro del consejo deja caer a la pobre criatura al estanque. Mi madre me dijo que, de inmediato, quedaba reducida a huesos y después a nada.

—Así que los nenúfares tienen algo que ver con el veneno.

Los ojos azules de Leelo se llenaron de lágrimas.

—Sí.

—Pero vosotros depositáis los nenúfares en el lago cada primavera.

Pestañeó y las lágrimas se le derramaron por debajo de las pestañas, recorriéndole el rostro.

—Sí.

Fue una suerte que ninguno de los dos supieran qué decir porque, en el silencio que se produjo a continuación, oyeron algo que se acercaba a través de la maleza. Leelo le agarró de la mano, arrastrándolo hasta que estuvieron agachados detrás de una piedra. Era un hombre montado en un carromato tirado por un poni peludo. Por suerte, con el sonido del carromato, no les oyó ni respirar y desapareció unos momentos después entre los árboles.

La chica permaneció arrodillada donde estaba, quitándose las lágrimas con el dorso de la mano. Él quería consolarla, pero ella se estaba esforzando por recobrar la compostura.

—Ya sabía que el lago Luma no estaba lleno de veneno cuando mis ancestros llegaron. Por eso consiguieron atravesarlo en primer lugar. Sin embargo, el veneno no viene del Bosque, tal como nos habían contado. Viene de nosotros.

—¡Santos! —susurró Jaren—. ¿Cómo?

—Los trajo desde tierra firme una de las nuestras, una botánica. Plantó y cultivó los nenúfares en la cueva y, después, cada año, cuando llegaba la siguiente primavera, los llevaba al lago. Y, desde entonces, hemos continuado haciéndolo cada año.

La voz de Leelo estaba mezclada con la aversión y Jaren podía comprender por qué. Acababa de descubrir que algo que había considerado especial formaba parte de una elaborada mentira, una que tan solo se le hubiera revelado cuando ya era demasiado tarde.

—Y todo esto para proteger a tu gente de los forasteros. —Ella asintió—. Pero también os mantiene...

—Atrapados —acabó ella con la voz cansada.

La ayudó a levantarse y, finalmente, la atrajo hacia sus brazos.

—Lo siento mucho, Leelo. Debió de ser algo difícil de escuchar.

Apoyada contra él, suspiró con profundidad.

—Creo que entiendo por qué lo hicieron, es solo que no entiendo todas las mentiras. En lugar de honrar el pasado traumático de nuestros ancestros con la verdad, lo han envuelto todo con flores y lazos hasta que toda mi generación ha olvidado por qué estamos aquí.

—Crean normas para protegernos —dijo Jaren, pensando en todas las veces que sus padres le habían advertido que no deambulara—. Solo que no se dan cuenta de que estaríamos más preparados para escucharles si supiéramos de qué nos están protegiendo.

Leelo inclinó la cabeza hacia arriba para mirarle.

—Pero ¿lo haríamos de verdad? —Sonrió mientras la luz le regresaba a los ojos—. Incluso aunque mi madre me hubiese hablado antes de Nigel, te habría salvado. Te salvaría todas las veces, Jaren Kask.

Para alivio de Jaren, cuando llegaron, Fiona e Isola ya estaban esperándoles. No moverían la barca hasta el anochecer para disfrutar de la ventaja añadida de la oscuridad, pero, aun así, tendrían que ir con cuidado. Había vigilantes de servicio y era totalmente posible que estuviesen patrullando la playa desde la que Jaren tenía que partir. Leelo había hablado con Isola aquella mañana, que había estado de acuerdo en servir de distracción si llegaban a ese punto.

Estudió a la madre de la chica con disimulo, intentando encontrar algún rastro de su hija en ella, pero eran tan diferentes como la primavera y el otoño. Fiona no era vieja ni mucho menos, pero, en comparación con su hija, parecía muy débil y frágil. Una vez más, sintió que, incluso allí, Leelo era especial. Tal vez solo fuera porque la amaba, pero en la luz menguante del final de la tarde, parecía etérea.

—¿Todo bien? —le preguntó ella a su madre cuando se colocó a su lado—. ¿Estás segura de que quieres hacer esto?

Fiona asintió.

—Claro que sí.

La mujer miró más allá de su hija, en dirección a Jaren, que se había quedado atrás, inseguro.

—Tú debes de ser Jaren —dijo, tendiéndole la mano—. Es un verdadero placer conocerte.

Él dio un paso adelante y le tomó la mano.

—Para mí también es un placer conocerla. Gracias por ayudarme.

Cuando sonrió, vio a Leelo en el pequeño hueco entre sus dientes y en la calidez genuina de sus ojos.

—Tienes mucha suerte, ¿sabes? La mayoría de los endlanos te hubieran matado nada más verte. Es un milagro que encontrases a Leelo.

Jaren se sonrojó y se miró los pies.

—Yo lo interpreto como parte del destino.

Fiona le estudió un momento y él se obligó a mirarle a los ojos, esperando que su mirada pudiera transmitirle lo mucho que quería a su hija y que era lo bastante bueno como para merecerse su amor. Al final, la mujer asintió. Él miró a Leelo y se sintió aliviado al ver que ella también se había sonrojado.

Por suerte, la barca ya estaba reparada y cargada en el sistema de poleas que, tal como Leelo sabía gracias a su misión de reconocimiento en plena noche, la llevaría a la superficie. Había encontrado unos remos nuevos apoyados en la pared de la cueva y los había atado al interior de la barca.

—Solo recordad algo —dijo Fiona mientras ocupaban sus puestos—: tratamos la barca con una savia que es inmune al veneno, pero, en general, tiene meses para adherirse y solo han pasado unas pocas semanas desde la última aplicación.

Para cuando empezaron a moverse, la noche había caído sobre Endla como un manto sofocante. Leelo no parecía estar sufriendo el mismo temor acechante que sentía Jaren. En cuanto habían llegado, se había puesto al mando, dirigiéndolos a Fiona y a él al mismo extremo de la barca, dado que él era el más fuerte y su madre la más débil. Intentó que el miedo no se le mostrara en el rostro mientras luchaba bajo aquel peso, soportando todo el que podía para evitárselo a Fiona.

Les costó casi una hora llevar la barca hasta la playa. Varias veces se quedaron congelados ante cualquier sonido procedente del bosque. Podía sentir cómo los árboles que les rodeaban estaban escuchando y cómo una brisa agitaba las hojas mientras se comunicaban los unos con los otros. Se dijo a sí mismo que le permitirían marcharse. Era un forastero y, sinceramente, era un milagro que el Bosque no hubiese intentado herirle de algún modo.

Cuando por fin llegaron a la orilla, dejaron la barca en el suelo. Las chicas se desmoronaron de cansancio mientras él ataba el extremo de la cuerda a una roca. Se había levantado viento, que les sacudía a todos ellos. No tenían tiempo que perder, pero, cuando Jaren ayudó a Leelo a levantarse, fue incapaz de ocultar su desesperación.

Isola debió de ver la mirada en sus ojos, porque se despidió con rapidez y se apartó.

—Gracias por ayudarnos —le dijo él.

Cuando se giró hacia Fiona, ella sonrió de una manera que le indicó que deseaba que las cosas pudieran ser diferentes. Él le devolvió la sonrisa y, por un momento, el gesto de la mujer titubeó.

—¿Qué ocurre? —le preguntó Jaren.

—Nada. Es solo que me resultas muy familiar. —Ladeó la cabeza, estudiándolo.

Leelo se rio un poco, avergonzada, y tomó la mano del chico.

—Mamá, no le conoces. Te lo prometo. ¿Puedes darnos un minuto?

Fiona e Isola se adentraron en el bosque mientras Leelo y Jaren empujaban la barca hacia el agua, que estaba agitada a causa del viento procedente de tierra firme. Con la piel erizada, Jaren pensó que tal vez el Bosque todavía creyese que una de sus hijas intentaba escapar.

Cuando se giró hacia Leelo, sabiendo lo que estaba a punto de hacer, se dijo a sí mismo que no pensara en el Bosque, la isla o el lago. Finalmente, se marchaba a casa, a abrazar a su familia, a dormir en su propia cama y a comer algo que no fuese pan duro o bayas amargas.

Pero, en aquel momento, mientras tomaba la mano de la chica, tan pequeña y, aun así, tan hábil, casi no podía recordar por qué había querido marcharse en algún momento. Deseó haberse tomado el tiempo de preparar la despedida, porque descubrió que no encontraba las palabras. De todos modos, ¿cómo podría abarcar todo lo que sentía por ella? ¿Cómo podía despedirse de aquella chica que significaba tanto para él, de aquella chica que, de algún modo, se había convertido en su hogar?

Los ojos azul terciopelo de Leelo brillaban con las lágrimas y, sin mediar palabra, se inclinó hacia ella para besarla, aspirando su aroma por última vez.

—Lo lamento mucho—susurró ella mientras alzaba la cabeza hacia él.

Cuando sus labios se encontraron, Jaren pudo saborear sus lágrimas saladas y sintió cómo se le rompía un poco más el corazón hecho añicos.

—No tienes nada que lamentar —le dijo—. Has hecho muchas cosas por mí, Leelo. Yo soy el que debería lamentarlo. Fui un egoísta al pedirte que te marcharas de Endla.

Ella sollozó y se dejó caer entre sus brazos. La abrazó con fuerza, diciéndole que la quería y que siempre lo haría. Al final, la soltó y se giró hacia la embarcación.

Ambos se quedaron helados cuando escucharon algo agitarse en los arbustos cercanos. Las lágrimas ya se les estaban secando en las mejillas gracias al viento que, en aquel momento, soplaba en torno a ellos con furia.

—¿Qué ha sido eso? —susurró Leelo.

Antes de que pudiera responder, una mujer de ojos color avellana que parecían brillar de ira salió de entre los árboles. En el aspecto exterior, no era una amenaza: estaba desarmada e iba vestida con un vestido y unas pantuflas. No era una vigilante. Sin embargo, Jaren sintió en los huesos que, fuese quien fuese, habían esperado demasiado tiempo. Aquella mujer no tenía intención de dejar que se marchase.

Capítulo Cuarenta y Siete

Leelo jadeó mientras su tía irrumpía en la playa con Sage pisándole los talones. Debió de haberlos seguido hasta la cueva para después regresar e ir a buscar a Ketty. Leelo empujó a Jaren tras ella.

—¿Qué estás haciendo, Sage?

La cara de su prima estaba torcida en una sonrisa triunfal mientras pasaba la mirada entre Ketty y ella.

—Te estoy salvando —dijo.

Algo que era una mezcla entre un sollozo y una media risa emergió del interior de Leelo.

—¿De qué?

Ketty señaló a Jaren como si fuese una criatura plagada de enfermedades.

—De esa cosa. Sage me ha contado que estaba intentando seducirte y atraerte para que te fueras de Endla. —Se giró hacia donde estaban Isola y Fiona, que estaban abrazadas, llorando—. Por fin todo ha cobrado sentido. Solo que no tenía ni idea de que mi propia hermana estaba intentando ayudarle.

—Déjales en paz —dijo Fiona, pero Ketty ya había dado un paso hacia Leelo.

—Debería haberlo sabido. De tal palo, tal astilla.

Presionó la espalda contra el pecho de Jaren, como si, de algún modo, pudiera salvarlo con el cuerpo.

—Deja que se marche. No ha hecho nada. Todo ha sido un malentendido. —Miró a Sage con gesto implorante—. Por favor, debéis saber que no pretendía causar ningún daño. Tan solo quiere irse a casa con su familia.

—Tal vez me lo hubiera creído si no hubiera escuchado lo que le dijiste en esa patética choza —dijo Sage.

Sintió cómo el estómago le daba un vuelco al pensar en su prima vigilándoles, escuchando su conversación privada.

—¿Nos estabas espiando?

—¡Alguien tenía que hacerlo! Escuché lo insegura que parecías cuando intentó coaccionarte para que te marcharas. Sabía que todavía había una posibilidad de que cayeras bajo su embrujo. Alguien tenía que ser fuerte. Tú eres demasiado blanda, Leelo. Siempre lo has sido.

Quiso gritar por cómo su prima repetía todo lo que decía su madre, como si fuera un estornino. En su lugar, hizo un último llamamiento desesperado a cualquiera que fuera la lealtad que todavía sintiera hacia ella.

—Le dije que no, Sage, que no me marcharía con él.

—No podíamos arriesgarnos —dijo su tía—. No cuando Endla está en juego.

Por encima de las copas de los árboles, Leelo podía ver el brillo de las antorchas acercándose hacia ellos. Ketty debía de haber alertado al consejo.

—No le hagáis daño —imploró—. No ha hecho nada malo. Se marcha ahora. No sabe nada. Dejadle marchar.

—Sabes que no podemos hacer eso —insistió Ketty—. Entrégamelo. El consejo decidirá su destino.

—¡No!

Sacó el cuchillo que llevaba en la cintura de los pantalones. La hoja diminuta resplandeció a la luz de la luna y, cuando enseñó los dientes, con un brazo todavía rodeando de forma protectora a Jaren, Sage sí dio un paso atrás.

Sin embargo, Ketty no se amedrentaba con facilidad. Dio unas zancadas hacia delante, le quitó el cuchillo de la mano de un golpe y la empujó a un lado mientras intentaba alcanzar a Jaren.

Él retrocedió hacia el lago, con los pies a apenas unos pasos del lugar donde el agua chocaba contra la orilla. Isola lloraba con unos gemidos enormes y jadeantes, claramente traumatizada por lo que había vivido con Pieter. Fiona estaba intentando consolarla, pero ella también estaba llorando.

—Deja que el chico se vaya, Ketty. No ha hecho nada.

—¿Cómo has podido ser tan idiota, hermana?

—Acabo de descubrir su existencia.

—¿Y entonces qué? —espetó Ketty—. ¿Has decidido que le ibas a dejar que se llevase a tu única hija?

Jaren sacudió la cabeza.

—Nunca haría eso. Siempre fue elección de Leelo, y ella os escogió a vosotras.

Su tía le ignoró.

—Ya dejaste que un forastero destrozase nuestra familia —le dijo a su hermana—. ¿De verdad quieres hacerlo de nuevo?

—Fuiste tú la que destrozó nuestra familia —rugió Fiona. La ira que había en su voz sorprendió a Leelo—. Podrías haberlo dejado estar. Podrías haberme dejado tener una única cosa mía.

—Tenías responsabilidades —le contestó Ketty—, y las abandonaste por cualquier desconocido.

—No abandoné a nadie. Kellan lo sabía. Lo sabía y me perdonó. Si tú no te hubieras involucrado, si Hugo no se hubiera enterado...

Leelo estaba más confusa que nunca. Estaba dividida entre empujar a Jaren a la barca para salvarle antes de que fuera demasiado tarde y tratar de encontrar alguna manera que todavía no hubiesen tenido en cuenta para salir de aquella pesadilla.

—Mamá —le advirtió Sage. El resto de miembros del consejo casi les habían alcanzado.

Ketty le dio la espalda a Fiona y se giró hacia Jaren, que se había acercado un poco más a la barca. Si saltaba dentro, tal vez el movimiento fuese suficiente para empujarla los pocos centímetros que le quedaban hasta el agua. Leelo se apresuró a ponerse a su lado.

Sin embargo, era demasiado tarde. Los otros miembros del consejo habían llegado, los nueve, incluidos varios hombres grandes. Matarían a Jaren y a ella la obligarían a mirar.

De repente, Isola echó a correr. Tomó el cuchillo que se le había caído a Leelo y se lanzó hacia la cuerda.

—¡Marchaos! —les gritó Fiona.

Todo se ralentizó mientras se giraba y tomaba la mano de Jaren, arrastrándolo hacia la barca. Isola golpeó varias veces la cuerda, intentando soltarla y Fiona, encontrando un ímpetu que Leelo jamás le había visto antes, se colocó en la popa, empujando con todas sus fuerzas.

Sage se lanzó sobre Isola, derribándola al suelo. La cuerda estaba deshilachada, pero todavía pendía de un hilo. Jaren estaba en la barca. Había tomado los remos y los estaba usando para impulsarlos lejos de la orilla. Sage gritó cuando se dio cuenta de que Leelo estaba subida con él.

—¡Leelo! —Llegó hasta la popa. Con las botas peligrosamente cerca del borde del agua, tiró con toda su fuerza en un último intento desesperado de impedir que su prima se escapara—. ¡No me abandones! —gritó.

Entonces, llegaron los otros y empezaron a tirar junto a ella. Sage se derrumbó, aliviada y llorando como un bebé mientras los sacaban de la barca. Leelo daba patadas y gritaba como un animal salvaje. Jaren permaneció en silencio, resignado a su destino.

Y mientras la separaban de las personas a las que amaba, vio que Sage estaba sonriendo de alivio incluso aunque se le estaban haciendo agujeros allí donde, en medio de la conmoción, el agua le había salpicado las botas. Se dio cuenta de que a su prima no le importaba cuánto daño causara a nadie, ni siquiera a sí misma, siempre y cuando Endla estuviera satisfecha.

Capítulo Cuarenta y Ocho

Jaren estaba de pie en el centro del pinar, amarrado como un pavo y rodeado por los miembros del consejo endlano. Habían tenido una discusión sobre qué hacer con Leelo. Su madre había insistido en que la llevasen a casa para evitar que sufriera un mayor trauma, mientras que Ketty había insistido en que se quedara y contemplase lo que habían provocado sus acciones egoístas. Como era de esperar, Ketty había ganado.

Leelo estaba sentada junto a su madre en un tronco colocado justo en el exterior del círculo de miembros del consejo. Su prima también estaba allí, intentando hablarle, pero ella se limitaba a mirar el suelo que había frente a ella con la mirada vacía. La trenza se le había deshecho en medio del caos y el pelo le caía alrededor en ondas suaves. Jaren solo quería abrazarla, decirle que todo saldría bien, pedirle disculpas por haberla involucrado en aquel lío y repetirle una y otra vez que la quería.

—El castigo está claro —dijo uno de los miembros del consejo. Era un hombre grande, uno de los que lo habían sacado de la barca a rastras—. El Bosque o el lago.

—Eso sería cierto en circunstancias normales —señaló Ketty—. Pero este chico ha hecho cosas mucho peores que el criminal medio. No solo utilizó nuestra propia embarcación para cruzar hasta la isla de forma deliberada, casi destrozando la barca en el proceso, sino que sedujo a una de las hijas de Endla y trató de convencerla para que se marchase.

Jaren quiso señalar que aquello no era cierto del todo, pero con una mordaza en la boca, lo máximo que podía hacer era balbucear en protesta.

—¡Cállate! —le espetó Ketty, golpeándole con un palo entre las costillas, que ya estaban amoratadas después de haber sido arrastrado por varios hombres fornidos a través del bosque.

—¿Y qué quieres que hagamos con él? —preguntó otro miembro del consejo—. ¿Matarlo nosotros mismos?

Ketty comenzó a asentir, pero otra persona habló. Era una mujer anciana de aspecto amable y Jaren empezó a sentir un destello pequeño de esperanza de que alguien pudiera defenderle.

—¿Qué os parece una cacería? —dijo con una voz dulce como la miel.

Hubo murmullos de emoción entre los miembros del consejo y él se dio cuenta con un miedo creciente de que aquella ancianita no le estaba defendiendo en absoluto.

—¿Qué es una cacería? —preguntó Sage con demasiada alegría.

—Dejamos que el chico se vaya al otro extremo de la isla y, entonces, cantamos la canción de caza —le explicó Ketty—. Quien le atrape gana el honor de sacrificarlo al Bosque.

Los ojos de Jaren se encontraron con los de Leelo y supo que el terror que vio en ellos se reflejaba en los suyos.

—Sometámoslo a voto —dijo Ketty. Sin embargo, él dejó de escuchar en ese momento. Ya sabía cuál sería la respuesta.

Podrían haber sido varios minutos o varias horas después cuando le pusieron de pie (al parecer, en algún momento se había desplomado de rodillas) y lo arrastraron a través del bosque.

Perdió de vista a Leelo y a su madre, pero tal vez fuese lo mejor. No podía soportar ver la angustia en el rostro de la chica ni un momento más. Esperaba que, por el bien de ella, no le hiciesen participar en la cacería y que estuviera bien lejos del pinar cuando le cortasen la garganta. Esperaba que no fuese Ketty quien le atrapase.

A su alrededor, el Bosque estaba en silencio. Para entonces, debía de ser medianoche. Se preguntó si lo harían esa noche o si esperarían a la mañana. De todos modos, estaba tan cansado que sabía que no duraría demasiado. Decidió que esperaba que lo hiciesen esa misma noche. Quería acabar con todo aquello.

Finalmente, lo empujaron por el camino que conducía a una gran cabaña. El hombre enorme que había hablado el primero durante la reunión del consejo tiró de él para que cruzase la puerta.

—Te quedarás aquí esta noche —le dijo. Aquella era la primera información que le daban en toda la noche y se sintió extrañamente agradecido por ello—. La cacería empezará mañana por la noche cuando se ponga el sol. Te daremos de comer antes, aunque no mucho. Y si causas algún problema, te rajaré la garganta yo mismo.

Asintió. Le empujaron al interior de una habitación, le desataron, le quitaron la mordaza con brusquedad y lo encerraron dentro.

Se derrumbó sobre la cama y se colocó de costado, haciéndose un ovillo, demasiado cansado como para comprobar si su cuerpo había sufrido algún daño. ¿Qué importaba si, de todos modos, iba a morir al día siguiente? Sintió acidez en el estómago al darse cuenta de lo cerca que había estado de la libertad, de escapar no solo por su cuenta, sino con Leelo. Sin embargo, ahora iba a morir. Ni siquiera odiaba a Sage, a Ketty o a los otros endlanos. Estaban haciendo lo que creían que era necesario. Tan solo deseaba poder demostrarles que nunca dañaría a Endla o a ninguna de las personas que había en la isla.

En algún momento se quedó dormido y se despertó con la luz del sol colándose por las ventanas. Por un instante, en lo único que pudo pensar fue en lo agradable que había sido dormir en una cama de verdad. Se estiró y se giró hacia un lado. Fue entonces cuando recordó dónde estaba y por qué. Sentía la boca rugosa, tenía las muñecas en carne viva allí donde se las habían atado con cuerda y la pierna herida volvía a hacer de las suyas. Sin embargo, seguía vivo.

Unos minutos más tarde, llamaron a la puerta. Un hombre (no era el mismo que el de la noche anterior, aunque tenía una estatura similar) entró con una bandeja de comida y la dejó en la mesilla de noche sin mirarle, como si tuviese miedo de que sus comportamientos de forastero se le pegasen de alguna manera.

No había comido algo caliente desde que llegó a Endla y engulló las gachas con rapidez, escaldándose la boca en el proceso. Para ser sus carceleros, estaban siendo demasiado considerados. El plato llevaba nata y miel, aunque se lo había comido tan rápido que tan apenas lo había saboreado. Se preguntó si considerarían de mala educación que pidiera más y, después, pensó que, probablemente, sí.

Más tarde, el mismo hombre regresó y le dijo que le siguiera. A la luz del día, pudo apreciar mejor el tamaño y la calidad de la casa. Fuera quien fuese aquella familia, debía de ser poderosa de algún modo porque aquella cabaña era mucho más elegante que cualquiera de las otras que había visto en Endla. Una vez que estuvieron de nuevo entre los árboles, se dio cuenta con decepción de que estaban regresando al pinar. No le gustaba aquel lugar. Olía a sangre antigua y le transmitía una sensación inquietante y de vigilancia. Cuando llegaron, el resto del consejo estaba allí.

—¿Intentó algo anoche? —le preguntó Ketty al hombre que le escoltaba.

—No, estuvo callado como un ratón.

—Bien. —La mujer le fulminó con la mirada y se colocó en su lugar con el resto de miembros del consejo—. Se ha avisado a todo el mundo de la cacería de esta noche —dijo—. Se permitirá que un miembro de cada familia participe, a excepción de la familia Hart

—añadió—. Mi hermana y mi sobrina se quedarán en casa por si se les pasa por la cabeza intentar ayudar al forastero.

Jaren se alegró de que Leelo no fuese a tener que ver aquello, pero saber que no iba a volver a verla ni siquiera una vez más hacía que sintiese el pecho vacío.

—¿Armas? —preguntó uno de los miembros del consejo.

—Se permitirán arcos, cuchillos y lanzas. Nada de trampas o cebos, aunque si el muy idiota se topa con una que ya estuviera puesta, es problema suyo. El primer endlano que consiga hacer sangrar al prisionero, tendrá el honor de sacrificarle.

Le resultaba casi imposible comprender que estaban hablando de él. Nunca antes había participado en una cacería, aunque su padre sí lo había hecho y podía imaginar que sus conversaciones habían sido muy similares a esta. Stepan era un cazador decente teniendo en cuenta que había crecido en una ciudad, pero nunca había atrapado nada más grande que un pavo. Jaren tenía tantas cosas en su contra que bien podría ser un pájaro lento, herido e incapaz de volar. El pavo, al menos, podría aletear hasta lo alto de un árbol. Dudaba que el Bosque fuese siquiera a concederle acceso a uno.

Cuando terminaron de hablar, lo ataron a uno de los pinos, le dieron un odre de agua y un pedazo de pan y le dijeron que regresarían cuando se pusiera el sol. Agotado y con miedo, se sentó en el suelo del bosque y esperó a que llegara su hora de morir.

Capítulo Cuarenta y Nueve

La noche anterior, Leelo no había dormido nada, lo que, por suerte, le había permitido dormir la mayor parte de aquel día. Se había despertado bien entrada la tarde con los ojos rojos y la garganta todavía dolorida de gritar. Fiona intentó hacer que comiese algo, pero todo lo que pudo digerir fueron unos pocos tragos de agua. No podía creerse lo cerca que habían estado de escapar para que después, su propia familia lo hubiese estropeado.

Aquella noche, había compartido la habitación con su madre y supuso que Sage se había quedado con la suya en su habitación. Nunca perdonaría a su prima. Jamás. Ni siquiera podía mirarla.

Y Sage, por supuesto, no quería mirarla a ella. Le habían encargado que las vigilase esa noche mientras Ketty participaba en la cacería. En realidad, su prima había argumentado que debería ser ella la que participase, ya que era la que había encontrado a Jaren, pero Ketty le había dicho que era demasiado peligroso, que había demasiado riesgo de que otro cazador la hiriera.

Leelo no estaba segura de si Ketty todavía estaba traumatizada por la muerte de su marido, o si de verdad iba a ser tan peligroso. Después de todo, sabía cómo sonaba la canción de caza y lo sedientos de sangre que podían volverse los endlanos. Pensó en el pobre Jaren, solo e indefenso, y los ojos volvieron a llenársele de lágrimas. No creía que fuesen a acabársele nuca.

—¿Puedo hacer algo por ti? —le preguntó Fiona con suavidad, acariciándole el pelo.

Había sido muy amable con ella con todo aquel asunto. No la había culpado ni una sola vez por involucrar a su familia. Leelo sabía que, en parte, era porque ella misma se había enamorado de un forastero, pero era más que eso. Su madre habría aceptado a Jaren de todos modos. Sencillamente, era de ese tipo de personas.

—Quiero salir ahí fuera —susurró. Sage estaba junto a la puerta con un arco y flechas—. Quiero ayudarle.

—No puedes, cariño. ¿Te hablé de aquellos hombres que vinieron a Endla? ¿Aquellos que encontraron tu padre y tu tío? —Asintió—. Fueron… cazados. Y fue un asunto horrible y sangriento. No quieres tener nada que ver con eso. Confía en mí.

—Pero esta vez no son dos desconocidos. Al que están cazando es al chico al que quiero, mamá. ¿Cómo puedo abandonarle ahora?

—No le estás abandonando. Él querría que estuvieras a salvo.

Apoyó la mejilla sobre sus brazos cruzados mientras las frías lágrimas le recorrían las mejillas y caían a la mesa.

—No sé cómo seguir adelante después de esto. ¿Qué se supone que debo hacer ahora?

Fiona agachó la cabeza hasta la altura de la suya y la miró a los ojos.

—Llorarás su muerte, mi niña. La llorarás el resto de tu vida, pero sí que seguirás adelante. Por Jaren. Por Tate. Por ti misma.

—Y por ti —susurró ella.

En la distancia, escucharon un grito fuerte seguido por el murmullo de las voces endlanas repartidas por toda la isla. La cacería había comenzado.

Capítulo Cincuenta

Para cuando empezó a caer la noche, Jaren se sentía tan incómodo de estar atado a un árbol que, en realidad, estaba esperando a que empezase la cacería. Cualquier cosa que acabase con su miseria. Tenía un plan y nada más que uno: llegar a la barca, suponiendo que nadie la hubiera movido. Aquella era su única posibilidad de salir de la isla, así que llegaría hasta ella o moriría intentándolo.

Cuando los miembros del consejo regresaron, se sintió consternado al verlos cargados de armas y vestidos para la caza. Él llevaba la misma túnica y los mismos pantalones raídos que había estado vistiendo desde que había llegado y, aunque había intentado mantenerse sano, seguía estando más débil que antes de ir hasta allí. Aquel día, solo había comido las gachas y el pan y el calor veraniego había sido sofocante.

—Voy a desatarte —le dijo un hombre—. Te daremos ventaja.

—¿Cuánta? —preguntó Jaren, frotándose los lugares en los que la cuerda le había hecho rozaduras.

—Cuando se ponga el sol, en cuanto empiecen los cánticos, la cacería estará en marcha.

Jaren observó al hombre, que asintió. Entonces, salió en dirección a la costa. Tropezó con raíces que aparecían de la nada y con piedras que no había visto. Ramas que deberían haber estado por encima de su cabeza, le golpeaban la cara mientras corría en la dirección que esperaba que fuese la de la playa. En aquel momento, empezó a oír los cánticos, espeluznantes y, aun así, inquietantemente hermosos. Sin embargo, no le atraían. Tan solo le hacían ser consciente de cuánta gente estaba intentando matarlo.

Pensó en su familia. En su padre, amable y cariñoso; en sus hermanas, cada una tan diferente y, aun así, todas tan cariñosas como Stepan. También pensó en su madre, en cómo siempre había creído en secreto que él había sido su favorito, aunque ella no lo hubiese admitido en voz alta. Y pensó en Leelo. Deseó poder ahorrarle todo el dolor que le había causado, pero jamás se arrepentiría de amarla. Ya fuese el destino, la mala suerte o, sencillamente, un lobo hambriento lo que le había llevado hasta Endla, todo había merecido la pena por haberse enamorado de ella.

Delante, a través de los árboles, podía ver el reflejo de la luz de la luna en el agua. Casi había llegado. Apenas unos pocos metros más y estaría en la playa.

De pronto, una sombra salió de entre los árboles, bloqueándole el paso. En la oscuridad, no podía distinguir gran cosa, aunque se sintió aliviado de que no fuese uno de los hombres fornidos que le habían hecho prisionero. Se detuvo derrapando, deseando tener un arma, cualquier arma, con la que defenderse.

La persona dio un paso al frente y, cuando la luz de la luna le atravesó el rostro, sintió cómo el aire se le escapaba en una oleada.

—Sabía que, siendo el cobarde que eres, vendrías aquí directamente—dijo Sage—. Y ahora puedo ser yo la que te mate.

Capítulo Cincuenta y Uno

Leelo estaba sentada, cubriéndose los oídos con las manos, intentando ahogar el sonido de los cazadores con una nana que se estaba tarareando a sí misma. Su madre se había quedado dormida junto a ella, pero se despertó con un sobresalto repentino, haciendo un gesto de dolor.

—¿Mamá? —Leelo observó el rostro de su madre—. ¿Qué ocurre? ¿Estás enferma otra vez?

Fiona bebió un sorbo del agua que su hija le ofrecía y sacudió la cabeza.

—Llevo enferma mucho tiempo, cariño.

Leelo intentó ignorar los cánticos distantes, pero era casi imposible. Lo peor de todo era que le dolía la garganta, deseosa de unirse a ellos. Alcanzó la taza de té que Ketty le había preparado a Fiona antes de marcharse para aliviarle el dolor.

—¡No! —Su madre movió la mano tan rápido que tiró la taza, esparciendo el líquido por toda la mesa.

Por un instante, las dos permanecieron sentadas, mirándose la una a la otra y recuperando el aliento.

—Santos, mamá. ¿Qué ha sido eso? —Se levantó, tomó un trapo y empezó a secar el té, pero, cuando se inclinó un poco, la golpeó un aroma que le había resultado desconocido hasta el día anterior. Era el mismo olor que inundaba la cueva donde guardaban la barca, donde crecían los nenúfares. Alzó los ojos de forma brusca hacia Fiona—. ¿Mamá? ¿Qué lleva el té? —Su madre debió de darse cuenta del gesto de entendimiento de su hija, porque tan solo cerró los ojos y suspiró profundamente—. Contéstame. ¿Por qué el té huele como los nenúfares?

Cuando la mujer abrió los ojos, los tenía húmedos por las lágrimas.

—Es mi medicina.

Estaba intentando entender lo que le decía su madre, pero estaba demasiado distraída por los cánticos lejanos como para comprenderla.

—¿Qué medicina?

Fiona se recostó en su asiento.

—Ya sabes que las plantas venenosas pueden tener usos medicinales además de mortales.

Leelo asintió.

—Utilizamos amarilis para tratar la gota. Y las hojas de dedalera para tus problemas de corazón. ¿Qué tiene eso que ver con lo demás?

—Después de que tu padre muriera, me puse enferma. No podía dormir. No quería comer. Tu tía me cuidó hasta que me recuperé. Los nenúfares, si están muy diluidos en agua, pueden tratar varias dolencias, incluida la depresión. Después de un tiempo, empecé a mejorar, pero me negué a volver a cantar, ni siquiera en el funeral. No era como lo de no comer; aquello había sido una elección. Sin embargo, lo de cantar era diferente. Sencillamente, no podía hacer aquello que me había brindado tanta felicidad; no después de lo que había hecho.

Leelo no estaba segura de si cantar le había hecho feliz alguna vez. Tan solo había sido una parte de ella, como el aire que había en sus pulmones o la sangre que corría por sus venas. Dejar de hacerlo no le parecía una opción.

—Ketty solía regañarme en cada festival. «Canta o volverás a enfermar. Canta, o morirás». Pero, cuanto más me negaba, más enfadada estaba ella. Entonces, empecé a empeorar.

—¿Sabías que te estaba haciendo enfermar? —le preguntó, notando cómo empezaba a enfurecerse.

—No. Al principio, no. La creía cuando me decía que era porque no quería cantar. Pero, entonces, un día, vi cómo me preparaba el té y supe que estaba usando demasiado extracto de nenúfar. Lo bastante como para cruzar la línea entre la medicina y el veneno.

Su madre había sido la que había advertido a Leelo sobre aquello mismo. Cada vez que preparaba un té o una infusión, tenía que repasar sus cálculos tres veces.

—Entonces, ¿por qué seguiste bebiéndolo? —le preguntó—. ¿Cómo pudiste hacerte esto a ti misma, a Tate y a mí?

—Porque me amenazaba con contaros lo que había hecho, me amenazaba con contárselo a todo el mundo. Y supongo que porque, una parte de mí, creía que me lo merecía. Pensaba que era el castigo que me había ganado por traicionar a mi familia y a Endla.

Unas lágrimas ardientes hicieron que a Leelo le escocieran los ojos.

—Eso no tiene sentido. La verdadera traición habría sido que no ayudases a Nigel, porque te habrías traicionado a ti misma.

Nunca había habido una elección, para ninguna de ellas, porque, a la hora de la verdad, ambas eran buenas personas. No permitirían por voluntad propia que alguien sufriese. A diferencia de Ketty, que llevaba años matando a su única hermana.

—Ahora lo sé —dijo Fiona con suavidad—. Lo siento. Tendría que haber luchado más por tu bien.

Sacudió la cabeza y se puso en pie.

—Te perdono, mamá. Pero yo tengo elección. Tengo que luchar por Jaren.

Su madre intentó sujetarle el brazo mientras se dirigía hacia la puerta.

—¡No puedes! Sage está ahí.

Sin embargo, Leelo ya estaba frente a la puerta abierta y no había ni rastro de su prima.

—Ha debido de ir a unirse a la cacería —murmuró, sintiéndose más traicionada que nunca. Como su madre, Sage era más leal a la isla que a su propia familia. Al igual que Ketty, era probable que su prima pensase que le estaba haciendo un favor—. Tal vez esté sano y salvo —dijo—. Si los cánticos no funcionaron en el pasado, tal vez ahora tampoco lo hagan.

—¿Qué has dicho? —preguntó Fiona.

Miró a su madre por encima del hombro.

—He dicho que tal vez la magia no funcione con él.

Fiona dio un paso adelante y se tambaleó, sujetándose la cabeza entre las manos.

—¡Santos! —suspiró mientras Leelo se acercaba a ella corriendo.

—¿Mamá? ¿Estás bien?

Fiona sacudió la cabeza, intentando aclarar la mente.

—No sé cómo no me he dado cuenta antes.

—¿Darte cuenta de qué? ¿Qué pasa?

—Sabía que me resultaba familiar, pero no podía creer... Tendría que haberlo sabido.

Agarró a su madre por los hombros, obligándola a alzar la vista.

—¿De qué estás hablando?

—Nadia. Fue vigilante el mismo año que yo. No éramos muy amigas, pero no guardaba en secreto lo que pensaba de las normas de Endla. Se pasó toda la ceremonia con el ceño fruncido y, después de eso, no vino a ninguno de los festivales. Ninguno de nosotros se sorprendió el invierno en el que intentó escapar cruzando el lago con su hijo recién nacido.

—¿Qué?

Los ojos de Fiona se habían nublado.

—Si hubiera sido un poco antes, podría haberlo conseguido, pero el hielo cedió bajo ella, y los dos se ahogaron. A menos que...

Leelo había dejado de respirar.

—¿Qué estás diciendo, mamá?

—Estoy diciendo esto: ¿qué pasa si el bebé sobrevivió?

Capítulo Cincuenta y Dos

Jaren y Sage se miraron el uno al otro durante mucho tiempo, intentando calcular quién sería el primero en moverse. Como era de esperar, fue Sage. Corrió hacia él con el cuchillo extendido y no acertó por pocos centímetros cuando él la esquivó en el último momento, echando a correr hacia el lago.

Sin embargo, ella, con su furia justiciera y el estómago lleno, era más rápida que Jaren. Se lanzó sobre él desde atrás, derribándolo al suelo. Él tan apenas consiguió agarrarle la mano en la que llevaba el arma, sujetándosela contra el suelo en un lateral. Pero, así como él había pasado la mayoría de los días soñando despierto, estaba claro que la chica se había estado preparando para un momento así. Le dio un rodillazo en la entrepierna, esperando hasta que se acurrucase de dolor para ponerse sobre él y colocarle el cuchillo en la garganta.

—Tendrías que haber sabido que esto acabaría así —dijo ella, con los ojos brillando en la oscuridad.

—No va a acabar así —contestó, atragantándose.

—No sé por qué has venido y no me importa especialmente. Deberías haber muerto cruzando, pero no fue así, y mi prima no dejaría que sufriera ni una mosca, mucho menos un humano. Pero nunca fue tuya, y nunca hubiera dejado que me la arrebataras.

Por primera vez, se dio cuenta de lo mucho que Leelo significaba para Sage, y no pudo culparla por ello.

—Sé que no es mía —dijo—, pero tampoco es tuya. Debería ser libre de tomar sus propias decisiones.

—¿Y estás muy seguro de que te hubiera elegido antes que a mí? Puede que haya caído presa de tus trucos de forastero, pero Leelo ama esta isla y a su familia. Jamás nos habría abandonado.

Podía entender cuánto debía doler sentirse apartado por alguien que casi era un desconocido aunque, desde luego, no había sido así en absoluto.

—Lo sé. No a menos que hubiese sentido que tenía que hacerlo.

Ella entrecerró los ojos.

—¿Esto es lo que haces? ¿Estar de acuerdo con todo lo que dice? No me extraña que le guste estar contigo. —Le clavó la rodilla un poco más en el estómago. Los cánticos que, hasta entonces, habían sido un murmullo distante, parecían estar acercándose—. Eres mi presa —dijo, y, al hacerlo, le pasó el cuchillo lentamente por la garganta. Lo bastante profundo como para hacerle sangrar. Lo bastante profundo como para hacerle saber que, la próxima vez, lo haría para matar.

Capítulo Cincuenta y Tres

—Mamá, ¡espera! —gritó Leelo mientras corría detrás de su madre a través del bosque.

Nunca había sido consciente de que Fiona pudiera moverse tan rápido, sobre todo teniendo en cuenta lo enferma que había parecido apenas unos momentos antes. Sin embargo, en ese instante estaba decidida y no intentaba guardar su energía para más tarde.

—Tenemos que decírselo a Ketty —dijo su madre con la voz ronca—. No puede matarlo si sabe que es endlano.

—¿Estás segura?

Leelo quería creer desesperadamente que su madre tenía razón. Además, su teoría tenía sentido. Jaren nunca había reaccionado a las canciones endlanas como debería hacerlo un forastero. Y su voz, aunque no tenía ni entrenamiento ni práctica, era tan dulce como la de los isleños. «Santos, permitid que mamá tenga razón».

—Estoy segura —contestó Fiona, parándose el tiempo justo para tomar a su hija de la mano y arrastrarla por el sendero.

Los cánticos sonaban por todas partes y Leelo deseó poder bloquearlos de alguna manera. Siempre había odiado aquella canción, interrumpida por alaridos estridentes y aullidos guturales, pero ahora la aborrecía. Una familia de mapaches cruzó el sendero a toda prisa, aunque no sabía si corriendo hacia los cantantes o huyendo. Aquella noche, los endlanos no matarían ningún animal; aquel no era el objetivo de su cacería.

Finalmente, llegaron al pinar, pero solo unos pocos ancianos estaban allí, sentados en troncos a modo de bancos, esperando a que empezase el espectáculo principal. Leelo los fulminó con la mirada.

—¿Qué estáis haciendo aquí? —les preguntó uno de ellos—. Se supone que tenéis que estar en casa, vigiladas.

—Nuestra guardia se marchó —espetó Leelo—. ¿Dónde está Ketty?

—Cazando, por supuesto —dijo el hombre—. Y, a juzgar por cómo se están calmando las cosas, diría que lo han atrapado. No tardarán mucho.

Tenía razón. Apenas unos minutos después, que ella pasó dando vueltas con las manos presionadas sobre los oídos, los endlanos empezaron a regresar al pinar.

—¿Quién lo ha atrapado? —preguntó alguien. Unos pocos negaron con la cabeza.

Entonces, Sage entró en el claro y obtuvieron la respuesta.

Leelo jadeó al ver cómo la sangre corría desde una herida en el cuello de Jaren hasta su túnica. Su prima tenía el cuchillo en la espalda del chico, dejando claras sus intenciones. Ella se abrió camino a empujones entre la multitud hasta que llegó a él.

—¿Leelo? —susurró Jaren.

—Lo siento mucho —dijo ella un momento antes de que varios endlanos la alejasen de allí.

Ketty se materializó entre la muchedumbre con la mirada ardiente fijada en su hija.

—¿Qué haces aquí? Deberías estar en casa.

—He sido yo la que le ha encontrado —dijo la chica. Al cuchillo aún le faltaban unos centímetros para estar apoyado en la columna de Jaren, pero no parecía que él estuviese en condiciones de poder escapar—. Me merezco matarlo.

—Tiene razón —dijeron algunas personas—. Lo ha atrapado ella, se merece matarlo.

Leelo pensó que estaba a punto de vomitar.

—¡Ella ni siquiera formaba parte de la cacería! —dijo.

Algunos endlanos parecieron ponerse de su parte, pero había tanto escándalo que era imposible saber qué lado estaba ganando.

Fiona había conseguido llegar hasta ella y permanecieron abrazadas la una a la otra.

—Mamá, di algo —le urgió ella.

—Ketty —dijo Fiona, pero su voz era demasiado débil como para que pudieran escucharla por encima de la cháchara emocionada de la multitud que se volvía más animada con cada segundo que pasaba.

—¡Ketty! —gritó Leelo—. ¡No puedes matarlo!

—¿Por qué no? —preguntó Sage—. ¿Porque crees que le amas?

Cualquier otra persona tan solo habría visto el odio puro que su prima sentía por Jaren, pero Leelo podía ver que, bajo su mirada de desdén y burla, había un atisbo de pena y arrepentimiento. «Elígeme a mí», decían sus ojos. Sin embargo, aquella era una elección que él jamás le habría obligado a tomar.

Se giró hacia la multitud.

—Porque es un endlano —dijo, con la voz resonando por todo el claro—. Y tiene tanto derecho a estar aquí como el resto de nosotros.

Su prima bajó el cuchillo apenas unos milímetros.

—¿De qué estás hablando?

En aquel momento, Ketty estaba sujetando el brazo del chico y era evidente que se habían dibujado las líneas de batalla.

—Mentiras —dijo su tía—. Conocemos a todos los endlanos. Este chico es claramente un forastero.

Fiona negó con la cabeza.

—Vuelve a mirarlo, hermana.

Un atisbo de duda cruzó el rostro de Ketty.

—Es el hijo de Nadia Gregorson. El niño al que intentaba salvar cuando murió.

Un murmullo de incredulidad recorrió a los endlanos.

—No puede ser —dijo alguien.

—Vimos cómo se ahogaba —añadió otro.

—¿No te has dado cuenta de que tus canciones no han funcionado con él? —le preguntó Leelo a Sage—. Estaba intentando escapar, ¿verdad? No fue hacia ti por voluntad propia. Si fuese un forastero, habría corrido hacia ti, no se habría alejado.

El agresivo ceño fruncido de Sage empezó a ceder ante la duda.

—Te equivocas, no puede ser endlano.

Leelo fijó la mirada en los ojos grises de Jaren, dejando que el resto del mundo, su cuello sangrante y la furia de su prima desaparecieran. Dio un paso hacia él y, en aquella ocasión, nadie la detuvo.

—Lo es.

—¿Es cierto? —le preguntó él, tomándole las manos.

—Es la única explicación. Por lo que sabes de tus padres, ¿tiene sentido? ¿Habrían acogido a un niño abandonado incluso aunque supieran que era endlano?

Los ojos de Jaren se llenaron de lágrimas.

—Sí.

—Lo siento muchísimo —murmuró contra su pecho—. Ojalá hubiera podido contártelo de otra manera. —Se apartó hacia atrás y le acarició la mejilla con una mano—. Vamos. Vamos a llevarte a casa.

Ketty, que, hasta un momento antes, parecía que se había quedado sin palabras, consiguió recuperar la voz.

—¿A casa? Acabas de decir que este chico ya está en casa. Si es endlano, entonces está justo donde tiene que estar.

—Tiene una familia —dijo Fiona—. Necesita volver con ellos.

—Déjame adivinar. Pretendes marcharte con él. Tu lealtad siempre ha sido para ellos, nunca para nosotros.

Fiona le lanzó a su hermana una mirada de advertencia. Si con «ellos» se refería a Nigel y a Tate, tal como Leelo sospechaba, entonces era probable que no quisiera que el resto de la isla lo supiera.

—Mi lealtad está con mi familia, sí. Siempre lo ha estado.

—¿Qué estás insinuando, hermana? ¿Que la mía no?

Fiona bajó la voz.

—Vamos a discutir esto en casa, Ketty.

—No. Creo que ya va siendo hora de que todas estas personas sepan la verdad de lo que hiciste; que no eres mejor que la traidora de tu hija.

Una vez más, la multitud empezó a bullir con especulaciones.

—¿De qué está hablando, Fiona? —preguntó alguien.

—Merecemos saber la verdad.

Leelo tomó a Jaren de la mano y empezó a abrirse paso entre la gente a empujones.

—Vamos, mamá —dijo.

Pero Ketty y Fiona se mantuvieron firmes en sus sitios.

—La verdad es que mi hermana tuvo a un bastardo —dijo Ketty—. Un bastardo *incantu* con un padre que era forastero.

Los endlanos jadearon de forma colectiva.

—¿Qué forastero? —gritó una mujer—. ¿Cuándo?

—Hace doce años —dijo Sage—. ¿Acaso no es obvio?

Hubo más gente pidiendo la verdad y, finalmente, Fiona se giró hacia la multitud.

—Mi hermana dice la verdad. Hubo un forastero que cruzó el hielo hace doce inviernos. Estaba herido y yo le ayudé. Y me enamoré de él. Mi niño, Tate, fue el resultado de nuestra relación. —Se volvió hacia Ketty y le dirigió una mirada que podría fundir el hierro—. Y Kellan lo sabía. —Ketty alzó las cejas, conmocionada. Al parecer, no había esperado que fuese a admitir tantas cosas en público—. ¿Por qué no les cuentas el resto de la historia? —dijo—. Háblales del accidente.

Los ojos de Leelo pasaron de su tía a su madre.

—¿Qué quieres decir? —preguntó en voz baja.

Cuando se dio cuenta de que su hermana no iba a detenerla, Fiona continuó, pareciendo ganar fuerza conforme hablaba.

—No hubo ningún accidente, ¿verdad, Ketty? Tan solo tú y tu deseo de saber siempre la verdad. Y, lo que es peor, de compartirla, sin importar a quién le hagas daño en el proceso. Y cuando le contaste a Hugo la verdad sobre el origen de Tate, amenazó con contárselo a todos los habitantes de la isla para que me echaran junto con mi hijo ilegítimo.

Ketty dio un paso hacia su hermana.

—Cállate —le dijo entre dientes—. Detén esto.

—Y, entonces —prosiguió Fiona—, cuando Hugo confrontó a mi marido sobre este tema, amenazando con contar la verdad si no lo hacía él, discutieron. Hugo disparó a Kellan. Tal vez fue por accidente, pero contempló cómo mi marido se desangraba hasta morir.

—¡Ya basta! —gritó Ketty.

—Y tú lo viste todo, ¿verdad? Decidiste que este secreto nos destruiría si se conocía, así que hiciste lo único que se te ocurrió, aquello que, en secreto, llevabas deseando hacer mucho tiempo.

Ketty comenzó a temblar.

—Para. Por favor.

El rostro de Fiona se suavizó tan solo un poco.

—Sé que pensaste que estabas protegiendo a esta familia, hermana. Sé que pensaste que la estabas arreglando. Pero, en realidad, nos destruiste.

—¿Qué está diciendo, mamá? —Sage estaba mirando a su madre como si la estuviese viendo por primera vez—. ¿Le hiciste algo a papá?

Ketty no tuvo que contestar. Sage ya había averiguado la verdad y, en aquel momento, también lo había hecho el resto de la isla. Leelo sintió como si el mundo estuviese dando vueltas bajo sus pies. Su tío había matado a su padre y su tía había matado a su tío. Nunca había habido un accidente. Había sido un asesinato, y Fiona tenía razón: les había destruido a todos.

El silencio de todos los endlanos que estaban escuchando estalló en gritos y llantos, pero ella no podía escucharlos. Tan solo podía ver a su tía, que se había caído de rodillas, rota; a su prima, destrozada, que no parecía saber dónde mirar; y a su madre que, claramente, no se deleitaba en lo que había hecho. ¿Hacía cuanto que Fiona sabía que no había sido un accidente? ¿Había sido su lealtad hacia la tía Ketty real en algún momento o, sencillamente, había sido para evitar que su hermana revelase sus secretos? Eran demasiadas mentiras y lo único que habían provocado habían sido años de miedo y resentimiento.

Leelo se giró hacia su prima. La ira se había desprendido de ella y, de aquel modo, parecía pequeña y vulnerable. Todo aquel tiempo, Sage había creído que Leelo sería la que se haría añicos si supiera la verdad, pero era Leelo la que estaba contemplando a una chica rota.

—Sage... —comenzó, pero no había nada más que decir.

El gesto de su prima se derrumbó antes de que se diera la vuelta y empezara a correr.

Capítulo Cincuenta y Cuatro

—Leelo.

Pestañeó y sacudió la cabeza. Jaren estaba a su lado, de pie.

—¿Quieres que vayamos a buscarla? —le preguntó.

El resto de endlanos presentes estaban enfrascados en sus propias discusiones. Los hombres fornidos que habían tenido a Jaren cautivo eran los que más alto hablaban. Se dio cuenta de que eran los hermanos de Hugo, aunque ella nunca antes les había visto. Tras la muerte de su tío, Ketty había cortado la relación con la familia de su marido. Ahora estaba claro por qué.

—¿Dónde está la tía Ketty? —le preguntó a su madre.

Fiona sacudió la cabeza.

—Me imagino que se habrá escabullido en medio de todo el escándalo. —Se presionó los dedos sobre las sienes—. Santos, ¿qué he hecho?

—Lo que había que hacer —contestó ella—. Vamos, tienes que ir a casa.

—No, tenemos que sacar a Jaren de aquí antes de que sea demasiado tarde.

Leelo se dio cuenta de que, repentinamente, se había levantado aire. Se estaba cocinando otra tormenta y el joven acabaría atrapado en ella si no se ponían en marcha.

—Daos prisa —les dijo Fiona, apremiándoles hacia el barco.

Sobre el dosel arbóreo, las copas de los altos pinos se agitaban por el viento. Unas gotas de lluvia intensas comenzaron a golpear el rostro de Leelo.

—¿Qué está pasando?

—Es el Bosque —susurró su madre—. Tenía la esperanza de que no se diera cuenta...

—¿Qué quieres decir?

—Subid a la barca. Rápido, antes de que sea demasiado tarde.

La comprensión se apoderó de Leelo, tan fría e inoportuna como el aguacero.

—No estás hablando sobre la tormenta, ¿verdad?

El rostro de Fiona estaba marcado por la lluvia, las lágrimas o ambas.

—No es solo el lago los que nos mantiene aquí, Leelo. No podemos marcharnos de Endla. El Bosque no nos deja. Puede que, en algún momento, este no fuese más que un Bosque Errante ordinario, pero se ha convertido en algo enorme y monstruoso gracias a la sangre de los endlanos. Por eso no podía marcharme para estar con Nigel, incluso aunque te hubiera llevado a ti conmigo. Mientras crecéis, os hacemos creer que necesitamos al Bosque para que nos proteja, pero es al revés.

«Dicen que Endla echa raíces en torno a tus pies para que no puedas marcharte, incluso aunque quieras». ¿Cuántas veces había escuchado aquella frase? Siempre había sonreído ante aquel sin sentido porque era evidente que nadie querría marcharse. En aquel momento, el estómago se le revolvió con creciente horror. Si se marchaban, ¿tomaría represalias el Bosque y dañaría al resto de isleños? No podía hacerles eso. Se giró hacia Jaren.

—Tienes que irte. Puede que esta sea tu única oportunidad.

—No voy a marcharme sin ti. Además, si lo que dice tu madre es cierto, a mí tampoco me dejará marcharme. —Le apretó las manos entre las suyas, haciendo una mueca de dolor cuando su piel le rozó las muñecas en carne viva—. Tal vez por eso el lobo me trajo a Endla; porque, de algún modo, sabía que pertenecía a este lugar.

Sus ojos se encontraron y, por un momento, el mundo que les rodeaba se desvaneció. Había estado tan cerca de perderle, que era casi imposible que estuviera allí, con ella. Se puso de puntillas y le dio un beso muy suave en los labios, solo para asegurarse de que era real.

Cuando volvió a apoyarse en el suelo, dejó que sus ojos recorriesen el Bosque. En el pasado, había creído que nada importaba más que aquel lugar. Había permitido que exiliaran a su hermano por él y también había estado a punto de perder a Jaren por él. Sin embargo, el poder que todas las mentiras habían tenido sobre ella en los últimos diecisiete años había desaparecido, sustituido por un nuevo entendimiento.

Había llegado a darse cuenta de que la única cosa que importaba, la única magia verdadera, era amar y ser amado. No estaba dispuesta a vivir en un mundo donde había algo que controlaba esa magia. Tal vez los endlanos originales hubiesen renunciado a su libertad por la seguridad, pero, a sus descendientes no les habían dejado elección. Nadie debería tener que despedirse de un hijo querido; nadie debería tener que elegir entre su libertad y su vida.

—Te quiero y no quiero perderte. Pero no perteneces a este lugar, Jaren. Tu sitio está con tu padre y tus hermanas.

Él la observó, desconcertado.

—¿Y qué pasa contigo?

—Mi sitio está con mamá —susurró—. Mi sitio está con Tate. Y contigo.

Antes de que pudiera preguntar qué quería decir, ella le tomó de la mano y le condujo hasta el lugar en el que el resto de endlanos estaba discutiendo entre sí sobre qué hacer con Ketty y con el descubrimiento de que un endlano no solo había conseguido escapar del Bosque, sino que, después, había regresado.

Leelo se subió a un tronco caído, usando la mano de Jaren para no perder el equilibrio. Al final, alguien se dio cuenta de su presencia y, entonces, el silencio cayó sobre la multitud mientras todos se giraban hacia ella. Vio rostros familiares y amistosos, pero también había algunos enfadados. Se aclaró la garganta.

—Sé que puede que algunos de vosotros penséis que soy una traidora, pero todos nosotros, todos y cada uno, tenemos algo en común: Endla nos ha quitado demasiadas cosas. —Señaló a los padres de Isola, que estaban casi al frente de la multitud—. Isola perdió al chico que amaba. Rosalie y Grant, vosotros perdisteis a vuestra comunidad. —Se giró hacia los padres de Pieter—. Vosotros perdisteis a vuestro hijo, primero entre los forasteros y, después, por culpa del lago. Y vosotros perdisteis a vuestra hija mayor —añadió, mirando a los padres de Vance—. Yo perdí a mi hermano. Mi madre perdió a su único hijo. Y lo hemos soportado porque nunca creímos que tuviésemos elección. Pero ahora tenemos una prueba viviente de que un endlano puede estar seguro viviendo entre forasteros sin sufrir ningún daño y sin dañar a otros. Seguimos alimentando a este Bosque con nuestra sangre y ¿para qué? Sabemos cómo cazar, cómo construir refugios, cómo cuidarnos los unos a los otros. Podemos sobrevivir sin el Bosque.

A pesar de que hacía semanas que no había habido un sacrificio, Leelo todavía podía oler la sangre y sentir la cercanía codiciosa de los pinos, que nunca estarían saciados por mucho que sacrificasen los isleños.

—Lo cierto es que es el Bosque el que no puede sobrevivir sin nosotros —dijo.

Sobre sus cabezas, las ramas empezaron a agitarse, como los niños que empiezan a cuchichear los unos con los otros. Hubiera jurado que los huecos entre las copas de los árboles se habían hecho más pequeños, que el espacio entre ellos estaba disminuyendo. El viento se hizo más fuerte, aullando, rodeándoles con el sonido de extremidades crujiendo.

—¿Qué quieres decir? —gritó alguien entre la multitud.

—Digo que ya es hora de que, para variar, cuidemos de nosotros mismos. De que permitamos que la gente que quiera marcharse, o incluso la gente que quiera volver, tome esa decisión.

—El Bosque no lo permitirá —exclamó una mujer.

Se alzaron los murmullos de asentimiento, pero, para sorpresa de Leelo, Rosalie sostuvo en alto su cuchillo.

—Yo te ayudaré, Leelo.

Su marido dio un paso y se colocó a su lado, levantando su hacha.

—Los dos lo haremos.

Los padres de Vance intercambiaron una mirada y también dieron un paso al frente. Miró a los padres de Pieter.

—¿Nos ayudaréis?

Durante un buen rato, estuvo segura de que iban a decir que no, pero, entonces, también asintieron.

—Ayudaremos.

Otros endlanos que habían estado cerca, escuchando, se unieron a ellos, pero, mientras el plan de Leelo empezó a esparcirse entre los isleños, también empezaron a surgir los gritos de enfado.

—¡No podéis hacer esto!

—¡El Bosque nos matará a todos!

—¡Endla es nuestro hogar!

Esperó a que los adultos que estaban de su parte hicieran algo, pero estaban quietos, mirándola, congelados por la indecisión, y supo que tendría que ser ella la que diese el primer golpe. Tomó el hacha de Grant, que la soltó de buen grado, y se giró hacia el pino de su familia.

Nunca le habían gustado ni el pinar ni aquel árbol. Se suponía que un santo patrón debería traerte bendiciones y buena suerte, pero todo lo que le había aportado a ella era sufrimiento. Aun así, cuando alzó el hacha sobre la cabeza y la blandió contra el tronco, sintió como si estuviera pegando a un viejo conocido.

La hoja golpeó la corteza con tanta fuerza que se quedó enterrada. Recordó las historias que les había contado Ketty, sobre la savia roja como la sangre y los árboles gritando. Sin embargo, lo único que podía escuchar era el sonido de su propia respiración. Incluso aquellos que se oponían a ella se habían quedado en silencio, como si estuvieran esperando a ver cómo contraatacaba el Bosque.

Liberó el hacha y volvió a golpear. Sola, le costaría días derribar un árbol tan grande, pero, un instante después, Jaren se unió a ella, cargando con un hacha que le había quitado a otro endlano. El padre de Pieter se les unió. Unos minutos después, el árbol empezó a gruñir bajo su propio peso, sonando tan anciano y solitario como el propio viento. Se apartaron mientras el pino gigante se estrellaba contra la tierra, llevándose por delante un árbol más pequeño.

Se giró hacia el siguiente árbol. Unos pocos endlanos estaban frente a él con las armas alzadas.

—No hagas esto —dijo un hombre—. No sabes cuáles serán las consecuencias.

—No, pero sí sé cuáles son las consecuencias de dejar que las cosas sigan como siempre. Estoy dispuesta a arriesgarme.

Para su sorpresa, la gente se apartó. Mientras ella y Jaren golpeaban con las hachas, primero el uno y después el otro, produjeron un ritmo musical primitivo que Leelo podía sentir en la planta de los pies. Por primera vez en meses, sintió aquella sensación asfixiante en la garganta, la necesidad insaciable de cantar.

—¿Estás bien? —le preguntó Jaren.

Asintió, pero sintió como si estuviera sofocándose. Cerró la boca y, alzando el hacha por última vez, asestó el golpe final. El sonido de las ramas al partirse y del tronco astillándose fue ensordecedor.

Aquel árbol chocó contra el que estaba al lado, y lo arrastró con él. Muchos endlanos se habían marchado a casa, pero algunos permanecían allí, mirando, todavía esperando a ver si habría alguna consecuencia a lo que Leelo y los demás estaban haciendo. Veinte minutos después, habían talado todos los pinos menos el más alto.

Leelo y Jaren se estaban preparando para golpearlo cuando un rayo repentino destelló sobre sus cabezas, seguido por un trueno tan fuerte que ella gritó.

—¡Cuidado! —chilló Jaren, tirándola al suelo.

A apenas unos centímetros de donde había estado, una rama golpeó la tierra. Se puso en pie y se dijo a sí misma que era una coincidencia, que no tenía nada que ver con el Bosque, pero, en ese momento, el suelo bajo sus pies empezó a temblar. De pronto, cerca de ellos se abrió un socavón que se tragó al hombre que le había advertido que parase.

—¡Leelo! —gritó Jaren.

Siguió la mirada del chico hasta lo alto del pino donde las llamas resplandecían contra el cielo nocturno. El rayo había provocado fuego.

Buscó frenéticamente a su madre mientras el viento aullaba y los otros endlanos huían.

—Estoy aquí —dijo Fiona, tomando a su hija de la mano—. Rápido. Tenemos que llegar a la orilla.

La mente de Leelo funcionaba a toda velocidad, intentando procesar lo que estaba pasando. De alguna manera, habían conseguido destruir el pinar, pero no había tenido en cuenta los rayos. Tan solo le quedaba esperar que la lluvia extinguiese las llamas antes de que el fuego se esparciese.

Corrieron, esquivando las ramas caídas y las fisuras que se abrían en el suelo del bosque sin previo aviso. Leelo podía oír a gente gritando en la distancia y un gemido se le atascó en la garganta. ¿Qué había hecho?

No llegaron demasiado lejos antes de que una multitud de endlanos, cargando todavía con sus armas, aparecieran de entre los árboles.

—Ponle fin a esta locura, Fiona —dijo uno de los hombres, dando un paso al frente—. Ata corto a la obstinada de tu hija antes de que nos mate a todos.

Tras ellos, podía oír el rugido de las llamas haciéndose cada vez más fuerte. Fiona se apartó el pelo mojado de los ojos.

—Mi hija ha sido la única lo bastante valiente como para pedir que acabemos con la crueldad del Bosque. Durante décadas hemos vivido la mentira que heredamos de nuestros antepasados. Se la contamos a nuestros descendientes. ¡Hemos exiliado a nuestros hijos!

Varios endlanos intercambiaron miradas. En el fondo, sabían que lo que le habían hecho a decenas de niños estaba mal, y lo habían justificado diciéndose a sí mismos que lo hacían por su propio bien.

—El Bosque ya ha matado a unos cuantos de los nuestros esta noche —gritó alguien que había entre la multitud—. Aunque Leelo tenga razón, el coste no merece la pena.

—El Bosque nos protege —sollozó una mujer—. Sin él, nos masacrarían.

—¡No! —exclamó Jaren—. Los forasteros no son como imagináis que son. Mi familia es amable y afectuosa. —Miró a Leelo, como si estuviese buscando algún tipo de confirmación. Ella asintió—. Me acogieron —continuó—. Me encontraron junto al lago. Debían de saber lo que era, pero me llevaron a su casa y me criaron como uno más de sus hijos. —La voz se le quebró y Leelo le apretó la mano todavía más.

—Marchaos —dijo una mujer mayor—. Dejad que aquellos que queramos quedarnos nos quedemos. Tomad la barca y marchaos. El Bosque nos perdonará a los demás.

Había perdido a algunos de los isleños que la habían estado ayudando en medio del caos, pero se giró hacia Rosalie y Grant.

—Lo siento. No he conseguido destruir el Bosque y ahora todo lo que he traído a nuestro pueblo es destrucción.

Rosalie dio un paso al frente.

—Lo has intentado, Leelo. Fuiste la única que vino a visitarnos cuando toda la comunidad nos había repudiado. Nos devolviste a Isola. Eres una buena persona. Ahora, deberías marcharte. Mientras todavía puedas.

—Pero ¿qué pasa con vosotros? Mi madre me ha dicho que la barca solo puede hacer el viaje una vez.

—Estaremos bien —contestó Rosalie—. No podemos marcharnos sin Isola.

Leelo alzó la vista hacia los árboles. Las llamas se estaban propagando, aunque la lluvia parecía evitar que el fuego aumentase hasta convertirse en un incendio.

—El Bosque...

—Márchate —insistió Rosalie.

Jaren estrechó su mano y ella asintió. La multitud se separó, dejando que pasasen y volviendo a formarse tras ellos conforme seguían caminando.

Cuando llegaron a la orilla, se sintió aliviada al ver que la barca seguía allí. Sin embargo, la tormenta no solo estaba afectando al Bosque. La superficie del lago estaba agitada y llena de espuma, y unas olas enormes, más grandes que ninguna que hubiese visto antes, golpeaban las rocas. Volvió la vista hacia el grupo, que permanecía allí, blandiendo las armas. Cruzar sería peligroso, pero no tenían otra opción.

—¡Súbete! —le gritó a Fiona por encima del viento—. Jaren y yo empujaremos la barca hacia el agua.

Jaren dio un paso al frente, listo para ayudar a Fiona a subirse a la embarcación, pero, para horror de Leelo, ella se alejó.

—Mamá, ¿qué estás haciendo?

Su madre negaba con la cabeza, con los ojos brillantes y abiertos de par en par.

—Lo siento, cariño, no puedo.

Sintió ganas de gritar de frustración.

—¿De qué estás hablando? Claro que puedes. Quieren que te vayas —dijo, señalando a la multitud con un gesto de la cabeza.

—El lago está demasiado agitado. Esa barca no se construyó para tres adultos. Si rompo el equilibrio, podríamos volcar. No puedo arriesgarme. No contigo.

—No vamos a irnos sin ti —sollozó—. Esperaremos hasta que pase la tormenta.

—No estoy segura de que os vayan a dejar —dijo. Bajó la voz y atrajo a Leelo a sus brazos—. Lo único que me importa es tu seguridad.

—Pero la barca... Dijiste que solo podría hacer un viaje. No podremos volver a enviarla para ti.

Fiona soltó a su hija.

—Volverás a por mí algún día, cuando hayas encontrado a Tate.

—No —volvió a sollozar.

Allí, en ese momento, cuando iban a marcharse de verdad, no podía irse sin su madre. No quedaría nadie que cuidase de ella.

—Me pondré mejor —dijo Fiona—. Te lo prometo.

—Leelo... —Jaren estaba mirando por encima de las cabezas de la multitud, hacia el lugar en el que el bosque resplandecía con un color naranja brillante—. El fuego está empeorando. Tenemos que irnos.

—Por favor, mamá. Ven con nosotros —le suplicó, pero su madre la estaba empujando hacia la barca.

Alguien gritó en la lejanía.

—¡El fuego ha llegado a las cabañas!

La multitud se lanzó hacia delante, con la intención de hacerles abandonar la isla. Jaren la había agarrado de uno de los brazos y la estaba arrastrando hacia la barca.

—¡No voy a abandonarte! —le gritó a su madre justo cuando sus pies golpearon el casco.

—Y yo no voy a dejar que te quedes.

Fiona lanzó a Leelo hacia atrás y, clavando los talones en la arena, usó todas sus fuerzas para empujar la embarcación hacia el agua antes de que su hija pudiera orientarse.

—¡Mamá! —gritó.

La barca se balanceó de forma peligrosa cuando llegaron a aguas abiertas y Leelo se descubrió luchando para encontrar un remo. Desde tierra firme llegaba un viento fuerte que soplaba hacia Endla y todavía se oían gritos y lamentos procedentes del Bosque.

—¡Te quiero! —gritó Fiona, pero su voz se perdió en el viento.

Se dio cuenta de que era demasiado tarde para regresar. Demasiado tarde para salvar a su madre.

—¡Rema! —gritó Jaren.

Las lágrimas le recorrían el rostro mientras remaba con los brazos ardiéndole en cada brazada y los tendones del cuello tan tensos que parecía que se le iban a romper. Justo cuando pensó que estaban ganando terreno, otra ráfaga fuerte de viento les empujó de vuelta hacia la isla. Endla se estaba negando a dejarles marchar.

No pudo evitar pensar en todas las personas que estaba dejando atrás. De forma egoísta, quería librarse de Endla, no volver a sacrificarse por ella nunca más. Pero, si el coste era su madre, sus amigos o incluso su tía y su prima, entonces era un coste demasiado alto. Sería más fácil dejar que la barca volcase.

Miró a Jaren a través del pelo mojado y las gotas de agua que parecían cuchillas. Estaba remando con todas sus energías, pero no era suficiente. No eran más que dos personas contra todo un Bosque Errante lo bastante fuerte como para hacer que el viento se doblegase a su voluntad. ¿Quiénes eran ellos para creer que podrían vencerlo?

Desde allí, parecía como si toda la isla estuviera ardiendo. ¿Qué pasaría si su cabaña ya se había quemado hasta los cimientos? ¿Dónde iría su madre? Empezó a ser presa del pánico. ¿En qué había estado pensando? ¿Qué había hecho?

La música era tan suave que, al principio, no pudo oírla por encima del romper de las olas, pero, después, se dio cuenta de que Jaren estaba cantando.

Era la plegaria por las cosas perdidas, aquella canción que les había unido, la que había llevado a Jaren de vuelta a Endla. Él le había dicho que se había encontrado a sí mismo en Leelo y ella había encontrado en él la respuesta que buscaba: las cosas no tenían por qué ser tal como habían sido siempre, no tenían que aceptar el mundo que habían heredado de sus ancestros. Tal vez se hubiesen doblegado bajo la presión de sus normas y sus expectativas, pero eran lo bastante fuertes como para no romperse, lo bastante resistentes como para doblarse.

Por primera vez, no se sintió como si estuviera obligada a cantar. Quería hacerlo.

La canción se derramó desde ambos con las voces unidas en una armonía perfecta. Cuando Jaren la miró, supo que él también lo sentía.

Era magia.

Nunca le había cantado al chico el resto de la canción, pero, mientras cantaba, la voz de él se alzó para unirse a la suya. Cuando terminaron, observó maravillada cómo las olas empezaban a calmarse.

—Leelo, mira —susurró Jaren.

Siguió la mirada del chico hacia Endla. La lluvia había parado. El fuego se había extinguido. Tal como la anciana había predicho.

Nunca antes había visto su hogar en la distancia y, por primera vez, comprendió que Jaren tenía razón. Era perturbador darse cuenta de lo pequeño que había sido su mundo. Ahora, se dirigía a un mundo nuevo, uno que siempre había creído que estaba lleno de males inimaginables. Pero ¿cómo podía ser eso cierto cuando ese mundo le había dado a Jaren? Lo único que lamentaba era no haber acabado con el mal con el que había crecido.

Sin pensarlo, cerró los ojos y de ella emanó una canción que nunca antes había cantado. Era una canción endlana, sin palabras e inquietante, y, aunque su voz sonaba solitaria, sabía que estaba llena de magia. No importaba que no la hubiese cantado antes o que no la hubiese escuchado. Leelo sentía en los huesos lo que era.

Una canción de despedida.

Procedía de un tiempo anterior a Endla y al Bosque Errante. Un tiempo en el que su pueblo tan solo transmitía a sus niños historias en vez de mentiras. Un tiempo de paz y prosperidad que no requería más que el sacrificio del trabajo duro y la paciencia, más que la sangre y la inocencia.

El reinado del Bosque había acabado.

Cuando al fin terminó de cantar y abrió los ojos de nuevo, el Bosque Errante ya no estaba.

Capítulo Cincuenta y Cinco

Gracias a algún milagro, Leelo y Jaren llegaron a tierra firme ilesos. Sin embargo, el casco de la barca estaba rajado en varios lugares y Jaren supo que Fiona había tenido razón. No regresaría para una nueva travesía y construir una barca nueva sin tener la savia para protegerla del veneno era inútil. En la lejanía, la isla se mostraba pequeña y humeante, sin el pinar en el horizonte. Durante unos minutos, permanecieron tumbados en la playa estrecha, el uno al lado del otro, con los pechos subiendo y bajando mientras intentaban recuperar la respiración.

—¿Y ahora qué? —preguntó Jaren.

Sabía qué era lo que él quería más que nada: ver a su familia. Pero, desde allí, era imposible saber lo que había pasado en Endla cuando el Bosque se había desvanecido y sabía que Leelo estaría desesperada por saber qué le había pasado a su madre.

La chica se incorporó, mirando hacia el otro lado del agua negra.

—Sé que ahora ya no podemos volver. Tan solo me gustaría saber si está bien.

Jaren la ayudó a ponerse en pie. Ambos estaban exhaustos, pero quedarse allí lo que quedaba de noche era impensable.

Comenzaron a andar y, si bien en el pasado Jaren había creído que era Endla lo que parecía atraerle, ahora sabía que había sido Leelo todo el tiempo.

Cuando llegaron a su casa, la luz del día comenzaba a arrastrarse entre los helechos rizados y los matorrales húmedos. La mayor parte de la caminata, Leelo tuvo la boca abierta. De vez en cuando se paraba para tomar una baya de un arbusto o arrancar una flor del suelo y, después, se quedaba quieta, escuchando y esperando a ver si el bosque tomaba represalias. Cada vez que no ocurría nada, sonreía a Jaren como si estuviese contemplando un pequeño milagro. Aquellas sonrisas eran lo que le hacían seguir adelante a pesar de que le dolía cada músculo del cuerpo y de que era incapaz de dejar de darle vueltas a la cabeza, consciente de que estaba a punto de enfrentarse a la verdad que acababa de descubrir: que no era quien siempre había creído ser.

La casita que le habían alquilado a Klaus nunca le había parecido un hogar de verdad, pero, viéndola en aquel momento, tranquila y enclavada entre un bosquecillo de abedules y olmos, sintió el alivio que había estado anhelando desde que llegó a Endla. Que Leelo, la pieza perdida de su puzle, estuviera con él hacía que fuese incluso más intenso.

Se detuvieron en la puerta y ella le miró expectante. ¿Debería llamar primero? ¿Debería entrar y darles una sorpresa? Sabía que, para su familia, su aparición sería como si hubiese regresado de entre los muertos. No quería asustarles, pero la idea de tener que esperar un solo minuto más para verles era insoportable. Dubitativo, llamó.

La puerta tardó un momento en abrirse con un chirrido. Era Stepan, que llevaba la barba unos centímetros más larga de lo que recordaba. El hombre se frotó los ojos como si acabase de despertar de un sueño.

—Hola, papá —dijo antes de verse envuelto en un enorme abrazo de oso y de que le sacaran el aire de los pulmones.

—¡Niñas! —gritó Stepan y, un instante después, tres rostros familiares aparecieron en la puerta detrás de él con los ojos resplandecientes y brillando por las lágrimas. Rodearon a Jaren, chillando y gritando como un trío de ardillas entusiasmadas.

—¡Estás en casa! ¡No me puedo creer que estés en casa de verdad!

—Santos, te hemos echado de menos.

Alguien pellizcó con fuerza el brazo de Jaren y sus ojos se dirigieron rápidamente a Renacuajo.

—¿A qué ha venido eso? —le preguntó.

—Solo me aseguraba de que no era un sueño —canturreó y siguió dando saltitos de alegría.

—¡No es así como funciona! —gritó, pero él también se estaba riendo.

Al final, cuando todos habían confirmado que estaba vivo y bien, se apartaron y se dieron cuenta por primera vez de que no estaba solo.

—Hola —dijo Leelo con timidez.

El corazón de Jaren amenazó con explotarle de felicidad dentro del pecho. La acercó un poco hacia su costado.

—Papá, Summer, Story, Renacuajo...

—No me llamo Renacuajo —dijo Sofía entre dientes.

Jaren la ignoró.

—Familia, esta es Leelo Hart. Viene de Endla. Se quedará con nosotros un tiempo.

Su familia hizo un esfuerzo valiente por no reaccionar de alguna manera que ofendiese a Leelo, pero no pudo evitar darse cuenta de cómo Summer se encogía un poco y cómo Renacuajo jadeaba, maravillada.

—¿Una endlana de verdad? —preguntó— ¿No como Tate?

Jaren estaba a punto de regañar a su hermana por ser una maleducada, pero el rostro de Leelo se deshizo en una sonrisa radiante.

—¿Conocéis a mi hermano?

—Claro que sí. Está en casa de Lupin.

Aquel fue el turno de Jaren para jadear, pero Renacuajo ya había agarrado la mano de Leelo y la había arrastrado al interior de la casa.

—Ahora es demasiado pronto para ir allí —dijo Stepan, siguiendo a su familia hacia el interior, como si las cosas siempre hubiesen sido así.

Jaren sonrío mientras cerraba la puerta tras de sí, maravillando de cómo aquella casa tan pequeña, de pronto ya no parecía abarrotada en absoluto.

Tras llenar a Leelo y Jaren de comida, sus hermanas se llevaron a la chica a su habitación para buscarle algo de ropa limpia. Estaba seguro de que también se maravillarían con su pelo y discutirían sobre cuál de ellas se lo iba a peinar.

Jaren y Stepan recogieron y se sentaron en el sofá diminuto que acomodaba con facilidad a las tres chicas, pero que era un poco estrecho para dos hombres adultos.

—Lo siento… —comenzó Jaren.

—Te hemos echado muchísimo de menos —dijo su padre a la vez.

—Fue una tontería —continuó Jaren—. Seguí yendo al lago Luma después de aquella primera noche, la que acampé cerca. Al principio, pensé que solo era curiosidad, pero era algo más que eso lo que me hacía regresar; algo más poderoso que yo.

Su padre se pasó la mano por la barba como si fuera un nuevo hábito fruto del nerviosismo. Tenía el ceño lleno de arrugas causadas por la preocupación.

—¿Qué te pasó, hijo?

—Me perdí y, entonces, encontré a Leelo —dijo Jaren. Después, bajó la voz—. Encontré un hogar. —Stepan giró la cara para que Jaren no viera cómo se le arrugaba la cara—. Es cierto, ¿verdad? ¿Nací en Endla?

Su padre tragó saliva y se limpió las palmas de las manos en los muslos. Jamás le había visto tan incómodo.

—Jaren, eres tan hijo mío como tus hermanas. Te he querido desde el momento en que llegaste a nosotros siendo un bebé diminuto.

Sabía que su padre creía lo que estaba diciendo, pero la verdad era que era diferente al resto de ellos; siempre lo había sido.

—¿Y Story?

—No es tu melliza, no.

Jaren ya lo había sospechado, pero escuchar a su padre decir las palabras en voz alta fue como recibir un golpe en el pecho. Era su melliza. Habían compartido el vientre de su madre. Habían crecido a la par; a veces, uno sobrepasaba al otro en altura, pero habían pasado por todos los hitos de la vida juntos. Se les cayó el primer diente el mismo día. De entre todas sus hermanas, sentía una conexión especial con Story. Y no era porque fuera el único chico, sino a pesar de serlo.

—No llores —dijo Stepan, quitándole con cuidado una lágrima de la mejilla con el borde calloso del dedo pulgar.

No estaba seguro de por qué estaba tan triste. No es que amase menos a Story o a cualquier miembro de su familia a causa de aquella revelación, pero, de todos modos, sentía una pérdida.

—¿Cómo? —consiguió decir finalmente.

El hombre se recostó un poco.

—Te encontró la mujer de Klaus, cerca del lago. Era invierno. Al principio, pensó que no eras más que otra piedra al borde del agua, pero, entonces, oyó un sollozo. Estabas envuelto en una manta tejida preciosa, pero estaba cubierta de nieve. No estaba segura de cuánto tiempo llevabas allí. Eras muy pequeño y tan apenas respirabas. Le resultó evidente que, como mucho, tenías unos pocos días de vida.

Se puso de pie y se acercó al baúl de cedro que había en la esquina, aquel en el que guardaban toda la ropa blanca buena de

Sylvie. Jaren esperó mientras su padre rebuscaba en el baúl unos minutos antes de regresar y tenderle una manta que ya había visto antes, pero a la que nunca le había dado demasiada importancia. En aquel momento, sin embargo, se preguntó cómo no se había dado cuenta antes.

La manta estaba confeccionada con una lana suave y formando unas franjas brillantes que habían sido teñidas a mano con mucho cuidado. Era bastante claro que se trataba de una obra endlana. Incluso había una posibilidad de que la hubiese confeccionado alguien a quien conocía.

Stepan miró a su hijo.

—¿Continúo?

Jaren asintió.

—Como es comprensible, a Klaus y su esposa, Ana, les turbaba la idea de abandonar a un bebé, pero no sabían si te habían dejado a propósito. Había un agujero en el hielo a pocos metros de la orilla. Parecía como si alguien se hubiese caído por allí.

—La madre de Leelo cree que la madre que me dio a luz se ahogó intentando salvarme.

—Ana también creía eso. Estaba segura de que la persona, al caerse, te había empujado hacia el otro extremo del hielo para que estuvieras a salvo.

Jaren no sabía por qué su madre biológica había abandonado Endla, aunque, después de todo lo que había presenciado, se lo podía imaginar. Y, si había ocurrido una vez, tal vez hubiera ocurrido antes. Podría haber otros como él, endlanos que vivían entre los forasteros sin saber quiénes eran en realidad.

—Ana y Klaus te cuidaron lo mejor que pudieron, pero ya tenían cinco hijos propios a los que cuidar. Klaus sabía que teníamos una hija, Summer, y una niñita recién nacida, Story. Aquel parto fue difícil y tu madre no estaba segura de si podría tener más descendencia. Sin embargo, siempre habíamos querido un hijo, así que Klaus vino a Tindervale contigo y nos preguntó si queríamos adoptarte. Tu madre te estaba dando de mamar junto con Story antes de que pudiera responder siquiera.

Jaren sonrió al escuchar aquello. Tal vez no hubiesen compartido el vientre materno, pero seguían siendo mellizos; nada cambiaría aquello.

—¿Sabíais algo sobre el lago Luma o sobre los endlanos? —preguntó—. ¿Sospechasteis que podría tener magia?

Por primera vez, no se atascó con la palabra. ¿Cómo podría seguir negándola cuando la había sentido? Cuando él y Leelo habían cantado juntos, habían dejado de ser dos entidades separadas; habían sido uno. Jamás se había sentido tan completo y tan bien. Tan solo deseaba que su felicidad no hubiese llegado a expensas de la de Leelo. Sabía que quería estar con él, pero jamás había planeado dejar atrás a su madre.

—Supusimos que eras uno de sus niños sin voz, un *incantu*. ¿Qué otro motivo podrían tener tus padres para alejarte de allí?

Por aquel entonces, él había sido un bebé. Hubiese sido demasiado pronto para saber si era un *incantu*, pero su padre lo sabía.

—No querían que creciese en Endla. Eso es todo lo que podemos saber con certeza.

Stepan asintió lentamente.

—Supongo que debes de tener razón. Lo siento mucho, si lo hubiera sabido, jamás nos hubiéramos mudado aquí. —Agachó la cabeza y pareció tan triste que Jaren pensó que se le iba a romper el corazón.

—No cambia nada —dijo él al fin—. Sigo siendo tu hijo. Mis hermanas siguen siendo mis hermanas. Y mis padres biológicos tenían razón: no pertenezco a Endla.

—Pero ¿qué pasa con la muchacha, con Leelo?

—Ella tampoco pertenecía allí. No creo que nadie lo haga en realidad.

Un instante después, las chicas salieron de la habitación. Leelo iba vestida con un vestido rojizo de Sofía que, aunque era más bajita que ella, tenía más o menos la misma talla. Llevaba el pelo suelto y con algunas trenzas dispersas que, sin duda, eran obra de Renacuajo.

Como siempre, la belleza de la chica le dejó sin respiración, y, una vez más, tuvo la sensación de que no era de aquel mundo. Incluso en la penumbra matutina de la casa, atraía la luz hacia ella, que resplandecía contra su piel pálida y translúcida. Tal vez no estuviese hecha para estar en Endla, pero tampoco estaba seguro de que estuviese hecha para Bricklebury. Quizá para un reino feérico...

Se puso roja y Jaren se dio cuenta de que la había estado mirando fijamente.

—Estás preciosa —le dijo, a pesar de que sabía que sus hermanas le estaban observando y juzgando.

—Gracias —contestó con suavidad—. Tú también.

Jaren ignoró el sonrojo de Summer, los ojos abiertos de par en par de Story y el resoplido de carcajadas de Renacuajo.

—Vamos —dijo, tomando a Leelo de la mano—. Vamos a buscar a tu hermano.

Capítulo Cincuenta y Seis

A Leelo se le aceleró el corazón cuando llegaron a lo alto de una colina y se encontraron frente a ellos una pradera verde exuberante. Una chica rubia y una persona más pequeña y con el pelo oscuro estaban ocupándose de una hilera de colmenas. La chica les saludó con la mano y se giró para ayudar a la persona más pequeña a quitarse la redecilla que le cubría la cabeza.

Mientras se dirigían hacia allí, Story les había explicado cómo Tate había acabado con la familia de Lupin.

—Un día, había salido a buscar a Jaren cuando tres niños *incantu* aparecieron del bosque —les había dicho.

Tate, Violet y Bizhan. Había acudido a Lupin para que le ayudara, sin saber a quién más preguntarle, y juntas habían encontrado hogares temporales para los dos otros niños. Mientras tanto, Lupin y Tate habían formado un vínculo, así que los padres de ella habían aceptado acogerle.

Cuando Tate alzó la vista y vio a Leelo, cruzó el campo corriendo a toda velocidad y estuvo a punto de tirarla al suelo con la fuerza del abrazo que le dio. Ella cubrió la cabeza y el rostro de su hermano de besos hasta que, finalmente, el niño se cansó y la apartó con cuidado.

—¿Qué haces aquí? —le preguntó, con un gesto que se debatía entre la alegría y el miedo.

Leelo pensó que había crecido en el poco tiempo que había pasado desde que se había marchado. O tal vez la distancia le había ayudado a verle tal como siempre había sido.

—¿Dónde está mamá? —Miró hacia la gente que estaba allí reunida, como si esperase ver el rostro de su madre entre ellos.

—No pudo venir, Tate. Lo siento mucho.

Estuvo a punto de añadir que estaba segura, pero lo cierto es que no tenía ninguna certeza al respecto y no podía volver a mentirle a su hermano.

—¿Por qué no vamos a casa para hablar? —dijo Lupin tras un instante—. La miel hace que todo resulte un poco más fácil.

Leelo la observó, intentando decidir si reconocía su rostro o no. Pensó que podría ser la hermana mayor de Vance, o cualquiera de las niñas *incantu* que se habían marchado en el transcurso de su vida. Había muchas familias rotas y, aun así, para la gente como Lupin, que encontraba nueva familia, tal vez la vida en tierra firme no era lo peor que le pudiera pasar a alguien.

—Gracias por cuidar de él —dijo mientras se dirigían hacia la casa. Todavía no podía creerse que ya no estuvieran en Endla, que estuviera en tierra firme entre forasteros—. Estoy muy agradecida de que esté sano y salvo.

—Ha sido un placer —contestó Lupin, alborotando el pelo de Tate.

Leelo señaló al montón de redecilla que su hermano llevaba en brazos.

—¿Tú no te pones eso cuando te encargas de las abejas?

Lupin negó con la cabeza.

—No lo necesito.

—Les canta —le explicó Tate mientras Lupin se alejaba para alcanzar a Story.

—¿Qué quieres decir? —le preguntó—. Es una *incantu*.

—Dice que no tiene magia endlana, pero la he observado. Las abejas entran en una especie de trance cuando canta. Se posan sobre ella, pero no le pican.

Pensó en aquello mientras se abrían paso hasta una pulcra cabaña de madera con geranios rojos en las ventanas, igual que los que había en su casa. Se preguntó si, durante todo aquel tiempo, había entendido mal la magia; si, tal vez, la magia endlana, tal como pensaba en ella, no era endlana en absoluto. Tal vez, si sabías dónde mirar, todo el mundo tuviese un poco de magia.

La madre de Lupin, Marta, recibió al grupo en la casa y les sirvió pan recién horneado y miel que se derretía en la boca. Mientras las dos familias se ponían al día y Jaren explicaba lo que le había pasado, Leelo sacudió la cabeza al pensar en lo equivocada que había estado con respecto a los forasteros.

—¿Está el señor Rebane en casa? —le preguntó Stepan a Marta cuando terminaron de comer.

—Debería estar de vuelta en cualquier momento —le contestó. Después, se giró hacia Tate—. Si tenemos suerte, tu padre estará con él.

Leelo casi se atragantó con el último trozo de pan.

—¿Qué?

—Se marchó de Bricklebury hace unos cuantos años —le explicó Marta—. Después de que Tate nos hablase de él, mi marido se fue para ver si podía encontrarle. De eso hace cuatro días, así que espero que regrese pronto.

Tate, que apenas un instante atrás había estado engullendo su propia rebanada de pan con miel, lanzó una mirada a Leelo, que no hubiese sabido decir qué significaba su gesto: si estaba avergonzado de haber descubierto que tenía un padre diferente, o tal vez preocupado de que ella se avergonzase de él.

—No pasa nada —dijo, cubriendo la mano de su hermano con la suya—. Sé lo de Nigel. Nada ha cambiado; siempre serás mi hermano.

Mientras esperaban a que Oskar regresase, Lupin y Story rellenaron los huecos de lo que había pasado mientras Jaren había estado fuera. Story había vivido sus propias aventuras mientras buscaba a Jaren, incluyendo encontrar a un grupo de *incantu* que vivían en una guarida subterránea cerca del lago Luma. Leelo y Jaren no pudieron evitar darse cuenta de la forma en la que Story se sonrojaba cada vez que mencionaba al líder del grupo, Grimm.

En menos de un día, el mundo de Leelo había aumentado en alcance casi hasta un nivel abrumador. Pero, cada vez que comenzaba a sentir que todo aquello era demasiado para asumir, Jaren le tomaba de la mano bajo la mesa y se la estrechaba y, entonces, recordaba que no estaba sola.

Cuando terminaron de comer, se abrió la puerta frontal, dando paso a dos hombres. El primero era, claramente, el señor Rebane, que fue hacia su mujer y su hija para abrazarlas y, después, alborotó el pelo de Tate con cariño. Tras él, entre las sombras, había una figura estrecha.

Marta se aclaró la garganta e hizo un gesto con la cabeza en dirección al hombre. Oskar se giró para mirar a su espalda.

—¡Cielos! Casi lo olvido. Me gustaría presentaros a Nigel Thorn.

Un hombre con el pelo negro como los cuervos y largo hasta los hombros con la raya en el centro dio un paso adelante. Era pálido como Tate y tenía los mismos ojos casi negros. «¿Ese será el aspecto que tenga Tate cuando sea mayor?», se preguntó Leelo, intentando asimilar el hecho de que aquel hombre se había enamorado de su madre en el pasado y que su madre también le había amado.

—Tú debes de ser Tate —dijo Nigel, acercándose al chico que parecía una versión en miniatura de él mismo.

El niño asintió y se acercó un poco más a él para poder tomar la mano que le tendía.

—Es un placer conocerle, señor Thorn.

Nigel le sonrió.

—Para mí también es un placer. Un poco extraño, teniendo en cuenta que, hasta hace dos días, no tenía ni idea de que existías.

Tate agachó la cabeza.

—Le entiendo.

—Bueno, entonces supongo que los dos somos nuevos en esto. —Se agachó para estar cara a cara con él—. ¿Cómo está tu madre?

Tate, que parecía un poco desesperado, miró a Leelo.

—Está...

Ella se levantó y se colocó junto a su hermano.

—Está todo lo bien que pueda estar —dijo amablemente por el bien de Tate—. Soy Leelo, la hija de Fiona.

En aquel momento, fue Nigel el que pareció un poco desvalido.

—¿Leelo? ¡Santos! No eras más que una niña pequeña... —Pareció recuperar la compostura y miró alrededor, al resto de personas que había en la habitación. Se enderezó y se giró hacia el señor Rebane—. Es evidente que tengo que ponerme al día. No creo que pueda volver a la granja esta noche. ¿Hay alguna posada en la que pueda quedarme? ¿Una que admita perros?

Por primera vez, Leelo se fijó en un animal enorme de pelo gris desgreñado que se había colado siguiendo a Nigel y que se había puesto cómodo en el sofá. Durante un segundo, pensó que era un lobo y estuvo a punto de lanzarse a los brazos de Jaren. Sin embargo, él no parecía asustado.

—¿El perro es suyo? —le preguntó a Nigel.

—Es un perro lobo, sí. —Silbó y el perro puso las patas delanteras sobre el suelo, deteniéndose para estirarse antes de trotar hasta su dueño—. Este es Percy. —Se giró hacia Tate, guiñándole el ojo—. Es tu hermano pequeño.

Al decir aquello, la enorme criatura dio un salto, colocó las patas sobre los hombros de Tate y estuvo a punto de derribarlo.

—¡Sir Percival! —Nigel agarró al animal por el collar de cuero y lo apartó del niño. Sonrió con timidez—. Mis disculpas, Tate. Se emociona un poco cuando conoce a gente nueva.

Leelo todavía estaba sorprendida ante el hecho de que aquel hombre se hubiese referido al perro como el hermano de Tate, como si los dos fueran hijos suyos. No sabía qué había esperado, pero, desde luego, no había esperado que aceptase a su hermano con tanta facilidad.

—Tate —dijo Lupin—, ¿por qué no vas a buscar algunas mantas? El señor Thorn puede dormir en tu habitación. Tú puedes dormir en el suelo de la mía, si quieres.

El niño miró a Leelo. Ella le tomó de la mano y siguió a Lupin hasta el armario del recibidor, donde guardaban la ropa de cama.

—Pareces un poco preocupado —le dijo Lupin con suavidad—. ¿Estás nervioso?

Él tomó las mantas que le tendía.

—Un poco.

—Parece un hombre agradable, pero, si necesitas más tiempo, lo entiendo.

—Pero ¿qué pasa con tus padres?

—Mis padres dejarán que te quedes tanto tiempo como yo les diga, ¿de acuerdo? —Debió de ver el gesto de Leelo, porque se aclaró la garganta—. Los dos seréis bienvenidos, desde luego.

—Oh, creo que, por ahora, me quedaré en casa de Jaren, pero Tate puede escoger. —Se giró hacia su hermano y consiguió sonreírle—. No te preocupes. Ahora mismo las cosas son un poco confusas, pero lo solucionaremos.

Lupin sonrió con suficiencia.

—Además, ¿cómo de peligroso puede ser un hombre que llama a su perro «sir Percival»?

Para alivio de Leelo, Tate volvió con ella a casa de Jaren aquella noche. A ellos les ofrecieron para dormir la buhardilla de Jaren, mientras que él durmió en el sofá del piso inferior. Nigel pasó la noche en casa de los Rebane y todos acordaron reunirse en el mercado por la mañana.

Leelo y Tate se acurrucaron juntos tal como solían hacer en la pequeña habitación de debajo de las escaleras. Si cerraba los ojos lo suficiente, casi podía convencerse a sí misma de que habían vuelto allí. Sin embargo, aquella casa no olía igual y sabía que su madre no estaba allí con ellos. Cada vez que pensaba en ella, la culpa y la tristeza amenazaban con arrastrarla a las profundidades.

—¿Tate? ¿Estás despierto? —susurró en la oscuridad.

—Sí.

—¿Cómo te sientes con todo esto?

—No lo sé —admitió—. Son muchas cosas.

—Sí. Has sido muy valiente, hermanito. Estoy orgullosa de ti. Mamá también estaría orgullosa de ti.

—¿Está bien? —preguntó él—. ¿De verdad?

—Está enferma —contestó—. Pero creo que está mejorando.

Su hermano asintió.

—¿Cuándo volveremos a por ella?

—Cuando el lago se congele. Te lo prometo.

—Falta mucho tiempo para eso.

—Lo sé. Ojalá pudiéramos ir antes. —Se mordió el labio inferior un momento—. Tate, ¿cuándo descubriste lo de Nigel?

—Mamá me lo contó poco antes de marcharme de Endla.

—Eso debió de ser difícil para los dos. —Él se encogió de hombros y Leelo tuvo que recordarse a sí misma que su hermano no recordaba a Kellan; realmente, nunca había conocido a ningún padre—. Me dijo que había alguien aquí que querría tenerme y que, si estaba con él, ella no tendría que preocuparse por mí. En realidad, no supe qué pensar. Sobre todo cuando era semejante carga para la tía Ketty, que me conocía de toda la vida.

Incluso tras haberse librado de Endla, Leelo sentía un resentimiento amargo hacia su tía por lo que le había hecho a su familia.

—Ketty estaba luchando contra sus propios demonios —dijo—. Eso no le daba ningún derecho a tratarte como lo hacía, pero nunca tuvo que ver contigo. Nunca tuvo nada que ver con ninguno de nosotros.

—Lo siento por ella —susurró el niño y, antes de que Leelo pudiera contestar, se quedó dormido.

Por la mañana, Tate parecía nervioso mientras se vestía y se dirigían a encontrarse con los Rebane y Nigel. Leelo no estaba segura de cuándo podrían hablar con Jaren de todo lo que habían vivido, aunque, por el momento, tal vez fuese lo mejor. Todavía no habían tenido tiempo de procesar nada.

Hacía años que Nigel Thorn no regresaba a Bricklebury, pero, a juzgar por toda la gente que se acercaba a hablar con él mientras recorrían el pueblo, todavía tenía muchos amigos. Percy, que, tal como se habían dado cuenta, era un gigante amable, trotaba a su lado.

—¿Por qué se marchó de Bricklebury? —le preguntó Leelo.

Él bajó la vista para mirarla con aquellos ojos oscuros y amables.

—Ahora crío perros lobo en el campo. Allí hay más espacio para que puedan correr. Además, la caza aquí ya no era buena. El bosque estaba cambiando.

Ella alzó las cejas.

—¿Qué quiere decir?

—No era como en Endla —contestó él rápidamente—. No me refiero a eso. Es solo que… ya no parecía seguro.

—¿Tiene familia?

Probablemente no era asunto suyo, pero quería saber si todavía le importaba Fiona del mismo modo que resultaba evidente que él le importaba a ella; si, después de todos aquellos años, su madre seguía teniendo una oportunidad de conseguir un final feliz.

—No —dijo él—. Nunca me casé.

Leelo sintió que quería decir algo sobre Fiona, pero también debía de sentirse tímido, porque no dijo nada más.

En el mercado, caminó con Jaren, manteniendo un ojo en los productos que estaban a la venta y otro en Nigel. Sabía que su madre había confiado en él, pero solo lo había conocido durante unos pocos meses, y eso había ocurrido años atrás. Dejaría que Tate tomara sus propias decisiones, pero no antes de haber tenido la oportunidad de estudiarle.

Cuando terminó de ponerse al día con la gente del pueblo, el hombre compró tres sándwiches e invitó a Tate y Leelo a comer con él mientras los Rebane y los Kask terminaban sus compras.

—¿Quieres que vaya contigo? —le preguntó Jaren, que todavía tenía el brazo unido con el suyo.

—No pasa nada —contestó, dándole un beso en la mejilla—. Creo que esto es algo que tenemos que hacer solos.

Caminaron hasta la rivera de un arroyo pequeño y se sentaron en la hierba. Nigel les pasó la comida.

—Dime, Tate, ¿qué te parece la vida en tierra firme?

—No está mal —murmuró él mientras masticaba la comida. Leelo se sintió tentada de decirle que fuese más educado, pero Nigel no era su padre y ellos tendrían que encontrar juntos su propio ritmo.

—¿Disfrutas con la apicultura?

—Al principio no me gustaban las abejas, pero ahora me he acostumbrado a ellas. Los primeros días me picaron varias veces, pero en cuanto aprendí a quedarme quieto entre ellas, dejaron de hacerlo.

Nigel asintió.

—Es un poco lo que me pasó a mí con los perros. Al principio, eran grandes e intimidantes, pero, una vez que te acostumbras a ellos, te das cuenta de que nunca te harían daño a propósito.

Leelo le lanzó una mirada. Sospechaba que estaba hablando de algo más que de los perros lobo.

—Debió de ser difícil abandonar el único hogar que habías conocido —continuó Nigel—. Y a tu madre debió de romperle el corazón dejarte marchar.

Tate miró a Leelo. No quería interferir en su relación, pero podía ver que su hermano se sentía incómodo con aquel tipo de preguntas. Si quería llegar a conocer a Nigel, necesitaba hablar con él a solas.

—Tate, ¿por qué no vas a comprar un poco de esa limonada que he visto a la venta? —le dijo Leelo, tendiéndole unas pocas monedas que Jaren le había dado—. Tómate tu tiempo.

El niño asintió, aliviado, y se marchó corriendo.

—Lo siento —dijo Nigel casi de inmediato cuando se hubo marchado—. No debería haber sacado a relucir a tu madre.

Leelo le lanzó parte de las cortezas de su sándwich a un par de patos que nadaban en el arroyo.

—No pasa nada. Todavía no le he contado todo. Hay cosas que no estoy segura de que esté listo para saber todavía.

Cosas de las que ella no estaba preparada para hablar.

—¿Tu padre lo sabe? —preguntó él tras un largo silencio.

Santos, el hombre creía que su padre seguía vivo. ¿Por qué no iba a pensarlo? Lo último que había sabido era que Fiona estaba casada y tenía una hija pequeña.

—Mi padre murió —le contestó—. Cuando Tate no era más que un bebé.

Nigel perdió todo el color del rostro.

—¿Cómo? ¿Cuándo?

Le explicó lo que había pasado entre su padre y el tío Hugo, insistiendo de nuevo en que Tate no sabía nada de aquello y en que no estaba lista para contárselo. Ya había tenido que soportar bastantes cosas. Cuando terminó, el hombre parpadeó y se aclaró la garganta.

—Lo siento mucho, no tenía ni idea. Pobre de tu madre… La época tras la muerte de tu padre debió de ser muy difícil para ella, teniendo que criar a dos hijos sola.

—Así es. Ha tenido una vida difícil.

—Odio pensar que yo hice que lo fuese todavía más.

Leelo se tragó el nudo que se le estaba formando en la garganta.

—Le echa de menos.

Nigel alzó la vista hacia ella, sorprendido.

—¿Te habló de mí?

Leelo asintió.

—Sí, justo antes de marcharme.

Él respiró hondo y soltó el aire poco a poco.

—Esto es mucho que asimilar.

—Lo sé.

—Parece que tienes amigos aquí, en Bricklebury, y sé que acabamos de conocernos, pero quiero que sepas que, si a Tate y a ti os apeteciera vivir conmigo, tendréis un hogar. Siempre. A sir Percival y a mí nos encantaría acogeros.

Leelo pasó los dedos por la hierba, evitando su mirada.

—Gracias; es muy generoso. —Estaba agradecida por la oferta, aunque no podía imaginarse yendo a vivir con él en aquel momento—. ¿Sabe? Tate solo es un apodo —dijo, desesperada por cambiar de tema.

—¿Sí?

—Fue a nuestra tía a la que se le ocurrió lo de «Tate». Su nombre real es «Ilu».

—Ilu. ¿Qué significa?

—«El amado».

Él sonrió.

—Es un nombre encantador.

—Así es —dijo mientras alzaba la vista y veía cómo su hermano se acercaba hacia ellos con problemas para transportar las tres jarras de limonada. Se levantó para ayudarle, pensando en todas las cosas que, en el pasado, le habían sido queridas (un vestido con encaje, una pluma con rayas, una caja de madera con dos cisnes tallados) y supo en su interior que nada era más valioso que aquello.

Capítulo Cincuenta y Siete

A lo largo de los siguientes meses, los Rebane, los Kask y Nigel ayudaron a construir una cabaña pequeña para Leelo y Tate cerca de casa de los Kask. Tan solo era un poco más grande que la choza en la que Jaren había estado en Endla, pero era más robusta y, sobre todo, era de ellos. Leelo no se había sentido lista para mudarse a casa de Nigel o para estar tan lejos de Jaren y, si era sincera, de Fiona. Su madre siempre estaba en sus pensamientos, ayudándola a guiarse cuando se sentía perdida y asustada, lo cual ocurría más a menudo de lo que le gustaría admitir. Antes, había sabido cuál era su lugar en el mundo, a pesar de que no siempre hubiese estado de acuerdo. No se sentía preparada para ocuparse de su propia casa o para tomar todas las decisiones sobre Tate y ella misma. Aun así, Nigel era parte de sus vidas y se sentía agradecida por ello.

Tate ayudaba a Lupin con las abejas y, a menudo, pasaba un rato en casa de los Rebane, que todavía pensaban en él como en un hijo de acogida. Leelo había llegado a conocer a Lupin un poco; o, al menos, todo lo que había podido. Había algo que las separaba. Probablemente, se tratase del hecho de que Leelo había escogido abandonar Endla, mientras que a Lupin la habían obligado. Hasta donde sabía, Jaren y ella eran los primeros endlanos que se habían

marchado por elección propia y habían sobrevivido, y ella era la
única que conocía las canciones.

Sin embargo, en seguida había descubierto que no necesitaba
cantar. O que, si quería cantar, podía cantar el tipo de canciones
que Jaren le había enseñado. A veces, cantaban juntos y la armonía
de sus voces le recordaba a cuando estaba en casa. Entonces, sentía
un dolor en el pecho que sabía que era nostalgia, a pesar de que no
quería admitir que echaba Endla de menos. Aquí, cuando pasaba
los dedos por la hierba, no sentía una vibración como respuesta;
cuando los árboles se agitaban sobre su cabeza, no estaban hablando entre ellos. En el aire, no encontraba el murmullo de la magia
y, aunque sabía que la magia del Bosque había sido maligna en
muchos sentidos, la echaba de menos.

Echaba de menos ayudar a Sage con los corderos y recolectar
bayas y plantas medicinales en el bosque; echaba de menos nadar
en los estanques alimentados por los arroyos. A veces, incluso
echaba de menos tener que hacer los turnos de vigilancia, sentarse
en la costa mientras el sol se alzaba al otro lado del agua o escuchar
a los cisnes salvajes graznando y rezar para que aterrizasen en otro
sitio. Echaba de menos los festivales, la forma en la que las voces
endlanas se compenetraban de una manera tan perfecta que parecían una sola, la voz de la propia Endla, lanzando sus lamentos al
universo. Echaba de menos sentir que formaba parte de algo.

Era raro ser una forastera y sentir los ojos de cada aldeano si-
guiéndola cuando iba al pueblo. Nunca nadie fue cruel con ella y,
con el tiempo, empezaron a hablarle y, al final, cuando supieron
que no iba a atraer a sus hijos o seducir a sus parejas en mitad de la
noche con una de sus canciones malignas, la aceptaron. Llegaron
a darse cuenta de que no era más que una chica. Una chica que
quería ser aceptada. Una chica que nunca había querido hacerle
daño a nada.

Sin embargo, tenía a Jaren, y su mera existencia le ayudaba incluso en los días más duros. Sus hermanas le habían tomado cariño,

especialmente Sofía, que la seguía como si fuese alguna especie de criatura mítica.

«Todavía tienes magia, aunque no cantes», le había dicho Jaren un día mientras yacía entre sus brazos y él le pasaba los dedos por el pelo con cuidado. Le había recordado a lo que Sage le había dicho y se había llevado la mano al bolsillo para tocar la talla de un cisne sin pulir que había hecho su prima.

A veces, todavía echaba de menos a Sage y, muy de vez en cuando, incluso a su tía. No podía evitar sentir que, si hubiera sabido la verdad desde el principio, las cosas podrían haber sido diferentes. Ketty había matado al tío Hugo, pero lo había hecho para proteger a su hermana, y eso cambiaba la perspectiva que Leelo tenía sobre todo aquel asunto. Era algo muy propio de su tía: defender algo a costa de otra cosa; tener tanto miedo de lo que la verdad pudiera causar, que había acabado enterrándola. A Sage le había administrado un veneno diferente al de Fiona, pero no había sido menos amargo o menos destructivo.

Aun así, sobre todo, echaba de menos a su madre. Saber que estaba tan cerca y, a la vez, tan lejos, la mantenía despierta por las noches. Tate todavía lloraba por Fiona en sueños y, si bien Leelo hacía todo lo que podía por consolarle, a menudo deseaba que hubiese alguien para consolarla a ella.

Una noche de noviembre, Tate, Jaren, Nigel y ella estaban sentados en el porche de la cabaña que compartía con su hermano, envueltos en mantas y bufandas para protegerse del frío.

—El lago se congelará pronto —dijo Nigel—; en dos meses como mucho.

Por mucho que deseara ir a buscar a su madre, una parte de ella temía lo que pudieran encontrar cuando fuesen a por ella. ¿Qué pasaba si su madre no quería marcharse con ellos? O, peor, ¿qué pasaba si no había sobrevivido? Al menos, desde allí, podía convencerse a sí misma de que, en Endla, las cosas seguían como siempre.

Leelo le había contado a Nigel que Ketty había envenenado a su madre, pero esa y otras muchas cosas se las había ocultado a Tate. Sabía que, algún día, tendría que contarle todo, pero no quería romperle el corazón todavía más. Ella lo tenía lo bastante roto para los dos.

—Sí —dijo—. Iremos allí tan pronto como sea seguro cruzar.

Nigel sonrió y sir Percival suspiró, metiendo la nariz bajo el borde de la manta de su dueño.

—¿Qué hay de los amigos de Story? —sugirió Tate—. Los otros *incantu*. Me apuesto algo a que también echan de menos a sus familias.

Nigel y Leelo se miraron. Su hermano tenía razón: si alguien tenía interés en descubrir la verdad, eran los niños exiliados de Endla, aquellos que lo habían perdido todo por culpa del Bosque Errante.

—Yo me apuesto algo a que Story se alegraría de ir a visitar a Grimm —dijo Jaren y sus risas resonaron en medio de la luz moribunda.

Esperaron dos meses antes de hacer el viaje de regreso a Endla. Enero era el mes más frío, el momento en el que podían estar seguros de que el hielo estaba lo más sólido posible. Leelo creía que, ahora que el Bosque se había marchado, los demás estarían a salvo de los cánticos, pero, por si acaso, se pusieron lana en los oídos.

Grimm, el líder de los *incantu*, consiguió reunir a más de veinte para que se les unieran. Eran niños que habían sido arrancados de los brazos de sus padres a la fuerza y lanzados al mundo solos. Tal como Tate había supuesto, querían tener una oportunidad de reunirse con sus familias. Muchos de ellos querían respuestas.

Le había costado mucho convencer a su hermano para que se quedara en casa con Lupin y las hermanas de Jaren, donde estaría a salvo. Pero Oskar, Stepan y otros aldeanos habían estado de acuerdo en ir con ellos. Leelo estaba entre ellos en ese momento, agarrando la mano de Jaren y rezando para que, fuese lo que fuese lo que encontrasen, su madre estuviera a salvo.

Cruzaron el hielo en silencio. Estaba casi segura de que cedería bajo sus pies, pero se habían separado y estaba siendo un invierno especialmente feroz, como el año en el que Nigel había ido a Endla por accidente. El hielo aguantó.

Conforme se acercaban, no pudo evitar darse cuenta de lo desolada que parecía la isla. Quedaban pocos árboles y algunos arbustos y matorrales, pero lo que resaltaba de forma notable sobre la nieve eran las cabañas. Milagrosamente, no todas se habían quemado. Podía ver velas brillando en varias ventanas y el olor del humo de la madera, que salía en espirales de las chimeneas, le dio esperanzas.

Pero, aunque estaba aliviada de ver que al menos algunos endlanos habían sobrevivido al incendio, aquel lugar que había amado en el pasado ya no le hacía sentirse como en casa. Le resultaba siniestro y muerto, nada parecido al bosque vivo y floreciente que una vez había conocido. No había animales moviéndose entre la maleza ni hojas susurrando sobre sus cabezas. Era invierno, y el Bosque siempre estaba tranquilo en aquella época del año. Sin embargo, el silencio que cubría la isla como un manto era diferente y, por un momento, una ola de miedo la golpeó. Tal vez nadie hubiera sobrevivido y fueran los fantasmas los que encendían las velas y se sentaban junto al fuego.

Cuando se acercaban al pinar, una figura apareció apenas unos pasos por delante de ellos. Leelo jadeó. Los ojos de gato salvaje y el pelo ardiente refulgían frente al blanco y negro del bosque invernal.

—Sage —susurró.

A pesar de todo, a pesar del dolor y la traición, todavía se preocupaba por ella. No estaba segura de si podía llamarlo amor, pero la lealtad era algo difícil de controlar y quería creer que, en otro mundo, Sage hubiera tomado unas decisiones diferentes.

—Has vuelto. —Su prima habló en voz tan baja que era casi un susurro. Dio un paso hacia ella—. ¿O estoy soñando otra vez?

—No es un sueño —dijo Leelo mientras se le quebraba la voz.

Sage miró a Jaren apretando la mandíbula.

—No creí que fuera a verte nunca más. Aquí, todo ha estado muy tranquilo.

—¿Dónde está la tía Ketty? —preguntó Leelo, que casi esperaba que apareciese al oír su nombre, como si fuese un demonio al que hubiesen invocado.

Su prima sacudió la cabeza.

—Se ha ido. Desapareció la noche del fuego, cuando el Bosque se desvaneció. No estoy segura de si murió o...

—¿O qué?

—O si el Bosque se la llevó con él.

Sintió cómo se le revolvía el estómago por el horror. No sabía qué destino merecía Ketty, pero estaba segura de que no era aquel, no era que se la llevase la misma cosa por la que había sacrificado todo.

—¿Grimm? —Todos se giraron y vieron cómo un hombre de unos cincuenta años salía de una cabaña con el rostro curtido húmedo por las lágrimas—. Grimm, ¿eres tú?

—¿Tío?

—Eres tú de verdad —dijo el hombre.

Leelo y Jaren se apartaron mientras los dos se abrazaban. Más endlanos empezaron a salir de lo que Leelo se dio cuenta que eran sus escondites. Debían de haberlos visto acercarse y habían buscado refugio. Había algo en aquello, en el hecho de que su pueblo, que una vez había sido orgulloso, se ocultase al enfrentarse al peligro, que hizo que le doliera el corazón.

Poco a poco, uno a uno, los endlanos empezaron a buscar a sus seres queridos entre los *incantu*. Después de eso, hubo muchas lágrimas; algunas eran de alegría y otras de tristeza conforme las familias descubrían cuál había sido el destino de sus hijos, hijas, hermanos y hermanas. Pero, lentamente, uno a uno, los veinte *in-cantu* que habían ido con ellos se dispersaron entre la multitud.

Durante todo aquel tiempo, Sage había permanecido a su lado, pero no había hablado.

—¿Dónde está mi madre? —preguntó Leelo al fin. Había esperado que se les uniera como el resto de los endlanos, pero no lo había hecho y estaba empezando a temer lo peor.

—Vamos —le dijo su prima—, te llevaré con ella.

Conforme se acercaban a la cabaña que había sido su hogar durante tanto tiempo, se dio cuenta de que no había humo saliendo de la chimenea. Cuando abrió la puerta delantera, las campanitas, que estaban congeladas bajo una capa de hielo, no sonaron para darles su alegre bienvenida. La casa estaba tan fría y silenciosa que Leelo estaba convencida de que su prima la había llevado a la tumba de su madre.

Entonces, escuchó un crujido familiar procedente de las escaleras y se derrumbó de alivio.

—¿De verdad eres tú?

Su madre bajó las escaleras con lentitud, pero aunque estaba delgada y pálida, no se agarraba al pasamanos para poder mantenerse en pie. Se arrodilló junto a ella y la acogió entre sus brazos. Aquel fue el turno de Leelo de aferrarse a alguien, de que la abrazaran como un bebé y de que su madre la consolara.

—¿Estás bien? —consiguió decir entre sollozos.

—Estoy bien. Tengo un poco de frío, pero cada día estoy más fuerte.

Por supuesto. Sin Ketty, ya no estaba siendo envenenada.

—Siento haber dejado que se apagara el fuego —dijo Sage. Leelo se giró rápidamente para mirarla, pues ya se había olvidado de que seguía allí—. Estaba encendiéndolo cuando oí vuestras voces.

—¿Todavía vivís juntas? —le preguntó a su madre—. ¿Después de todo lo que hizo? ¿Qué ha pasado con los Harding? —Se volvió hacia su prima, incapaz de mantener el veneno lejos de su voz—. ¿También te han abandonado?

Sage sacudió la cabeza con fuerza.

—Les dije que no me casaría con Hollis.

Fiona tomó a Leelo de la cara e hizo que volviera a mirarla.

—Sage sigue siendo parte de la familia. Era la única familia que me quedaba.

Se levantó y ayudó a su madre a que se pusiera en pie. Después, se giró hacia su prima.

—Gracias por cuidarla —consiguió decir.

Sage agachó la mirada.

—Era lo mínimo que podía hacer. —Tras un minuto, se aclaró la garganta—. ¿Y qué ocurrirá ahora, Lo?

Leelo estuvo a punto de reírse. ¿Era posible que, todo aquel tiempo, Sage hubiese estado esperando a que alguien le dijera qué hacer? Supuso que, sin la vigilancia, sin las órdenes de Ketty o sin una familia de la que cuidar, debía de haberse sentido perdida. Nunca había querido nada más que ser una buena endlana.

—Supongo que eso depende de ti.

Sage le tomó las manos.

—Lo siento mucho. Siento no haber confiado en ti. Pensé que estaba haciendo lo mejor para nuestra familia. Pensé que te estaba manteniendo a salvo. Te quiero, Leelo.

Ella se tragó las lágrimas. Era tal como había dicho su madre: una gran cantidad de cualquier cosa podía resultar un veneno, incluso el amor.

—Sé que eso es lo que crees, Sage, pero no sé si puedo perdonarte por cómo trataste a Tate. Intentaste matar a Jaren y tan solo te detuviste cuando supiste que era endlano. Ahí fuera, en el mundo, la mayor parte de la gente no tiene magia. Al menos, no del tipo al que tú y yo estamos acostumbradas. Si no eres capaz de aceptar que esas personas merecen vivir y ser felices tanto como cualquier endlano, entonces no creo que debas salir de aquí.

Sage parpadeó, conteniendo las lágrimas. Sus ojos pasaron de Leelo a Fiona.

—Pero mi madre ya no está. Me quedaría totalmente sola. —Leelo no respondió—. ¿Qué haría si me quedase? —preguntó con la voz débil y aguda.

Una parte de ella, la parte que había pasado horas explorando el bosque con Sage, que se había librado de tanta sangre y muerte gracias a su prima, que había dependido de ella cuando se había creído débil, quería abrazarla. Pero aquella parte se había alejado cada vez más en el último año, un año que había sido mitad vigilancias y mitad desaprender todas las mentiras que le habían contado toda su vida. Sage tendría que desaprender esas mentiras por sí misma. Leelo no podía hacerlo por ella. Nadie podía.

—¿Vas a marcharte? —preguntó Sage al fin, cuando se dio cuenta de que no iba a pedirle que fuera con ella.

Leelo cruzó el umbral de la puerta y salió al claro que rodeaba la cabaña. Contempló los pocos árboles esqueléticos y el suelo cubierto de nieve, pensando en cómo aquel lugar que, una vez, había sido tan familiar como su propio reflejo, le resultaba muy extraño sin la presencia del Bosque. Sobre la nieve apareció un zorro invernal, abriéndose camino en silencio a través del claro.

Una sonrisa triste le recorrió el rostro. Tal vez Sage hubiese tenido razón cuando se había comparado con un zorro. Por encima de todo, los zorros eran supervivientes. Se giró hacia su prima para preguntarle si ella también lo había visto, pero Sage se había ido.

Durante los siguientes días y semanas, muchos de los endlanos se dispersaron, abandonando sus hogares para reasentarse en el mundo exterior. Algunos niños *incantu* volvieron a unirse a sus familias, como Bizhan con sus dos madres. Otras relaciones estaban demasiado dañadas como para repararlas. Violet se quedó con su familia adoptiva y el resto de los Harding se mudaron a otro sitio. Por el contrario, Isola y su familia se mudaron a Bricklebury y Leelo les veía con frecuencia. Incluso les ayudó a construir un nuevo gallinero, en el que se esforzaron para asegurarse de que era totalmente a prueba de zorros.

Fiona fue a vivir en la pequeña cabaña que Tate y Leelo compartían y, aunque se estaba recuperando, era evidente que los años siendo envenenada la habían debilitado de forma permanente. Leelo tenía la esperanza de que el aire puro, la comida sana y no tener que volver a trabajar le ayudaran a recuperar una parte de su antiguo ser, pero no contaba con ello. Mientras tanto, ella comenzó a tejer las preciosas prendas que su madre le había enseñado a confeccionar y a llevarla al mercado, al que las personas de kilómetros a la redonda acudían para comprar sus artículos.

Sage no les había seguido al abandonar la isla, aunque Leelo no sabía si, al final, se había quedado. Algún día, su prima podría ir a buscarla, si era eso lo que quería. Ella se sentía agradecida solo con tener a su madre y a Tate tan cerca en su propia casita donde eran ellos los que establecían las reglas, donde encontraban amor en abundancia y donde nunca se regañaba a nadie por quemar un pastel o derramar el azúcar.

La primavera estaba llegando a las montañas y, un día, mientras caminaban hacia el mercado, Summer, que se había prometido con el carpintero, les sonrió con gesto de sabiduría.

—Este año, la primavera ha llegado pronto —dijo, alzando la vista para mirar a su prometido.

Renacuajo sonrió con suficiencia y murmuró en un susurro: «A nadie le gustan las marisabidillas». Story le dio un codazo en las costillas.

Nigel y Fiona caminaban juntos, pero parecían tímidos en presencia del otro, tal como les había ocurrido a Leelo y a Jaren en el pasado. Aun así, era obvio que había amor entre ellos, y no había motivos para apresurar ese amor. Aquel era uno de los regalos más grandes que todos habían recibido al marcharse de Endla: tiempo.

Tal vez no deberían haberse sorprendido cuando el Bosque hizo lo que su nombre había predicho todo aquel tiempo: erró. En cuanto se dio cuenta de que ya no se le necesitaba o se le quería, había desaparecido y había viajado a algún lugar nuevo donde Leelo supuso que algún otro grupo de gente incauta o bien lo aceptaría o le haría alejarse. Y, aunque una parte de ella deseaba que lo hubieran destruido, había otra parte pequeña que se alegraba de que hubiera sobrevivido. Igual que el resto de ellos, tan solo quería vivir.

Percy los adelantó y Leelo apoyó la cabeza sobre el hombro de Jaren, absorbiendo la belleza del momento. Estaba empezando a apreciar las cosas tal como eran y no como habían sido o como desearía que fueran.

—¿En qué estás pensando? —le preguntó Jaren, balanceando sus manos entre ellos.

—Tan solo en que soy feliz —contestó.

—Pareces tremendamente preocupada para ser alguien que dice ser feliz.

Él le puso un dedo en la arruga que había entre sus cejas, frotándosela para intentar que desapareciera. Al fin, cuando vio que no iba a ceder, se dio por vencido.

—No estoy preocupada —dijo. Y, por el momento, era cierto. No iba a preocuparse por el futuro o a intentar encontrar el sentido del pasado. Iba a aceptar las cosas tal como eran y a sentirse agradecida—. Es solo que el sol me da en los ojos.

En ese momento, una sombra pasó por encima de ellos y ambos alzaron la vista a la vez para ver a un par de cisnes salvajes volando a gran altura sobre sus cabezas.

—Me pregunto a dónde se dirigen —dijo Jaren.

Sin embargo, Leelo ya lo sabía. Se dirigían al lago Luma, que había vuelto a ser un lugar seguro para aterrizar. Sintió una tristeza fugaz al pensar en el paisaje sin árboles y en las cabañas abandonadas hasta que Jaren le apretó la mano y le dio un beso en la mejilla, haciendo que volviera a centrarse en el valioso presente.

Si hubiera regresado, habría visto que las cabañas no estaban en absoluto abandonadas. Los animales que habían sido expulsados de sus hogares cuando el Bosque se había desvanecido, encontraron refugio entre las paredes de madera de las casas y acomodaron a sus familias entre los sofás y los sillones; se posaron en lo alto de las chimeneas y asaltaron las despensas. Aquel año, los cisnes salvajes anidarían en Endla y su descendencia regresaría allí durante todas las generaciones venideras.

Aunque las raíces del Bosque Errante habían sido profundas, no habían podido acabar con cada pequeña semilla que el viento había arrastrado a través del lago o que un pájaro había dejado caer. La hierba crecería la siguiente primavera y los retoños de los árboles comenzarían sus largas vidas en la isla. La tierra se regeneraría a sí misma, tal como había hecho siempre.

Y, en algún sitio, en otra montaña de otro reino, un Bosque aparecería como por arte de magia.

Y estaría muy hambriento.

Agradecimientos

Escribí *Tiempo de veneno* en Serbia durante la cuarentena, mientras educaba en casa a mis hijos y pasaba la mayor parte del tiempo en la diminuta habitación de invitados que se había convertido en oficina. Así que, tal vez no sea sorprendente que, para variar, escribiese sobre una chica en un mundo muy aislado en lugar de sobre una que se va a vivir grandes aventuras. La pandemia nos ha traído muchos desafíos, pero también ha sido un momento de reflexión y de búsqueda interna, y esta novela es un resultado directo de eso. Por supuesto, no lo he manejado, ni mucho menos, con tanta gracia como Leelo, pero, por otra parte, ella no tenía que escuchar las mismas compilaciones de memes de YouTube una y otra vez mientras intentaba escribir una novela.

Como siempre, no podría haber escrito este libro sin la ayuda de mi increíble equipo.

Gracias a todo el mundo de Inkyard Press, especialmente a mi editora, Connolly Bottum, ya que, sin ella, este libro y su título no existirían. Muchísimas gracias a Bess Braswell, Brittany Mitchell, Laura Gianino y Kathleen Ortiz.

Un agradecimiento especial para Charlie Bowater por crear la portada de mis sueños. Me siento muy honrada de que lo primero que la gente vaya a ver cuando tome este libro sea tu preciosa obra de arte.

Gracias a Uwe Stender y al resto de la cuadrilla de Triada US.

Muchos abrazos para la comunidad de la embajada de Belgrado, sobre todo a Erin Hagengruber. Mención honorable para Tate Preston por creer que la gente donaría dinero para una buena causa por elegir el nombre de un personaje en uno de mis libros; no ganaste, ¡pero conseguiste tu puesto! Robin y Zamira ganaron con el nombre de su hijo, Bizhan. Gracias a ambas por apoyar a nuestra comunidad.

Gracias al TPS Street Team, que me han ayudado a celebrar cada paso en el progreso de este libro. Henry y yo os estamos muy agradecidos por vuestro ánimo y apoyo.

No estaría donde estoy hoy en día si no fuera por mi comunidad de escritoras, especialmente Elly Blake, Nikki Roberti Miller, Kristin Dwyer, Autumn Krause y Helena Hoayun.

Un cálido agradecimiento para mi familia: mamá, papá, Aaron, Elizabeth, Amy, Jennifer, Patti y los niños. Os quiero y os echo mucho de menos a todos.

Un agradecimiento especial para Sarah, por ser la persona que siempre me entiende, incluso en mis peores momentos.

Lo más importante: a mi marido, John, y nuestros hijos, Jack y Will, por las risas, el amor y el caos que constituyen nuestra preciosa vida. Mi hogar está allí donde esté con vosotros.

Y, finalmente, gracias a los lectores. Vuestros mensajes, entradas de blog, fotografías y reseñas son una conexión muy valiosa con esta maravillosa comunidad literaria sin importar el lugar del mundo por el que resulte estar deambulando.